D0765966

Marguerite Duras

Le marin
de Gibraltar

Gallimard

Il y avait une fois un homme qui n'était pas heureux. Il avait une femme qui ne lui plaisait pas et un travail qui lui faisait horreur. C'était un homme accablé d'une vie lâche, sans histoires et sans amis.

Un jour, pourtant, il se fait un ami. C'est le chauffeur d'une camionnette qui le conduit de Pise à Florence. Arrivé à Florence, il sait que « sa vie ne va pas », comme dit le chauffeur. Ensuite, une terrible chaleur aidant, il trouve enfin la force de faire les deux ou trois choses qui devront lui permettre d'avoir peut-être une histoire. Il décide de quitter son travail et de rompre avec la femme avec laquelle il vit. Il s'en va passer ses derniers jours dans un petit village, à l'embouchure d'un fleuve, dont lui a parlé le chauffeur. C'est là qu'il aura le courage de décider de sa vie. Il l'a. Et aussitôt après, alors qu'il est très malheureux, il rencontre une femme qui est très belle, qui a beaucoup d'argent et qui a un bateau. Elle parcourt les mers à la recherche du marin de Gibraltar. Qui est le marin de Gibraltar ? C'est la jeunesse, le crime et l'innocence, un homme simple, la mer, les voyages. Un homme qu'elle a aimé et qui a disparu, qui est peut-être mort ou qui se cache.

Il la rencontre donc. Ils se plaisent. Il a eu le courage de décider de sa vie. Il est libre. Il n'a pas un sou. Elle l'engage sur son bateau. Il va l'aider à rechercher le marin de Gibraltar. Ils partent.

Ils deviennent un couple. Ils s'aiment sûrement. Et leur travail consiste à rechercher avec scrupule cet objet, le marin de Gibraltar, qui sonnerait la fin du couple qu'ils forment. Car il est bien entendu que c'est le marin de Gibraltar qu'elle aime et c'est pourquoi ils le cherchent. Occupation passionnante et qui réserve bien des plaisirs. De Sète à Tanger et de Tanger à Abidjan, et d'Abidjan à Léopoldville, ils cherchent. Ils savent bien qu'il ne faut pas tricher, qu'il faut chercher sérieusement.

Trouveront-ils ?

Marguerite Duras est née en Cochinchine, où son père était professeur de mathématiques et sa mère institutrice. Elle fit un bref séjour en France pendant son enfance et ne quitta définitivement Saigon qu'à dix-huit ans.

Auteur de nombreux romans, de pièces de théâtre et de plusieurs films, parmi lesquels le célèbre *Hiroshima mon amour* et *India song*, Marguerite Duras, dans *Le marin de Gibraltar*, qui est une de ses premières œuvres, a donné une illustration particulierement forte et subtile de sa façon de comprendre et la vie et l'amour *à Dionys*

PREMIÈRE PARTIE

Nous avions déjà visité Milan et Gênes. Nous étions a Pise depuis deux jours lorsque je décidai de partir pour Florence. Jacqueline était d'accord. Elle était d'ailleurs toujours d'accord.

C'était la deuxième année de la paix. Il n'y avait pas de place dans les trains. A toutes les heures, sur tous les trajets, les trains étaient pleins. Voyager était devenu un sport comme un autre et nous le pratiquions de mieux en mieux. Mais cette fois, à Pise, lorsque nous arrivâmes à la gare, les guichets étaient fermés, on ne délivrait même plus de billets pour aucun des trains en partance. Nous pensâmes aux cars. Mais pour les cars non plus on ne délivrait plus de billets. Malgré ces empêchements je me jurai de gagner Florence dans la journée. Quand je voyageais j'avais toujours de ces acharnements-là, il me fallait toujours voyager davantage, et ce jour-là, la seule idée d'attendre au lendemain pour voir Florence m'était insupportable. Je n'aurais sans doute pas su dire pourquoi, ce que j'attendais de cette ville, quelle révélation, quel répit j'en espérais. Si je n'avais plus en effet d'autres impatiences que celles-là je ne les élucidais jamais. Après l'échec des cars je me renseignai encore. On me dit qu'il y avait des équipes d'ouvriers qui rentraient à Florence chaque samedi, vers six heures, que leurs camionnettes étaient stationnées place de la gare, que parfois ils prenaient des gens.

Nous allâmes donc place de la gare. Il était cinq heures. Nous avions une heure d'attente. Je m'assis sur ma valise et Jacqueline sur la sienne. La place avait été bombardée et à travers la gare détruite on voyait arriver et partir les trains. Des centaines de voyageurs passaient devant nous, éreintés, suants. J'imaginais qu'ils venaient tous de Florence ou qu'ils y allaient et je les regardais avec envie. Il faisait déjà chaud. Les quelques arbres qui restaient sur la place avaient leur feuillage brûlé par le soleil et la fumée des trains et ils ne donnaient que très peu d'ombre. Je ne pensais qu'aux camionnettes et ça m'était égal d'avoir chaud. Au bout d'une demi-heure Jacqueline me dit qu'elle avait soif, qu'elle aurait bien bu une limonade, qu'on avait le temps. Je lui dis d'y aller seule parce que moi, je ne voulais pas rater les ouvriers. Elle y renonça et acheta des gelati. Nous les mangeâmes vite, ils fondaient dans nos doigts, ils étaient trop sucrés et augmentèrent notre soif. C'était le 11 août. Les Italiens nous avaient prévenus qu'on allait vers la canicule, que celle-ci arrivait en général vers le 15 août. Jacqueline me le rappela.

12

— Ce n'est rien encore, dit-elle, qu'est-ce qu'on va prendre à Florence.

Je ne lui répondis pas. Deux fois sur trois je ne lui répondais pas. L'été m'angoissait. Parce que sans doute désespérais-je de jamais trouver à vivre quelque chose qui s'accordât à lui. Ça me déplut qu'elle en parlât sur ce ton.

Les ouvriers arrivèrent enfin. Ils venaient, par groupes. C'étaient des maçons qui travaillaient à la reconstruction de Pise. Quelques-uns étaient en tenue de travail. Le premier groupe se mit à courir vers une petite camionnette bâchée qui n'était pas loin de nous.

Jacqueline courut vers l'ouvrier qui s'installait au volant de la camionnette. Une femme, croyait-elle, avait plus de chances qu'un homme de le fléchir. Elle lui expliqua en italien, elle avait fait deux mois de méthode Assimil en vue de nos vacances, moi aussi d'ailleurs, que voilà, nous étions deux Français en panne de transport, que nous voulions aller à Florence, et que s'il voulait nous prendre dans sa camionnette, ça serait bien gentil. Il accepta aussitôt. Je m'assis à côté de lui pour mieux voir la route. Jacqueline s'installa à l'arrière. Au ministère des Colonies, j'étais plus près de la fenêtre qu'elle. C'étaient des façons qui m'étaient devenues si habituelles qu'elle ne s'en formalisait même plus. Du moins je le croyais. Elle s'installa docilement à l'arrière. La camionnette était bâchée et il faisait cet après-midi-là quelque trente-six degrés à l'ombre. Mais il était entendu qu'elle, elle ne souffrait pas de la chaleur. En quelques minutes la voiture fut au complet. On démarra. C'était six heures du soir. La sortie de la ville était très encombrée, envahie par les bicyclettes. Le chauffeur jurait et injuriait les cyclistes qui roulaient en rangs, impassibles, malgré ses coups de klaxon. Il avait passé deux ans en France, étant enfant — ce fut la première chose qu'il me dit — et il parlait le français. Il s'énerva donc en français — parce que j'étais là. Et fort. Bientôt, il n'en eut pas seulement qu'après les cyclistes. Il n'y avait pas de travail à Florence, il fallait venir ici pour en trouver, à soixante-quinze kilomètres. Tout était difficile pour les ouvriers. Ce n'était pas une existence que la leur. La vie était chère. Les salaires étaient bas. Ça ne pourrait pas continuer longtemps. Il fallait que les choses changent. La première chose à changer, c'était le gouvernement. Il fallait le renverser, liquider l'actuel Président. Il parla de ce dernier. Quand il prononçait son nom honni, il brandissait les poings dans un geste d'impuissance et de rage et ne reprenait son volant que de justesse et à regret. L'auto faisait des embardées, le vent s'engouffrait dans la camionnette et les bâches claquaient comme des fouets. Mais personne à l'intérieur ne paraissait s'en émouvoir. Je me dis que ça devait être chaque semaine comme ça, chaque samedi, quand ce chauffeur s'énervait à la sortie de Pise, à propos des cyclistes. Je n'avais pas peur. J'avais eu trop peur de ne pas partir pour Florence dans la journée pour m'effrayer de quoi que ce soit d'autre, fût-ce même de ne pas y arriver. Hébété de satisfaction, j'écoutais le chauffeur.

Peu après la sortie de Pise, avant d'arriver à Cascina, des petits cris étouffés s'élevèrent de dessous la bâche.

14

C'était Jacqueline. Les ouvriers devaient la courtiser d'un peu près. Ces cris rieurs étaient très reconnaissables. Le chauffeur les entendit lui aussi.

— Si vous voulez, me dit-il d'un air gêné, votre femme, elle peut venir à côté de moi.

— Ce n'est pas la peine.

Il me regarda, étonné, puis il sourit.

— Chez nous, on est très jaloux. En France, on est moins, non ?

— Sans doute.

— Ils ont bu quelques verres avant de partir. Aujourd'hui, c'est jour de paiement. C'est pourquoi. Ça ne fait rien, vraiment ?

Il s'amusait.

— C'est naturel, dis-je, quand une femme est enfermée avec des hommes, surtout s'ils ont bu.

— C'est bien de n'être pas jaloux. Moi, je ne peux pas.

Les ouvriers riaient. Jacqueline poussa un cri un peu plus agacé. Il me regarda, toujours très étonné.

— On vit très seuls, dis-je, on ne voit jamais personne, alors ça me fait un certain plaisir que d'autres... enfin, vous comprenez.

— Vous êtes mariés depuis longtemps, c'est pourquoi, non ?

— On se connaît depuis longtemps, oui, mais on n'est pas mariés. On va se marier. Elle y tient beaucoup, elle ne sera heureuse que lorsqu'on sera mariés.

On rit tous les deux.

— Beaucoup de femmes, elles sont comme ça, pour le mariage.

D'habitude les gens contents de leur sort, ou simplement sans inquiétude, me faisaient souffrir. Mais lui, je le supportais très bien.

— L'amour, dit-il, c'est comme les autres choses, ça ne peut durer toujours.

— Elle est gentille, dis-je.

— Je vois, dit-il en riant.

On dépassa Cascina. La route était beaucoup plus libre. Il était d'humeur à bavarder. Il me posa les questions d'usage.

— C'est la première fois que vous venez en Italie ?

— La première fois.

— Il y a longtemps que vous êtes là ?

— Quinze jours.

— Alors, les Italiens, comment vous les trouvez ?

Il me posa la question sur un ton provocant, avec une arrogance un peu enfantine. Puis il attendit ce que j'allais dire, l'air fermé tout à coup, faussement attentif à la conduite de sa camionnette.

— Je ne peux pas très bien savoir encore, dis-je, je n'en connais pas. Mais quand même, il me semble qu'on peut difficilement ne pas les aimer.

Il sourit.

— Ne pas aimer les Italiens, dis-je, c'est ne pas aimer l'humanité.

Il se détendit tout à fait.

— On a dit beaucoup de choses sur eux pendant la porcheria di guerra.

— Qu'est-ce qu'on ne fait pas croire aux gens pendant la guerre, dis-je.

J'étais fatigué. Il ne s'en rendit pas compte tout de suite.

— Et Pise, c'est belle Pise, non ?

— Oh oui, dis-je, c'est belle.

— Heureusement, la place, elle a pas été touchée par les bombes.

— Heureusement.

Il se tourna vers moi et me regarda. Je faisais un effort pour lui répondre et il le vit.

— Vous êtes fatigué, dit-il.

— Un peu.

— La chaleur, dit-il, et le voyage.

— C'est ça, dis-je.

Mais quand même il avait envie de bavarder. Il me parla de lui et je n'eus plus, pendant une vingtaine de minutes, à lui répondre. Il me dit qu'il s'intéressait à la politique, depuis la libération, oui, surtout depuis qu'il avait fait partie d'un comité d'usine dans le Piémont. C'était la plus belle période de sa vie. Lorsque ces comités avaient été dissous, dégoûté, il était revenu en Toscane. Mais il regrettait Milan, « parce que c'est vivante, Milan ». Il parla beaucoup de ces comités d'usine, de ce qu'avaient fait les Anglais.

— C'est dégoûtant ce qu'ils ont fait là, non ?

La chose lui importait beaucoup. Je lui dis que c'était dégoûtant. Il recommença à parler de lui. Maintenant, il était maçon à Pise. Beaucoup de reconstruction à Pise. La camionnette, elle était à lui. Il l'avait eue à la libération et il l'avait gardée. Tout en parlant, lorsque nous traversions des villages il ralentissait pour que je puisse bien voir, les églises, les monuments, les inscriptions à la craie sur les murs : Viva il partito comunista et le W renversé devant il Re. Je regardais chaque fois si attentivement qu'il n'en laissait passer aucune.

Nous arrivâmes à Pontedera. Il reparla de sa camionnette. La façon dont il l'avait eue le préoccupait un peu.

— Qu'est-ce que vous voulez, j'aurais dû la rendre aux camarades du comité, mais non, je l'ai gardée.

Il vit très bien que ça ne m'indignait pas du tout.

— J'aurais dû mais je n'ai pas pu. Je conduisais cette camionnette depuis deux mois, alors ce n'était pas possible.

— Beaucoup auraient fait la même chose, dis-je.

— Je me disais, je n'en aurai pas d'autre de toute ma vie, il y a comme ça des choses, on ne peut pas s'empêcher de faire, on peut même voler. Cette auto, quoi, je l'ai volée. Mais le regretter, ça, je ne peux pas.

Il m'expliqua que c'était un clou qui ne dépassait pas le soixante, comme je pouvais voir, mais qu'il était quand même bien content de l'avoir. Ah, il aimait bien ça, les autos. D'ailleurs, avec un bon rodage de soupapes, elle irait jusqu'à quatre-vingts. Mais voilà, il n'avait jamais le temps de le faire. Elle lui rendait encore bien des services. Grâce à elle, à la belle saison, il allait en week-end dans un petit port de pêche sur la Méditerranée, il emmenait des copains. Ça lui coûtait moitié moins cher que le train. Où ? demandai-je. — A Rocca, dit-il. Il y avait de la famille. Ce n'était pas loin.

18

Il pouvait y aller difficilement chaque semaine à cause de l'essence qui était rationnée mais seulement tous les quinze jours. Il y était allé la semaine dernière. Oh ! c'était un très petit port. Cette dernière fois il y avait une Américaine très riche, et que c'était à se demander ce qu'elle venait faire dans un coin pareil. Une Américaine, oui, du moins on le disait. Elle avait un beau yacht ancré juste devant la plage. Il l'avait vue se baigner. C'était une femme magnifique. Comme quoi il ne fallait pas généraliser même sur les petites choses. Jusque-là il avait cru ce qu'on disait : que les Américaines étaient moins belles que leurs femmes italiennes. Mais celle-là, c'était bien simple, celle-là, elle était si belle qu'il ne se souvenait pas avoir jamais rencontré de femme plus belle. Il ne me dit pas qu'elle était jolie ou qu'elle lui plaisait, non, seulement qu'elle était belle. Il le dit avec sérieux, en italien : Bellissima. Il ajouta : È sola.

Ensuite il me parla de Rocca. Au fond, pourquoi n'irais-je pas, si j'en avais le temps ? Il ne fallait pas toujours s'en tenir aux villes pour avoir une juste idée de l'Italie. Il fallait aussi visiter un village ou deux et aller dans la campagne. Et Rocca, c'était un bon endroit pour voir vivre le petit peuple italien. Il avait tant souffert, ce peuple-là, il travaillait comme aucun autre, et vous verrez sa gentillesse. Il le connaissait bien — ses parents étaient paysans —, mais, s'il ne partageait plus son aveuglement, il l'aimait d'autant plus. D'en être sorti le faisait un peu se l'approprier. Il en parlait comme d'une merveille, avec orgueil. Oui, si j'en avais le temps, il fallait que j'aille à Rocca. Il n'y avait qu'une auberge mais nous y serions très bien ma femme et moi. Il me dit :

— La mer, elle est d'un côté, et le fleuve de l'autre côté. Quand la mer, elle est trop forte, ou bien que c'est trop chaude, ou que simplement on veut changer, vous allez faire le bain dans le fleuve. Il est toujours frais. Et justement, l'auberge, elle est sur le fleuve.

Il me parla de ce fleuve, de l'auberge, des montagnes qui surplombaient la vallée, de la pêche sous-marine.

— On ne peut pas s'imaginer quand on n'a jamais fait. On a peur la première fois et après on ne peut plus se passer. C'est très belles, les couleurs, les poissons ils passent sous le ventre. C'est calme, on ne peut pas s'imaginer.

Il me parla des bals populaires, des fruits — des citrons gros comme des oranges — de cette région.

On arriva à San Romano, dans la vallée de l'Arno. Le ciel était cuivré. Il n'y eut plus de soleil sur la route mais il y en eut encore pendant un moment sur le haut des collines. Elles étaient plantées d'oliviers depuis leur pied jusqu'à leur cime. Les maisons étaient belles, de la même couleur que la terre. Auprès de la moindre d'entre elles se dressaient des cyprès. C'était un paysage d'une écœurante douceur.

— Vous êtes de cette partie-ci de la Toscane ? lui demandai-je.

— De la vallée, oui, dit-il, mais pas de ce côté-ci de Florence. Mais la famille, maintenant, elle est à Rocca. Mon père, il aime la mer.

Le soleil disparut derrière les collines et la vallée tira sa lumière de l'Arno. C'était un petit fleuve. Sa surface brillante, calme, ses courbes douces et nombreuses, sa couleur verte, lui donnaient l'allure d'un animal ensommeillé. Vautré dans ses berges à pic, d'un accès difficile, il coulait avec bonheur.

— Comme il est beau l'Arno, dis-je.

Sans même s'en apercevoir il me tutoya.

— Et toi, me demanda-t-il, qu'est-ce que tu fais ?

— Ministère des Colonies, dis-je. Service de l'état civil.

— Ça te plaît, ce travail-là ?

— Terrible, dis-je.

— Qu'est-ce que tu fais ?

— Je recopie des actes de naissance et de décès.

— Je vois, dit-il. Tu y es depuis longtemps ?

— Huit ans.

— Moi, dit-il au bout d'un moment, je ne pourrais pas.

— Non, dis-je, tu ne pourrais pas.

— Pourtant, dit-il, être maçon, c'est dur, l'hiver tu as froid, l'été, tu as chaud. Mais quand même toujours recopier, je ne pourrais pas. Il y en a qui peuvent, il faut bien, mais moi, non, je ne pourrais pas.

— Moi, je ne peux pas, dis-je.

— Et pourtant tu le fais ?

— Je le fais. J'ai cru au début que j'allais en mourir mais pourtant je le fais, tu sais bien ce que c'est.

— Et maintenant tu crois encore ?

— Qu'on peut en mourir ? Oui, mais pour un autre, plus pour moi.

— Ça doit être terrible, toujours recopier, dit-il lentement.

— Tu ne peux pas t'imaginer, dis-je.

Je le dis sans doute avec l'accent de la plaisanterie. Et on aurait pu croire, ou que ça ne devait pas l'être tant que ça, ou que c'était une façon que j'avais de parler des choses de ma vie.

— C'est important, le travail qu'on fait, dit-il. Faire n'importe quoi, on ne peut pas.

— Pourtant il en faut bien, dis-je, pourquoi pas moi ?

— Non, dit-il, non, pourquoi toi ?

— J'ai essayé de faire autre chose, je n'ai jamais trouvé.

— Il y a des fois, dit-il, il vaut mieux crever de faim. Moi, à ta place, j'aimerais mieux crever de faim.

— Toujours cette peur d'être sans travail. Et puis aussi la honte, je ne sais pas.

— Quand même il y a des choses que c'est plus honteux de faire que de ne faire pas.

— J'aurais voulu être coureur cycliste, explorateur, des choses impossibles. Et finalement j'ai fini par entrer au ministère des Colonies. Mon père était fonctionnaire colonial, alors ça m'a été facile. La première année on n'y croit pas, on se dit que c'est une bonne blague, la seconde, on se dit que ça ne peut plus durer, puis la troisième arrive, puis voilà, tu sais bien...

Ça lui faisait plaisir que je me mette à parler.

— Pendant la guerre, continuais-je, j'ai été heureux. J'étais dans une compagnie de télégraphistes. J'ai appris a grimper aux poteaux, c'était dangereux, parce que j'aurais pu m'électrocuter, tomber, mais quand même j'étais heureux. Le dimanche je ne pouvais pas m'arrêter, je montais aux arbres.

On rit.

— Quand ça a été le moment de décamper, j'étais attaché en haut d'un poteau télégraphique. Les autres sont partis sans moi, mais dans le mauvais sens. Quand je suis descendu il n'y avait plus personne. J'ai décampé tout seul, mais dans le bon sens. J'ai eu de la veine.

Il rit de tout son cœur.

— Ah ! la guerre, quelquefois on rit à la guerre.

— Et après, demanda-t-il au bout d'un moment, pendant la résistance ?

— J'étais à Vichy avec le ministère.

Il se tut comme si cela demandait des explications supplémentaires.

— J'ai fait des faux actes d'état civil pour des Juifs qui se cachaient, surtout des actes de décès, forcément.

— Ah oui, je comprends. Et tu n'as jamais été ennuyé ?

— Jamais. Seulement, après la guerre, comme j'avais passé trois ans à Vichy, j'ai été rétrogradé.

— Et tes Juifs, ils ne pouvaient pas le dire que tu les avais aidés, non ?

— Je n'ai jamais pu en retrouver un seul, dis-je en riant.

— Quand même. Tu te laisses faire comme ça ?

Il me lorgna encore une fois. Il crut que je mentais.

— Je n'ai pas beaucoup cherché. Même si je n'avais pas été rétrogradé, je serais resté à l'État civil, alors...

— Quand même, dit-il encore.

Il ne me croyait pas.

— C'est vrai, dis-je — je lui souris —, je n'ai pas de raison de te mentir.

— Je te crois, dit-il enfin.

Je me mis à rire.

— D'habitude je mens beaucoup. Mais pas aujourd'hui. Il y a des jours comme ça.

— Tout le monde, il ment, dit-il après une hésitation.

— Je mens à tout le monde, à elle, à mes chefs de service. J'en ai pris l'habitude au bureau, parce que j'arrive souvent en retard. Comme je ne peux plus dire que mon travail me dégoûte, j'ai inventé une maladie de foie.

Il rit, mais pas de très bon cœur.

— Ça, dit-il, ce n'est pas mentir.

— Il faut bien parler de quelque chose, de temps en temps, c'est quand même parler de quelque chose. Mon foie, c'est la chose dont je parle le mieux, tous les jours je décris les tours qu'il me joue. Au ministère, au lieu de me dire bonjour, on me dit : « Et ce foie, comment va-t-il ? »

— Elle, elle croit ?

— Je ne sais pas, elle ne m'en parle pas.

Il réfléchit.

— Et la politique, tu la fais ?

— J'en ai fait quand j'étais étudiant.

— Et maintenant tu ne fais plus du tout ?

— J'en ai fait de moins en moins. Maintenant je n'en fais plus du tout.

— Communiste, tu étais ?

— Oui.

Il se tut. Longuement.

— J'ai commencé trop tôt, dis-je, la fatigue...

— Oh ! je comprends, dit-il doucement.

Il se tut encore, aussi longuement, et il dit tout à coup :

— Viens à Rocca pour le week-end.

L'État civil contenait toute ma vie et à côté de cette calamité, trois jours à Rocca, qu'est-ce que c'était ? Pourtant je compris ce qu'il voulait dire, que la vie était si dure parfois, et il le savait bien, qu'il fallait de temps en temps aller à Rocca pour comprendre qu'elle pouvait parfois l'être moins.

— Pourquoi pas ? dis-je.

— Je ne sais pourquoi, mais moi, j'aime Rocca, dit-il.

Nous arrivâmes à Empoli.

— Ici, dit-il, on fait la verrerie.

Je lui dis que je trouvais la ville belle. Il n'en parla pas, il pensait à autre chose, à moi je crois. Après Empoli, la chaleur diminua encore. On quitta l'Arno mais peu importait. J'étais content. Je ne perdais pas mon temps. Il me regarde, il m'écoute, je vois bien que j'en vaux des tas d'autres pour faire le voyage entre Pise et Florence. Je me défends. On peut m'avoir pour copain. Je n'avais pas l'habitude d'être content. Lorsque je l'étais, ça m'épuisait, j'en avais pour une semaine à me remettre. Les cuites me faisaient moins d'effet.

— Va donc à Rocca, dit-il encore, tu vas voir.

— Il me reste dix jours de vacances, dis-je. Pourquoi pas ?

L'auto filait maintenant le plus vite qu'elle pouvait,
à soixante à l'heure. Il ne faisait plus chaud, du moins
pour nous qui n'étions pas sous la bâche. Et avec le soir
un vent frais s'éleva qui devait venir d'une région où
déjà l'orage avait éclaté, il sentait l'eau.

On parla encore, de lui, du travail, des salaires, de sa
vie, de la vie en général. On se demanda ce qui pouvait
faire le bonheur d'un homme, le travail ou l'amour ou
le reste.

— Tu m'as dit, tu n'avais pas de copains, dit-il, je
comprends pas. On doit toujours avoir des copains,
non ?

— Je ne demanderais pas mieux, dis-je, mais je ne
peux pas fréquenter mes collègues du ministère et elle,
à part eux, elle ne connaît personne.

— Et toi ?

— Je n'ai que des anciens copains de la Faculté. Je
ne les vois plus.

— C'est drôle, dit-il — il était gentil et ne se méfiait
presque plus de moi —, je crois, des copains, on doit
toujours pouvoir trouver.

— A la guerre, dis-je, j'en avais beaucoup. Mais
maintenant, ça me semble aussi difficile à trouver
que... je ne sais pas.

— Qu'une femme ?

— Presque, dis-je en riant.

— Quand même, dit-il.

Il réfléchit.

— Remarque, pour nous c'est plus facile que pour

26

vous autres, pas de problèmes, on se connaît tout de suite.

— Là non, dis-je, il faut du temps. On s'appelle Monsieur. Et puis quand on recopie, on ne peut parler à personne.

— C'est ça. Nous, on a toujours la bouche libre pour parler si on veut. On est comment ? Comme si on était dans la guerre, un peu tout le temps. Il faut se battre pour le salaire, pour manger, alors, les copains, c'est facile.

— Mes collègues, dis-je, j'ai envie de les tuer, mais pas de leur parler.

— Peut-être quand on est trop triste, dit-il, c'est comme ça, les copains, on ne peut pas avoir.

— Peut-être, dis-je.

— Bien sûr, dit-il, le malheur il est dans la vie, non ? Mais celui qui est en plus, tous les jours, qui empêche les copains, non, ça, ce n'est pas possible.

Il ajouta :

— Moi, sans les copains je suis malheureux, je ne peux pas.

Je ne répondis pas. Il eut l'air de regretter ce qu'il venait de dire. Pourtant, tout à coup, il déclara très doucement :

— Moi, je crois, il faut que tu quittes ton travail.

— J'y arriverai bien, dis-je, un jour ou l'autre.

Il trouva sans doute que je ne prenais pas la chose aussi sérieusement qu'il voulait me la faire entendre.

— Remarque, dit-il, ça me regarde pas, mais moi je te dis il me semble il faut que tu quittes ton travail.

Il ajouta un moment après :

— Ça ne va pas, ta vie.

— Il y a huit ans, dis-je, que j'attends de le quitter, mais j'y arriverai.

— Je veux dire il faut que tu quittes vite, dit-il.

— Peut-être que tu as raison, dis-je au bout d'un moment.

Le vent était d'une fraîcheur délicieuse. Il n'y prenait pas autant de plaisir que moi.

— Pourquoi tu me dis ça ? demandai-je.

— Mais tu attends, qu'on te dise ça, non ? dit-il doucement.

Il répéta :

— Ça ne va pas, ta vie. N'importe qui te dirait comme moi.

Il hésita un moment, puis, sur le ton de quelqu'un qui se décide quand même :

— C'est comme pour ta femme, dit-il, qu'est-ce que tu fais avec cette femme ?

— J'ai hésité longtemps. Puis maintenant je me dis pourquoi pas. Elle y tient beaucoup. Elle est dans le même bureau que moi, alors je la vois qui est là toute la journée à le vouloir, tu sais ce que c'est.

Il ne répondit pas.

— On arrive à ne plus vouloir se sortir de la merde, à se dire qu'à défaut d'autre chose, on peut faire une carrière de merde.

Il ne rit pas du tout.

— Non, dit-il — mon ironie lui avait déplu —, il ne faut pas.

— Beaucoup feraient comme moi, dis-je. Je n'ai pas de très bonnes raisons de ne pas l'épouser.

— Elle est comment cette femme-là ?

— Tu vois bien, dis-je, toujours contente. Gaie. C'est une optimiste.

— Je vois, dit-il — il fit une grimace —, je n'aime pas beaucoup les femmes toujours contentes. Elles sont... — il chercha le mot.

— Fatigantes, dis-je.

— C'est ça, fatigantes.

Il se tourna vers moi et me sourit.

— Je me demande, dis-je, si c'est la peine d'avoir de grandes raisons qui ont trait à sa vie entière pour être content. Si trois ou quatre petites conditions réunies, dans n'importe quel cas...

Il se tourna vers moi et me sourit encore.

— Les petites conditions, il faut, dit-il. Mais seulement être content, dans la vie, c'est pas assez. De temps en temps, il faut un peu plus, non ?

— Quoi ?

— Être heureux. Et l'amour, ça sert à ça, oui ou non ?

— Je ne sais pas, dis-je.

— Mais si, tu sais.

Je ne répondis pas.

— Viens à Rocca, dit-il. Si tu viens samedi, je suis là. On fait la pêche sous-marine ensemble.

On ne parla plus de soi. On arriva à Lastra et on quitta la vallée de l'Arno.

— Quatorze kilomètres encore, dit-il.

Il baissa le pare-brise et nous reçûmes le vent directement sur le visage, dans toute sa force.

— Mais qu'il fait bon, dis-je.

29

— Après Lastra, c'est toujours comme ça, je sais pas pourquoi.

On avait l'impression, à cause du vent, de rouler beaucoup plus vite. On ne se parla presque plus, il aurait fallu pour cela baisser le pare-brise et le vent était si bon qu'on n'y songeait même pas. De temps en temps, en criant, il m'annonçait.

— Encore une demi-heure, encore vingt minutes, encore quinze minutes, et tu la verras.

Il voulait dire la ville. Mais il aurait pu parler, tout aussi bien, d'autre chose, de je ne savais quel bonheur. J'étais si bien, assis à côté de lui, dans le vent, que je serais bien resté là pendant une heure encore. Mais il était, lui, si impatient de me montrer l'arrivée sur la ville que son désir l'emporta vite sur le mien. Très vite je fus aussi impatient que lui d'arriver à Florence.

— Encore sept kilomètres, criait-il. Et tu la verras, en bas, quand on passe sur la colline.

C'était peut-être la centième fois qu'il faisait ce trajet entre Pise et Florence.

— Regarde ! cria-t-il, on est juste au-dessus d'elle !

Elle brilla au-dessous de nous comme un ciel renversé. Puis, tournant par tournant, on descendit dans sa profondeur.

Mais je pensais à autre chose. je me demandais si ce n'était pas une solution que de voyager ainsi, de ville en ville, en se contentant de copains de rencontre, comme lui. Et si, d'avoir une femme, ce n'était pas, dans certains cas, superflu.

A l'arrivée, on but tous ensemble un vin blanc dans un café près de la gare. Jacqueline sortit de dessous la bâche, décoiffée, mais n'ayant subi que les premiers outrages. Sans doute pouvait-elle paraître jolie à un autre que moi. Moi, je lui trouvai bonne mine. Elle était de très bonne humeur.

Au café il me reparla de Rocca. Je le regardai bien pendant qu'il parlait — dans l'auto je ne l'avais vu que de profil. Je trouvais que tous les autres ouvriers se ressemblaient mais que lui il ne ressemblait à personne. Est-ce parce que j'avais eu, à parler avec lui, un trop grand plaisir ? Tout à coup il m'intimida un peu. Il fallait aller à Rocca, me redit-il, n'était-ce que pour me reposer. La canicule arrivait. Huit jours, qu'est-ce que c'est ? On se baignera ensemble dans la Magra et si on a le temps, on fera de la pêche sous-marine, dans un coin qu'il connaît bien, le cousin a des lunettes, il les prêtera. Alors, on ira ? On ira, dis-je. Jacqueline sourit, n'y croyant pas. A elle, il ne demanda pas d'aller à Rocca.

Ces jours-là furent, à Florence, les plus chauds de l'année. J'avais déjà eu chaud dans ma vie, j'étais né et j'avais grandi sous les tropiques, aux colonies, et j'avais lu des choses là-dessus dans la littérature, mais c'est à Florence pendant ces interminables journées que j'appris tout de la chaleur. Ce fut un véritable événement que cette chaleur-là. Il ne se passa rien d'autre. Il fit chaud, ce fut tout, dans toute l'Italie. On parla de quarante-sept degrés à Modène. A Florence combien fit-il ? Je ne sais pas. Pendant quatre jours, la ville fut en proie à un calme incendie, sans flammes, sans cris. Angoissée autant que par les pestes et les guerres, la

31

population, pendant quatre jours, n'eut pas d'autre souci que de durer. Non seulement ce n'était pas une température pour les hommes, mais pour les bêtes non plus ce n'en était pas une. Au zoo, un chimpanzé en mourut. Et des poissons eux-mêmes en moururent, asphyxiés. Ils empuantissaient l'Arno, on parla d'eux dans les journaux. Le macadam des rues était gluant. L'amour, j'imagine, était banni de la ville. Et pas un enfant ne dut être conçu pendant ces journées. Et pas une ligne ne dut être écrite en dehors des journaux qui, eux. ne titraient que sur ça. Et les chiens durent attendre des journées plus clémentes pour s'accoupler. Et les assassins durent reculer devant le crime, les amoureux. se négliger. L'intelligence, on ne savait plus ce que ça voulait dire. La raison, écrasée, ne trouvait rien. La personnalité devint une notion très relative et dont le sens échappait. C'était encore plus fort que le service militaire. Et Dieu lui-même n'en avait jamais tant espéré. Le vocabulaire de la ville devint uniforme et se réduisit à l'extrême. Il fut pendant cinq jours le même pour tous. J'ai soif. Ça ne peut plus durer. Cela ne dura pas, cela ne pouvait pas durer, il n'y avait aucun exemple que cela eût duré plus de quelques jours. Dans la nuit du quatrième jour il y eut un orage. Il était temps. Et chacun, aussitôt, dans la ville, reprit sa petite spécialité. Moi non. J'étais encore en vacances.

Ces cinq jours, pour moi, se ressemblèrent très fort. Je les passai tout entiers dans une cafétéria. Jacqueline, elle, visita Florence. Elle maigrit beaucoup, ce faisant, mais elle le fit jusqu'au bout. Elle vit, je crois, tous les

32

palais, les musées, les monuments, qu'il est possible, en huit jours, de voir. Je ne sais pas à quoi elle pouvait penser. Mais moi, à la cafétéria, pendant que je buvais des cafés glacés, des gelati et des menthes, je pensais à la Magra. A quoi pensait-elle, elle ? Ce n'était pas à la Magra, c'était très différent, peut-être même le contraire de la Magra. Et moi, toute la journée, toujours fraîche la Magra, même par les plus grosses chaleurs, toujours fraîche, me répétais-je. La mer ne me paraissait plus suffisante, il me fallait un fleuve, de l'eau sous l'ombre des arbres.

Le premier jour, j'allai de notre hôtel à la cafétéria. Après un café glacé, croyais-je, j'irais faire un tour dans la ville. Je restai à la cafétéria toute la matinée. Jacqueline me retrouva à midi, devant une sixième bière. Elle s'indigna. Quoi ! être à Florence pour la première fois de sa vie et passer sa matinée au café : « Cet après-midi, dis-je, cet après-midi, je vais essayer. » Il était entendu qu'on se promènerait, chacun de son côté, et qu'on ne se rencontrerait qu'aux repas. Donc, après le déjeuner, elle me laissa. Je retournai à la cafétéria qui était près du restaurant. Le temps passa vite. A sept heures du soir, j'y étais encore. Jacqueline m'y retrouva devant, cette fois, une menthe. Elle s'indigna encore. « Si je bouge, je crève », lui dis-je. J'en étais sûr, mais sûr aussi que le lendemain ça irait mieux.

Le lendemain ça n'alla pas mieux. Mais ce jour-là je fis l'effort convenu. Après le déjeuner, une heure après que Jacqueline fut partie je quittai la cafétéria où j'étais quand même retourné, et je m'élançai dans la rue

Turnebuone. Où était l'Arno ? J'en demandai la direction à un touriste qui me l'indiqua aussitôt. J'avais
surtout envie à vrai dire de voir les poissons crevés qui
flottaient à sa surface. J'y arrivai. Du quai, je les vis.
Les journaux exagéraient. Il y en avait, mais bien
moins qu'ils le disaient. Je fus déçu. Quant à l'Arno il
n'avait plus grand-chose de commun avec celui de la
route de Pise, avec celui de ma jeunesse en somme.
Une cochonnerie, me dis-je, un filet d'eau, et avec ça,
plein de poissons crevés encore. C'est l'Arno, me dis-je
avec mauvaise volonté. Mais en vain. Il ne me fit aucun
effet. Je m'en allai. Les rues étaient pleines, mais
surtout de touristes. Ils avaient tous extrêmement
chaud. Il y en avait deux ou trois courants qui partaient
de l'Arno. J'en suivis un pour m'encourager, et
j'arrivai sur une place. Je la reconnus. Où l'avais-je
donc vue ? En carte postale, trouvai-je. La Place des
Seigneurs, bien sûr. A son orée, je m'arrêtai. Eh bien !
la voilà, me dis-je. Elle flambait sous le soleil. L'idée
de la traverser m'anéantit littéralement. Pourtant, du
moment que j'en étais arrivé là, il fallait que je la
traverse. Tous les touristes la traversaient, il le fallait.
Il y en avait, et même des femmes et des enfants, qui la
traversaient. Est-ce qu'ils étaient tellement différents
de moi ? J'y vais, me dis-je, mais, chose imprévisible,
je m'assis sur une marche de la galleria. J'attendis. Ma
chemise, lentement, se mouillait et se collait à mon
torse. Et ma veste, lentement, se mouillait et voilà
qu'elle commençait à coller à ma chemise. Et moi, à
l'intérieur de ma veste et de ma chemise, j'y pensais, je
ne pouvais plus penser à autre chose. L'air, si on peut

34

dire, au-dessus de la place, s'irisait comme au-dessus d'une bouilloire. J'y vais, me répétais-je. Mais un ouvrier arriva droit sur la galléria. Il s'arrêta à quelques mètres de moi, tira de sa sacoche une clef anglaise de grande taille et dévissa une bouche d'eau qui se trouvait à mes pieds. Le caniveau se remplit à ras bord. Je le regardais, et un vertige me prit. L'eau sortait de la bouche en un jet brillant. Se coller la bouche sur la bouche d'eau et se laisser remplir comme le caniveau. Mais heureusement les poissons crevés remontèrent à la surface de ma mémoire. L'eau venait peut-être de l'Arno. Je ne bus point, mais je pensai à elle, la Magra, d'autant plus. Depuis mon arrivée, chaque objet, chaque heure, me la rendait plus désirable. Je le sentais bien, il en fallait encore peu, très peu, pour me faire partir à Rocca. Tout doucement j'y arrivais. Mais ce peu qu'il fallait encore, ce ne fut pas ce jour-là qu'il arriva. La Place ne fut pas suffisante. D'ailleurs je ne la laissai pas mûrir. Après avoir vu l'eau du caniveau, je renonçai à la traverser. Je me levai et m'en allai. Par des rues étroites, je regagnai la cafétéria où j'avais passé la matinée. Sans que j'eusse à parler, le garçon, rien qu'à ma vue, comprit de quoi il retournait.

— Une grande menthe glacée, me dit-il, voilà ce qu'il faut à Monsieur.

Je la bus d'un trait. Puis, affaissé sur ma chaise, je la transpirai longuement, cela jusqu'à l'heure de retrouver Jacqueline.

Ce fut ma seule promenade dans Florence, je veux

dire ma seule promenade touristique. Après quoi je ne bougeai plus du café pendant deux jours encore.

Un seul être me convenait, c'était le garçon de ce café où j'allais, c'est pourquoi toujours j'y retournais. De dix heures à midi et de trois heures à sept heures, je le regardais servir. Puis il s'occupait de moi. De temps en temps il m'apportait des journaux. Quelquefois il me parlait. « Quelle chaleur », me disait-il. Ou bien « un café glacé, c'est ce qu'il y a de mieux par la canicule. Ça coupe la soif et ça remonte ». Je l'écoutais. Je buvais tout ce qu'il me conseillait de boire. Il aimait bien jouer ce rôle auprès de moi.

En buvant un demi-litre de boisson par heure, assis dans ce café, avec ce garçon, il me semblait que la vie était encore supportable, je veux dire, digne encore d'être vécue. Le secret, c'était l'immobilité. Je ne me trouvais rien de commun avec les touristes. Eux, apparemment, n'avaient pas tellement besoin de boire. Mon désœuvrement aidant je les imaginais doués de tissus spéciaux, spongieux, qui auraient rappelé, si l'on veut, ceux des cactus — particularité qui à leur insu bien entendu avait déterminé leur vocation.

Je buvais, je lisais, je transpirais et de temps en temps je changeais de place. Je sortais de l'intérieur du café et j'allais sur la terrasse. Et puis ma foi, je regardais la rue. Le flot des touristes, remarquais-je, se ralentissait vers midi. Il reprenait vers cinq heures. Il y en avait énormément. Ils bravaient la canicule. Malgré leurs tissus spéciaux ils étaient des héros, les seuls de la ville, ceux du tourisme. Moi, j'étais la honte du tourisme. Je me déshonorais. Une fois, je le dis au garçon de café. « Je n'aurai rien vu de Florence. Je suis indigne. » Il me dit en souriant que c'était une question de tempérament, pas une question de volonté, qu'il y en avait qui pouvaient et d'autres qui ne pouvaient pas. Il était sûr de ce qu'il disait, il en avait vu des canicules. Il ajouta gentiment que mon cas était l'un des plus typiques qu'il avait jamais connu. Je fus si satisfait de cette réponse que, le soir même, je la répétai mot pour mot à Jacqueline.

Vers quatre heures de l'après-midi une arroseuse passait. Derrière elle, le macadam fumait, et mille odeurs s'élevaient de la rue. Je les humais. Elles étaient bonnes et apaisantes pour la conscience. Je me disais que j'y étais quand même, à Florence, d'une certaine façon.

Je ne rencontrais Jacqueline qu'aux repas. Je n'avais rien à lui dire. Elle, si. Forcément. Elle racontait ce qu'elle avait vu ou fait dans sa matinée, son après-midi. Elle ne me demandait plus de faire un effort, mais elle me vantait les merveilles de Florence, croyant plus habile cette manière-là de m'encourager à les voir. Sans répit, elle me les vantait. Elle parlait beaucoup, et toujours, de choses qui étaient si belles, mais si belles, vraiment, que je ne pouvais pas ne pas aller les voir, qu'il y allait je ne sais pas, de mon honneur, de ma culture, et même peut-être, de plus encore, de les voir ou pas. Je ne l'écoutais pas. Je la laissais parler autant qu'elle voulait. Je supportais assez de choses et d'elle, et de la vie. J'étais un homme précisément fatigué par la vie. Un de ces hommes dont le drame a été de n'avoir jamais trouvé de pessimisme à la mesure du leur. Ces hommes-là laissent parler les autres longtemps, mais il ne faut pas s'y fier tout à fait. Je la laissai parler pendant trois jours, deux fois par jour, à chaque repas. Puis, le troisième jour arriva.

Le troisième jour, au lieu d'aller au rendez-vous qu'elle m'avait fixé, à sept heures, à l'hôtel, je restai à la cafétéria. Je me dis que, si elle ne me trouvait pas à l'hôtel, elle viendrait me chercher à la cafétéria. D'habitude, de bonne ou de mauvaise grâce, j'étais toujours allé à ses rendez-vous. Ce jour-là, je n'en vis plus la nécessité. A sept heures et demie, comme prévu, elle arriva à la cafétéria.

— Quand même, me dit-elle gentiment, tu abuses.

Elle paraissait contente.

— Tu trouves que j'abuse ?

— Un peu, dit-elle gentiment.

Elle ne voulait pas poursuivre la conversation. Je remarquai qu'elle s'était fardée et qu'elle s'était changé de robe. Depuis neuf heures du matin, elle visitait Florence.

— Tu as été quelque part ? me demanda-t-elle.

— Non, dis-je, nulle part.

— On peut s'habituer à tout, dit-elle, même à la chaleur, il suffit de faire un petit effort...

Il y avait déjà trois ans qu'elle me demandait, chaque jour, de faire des petits efforts. Le temps passait vite.

— Tu as maigri, dis-je.

— Ça ne me fait pas de mal, dit-elle en souriant, ça reviendra vite.

— Tu devrais moins te fatiguer.

— Je ne peux pas m'en empêcher.

Ce n'est pas vrai, dis-je.

Elle me regarda, étonnée, et elle rougit.

— Tu es de mauvaise humeur, dit-elle.

— J'ai tort. Pour une fois que tu es à Florence, c'est vrai qu'il faut en profiter.

— Et toi ? Pourquoi me dire ça ?

— Moi, je n'ai pas envie.

— Tu n'es vraiment pas comme les autres.

— Oh si, dis-je, mais je n'en ai pas envie.

— Tu ne vas pas dire que la ville ne te plaît pas ?

— Je n'ai pas d'avis.

Elle se tut un instant.

— Aujourd'hui, dit-elle, j'ai vu les Giotto.

— Ça m'est égal, dis-je.

Elle me regarda, s'étonna, puis décida de passer outre.

— Quand on pense, commença-t-elle, que c'est un type qui a vécu en 1300, avant, par exemple...

Elle parla de Giotto. Je la regardais parler. Elle parut satisfaite de ce regard et elle crut peut-être que je l'écoutais. Elle en était capable. Il y avait peut-être, je ne sais pas, des mois, que je ne l'avais pas regardée vraiment.

Nous partîmes de la cafétéria. Elle continua à parler de Giotto. Elle me donna le bras. Comme d'habitude. La rue se referma sur moi. Le petit café m'apparut soudain, océanique.

Pour la première fois depuis que je vivais avec cette femme, j'eus quoi ? honte, oui, de sentir son bras enlacé au mien.

La goutte d'eau qui fait déborder le vase existe.

Même si on ne sait pas quel cheminement incroyablement compliqué, labyrinthique, cette goutte d'eau a fait pour arriver jusque dans le vase et le faire déborder, ce n'est pas une raison pour ne point y croire. Et non seulement y croire mais enfin, je le crois, quelquefois, se laisser déborder. Je me laissai déborder, tandis qu'elle parlait de Giotto.

Le lendemain, alors qu'il était entendu qu'on ne sortait pas ensemble, je lui dis que ce jour-là « non plus » je ne l'accompagnerais pas dans la ville. Elle s'étonna, mais, ne releva pas. Elle me laissa à l'hôtel. Je me levai tard, me baignai et allai immédiatement à la cafétéria. J'avais trouvé ce que j'allais faire. Je vais essayer de retrouver le chauffeur de la camionnette. Avec le garçon de café on parlait peu et toujours, soit de la canicule, soit des boissons les plus aptes à lui tenir tête. A la fin, même lui paraissait s'en apercevoir, c'était toujours un peu du pareil au même. Puis j'étais un peu fatigué de le voir s'agiter, courir d'une table à l'autre, sans arrêt. Après avoir espéré pendant deux jours qu'il trouverait un quart d'heure de répit pour boire une menthe à l'eau avec moi, je compris que c'était utopique. Alors je pensai au chauffeur de la camionnette. Après avoir bu deux cafés, je m'élançai une seconde fois dans la ville, vers la gare, pour retrouver le bar où on avait bu le vin blanc à l'arrivée. L'effort que je n'avais pas fait pour visiter la ville, je le fis pour lui, pour le retrouver, lui. J'eus si chaud que je pus croire à plusieurs moments qu'il y allait de ma vie de le faire. Pourtant je le fis jusqu'au bout. Je retrouvai le bar. Je m'expliquai, on me comprit et on me dit que malheureusement tous les ouvriers de la camionnette étaient repartis pour Pise, que c'était mercredi, qu'ils ne venaient que le samedi. En somme on me dit ce que je savais déjà. L'avais-je donc oublié ? Je ne crois pas. Non, j'avais voulu feindre de l'oublier, espérer l'impossible, narguer ce sort injuste dont je voulais croire qu'il m'était personnel. Je réussis. La nouvelle me désespéra. Je me retrouvais à la sortie du bar, convaincu qu'il n'y avait pas, dans tout Florence, quelqu'un avec qui, simplement, j'aurais pu bavarder en buvant une granita. Même lui, le chauffeur, n'était pas là. Il n'y avait dans tout Florence que des touristes et elle, Jacqueline. Les types dans mon genre, qui avaient du temps à perdre et qui répugnaient à s'agiter, je ne doutais pas qu'il en existât quelques-uns, mais où étaient-ils ? Et voulais-je vraiment les trouver ? Non. Non, ce que je voulais, c'était d'être seul avec elle dans toute la ville. Je le fus. Pendant cinq jours et cinq nuits.

Je perdis toute liberté. Elle occupa toutes mes pensées, hypothéqua mes jours, mes nuits. Un clou noir dans mon cœur.

J'étais le fils d'un fonctionnaire colonial, administrateur en chef, à Madagascar, d'une province grande comme la Dordogne et qui, chaque matin, passait en revue les membres de son personnel et qui, à défaut de fusils, leur inspectait les oreilles. Que l'hygiène exaltait ainsi que la grandeur française. Qui avait décrété *La Marseillaise* obligatoire à la rentrée des classes sur toute l'étendue de son territoire. Que mettaient en transes les tournées de vaccination mais qui, quand le boy fut si malade, l'envoya crever loin de lui. Qui recevait parfois l'ordre de recruter cinq cents hommes pour les grandes exploitations blanches, ah, les belles randonnées. Qui partait avec des hommes de troupe, des policiers pour cerner les villages et les chasser à coups de carabine. Qui, après qu'il les eut embarqués dans des wagons à bestiaux, à destination desdites exploitations, souvent à plus de mille kilomètres de là, rentrait fourbu, mais glorieux, et qui déclarait : « Ça a été dur. L'erreur, c'est de leur apprendre l'Histoire de France, la Révolution nous fait encore le plus grand tort. » Qui, cet imbécile, cet adjudant, administrait une province de quatre-vingt-dix mille âmes sur laquelle il disposait d'un pouvoir quasi dictatorial. Et qui avait été jusqu'à seize ans mon seul éducateur. Je savais donc bien ce qu'il en était de tenir quelqu'un sous une surveillance infatigable, de chaque seconde, de chaque cillement. Je savais bien ce que c'était de vivre dans l'espoir quotidien de sa mort — d'imaginer mon père tué net par une de ses recrues indigènes, avait été, vers quinze ans, mon rêve le plus délicieux, le seul qui rendît à la création un peu de sa fraîcheur originelle — et le vertige bien particulier que peut quelquefois vous donner la vue des couteaux à la table familiale — et de s'évanouir caché dans un buisson, à la vue d'un père qui passe en revue les oreilles de son personnel. Mais à Florence, pendant la canicule, je n'eus aucun souvenir de ces enfantillages.

Toute la journée, assis à la cafétéria, je me mis à penser à elle, elle avec qui j'étais enfermé dans la ville.

Je l'attendis des heures durant, comme un amoureux fou.

Sa seule vue me comblait, justifiait toutes mes attentes. Elle était non seulement l'objet de mon malheur mais son image parfaite, sa photographie. Son sourire, sa démarche, que dis-je, sa robe seule me faisait triompher de toutes mes incertitudes passées. J'y voyais clair, croyais-je.

Elle, elle n'avait jamais touché à une carabine, ni jamais passé en revue les oreilles de quiconque au monde, mais, peu m'importait, bien sûr. Elle prenait son petit déjeuner, trempait un croissant dans un café au lait, et ça me suffisait. Je lui criai d'arrêter. Elle s'arrêta, stupéfaite, je lui fis mes excuses et elle n'insista pas. Elle était petite et cela me suffisait. Elle portait une robe. Elle était une femme, cela me suffisait. Ses gestes les plus simples, ses paroles les plus anodines me bouleversaient. Et lorsqu'elle me disait passe-moi le sel s'il te plaît, j'étais ébloui par la vertigineuse signifiance de ces mots. Rien d'elle ne m'échappa, rien d'elle pendant ces cinq jours ne fut pour moi perdu. En somme le compte y fut. En cinq jours, je la regardais pour trois ans.

Je découvris beaucoup de choses. Qu'il n'y avait pas seulement qu'elle était ceci, femme, ou cela, vivante, ou encore qu'elle me convenait mal, non, qu'il y avait autre chose, c'est que c'était un être d'un genre particulier, le genre optimiste. Je me tenais sur ces gens d'intarissables discours : le propre des optimistes, c'est de vous exténuer. Ils jouissent en général d'une excellente santé, ils ne se découragent jamais, ils disposent d'une énergie considérable. Ils sont très friands de l'homme. Ils l'aiment, ils le trouvent grand, il est le principal objet de leurs préoccupations. On dit qu'en un temps très court certaines espèces de fourmis rouges, du Mexique je crois, dévorent les cadavres jusqu'à l'os. Elle a l'aspect charmant, des dents d'enfant. Elle est ma fourmi depuis deux ans, elle a, pendant ce temps, lavé mon linge et s'est occupée de mes petites affaires très ponctuellement. De la fourmi aussi elle a la grâce fragile, on l'écraserait entre ses doigts comme rien. Elle a toujours été avec moi, vraiment, une fourmi exemplaire. Qui pourrait, à elle seule, vous faire renier l'optimisme une fois pour toutes, à elle seule, vous faire tenir ses pompes pour les plus lugubres, ses œuvres pour les plus mensongères de toutes, son oppression pour la plus affreuse de toutes, à elle seule, vous le faire renier dans ses pompes et dans ses œuvres jusqu'à votre dernier souffle. Je vis avec elle depuis deux ans.

Ce fut donc à Florence que je découvris qu'elle dépassait toutes mes espérances.

La source intarissable de — comment dire ? — ma nouvelle passion pour elle fut évidemment la chaleur. Elle disait : « Moi, j'aime la chaleur » ou bien : « Tout m'intéresse tellement que j'en oublie la chaleur. » Je découvris que ce n'était pas vrai, qu'il était impossible qu'un humain pût aimer cette chaleur-là, que c'était là le mensonge qu'elle avait toujours fait, le mensonge optimiste, que rien ne l'intéressait que parce qu'elle l'avait décidé et que parce qu'elle avait banni de sa vie ces libertés qui font l'humeur dangereusement chan-

44

geante. Que si elle avait douté que la chaleur fût bonne, en effet, un jour ou l'autre elle aurait douté du reste, par exemple que ses espoirs sur moi fussent aussi fondés qu'elle le désirait. Qu'elle ne souffrait pas de douter de quoi que ce soit au monde hormis du doute qu'elle trouvait « criminel ». Si petits qu'ils aient été, qu'ils puissent paraître, je découvrais enfin, moi le champion du mensonge, que ses mensonges étaient très différents des miens.

— Même les poissons en crèvent, lui disais-je, de cette chaleur-là.

Elle riait. Je n'insistais évidemment jamais. Je découvris aussi qu'elle m'était restée toujours plus étrangère pendant le temps que nous avions vécu ensemble que par exemple les poissons franchement crevés de l'Arno qui empuantissaient avec sincérité l'air de la ville. Elle n'alla jamais les voir. Elle disait ne pas sentir leur splendide puanteur caniculaire. Alors moi je la humais comme bouquet de roses. Que même sur le temps qu'il faisait nous n'avions jamais été d'accord. Tous les temps ont leurs charmes, disait-elle, elle n'en préférait aucun et moi, j'avais toujours eu de certains temps une insurmontable horreur. Je découvris aussi que dans mon hostilité elle-même, elle avait toujours vu et qu'elle voyait encore, même à Florence, des raisons d'espérer. Nous ne sommes pas encore mariés, plaisantait-elle.

Je découvris un peu plus aussi, par exemple, qu'elle n'avait jamais eu pour les gens ni indulgence ni curiosité et que personne ne l'avait jamais troublée. Que j'étais dans son existence sa seule préférence en même temps que sa seule indulgence — l'humanité est bonne, disait-elle — qu'elle lui faisait une confiance entière, qu'elle disait être pour son plus grand bonheur mais que la détresse d'un seul homme, jamais, ne lui avait importé. Que ne lui avait jamais importé que le malheur de l'humanité. Que de celui-là, je m'en souvins, elle s'était toujours régalée à parler, qu'elle avait toujours eu une vision claire et inébranlable des remèdes à y apporter. Qu'aux crimes elle avait toujours préféré les fêtes de gymnastique, qu'elle avait toujours pris à l'amour un tendre plaisir et qu'il l'avait toujours laissée souriante, satisfaite, aussi inébranlable que les crimes. Qu'au ministère on l'aimait, que son humeur de rossignol lui avait valu une popularité sans cesse grandissante, qu'elle était de ces optimistes, on les connaît, camouflés, dont on dit qu'ils feraient le bonheur de n'importe qui, qu'ils ont du cœur, qu'ils sont compréhensifs, et que c'était surtout depuis son arrivée au bureau que ma détresse avait atteint sa plus grande ampleur. Parce que je n'avais rien de commun, décidément, avec le rossignol, le bel canto de la nature, et que j'étais le seul à savoir qu'elle ne ferait jamais le bonheur de personne.

Je ne m'ennuyais plus. Je creusais infatigablement dans cette femme, et de son existence de fourmi, haletante et fragile, je tirais des tonnes de découvertes. De l'or, à mes yeux éblouis.

Une fois, un peu honteux de tant de richesses, il m'arriva de lutter. Elle arrivait à la cafétéria. De me dire que ce n'était pas si grave, que sa robe lui allait bien, qu'avec son petit Guide Bleu, bravant la chaleur, elle en aurait attendri beaucoup, qu'elle aurait quand même convenu à bien d'autres, et qu'il n'y avait pas de raisons bien graves pour qu'elle ne me convienne pas. Mais elle approcha de la table et me dit bonjour. Alors son optimisme éclata encore une fois comme un fruit mûr. Je pus aussi peu me soustraire à le voir, qu'à voir, remontés des profondeurs de l'Arno, les poissons éclatés de chaleur. Je retournai encore une fois avec eux, ces poissons que la chaleur avait tués.

Les heures les plus fécondes étaient celles de la nuit, lorsque nous étions couchés. Je ne pouvais plus faire la part de la chaleur de la ville et celle de sa chaleur à elle. Je n'étais plus capable, en face d'elle, de faire la part de rien, de me dire que toute autre qu'elle, dans un lit, par ces nuits-là, aurait été également insupportable. Non, j'étais sûr qu'il existait des êtres dont le corps endormi aurait exhalé une chaleur supportable, fraternelle. La sienne, à mes yeux, la trahissait, dénonçait son optimisme d'éclatante et obscène façon. Ces nuits furent admirables en imaginations transportantes. Elles sont parmi les plus belles de ma vie. Je dormais mal. Je me réveillais constamment dans des sursauts — sa présence, croyais-je, à elle seule, me réveillait — et je la regardais longuement, dans la pénombre, dormir de son injustifiable sommeil. Puis quand je n'en pouvais plus de regarder cet adorable spectacle, je m'allongeais de nouveau. C'est alors que chaque nuit, un même fleuve m'apparaissait. Il était grand. Il était glacé, vierge de toute trace de femme. Je l'appelais douce- ment la Magra. Ce nom à lui seul me rafraîchissait le cœur. Nous étions seuls tous les deux, lui, ce chauffeur, et moi. Il n'y avait personne dans le paysage que nous deux. Elle, elle avait totalement disparu de ma vie. Nous nous promenions le long du fleuve. Il avait tout son temps. C'était un long samedi. Le ciel était couvert. De temps en temps nous plongions, munis de nos lunettes sous-marines, pas dans la mer, dans ce fleuve, et nous nagions côte à côte dans un univers inconnu, d'une verte et sombre phosphorescence, parmi les herbes et les poissons. Puis nous ressortions. Puis, encore, nous plongions. Nous ne nous parlions pas, nous ne nous disions rien, aucun besoin ne s'en faisait sentir. Pendant trois nuits, ce samedi se prolongea. Interminable. Inépuisable. Le désir que j'avais d'être près de lui, sur les berges du fleuve ou dans le fleuve, était tel qu'il éteignait tout autre désir. Je ne pensais pas une seule fois à une femme. Je n'en aurais imaginé aucune près de moi dans ce fleuve.

Mais le jour venu, le fleuve disparaissait de ma vie. Sa présence à elle me sautait à la gorge. Je n'avais aucun loisir de rien imaginer pour mon propre compte.

Cela cessa assez vite, avant la fin de la canicule. Un certain après-midi, brutalement.

Elle m'avait demandé de l'accompagner au musée Saint-Marc, chose qu'elle n'avait pas faite depuis mon arrivée — depuis ma nouvelle passion pour elle, j'étais gentil. J'acceptai. Elle m'occupait tant que loin d'elle j'étais en quelque sorte sans objet. Et un musée de Florence me parut être un de ces lieux du monde, avec les stades de gymnastique, où j'allais pouvoir le mieux l'épier, la surprendre en flagrant délit d'optimisme. J'acceptai donc avec empressement. Nous y allâmes.

Ce jour fut le plus chaud de la canicule. Le goudron des rues était en bouillie. On se déplaçait comme dans le sirop des cauchemars. Les tempes battaient, les poumons brûlaient. Il mourut beaucoup de poissons. Ce fut ce jour-là que le chimpanzé creva. Ravie, elle, elle marchait — un peu devant moi — comme si elle m'eût guidé et pour entretenir mon élan. Salope, me disais-je. Elle croyait avoir gagné, se retournait de temps en temps pour voir si je la suivais toujours. Et moi j'allais vers, croyais-je, mes plus grandes audaces, je ne me précisais pas lesquelles. Tout pouvait arriver. Tout va pouvoir enfin arriver, me disais-je. Je me laisserai faire. J'y étais décidé. Et alors? Je ne savais pas. J'étais inspiré, hanté par mille projets d'une indétermination sacrée. Mais si vagues, si nombreux qu'ils aient été, ils ne m'en apparaissaient pas moins grands, au contraire, ils ne m'apparaissaient si grands que parce qu'ils étaient précisément si nombreux, si vagues. Mais salope, mais salope, me répétais-je. La tête haute, je marchais vers le musée. Et à la voir, à travers les rigoles de sueur qui m'obscurcissaient la vue, me devancer si gentiment, je connus la joie de vivre, la joie d'aller vivre.

Nous arrivâmes au musée.

Il ne ressemblait pas à ceux que j'avais vus jusque-là. C'était une ancienne demeure faite pour l'été, à un étage, peinte en rose-gris, qui ne donnait pas sur la ville, mais sur un jardin intérieur, autour duquel courait une galerie ouverte, pavée de moellons rouges. Bien que je fusse ce jour-là au comble de ma passion, elle m'arrêta net dès que j'entrai. Je la trouvai très belle. Sa forme était simple, c'était celle d'un puits carré. En avais-je déjà vu d'aussi belle ? Non, je ne le crus pas. Elle l'était de façon particulière, on n'avait rien fait pour qu'elle le fût, elle l'était pour ainsi dire naturellement et pour la seule raison qu'à travers elle on devinait clairement pourquoi on l'avait construite. Pourquoi ? Parce qu'on avait de l'été une grande intelligence et peut-être même une grande expérience. Certains sans doute en auraient préféré d'autres, plus souriantes, plus ornées, et qui auraient donné sur des montagnes ou bien sur une mer au lieu de ne donner, comme elle, sur rien d'autre que sur elle-même pour ainsi dire. Mais ils auraient eu tort. Car de celle-ci, lorsqu'on sortait, on devait découvrir la ville comme au sortir d'aucune autre, comme au sortir de la mer, l'air chaud, dans l'éblouissement. Son ombre était si intense qu'on eût dit qu'un fleuve passait sous elle. Que la Magra passait sous son jardin. Lorsque j'entrai du plein soleil dans cette ombre, elle m'interdit.

— Mais viens donc, me dit Jacqueline.

Je la suivis. Elle demanda à un guide où se trouvait l'Annonciation. Pendant un congé de mon père, vers douze ans, j'avais eu une reproduction de l'ange de ce tableau accrochée au-dessus de mon lit. Deux mois en Bretagne. Et j'avais une vague envie de voir comment il était au naturel si on peut dire. On nous renseigna. Il se trouvait dans une pièce près de l'entrée. Nous y allâmes directement. Il était le seul tableau qu'il y eût dans la pièce. Une douzaine de touristes, debout, le regardaient en silence. Bien qu'il y eût trois bancs alignés face à lui, aucun touriste n'était assis. Après une toute petite hésitation, moi, je m'assis. Puis, Jacqueline, elle, s'assit à côté de moi. Je reconnus l'ange. J'en avais vu d'autres reproductions que celle de mes vacances en Bretagne, bien sûr, mais je ne me souvins bien que de celle-là. Je le reconnus, cet ange, aussi bien que si la veille encore je m'étais endormi à ses côtés.

— C'est beau, me dit Jacqueline à l'oreille.

Cette réflexion pourtant si attendue ne me fit pas l'effet que j'aurais cru. Elle ne m'en fit pour ainsi dire aucun. Je me reposais beaucoup, assis face au tableau. Depuis quatre nuits que je rêvais à ce fleuve, je n'avais presque pas dormi. Je m'aperçus brusquement de ma fatigue, elle était phénoménale. Mes mains posées sur mes genoux avaient le poids du plomb. Par la porte il entrait une lumière verte, peinte, que renvoyait le gazon du jardin. Le tableau, les touristes et moi-même baignions dans la peinture. C'était très, très reposant.

— L'ange surtout, me dit Jacqueline à l'oreille.

Les autres reproductions que j'avais eues ou vues, depuis, dans ma vie, remarquai-je, en donnaient une idée moins exacte que celle de mes vacances en Bretagne. La femme aussi je la reconnus. Lui, je l'avais connu si jeune que je ne pouvais plus savoir s'il me plaisait ou non, elle si, je le savais, elle m'avait toujours un peu déplu. Lui dit-il qu'on le lui assassinera ?

— C'est très beau, dit encore Jacqueline.

Pendant ces vacances, je m'en souvins, je m'étais souvent demandé devant qui il pouvait bien s'incliner comme ça.

— Elle aussi, remarque, ajouta Jacqueline.

Je pensais tout d'un coup à lui dire que je connaissais très bien ce salaud, cet ange. Que je le connaissais depuis que j'étais tout petit garçon. C'était un détail insignifiant de mon existence, une chose que j'aurais pu dire à n'importe qui, qui ne lui aurait rien appris sur moi et qui ne m'aurait engagé à rien vis-à-vis d'elle. Quand même, je vais le dire, pensai-je. Mais, était-ce la fatigue ? Je ne pus pas le lui dire. Ce ne fut pas tant moi qui ne le pus pas, que mes lèvres. Elles s'ouvrirent puis, curieusement, s'ankylosèrent et se fermèrent comme une valve. Rien n'en sortit. Ça ne va pas, pensais-je, un peu inquiet.

— Mais l'ange, surtout, dit une seconde fois Jacqueline.

J'essayai encore, mais en vain, je ne pouvais pas m'y résoudre, me résoudre à lui dire une chose aussi simple que celle-ci, que cet ange m'était aussi familier qu'un camarade d'enfance. Voilà. C'était simple. J'étais un homme qui s'était arrangé de telle façon dans la vie, que non seulement il n'avait personne à qui dire une chose pareille, mais pour qui dire une chose pareille était d'une difficulté insurmontable. C'était facile à dire pourtant : quand j'étais petit, j'ai eu une reproduction de l'ange de ce tableau pendant deux mois. Ou bien : c'est comme si je retrouvais un copain parce que pendant deux mois, c'était en Bretagne, je l'ai eu au-dessus de mon lit. Ça n'aurait dû poser un problème que pour un chien ou encore un poisson, mais j'étais un homme. Ce n'était pas naturel. Il y avait mille façons de le dire mais à elle, je n'en trouvais aucune. A lui, j'aurais pu dire : tu te souviens ? Mais il ne se souvenait de rien, ça ne m'aurait pas servi à le dire, on ne peut pas parler tout seul. Le soleil donnait maintenant sur le tableau. Il en était incendié. Après tout, est-ce qu'on ne pouvait pas continuer à ignorer que je l'avais connu ?

Il me parut que non, ou plutôt que le moment était arrivé pour moi de le dire à quelqu'un.

C'était une chose que j'eusse aimé dire, de très peu d'importance, certes, mais de laquelle je trouvais difficile, tout à coup, de me passer. Je découvris donc cela, mais qui cette fois ne concernait que moi — on découvre ce qu'on peut, à l'âge qu'on peut et à l'occasion qu'on peut — qu'il n'y avait pas de raisons pour que le monde ignorât plus longtemps encore que j'avais connu cet ange, étant enfant, en Bretagne, et non plus de raisons pour que je le tus davantage. Il fallait que cette chose soit dite. Sa formulation frémissait en moi avec l'indécence du bonheur. J'étais très étonné.

Je restai sur le banc très longtemps, plus longtemps que ne le méritait sans doute le tableau, plus d'une demi-heure. L'ange, bien sûr, était toujours là. Je le regardais machinalement mais sans le voir, tout attentif que j'étais au soulagement qui suivait ma découverte. Il était grand. Mon imbécillité s'en allait de moi. Immobile, je la laissais s'en aller. Après avoir retenu très longtemps une énorme envie de pisser, j'arrivai enfin à pisser. Et quand un homme pisse il est toujours attentif à le faire le mieux possible et jusqu'à la dernière goutte il reste attentif. Ainsi je faisais. Je pissais mon imbécillité jusqu'à la dernière goutte. Et puis ce fut fait. Je fus calme. Cette femme, auprès de moi, recouvra lentement son propre mystère. Je ne lui voulus plus le moindre mal. En somme j'étais devenu majeur en une demi-heure. Ce n'est pas tout à fait une façon de parler. Une fois majeur je recommençai à voir l'ange.

De profil. Il était toujours peinture. Aussi indifférent. Il regardait la femme. La femme aussi était toujours peinture, elle ne regardait que lui. Au bout d'une demi-heure, Jacqueline me dit, toujours à voix basse :

— Il y a tout le reste à voir. Les musées ferment tôt.

Je sus enfin qu'elle ne me disait cela que parce qu'elle ignorait que j'avais connu l'ange, et qu'elle ne l'ignorait que parce que je ne le lui avais pas dit et pour aucune autre raison. Pourtant je ne le lui dis pas et je ne bougeai pas de mon banc. Il m'aurait sans doute fallu pour cela plus de temps encore. L'ange resplendissait toujours, incendié de soleil. On n'aurait pas pu dire s'il était homme ou femme, non, ç'aurait été difficile, il était un peu ce qu'on voulait. Sur son dos il y avait en effet les ailes admirables et chaudes du mensonge. J'aurais voulu le voir mieux que je ne le voyais, qu'il tourne un peu la tête par exemple et qu'il me regarde. A force de le regarder et de le regarder, de baigner dans cette peinture, la chose ne me parut pas tout à fait impossible. Je crus même à un moment donné qu'il me faisait un clin d'œil. C'était sans doute un coup de réfraction de la lumière du gazon car la chose ne se renouvela pas. Depuis qu'il était là, enfermé dans cette peinture, il n'avait jamais regardé un seul touriste, attentif seulement à bien remplir la mission qu'on lui avait confiée. De toute éternité, seule la femme l'intéressait. Il fallait bien convenir d'ailleurs que l'autre face de son visage n'existait pas. Et que s'il avait tourné la tête pour me regarder, c'eût été d'un visage mince comme une pellicule, et borgne. C'était une œuvre d'art. Belle, ou pas belle, je n'avais pas d'avis. Mais avant tout, une œuvre d'art. On ne devrait pas, dans certains cas, les regarder trop longtemps. Depuis quatre cents ans avait-il fait le moindre clin d'œil à quelqu'un ? Je ne pouvais ni l'emporter, ni le brûler, ni l'embrasser, ni lui crever les yeux, ni le baiser, ni lui cracher à la figure, ni lui parler. A quoi cela me servait de le regarder encore ? Il fallait me lever de ce banc et continuer ma vie. A quoi cela m'avait servi de regarder l'autre, de profil aussi, qui conduisait sa camionnette de cette façon si buissonnière, tout en me conseillant le bonheur ? Celui à qui je rêvais chaque nuit et qui était maintenant tout aussi englué à Pise, dans sa maçonnerie, que celui-ci dans sa peinture ? Une grande douleur m'assaillit dans la poitrine à la hauteur de l'estomac. Je la reconnus. J'avais déjà pleuré dans ma vie, deux fois, une fois à Paris, une fois à Vichy, à propos de l'État civil. C'est l'ange, me dis-je, ce chauffeur, ce traître. Mais pourquoi pleurer ? La douleur augmentait : du feu dans ma poitrine et dans ma gorge et qui ne sortirait, je le savais, qu'avec des larmes. Mais pourquoi, me demandais-je toujours, pourquoi pleurer ? J'espérai qu'en trouvant la raison de cette envie bizarre, je l'enrayerais, je viendrais à bout de la douleur. Mais bientôt le feu fut dans ma tête et le ne pus plus rien chercher du tout. Je ne pus me dire que ceci : si tu en as aussi envie que ça, eh bien, il faut que tu pleures. Après, tu verras pourquoi. Du moment que tu t'empêches de pleurer, c'est que tu n'es pas honnête avec toi-même. Tu n'as jamais été honnête, il faut commencer tout de suite à l'être, honnête, tu comprends ?

Ce mot arriva sur moi, vague haute, terrifiante, il me submergea. Je ne pus l'esquiver.

Chacun a sa façon à lui de pleurer. La pièce s'emplit d'un gémissement sourd, celui du veau qui veut rentrer à l'étable, qui en a assez de la pâture et qui voudrait bien voir sa vache de mère. Aucune larme ne sortit de mes yeux. Mais le gueulement en fut d'autant plus fort. Dans le calme, qui le suivit immédiatement après, j'entendis, comme tout le monde, ces mots :

— L'État civil, fini.

C'était moi, on le devine, qui avais parlé. Je n'en sursautai pas moins. Jacqueline sursauta. Les touristes sursautèrent. Jacqueline se reprit très vite, plus vite que les touristes. La douleur disparut.

— Tu n'es vraiment pas un type comme les autres, dit-elle.

Bien que ce comportement ne me fût pas si coutumier, elle ne me posa aucune question. Mais elle me prit par le bras et elle m'entraîna hors de la pièce avec autant de précipitation que si l'Annonciation menaçait ma raison.

Je la suivis sans mal. Je le pouvais désormais. Car cette fois, j'en étais sûr, ça y était, je n'allais plus retourner à l'État civil. Elle, si, elle y retournerait. Les

56

choses étaient claires. Puisque j'étais devenu honnête, subitement ou pas, on devient bien fou subitement, et que rester à l'État civil et avec elle — je ne dissociais pas les deux choses — était malhonnête, je ne pouvais plus rester ni à l'État civil ni avec elle. Non, je n'aurais traité personne de la sorte, vraiment personne, même pas elle. Alors en vertu de quelle aberration me serais-je si mal traité moi-même ?

Les tableaux défilaient. Je marchais avec précaution, comme un automate, dans la crainte de déranger la calme sécurité dans laquelle je baignais depuis mon gueulement et ma déclaration. C'est bien simple, je n'avais même plus chaud. Pour la première fois depuis bien longtemps, depuis, je crois bien, que j'avais échappé aux Allemands, j'éprouvais à l'égard de ma personne un certain respect. D'abord j'avais souffert et bien plus encore que je ne l'avais cru, puisque j'avais pleuré, comment en aurais-je douté ? Ensuite j'avais parlé non seulement sans préméditation mais sans m'en apercevoir ou presque. Alors comme je savais bien, et que je n'étais pas fou, et que les Annonciations, ce n'est pas si fréquent que ça, ces phénomènes étranges dont j'étais l'objet m'impressionnaient un peu sur moi-même. Lequel d'entre moi avait pu si bien, et à mon insu, se mêler de mes affaires personnelles ? Je dis si bien, car ça n'a l'air de rien de quitter un emploi stable, fût-il le dernier, celui de Rédacteur 2e classe, ministère des Colonies, eh bien, moi, je savais que — surtout après huit ans —, pour ce faire il fallait, ni plus ni moins, de l'héroïsme. J'avais essayé personnellement cent fois de le faire sans y parvenir jamais. Mais lequel d'entre moi, Bon Dieu ? Comme je ne trouvais pas, je me dis qu'il valait mieux essayer de bien obéir à ses injonctions que de perdre du temps à chercher à le reconnaître. Elles me convenaient, ses injonctions, et comment, c'était quand même celui d'entre moi que je connaissais le mieux qui ne retournerait plus à l'État civil.

Jacqueline ne s'aperçut pas, du moins je crois, que je ne regardais aucune fresque. Elle marchait devant moi et je la suivais toujours. Elle s'arrêtait devant chacune. « Regarde, disait-elle, en se tournant vers moi, regarde comme c'est beau. » De chacune elle disait qu'elle était belle, ou très belle, ou extraordinaire, ou formidable. Je les regardais. Quelquefois elle, Jacqueline. La veille encore, de l'entendre parler ainsi m'aurait fait fuir du musée. Je la regardais avec curiosité, parce que, une heure avant j'aurais bien aimé la tuer. Je n'avais plus du tout envie de le faire. Ce n'était pas à faire. Je lui trouvais de l'innocence d'avoir tout ignoré de mes mauvaises intentions. Ce qui était à faire, c'était de la redonner aux autres, optimistes ou non, comme un poisson, à la mer.

Dans les jours qui suivirent je me mis à penser à elle avec, on le devine, honnêteté. Je lui voulus du bien. Mais un bien très particulier qu'il m'était impossible de ne pas lui faire. Comme j'allais la quitter et que pendant quelque temps au moins elle allait douter d'elle, douter que le bonheur humain fût aussi simple à atteindre qu'elle l'avait cru jusque-là, il lui en resterait peut-être quelque chose pour plus tard. C'était tout ce que je pouvais faire pour elle.

Le lendemain de l'histoire du musée, je lui dis :

— Depuis qu'on est là, on n'a jamais visité la ville dans le même sens. Tu marches et moi je reste assis. Pour une fois on va faire la même chose. On va aller dans une cafétéria.

Je l'entraînai à ma cafétéria puis je lui parlai un peu. Il fallait perdre un peu de temps, lui expliquai-je, sous peine de perdre tout à fait celui qu'on avait gagné. C'était difficile à expliquer, mais ce n'en était pas moins vrai. Il était entendu que moi j'en perdais trop mais elle, elle n'en perdait pas assez. Je lui dis que je l'avais entraînée à la cafétéria pour lui dire ces choses-là, que je trouvais, ajoutai-je, très importantes. Comme nécessairement, d'ici une semaine, elle allait perdre du temps à pleurer, je me dis que ce lui serait peut-être une consolation si elle se souvenait de mon beau discours. Je vis à son regard, tout à coup intimidé, qu'elle ne croyait pas un mot de ce que je lui disais et qu'elle se demandait ce qui se passait. Mais peu m'importait, je faisais ce que je croyais devoir faire, avec honnêteté.

Le jour d'après, je l'entraînai une deuxième fois à la cafétéria.

Cette fois, je lui parlai de Rocca. Je lui dis que je ne pouvais plus supporter la chaleur de Florence, que le chauffeur de la camionnette m'avait parlé de Rocca, beaucoup parlé, et que j'avais décidé d'y aller. Si elle, elle ne voulait pas y aller, elle pouvait rester à Florence. C'était comme elle voulait. Pour moi la chose était décidée, je partais pour Rocca. Elle eut le même regard que la veille, interrogateur et peut-être même un peu alarmé. Il y avait bien un an que je ne lui avais pas parlé sur ce ton aimable et si longuement. Pourtant, si alarmée qu'elle fût, elle essaya de me détourner de mes projets. Il nous restait quatre jours de vacances, était-ce la peine de quitter Florence et de faire un voyage supplémentaire ? Je lui dis que oui, que je trouvais que c'était la peine. Pourquoi la mer ? continua-t-elle. La mer n'est-elle pas partout pareille ? En France nous la retrouverions bien. Je lui dis que ce n'était pas mon avis, la mer n'était pas partout pareille, que, encore une fois, elle pouvait rester à Florence si elle le voulait, que moi, j'allais voir cette mer-là. Elle ne me répondit pas. Je cessai de lui parler et notre vieux silence la rassura un peu. Ce ne fut que le soir, dans la chambre, qu'elle m'annonça qu'elle aussi, elle allait à Rocca. Elle me dit que ce n'était pas pour la mer qu'elle y allait, mais pour être avec moi. A mon tour, je ne lui répondis pas. Elle ne me gênerait pas, à Rocca, pensais-je. Au contraire même, je croyais qu'il me serait plus facile, une fois là, de lui annoncer mes projets. Elle irait se baigner dans la mer, en général c'est ce qu'on fait quand il y a la mer et moi, j'irais me baigner dans la Magra. S'il le fallait je resterais trois jours plongé dans la Magra et s'il le fallait, trois nuits, en attendant qu'elle prenne son train. Ça me paraissait plus indiqué d'attendre dans un fleuve que dans une chambre d'hôtel, sans doute à cause de la chaleur. Et puis chacun a ses idées sur la façon la plus efficace et la moins douloureuse de se séparer de quelqu'un. Moi c'était dans la Magra que je me voyais attendre le train. Je m'y voyais déjà, caché dans ses eaux douces, comme dans le plus sûr des blindages. Là seulement je me voyais courageux. Dans une chambre d'hôtel, non.

Lors de notre dernière nuit à Florence, la cinquième de la canicule, l'orage arriva. De neuf heures du soir à minuit un vent brûlant souffla sur la ville, le ciel fut lacéré d'éclairs. Le tonnerre fut assourdissant. Les rues étaient désertes. Les cafétérias fermèrent plus tôt que d'habitude. La pluie fut très longue à arriver. Certains en désespéraient, croyaient qu'elle n'arriverait que le lendemain. Mais elle arriva vers minuit, à une vitesse folle, de coursier. Je ne dormais pas, je l'attendais. Dès qu'elle fut là je me levai et j'allai à la fenêtre pour la voir. Des trombes d'eau déferlaient sur toute la Toscane et sur les poissons morts de chaleur. De l'autre côté de la rue puis un peu partout dans la ville, des fenêtres s'éclairèrent. Les gens se levaient pour voir la pluie. Jacqueline aussi se leva. Elle vint à côté de moi à la fenêtre. Mais elle ne me parla pas d'elle, de la pluie.

— Il va faire moins chaud maintenant, dit-elle doucement, pourquoi ne pas rester à Florence ?

Je lui dis alors ce que je ne lui avais pas dit à la cafétéria.

— Il faut que j'aille à Rocca.

— Je ne comprends pas, dit-elle au bout d'un moment.

— Je ne sais pas encore très bien pourquoi, dis-je, mais quand on y sera je le saurai, je te le dirai.

— Tu es sûr que tu le sauras mieux quand on y sera ?

— Sûr, dis-je.

— Tu as toujours de drôles d'idées — elle essaya de sourire —, et moi, je te suis partout.

— Tu es gentille, dis-je.

Elle ne répondit pas. Elle n'insista pas. Elle resta à la fenêtre encore un petit moment puis, brusquement, comme si elle n'en pouvait plus de supporter ce spectacle, elle courut au lit. Je ne bougeai pas. Elle me demanda de venir la rejoindre.

— Viens te coucher, dit-elle.

Je ne répondis pas, je fis comme si je n'avais pas entendu. Depuis des jours et des jours je ne l'avais plus touchée. D'abord, parce que je ne l'aurais pas pu, ensuite parce que depuis le musée, je me savais moins fort que beaucoup et que j'avais décidé de réserver toutes mes forces pour les jours à venir.

— Mais viens donc te coucher, dit-elle.

— Je regarde la pluie.

— Tu vas la regarder longtemps ?

— J'ai envie de la regarder encore.

Elle ne me demanda plus rien. Elle avait commencé à souffrir. Une fraîcheur oubliée monta des profondeurs de la nuit et les hommes s'étonnèrent d'être capables, après en avoir tant désespéré, de s'en réjouir encore.

Je restai à la fenêtre longtemps. Je commençai à penser à elle, puis à la longue je repensai à Rocca. Au fleuve encore une fois, et à lui, encore une fois, le long du fleuve ou dans le fleuve, avec moi. Des bancs de poissons fuyaient comme des traits de lumière devant nous. Le temps était toujours couvert. Je comptai qu'on était jeudi. Il arriverait à Rocca samedi, dans deux jours. C'était long. S'il avait été à Florence on se serait promenés sous la pluie. Du côté de la gare il y avait des cafétérias qui restaient ouvertes toute la nuit. C'était le garçon de café de la cafétéria où je passais mes journées qui me l'avait dit. Je le lui avais demandé. On aurait bu, on aurait bavardé. Mais il n'était pas là, il fallait attendre samedi. Il fallait de la patience. Je restai longtemps à la fenêtre, le plus longtemps de toute ma vie à une fenêtre, à fumer, à penser à ce fleuve et à lui, et, pour la première fois, à ce que je pourrais bien faire une fois que j'aurai quitté l'État civil.

Ce n'était pas facile d'aller à Rocca. Il fallait d'abord aller à Sarzana et, de là, prendre un car. La première partie du voyage fut pénible. La canicule était passée, mais il faisait encore dans les trains une étouffante chaleur. Jacqueline eut une place assise une heure après le départ de Florence. Moi je restai à la portière durant tout le voyage. Elle ne vint pas me rejoindre une seule fois. Je crois même qu'elle ne regarda le paysage que rarement.

Nous arrivâmes à Sarzana à cinq heures de l'après-midi. Le car ne passait qu'à sept heures. Je me promenais dans la ville et Jacqueline m'accompagna toujours silencieuse. Dans les rues il n'y avait presque que des femmes. Tous les hommes travaillaient aux arsenaux de La Spezia et à l'heure où nous arrivâmes, ils n'étaient pas encore rentrés. C'était une petite ville aux rues étroites, sans arbres, aux maisons pauvres, grandes ouvertes, et groupées comme une seule et même demeure — se donnant l'une à l'autre l'ombre

63

nécessaire. La vie y était difficile. Mais la mer était proche — on la sentait dans l'air — a quelques kilomètres, comme une réserve inépuisable de bonheur. On en fit le tour très vite, en une demi-heure Après quoi je proposai à Jacqueline de boire quelque chose en attendant le car. Elle accepta. Je choisis une cafétéria sur la grande place, près de la station des cars et des tramways.

Nous y restâmes une heure a boire des cafés et de la bière, toujours silencieux. La place était inondée de soleil, pleine d'enfants.

Vers six heures et demie, les trams arrivèrent de La Spezia, chargés d'hommes. C'étaient des trams très vieux, rouillés par l'air marin. Les enfants s'arrêtèrent de jouer et les femmes sortirent des maisons pour les voir passer. Pendant une demi-heure, la place fut pleine d'appels, de salutations, de rires, et de l'énorme fracas des trams.

— Il nous reste quatre jours de vacances, dit alors Jacqueline.

Elle se plaignit du bruit des trams. Elle avait mal a la tête, et elle prit un cachet d'aspirine.

Le car arriva en même temps que le dernier tram. Il était lui aussi incroyablement vieux. Nous étions les seuls voyageurs de la station. Il suivit la route de La Spezia pendant quelques kilomètres puis, à la hauteur d'un fleuve, c'était la Magra, il tourna vers la mer. La route devint mauvaise, étroite, mal empierrée. Mais peu importait, elle longeait le fleuve. Il était grand et paisible ; sur sa rive droite il y avait toute une série de collines couronnées de villages fortifiés, et sur sa gauche la grande plaine de Rocca plantée d'oliviers.

Le voyage dura très longtemps. Le soleil se coucha peut-être une demi-heure après qu'on eut pris la direction de la mer et lorsqu'on arriva la nuit était tout à fait venue. Le car s'arrêta devant la trattoria qui donnait, je le savais déjà, sur le fleuve. Je restai à le regarder pendant un long moment, dans le noir. J'avais beaucoup pensé à lui depuis six jours et six nuits, vraiment beaucoup, plus que jamais je crois dans ma vie, à quelque chose, peut-être même jusque-là, à quelqu'un. Et, de plus, c'était ce terme-là que je m'étais donné pour parler à Jacqueline, pour attendre que parte son train, pour changer ma vie. En somme, depuis dix ans j'attendais d'être arrivé sur la rive de ce fleuve. Je fus aussi fatigué de le voir que si j'avais dû le gagner par un travail de titan.

Un vieil homme nous reçut. Il nous dit son nom : Eolo. Comme le vent ? demandai-je. Comme le vent, dit-il. Il parlait le français. Je lui dis que je venais de la part d'un jeune homme dont je ne savais pas le nom, un maçon qui travaillait à Pise, qui avait une camionnette verte, qui venait à Rocca en week-end tous les quinze jours, chez son oncle... Il chercha un peu, puis trouva tout à fait qui c'était. Il nous servit sous la tonnelle du jambon et des pâtes en s'excusant qu'il n'y ait rien d'autre. Tous les clients avaient dîné, dit-il, et en ce moment ils étaient en train de faire un tour soit vers la mer, soit au bord du fleuve. Presque tous attendaient l'heure du bal. Nous ne lui répondions pas. Il se tut. Pourtant pendant tout notre repas il resta là à nous regarder, un peu intrigué sans doute par notre air éreinté et notre silence. Immédiatement après le dîner, je lui demandai une chambre et une bouteille de bière. J'étais si fatigué, lui dis-je, que je préférais la boire au lit. Il comprit que nous voulions une chambre pour deux, je le laissai faire. On le suivit. La chambre était étroite, il n'y avait pas d'eau courante. Le lit avait une moustiquaire. Quand il fut redescendu, Jacqueline dit :

— Peut-être qu'on aurait quand même mieux fait de rester à Florence.

Le pensait-elle vraiment ou était-ce seulement pour m'inciter à lui dire ce que j'étais venu faire dans ce village perdu au bord de la mer ? Je ne sais pas, je ne voulus pas le savoir. Je lui dis que je trouvais qu'on avait bien fait de venir. Elle vit que j'étais très fatigue et qu'il m'était difficile, pénible même, de parler, elle me laissa tranquille. Je bus ma bière. Je me couchai sans même avoir le courage de me laver et je m'endormis presque aussitôt.

Je me réveillai peut-être deux heures après. Depuis la chaleur, ça m'arrivait presque chaque nuit. Je me réveillais en sursaut plusieurs fois par nuit, toujours avec l'impression d'avoir beaucoup dormi, trop même, étrangement reposé. Et me rendormir était difficile, quelquefois impossible. Il restait de la bière dans la canette. Je la bus et puis je me levai et j'allai à la fenêtre, comme j'en avais déjà pris l'habitude. De l'autre côté du fleuve, le bal battait son plein. Les airs de danse lancés par le pick-up arrivaient dans la chambre. Je n'étais plus du tout fatigué. On ne voyait

66

pas la lune, mais elle devait être là, derrière la montagne, la nuit était plus claire que lorsque nous étions arrivés. La chambre donnait d'un côté sur le fleuve, de l'autre côté sur la mer. Du premier étage on voyait mieux les lieux, en particulier l'embouchure du fleuve. Un peu sur la gauche de cette embouchure il y avait la forme blanche d'un bateau. L'entrepont était faiblement éclairé. C'était le yacht de l'Américaine. La mer était calme, mais sa surface paraissait rugueuse à côté de celle, si parfaitement lisse, du fleuve. Un ruban d'écume brillante marquait leur rencontre. J'avais toujours bien aimé les paysages de ce genre, géographiques pour ainsi dire, les caps, les deltas, les confluents, et surtout les embouchures, la rencontre des fleuves et de la mer. Tous les villages de la côte étaient éclairés. Je regardai ma montre. Il était à peine onze heures.

Je me recouchai. Sous la moustiquaire il faisait beaucoup plus chaud qu'à la fenêtre. En même temps que moi, un moustique entra dans le lit. Il ne m'avait pas dit qu'il y en avait. Depuis les colonies je n'avais plus dormi sous une moustiquaire. Il devait y avoir beaucoup de moustiques. Le fleuve. Ses berges devaient en être pleines. Cela m'était indifférent. Jacqueline dormait bien, tournée vers moi. Endormie, elle paraissait très petite, plus petite encore que dans la vie. Sa respiration, régulièrement, caressait mon bras. Je fermai les yeux et j'essayai de me rendormir. Le moustique se réveilla. Un moustique en plus de tout le reste, j'étais sûr de ne pas dormir. Et je ne pouvais pas allumer pour essayer de le tuer sans courir le risque de réveiller Jacqueline. L'idée d'être réveillé seul avec elle en pleine nuit, dans un même lit, m'aurait fait fuir ce soir-là, de honte et peut-être même de peur. Le couple que nous avions formé elle et moi, pendant deux ans, me faisait peur.

C'était facile, j'avais le choix, de croire que c'était soit elle, soit le moustique, soit le bal, qui m'empêchait de me rendormir. Je choisis le bal. De loin, comme ça, d'une chambre où on était éveillé, seul, dans le noir, on pouvait croire que c'était un grand bal, où on s'amusait beaucoup, plein de femmes. Je n'entendis bientôt plus ni le moustique ni la respiration de Jacqueline, mais seulement le pick-up, le bal. Je ne bougeais pas. J'essayais de toutes mes forces de me rendormir, de ne pas entendre le pick-up, de me forcer à ne penser qu'à des choses anodines, pas à lui, surtout pas à lui, pas au fleuve. Pendant près d'une heure, j'essayai. Et ce fut ainsi, en essayant de ne penser à rien, à des choses anodines, en essayant de me rappeler quel jour on pouvait bien être, que l'enfer commença. On commence par compter combien il y a de moutons dans ce joli pré mais quelquefois, ça peut vous mener loin. J'avais toujours eu, pour le calcul arithmétique, une curieuse disposition. Lancé, je continuai à calculer d'autres choses que les moutons. Combien me restait-il de jours avant la fin des vacances, le départ de Jacqueline ? Combien me restait-il d'argent ? Combien de mois, de semaines, de jours pouvais-je vivre avec cet argent ? Combien d'années, au fait, avais-je passé en compagnie de Jacqueline ? Et au ministère ? Dans ce bureau qui sentait la merde ? Huit ans et trois mois et six jours. Avec Jacqueline, deux ans et trois mois et

68

deux jours. On joua une samba, la même que lorsque je m'étais levé. Combien d'années me serait-il resté à faire pour avoir droit à ma retraite ? Douze. Un peu plus que ce que j'avais déjà à mon actif, la moitié en plus. Mon front se couvrit de sueur. A combien d'ores et déjà se montait la retraite proportionnelle à laquelle j'avais droit ? Je ne savais pas très bien, sans doute à un peu moins de la moitié de ma retraite ordinaire. Fallait-il la demander ou la perdre ? Fallait-il à mon âge, avoir ces soucis-là ? Quel âge avais-je ? Je découvrais brusquement que trois jours avant, à Florence, en pleine canicule, j'avais eu trente-deux ans. Je me trouvai nez à nez avec mon anniversaire. Un chiffre m'apparut en lettres de feu, il tomba sur moi et me laissa comme foudroyé. La samba revint une nouvelle fois. Non, décidai-je, je n'allais pas demander cette retraite proportionnelle à mes années de service. Je célébrerai mon anniversaire en dédaignant de demander quoi que ce soit à l'administration coloniale. Et en oubliant tout à fait ce genre de soucis-là, ces calculs, à la lueur desquels il était évidemment trop tard pour entreprendre quoi que ce soit, fût-ce même de quitter Paris, Jacqueline et les services de l'État civil. L'air cessa. J'entendis des applaudissements. Puis il recommença. Et ça recommença aussi pour moi. De nouveau je fus la proie des calculs infernaux. Ma raison s'engluait dans des opérations insolubles. Étant donné la durée moyenne de l'existence humaine pouvait-on abandonner une retraite proportionnelle au dixième de cette durée ? Autrement dit, pouvait-on se permettre de travailler, ou plutôt de vivre huit ans pour des prunes ?

Lorsqu'on atteignait trente ans surtout ? Je me couvrais de sueur, mais, je ne pouvais décider si on le devait ou non. Qui d'ailleurs aurait pu me tirer de ce genre de calculs-là ? Quels chiffres, quelle retraite compenserait jamais les huit années que j'avais endurées à l'État civil ? Aucun, bien sûr. Mais était-ce une raison pour ne pas tenter de les rattraper un tout petit peu ? pour perdre des apéritifs, des cigarettes ?

Cela dura longtemps, presque tout le temps de mon insomnie. Puis je trouvai la solution : je me levai doucement pour ne pas réveiller Jacqueline, je m'habillai dans le noir et je descendis. Il faisait frais. Devant la trattoria le fleuve s'étalait à fleur des champs d'oliviers. Sur son autre berge on voyait très fort l'emplacement illuminé du bal. De loin en loin, dans la plaine, on voyait d'autres emplacements également illuminés. On dansait partout. En été, au bord de la mer, les gens se couchaient tard. Ils avaient bien raison. Immobile, sur la berge du fleuve, je regardais le bal. Mes calculs m'étaient sortis de la tête et je ne pensais à rien d'autre, qu'au bal. Ça brillait comme un feu. Quand les gens sont seuls au milieu des musiques et des lumières, ils ont envie de rencontrer quelqu'un d'aussi seul qu'eux. C'est très difficile à supporter. Je m'aperçus que je bandais. Cela m'étonna. Non, je n'avais pas spécialement envie d'une femme. Était-ce l'effet de cette musique de danse ? Le contrecoup de mon anniversaire ? La revanche de la retraite proportionnelle ? Mais je ne m'occupais plus ni de mon anniversaire ni de ma retraite proportionnelle. D'ailleurs mes autres anniversaires ne m'avaient jamais fait

70

cet effet-là, et ma retraite proportionnelle, ça alors, rigolais-je, elle m'aurait plutôt fait l'effet contraire. Alors ? Était-ce cette envie de rencontrer quelqu'un ? De parler à quelqu'un ? De désespoir de ne rencontrer personne ? Je m'arrêtai à cette explication. La chose d'ailleurs ne m'importait pas tellement. Je me promenai peut-être un quart d'heure, les yeux sur le bal, et dans le même état. Puis, alors que j'étais sûr que ce soir-là encore, il me faudrait de la patience, je me trouvai face à face avec le vieil Eolo.

— Bonsoir, Monsieur, me dit-il.

Il marchait le long du fleuve tout en fumant. J'étais content de le rencontrer. Je n'avais jamais aimé les vieillards et leurs conversations m'avaient toujours impatienté, mais ce soir-là, j'aurais pu parler à un centenaire, que dis-je ? à un fou.

— Il fait chaud, dit-il, vous avez chaud sous la moustiquaire, non ?

— C'est ça, dis-je, on dort mal quand il fait aussi chaud.

— Ce sont les moustiquaires qui tiennent chaud. Moi, je dors sans, ma peau, elle est vieille, alors, les moustiques, ils ne veulent plus de ça.

Je voyais bien sa figure à la lueur reflétée du fleuve. C'était un paquet de rides très fines. Quand il riait ses joues se bombaient, ses yeux s'éclairaient, il prenait un air de vieil enfant un peu vicieux.

— Je ne sais pas ce qu'ils attendent pour répandre le D.D.T., là, au bas de la montagne. Trois ans qu'ils disent on vient, on vient.

Il pouvait dire n'importe quoi. Je devais le regarder

comme si c'était pour moi essentiel, ce qu'il allait me dire. Quand même il paraissait légèrement étonné.

— Il n'y a pas que les moustiques, dis-je, il y a la musique qui empêche de dormir.

— Je comprends. On ne fait pas l'habitude en un jour, dit-il, mais demain vous ferez déjà l'habitude.

— Bien sûr, dis-je.

— Eh, quand même, on ne peut pas empêcher le bal, non ?

— Oh non, dis-je, on ne peut pas.

— Mais vous verrez, dit-il, on fait plus vite l'habitude de la musique que des moustiques.

— Sans doute, dis-je.

— Ce n'est rien ici à côté des colonies, repris-je, pour les moustiques.

— Vous venez des colonies ?

— J'y suis né, j'y ai grandi.

— Le frère de ma femme, il était en Tunisie, il faisait l'épicier à Tunis.

On parla des colonies pendant un bon moment. Puis il revint aux moustiques. Cette question le préoccupait. Il s'énerva un peu.

— Un moustique, dis-je, un seul, peut gâcher une nuit.

— Vous croyez qu'ils ne le savent pas à Sarzana ? Ils le savent. Mais à Sarzana il n'y a pas de moustiques, alors ils oublient.

— Pourtant ce serait si simple. Un coup de D.D.T. et c'est fini.

— Cette mairie de Sarzana, elle ne marche pas.

— C'est par là que nous sommes arrivés. C'est une belle petite ville.

— Je ne sais pas si c'est belle, dit-il, irrité, mais ce que je sais c'est qu'ils s'occupent d'eux à Sarzana.

— Quand même, j'ai trouvé que c'était une belle petite ville.

Il se radoucit.

— Vous trouvez que c'est belle ? C'est curieux, d'habitude on ne trouve pas. Ce qu'il y a, c'est que c'est bien ravitaillé. On y va en barque chaque semaine par la Magra.

La navigation, c'était un sujet d'importance. Si je m'y prenais bien, je pouvais le retenir encore un long moment.

— Il y a beaucoup de mouvement sur la Magra ? débutai-je.

— Il y en a encore assez, dit-il. Toutes les pêches de la plaine, elles passent par ici. Dans les bateaux elles s'abîment moins que dans le train et que dans les cars.

— Et où vont-elles comme ça, ces pêches ?

Il me montra du doigt un point lointain de la côte qui brillait.

— Par là. A Viareggio. Et aussi par là — il montra un autre point de la côte de l'autre côté —, c'est La Spezia. Les plus belles partent par le fleuve. Les autres, celles pour faire la confiture, elles partent par le car.

On parla des pêches. Puis des fruits.

— On m'a dit que les fruits de la région étaient très beaux, dis-je.

— Ils sont très beaux. Mais les pêches du Piémont,

elles sont plus belles que les nôtres. Ce qui est le plus beau pour nous, c'est le marbre, ça oui.

— C'est ce jeune homme dont je vous ai parlé qui m'a dit ça. Son père habite par ici, je ne sais pas où.

— A Marina di Carrara, dit-il, vous allez sur la plage pendant trois kilomètres et vous êtes à Marina di Carrara, c'est là. Justement c'est le port du marbre. Il en part des bateaux et des bateaux.

— Il m'a dit que son cousin habitait ici aussi, dis-je. Qu'il fait de la pêche sous-marine.

— Son cousin il habite ici, dit-il, mais de l'autre côté, pas sur la mer, sur le fleuve. Il fait le marchand de fruits. Mais c'est pas très belle, son village, Marina di Carrara, c'est très belle.

— Il doit venir samedi, dis-je, on doit faire de la pêche sous-marine ensemble dans le fleuve.

— Je ne comprends pas, dit-il, ce qu'ils ont cette année avec la pêche sous-marine, tous, ils font la pêche sous-marine.

— On ne peut pas s'imaginer, dis-je, ce que c'est, quand on n'en a jamais fait. C'est très beau, il y a des couleurs extraordinaires. Les poissons vous passent sous le ventre, et puis c'est calme, on ne peut pas s'imaginer.

— Eh, vous aussi, je vois, vous la faites.

— Je n'en ai jamais fait, dis-je, je vais en faire samedi avec lui, mais c'est connu.

On n'eut plus grand-chose à se dire. Il me reparla encore du marbre.

— Vous verrez, dit-il, à Marina di Carrara, tout le marbre sur le port, il attend de partir.

74

— Il ne m'a pas parlé du marbre, dis-je machinalement. C'est cher, le marbre de Carrare.

On parla du marbre.

— C'est le transport qui le fait cher, c'est lourd, et fragile. Mais ici, bien sûr ce n'est pas cher. Dans cette plaine on est tous enterrés dans le marbre, même les pauvres — il sourit — je lui souris aussi, on pensa à la même chose. Ici, même les éviers des cuisines ils sont en marbre, continua-t-il.

Puis j'arrivai, à partir de ce marbre qui partait dans le monde entier, à le faire parler de ses voyages. Il n'était jamais allé à Rome mais seulement à Milan, c'était cette fois-là qu'il avait vu les pêches du Piémont. Mais sa femme, elle, elle connaissait Rome. Elle y était allée une fois.

— C'était pour donner l'alliance au Duce, comme toutes les femmes de l'Italie. Pour ce que ça nous a rapporté, elle aurait mieux fait de la garder.

Il aimait les Français. Il en avait connu en 1917. Il croyait que les Français méprisaient les Italiens.

— Qu'est-ce qu'on ne fait pas croire aux gens pendant les guerres, dis-je.

Mais il trouvait qu'ils avaient raison.

— Quand même, dit-il, notre petite sœur latine, ils nous ont forcés à la bombarder. Qui peut effacer ça ?

Ces souvenirs le faisaient visiblement encore souffrir. Je changeai de conversation. Au fait, que faisait-il là, si tard, à se promener sur ce chemin ?

— Le bal m'empêche de dormir, dit-il. Alors les soirs de bal je me promène. Et puis je surveille la petite, la plus jeune de mes filles, la Carla. Nous l'avons eue très tard, elle a seize ans. Si je me couchais, elle se sauverait au bal.

Il devait beaucoup aimer cette Carla. Il sourit en parlant d'elle.

— Elle n'a que seize ans. Il faut que je la surveille encore, il pourrait lui arriver du mal.

— Quand même, dis-je, de temps en temps, elle pourrait y aller. Et comment la marierez-vous, si vous ne l'envoyez pas au bal ?

— Pour ça, dit-il, on la voit suffisamment dans la journée. Elle va au puits dix fois par jour au lieu de cinq qu'elle devrait, qui seraient nécessaires et je la laisse y aller. Et puis voyez, mes autres filles, il y a bien trois ans qu'elles vont au bal et ça n'a servi à rien, elles ne sont pas encore mariées.

Il se demandait s'il arriverait jamais à les marier, surtout l'aînée. Alors que je ne m'y attendais pas du tout, dès qu'il me parla de ses filles je recommençai à bander. Une petite inquiétude me traversa. Saurai-je un jour clairement ce que je voulais ? Ce qu'il me fallait ?

— Il y a bien des candidats de temps en temps, dit-il, mais c'est pauvre, et ils ont peur devant le mariage. On gagne trop peu en Italie.

— Puis, ajouta-t-il, c'est de la Carla qu'ils veulent tous, pas des autres.

Je l'écoutais moins bien, je regardais le bal. C'était peut-être ce qu'il fallait que je fasse, en fin de compte, y aller.

— Je crois que c'est parce qu'elle, continuait Eolo, elle ne pense pas au mariage, mais seulement à danser.

Et les autres non, elles pensent au mariage. Et ces choses-là, les hommes les savent toujours.

— Toujours, dis-je, ça oui, toujours.

— Il n'y a pas que les hommes, dit-il, tout le monde préfère la Carla.

Il me parla de l'Américaine qui, elle aussi, préférait Carla à ses filles.

— On m'a déjà parlé de cette Américaine, dis-je, le chauffeur de la camionnette. Vous la connaissez vous aussi ?

Bien sûr qu'il la connaissait. Elle prenait ses repas à la trattoria, oui. Elle aimait la cuisine que faisait sa femme — cette cuisine, il fallait dire, était la meilleure de la plaine. Demain, je la verrais à la trattoria. Il ne me dit pas, lui, qu'elle était belle parce que sans doute ça ne l'intéressait plus du tout qu'elle le fût ou non, et que peut-être sa vue baissante ne lui permettait plus d'en juger. Mais il me dit qu'elle était très gentille. Et aussi qu'elle était très riche. Et seule. Elle était venue se reposer ici. Il me dit qu'elle avait un yacht mouillé du côté de la plage. Oui, je l'avais vu. Un beau yacht, il comptait sept hommes d'équipage. Elle ne voyageait pas pour son plaisir. On disait qu'elle essayait de retrouver quelqu'un, un homme qu'elle avait connu autrefois. Un drôle d'homme. Une drôle d'histoire. Mais ce qu'on disait..., ce qu'il y avait de plus sûr, c'était qu'elle était très gentille.

— Aussi simple que la Carla. Elles s'entendent bien. Quelquefois elle l'accompagne au puits.

De temps en temps elle dînait avec des marins de son

yacht. On n'avait jamais vu ça. Ils la tutoyaient, ils l'appelaient par son prénom.

— Et elle est toute seule ? dis-je, vous êtes sûr, sans un homme avec elle ? On dit qu'elle est belle.

— Puisqu'elle cherche cet homme, elle ne peut pas avoir un autre homme, non ?

— Je veux dire, dis-je, en attendant celui qu'elle cherche, si elle passe sa vie à le chercher...

Il parut un peu embarrassé pour parler de ces choses.

— C'est-à-dire, elle n'a pas un homme avec elle, je veux dire, toujours le même, ça c'est sûr. Mais ma femme, vous savez comment elles sont, les femmes, elle dit qu'elle n'est pas sans hommes, qu'elle n'est pas sans avoir des hommes de temps en temps.

— Les femmes voient bien ces choses-là.

— Elle dit, ça se voit tout de suite, c'est une femme qui ne peut pas se passer des hommes. Elle le dit sans méchanceté, c'est le contraire, elle aime beaucoup cette Américaine-là, elle l'aime la même chose que si elle était pauvre.

— Ces choses-là se voient, dis-je, en général. En somme, c'est une femme qui n'est pas difficile.

— Si on veut, dit-il en jetant un regard de côté, on peut dire comme ça, c'est une femme qui n'est pas difficile. Ma femme dit que en mer ses marins, ça suffit pour elle.

— Je vois, dis-je. C'est une drôle d'histoire.

On n'eut plus rien à se dire. Il me conseilla d'aller au bal. Il pouvait me conduire dans sa barque si je voulais. J'acceptai. Il me parla encore du fleuve. Puis un peu avant d'arriver, il me reparla encore du bal et de ses filles. J'allais les y voir ses filles, me dit-il avec un sourire que je pris pour un aimable avertissement Au fond, ajouta-t-il, si elles ne devaient pas y trouver de maris, dans ces bals, elles s'y amusaient, c'était toujours ça de pris, la vie n'était pas si gaie. Et puis — il s'énerva — il n'y avait pas de raison, pourquoi ne trouveraient-elles pas de maris comme les autres ? Qui organisait ces bals, demandai-je. La municipalité de Sarzana, c'était même la seule bonne initiative de cette mauvaise municipalité. Les ouvriers de La Spezia y venaient et c'était avec eux que les filles du pays se mariaient en général. Il me laissa sur la rive. Je lui offris une cigarette. Il repartit surveiller sa Carla.

Le bal était près du fleuve, sur un plancher posé sur pilotis. Il était entouré d'une barrière en roseaux sur laquelle pendaient des lanternes vénitiennes. Les gens dansaient aussi dehors, sur un petit terre-plein, face à l'entrée. J'hésitai, puis comme dehors il n'y avait pas de chaise, je montai. Je fis le tour des visages pour voir si je ne le reconnaissais pas, on ne savait jamais, il était peut-être arrivé plus tôt de Pise cette semaine. Mais non. Il n'était pas arrivé plus tôt. Et même, aucun ne lui ressemblait. Une nouvelle fois la fatigue me terrassa. Je m'assis à une table où il y avait quatre verres de limonade et j'attendis pour aborder une fille que la danse se terminât. Il y en avait beaucoup de filles, il y en avait bien pour une vingtaine d'hommes seuls dans mon état. Il fallait que je retrouve vite quelqu'un à qui parler encore. La danse, une samba je crois, se termina, mais on enchaîna tout de suite sur une autre danse. Personne ne s'assit. Je me promis, à la fin de cette danse-là, d'aborder une fille. Il le fallait. Et une fille précisément. J'en avais bien une, de l'autre côté du fleuve, seule dans une chambre de l'auberge, mais celle-là ne pouvait plus m'en tenir lieu. C'était une femme qui n'était pas si différente de celle que tout à l'heure j'allais aborder, sauf en ceci, qu'elle ne pouvait plus, mystérieusement, m'en tenir lieu. C'était à Vichy qu'elle avait été nommée, et que je l'avais connue. Je l'avais regardée du coin de l'œil pendant trois jours. Puis il m'était venu une idée, une de ces idées, que dans ce temps-là, j'avais quelquefois. Je m'étais dit : comme il y a six ans que j'attends de sortir de ce bordel et que je suis bien trop lâche pour en sortir tout seul, je vais violer cette rédactrice, elle criera, on l'entendra, et je serai révoqué. Un samedi après-midi, on était de permanence seuls tous les deux, je l'avais fait. Je l'avais mal fait. Elle devait beaucoup attendre un homme. Ça avait commencé par être une habitude du samedi après-midi, puis deux ans étaient passés. Je n'avais plus pour elle le moindre désir. Je n'avais jamais pu faire en sorte qu'elle me plaise. Je sens bien pourtant que j'étais fait comme les autres, pour aimer le monde entier. Pourtant, je n'ai jamais pu faire en sorte qu'elle le rejoigne et que je l'aime à son tour. Sans doute faut-il accepter ces injustices-là. Demain j'allais la faire souffrir. Elle pleurerait. C'était une prévision aussi inéluctable que celle du jour qui se lèverait. J'étais aussi totalement impuissant à l'en empêcher qu'à l'aimer. Ses larmes la pareraient d'un charme nouveau, le seul qu'elle aurait peut-être jamais eu pour moi. Il fallait me méfier. Les femmes qui dansaient me la rappelaient déjà avec une force nouvelle. Elle était seule dans la chambre, endormie, ou réveillée et se demandant où j'étais, je ne savais pas. Je l'avais laissée venir à Rocca, et je ne lui avais rien dit encore, depuis quatre jours, de ma décision. En doutais-je donc ? Non, il me semblait bien que non. Demain, elle pleurerait et, j'en étais sûr, de quelque façon que je lui parle. Son refus serait total. Elle repartirait couverte de ses larmes et moi je resterais là. Jusque dans son dernier moment, notre couple resterait illusoire. Il me vint un regret un peu fou sans doute, de ne pas l'avoir emmenée au bal. En dansant, qui sait ? on peut peut-être mieux parler, mieux se faire comprendre. Je l'aurais serrée très fort dans mes bras : « Je reste à Rocca, je n'en peux plus. Cette séparation est nécessaire, tu le sais aussi bien que moi. Nous formions un mauvais couple, nous mourions de faim au milieu de la richesse du monde. Pourquoi nous être traités si mal ? Ne pleure pas. Vois comme je te serre dans mes bras. Je pourrais presque t'aimer. C'est cette séparation qui fait ce miracle. Essaye de comprendre comme elle est nécessaire. Et alors nous nous comprendrons enfin tous les deux — comme n'importe qui peut toujours comprendre n'importe qui. »

Je me disais ces beaux discours avec une telle force que je ne voyais plus les filles du bal. Mais tout en sachant qu'en face d'elle, de ses yeux aveuglés de larmes imbéciles, je ne les tiendrais pas. C'était en somme, comme si pour moi, la chose était entendue, et ils me venaient à l'esprit comme parfois, certaines imaginations devant l'irréductible injustice de la vie, la mort.

La samba prit fin.

Quatre jeunes filles vinrent s'asseoir à la table où j'étais déjà. J'en choisis une qui me regardait, très vite. La danse recommença, un blues cette fois, mal joué. Je l'invitai à danser. Il y avait quand même une question que je devais lui poser.

— Vous n'êtes pas la fille d'Eolo qui tient l'auberge de l'autre côté du fleuve ?

Elle ne l'était pas.

— Je suis content de vous avoir trouvée, dis-je, je suis tout seul.

Elle paraissait flattée. J'étais le seul Français du bal.

— Quand vous êtes entré j'ai vu tout de suite que vous cherchiez une jeune fille avec qui passer la soirée, dit-elle.

Je ne la contredis pas.

— Je suis seul. Je suis arrivé aujourd'hui.

— Je vois. Tout seul en Italie ?

— Oui, dis-je.

Plus seul encore que si elle n'avait pas été de l'autre côté du fleuve, seule, elle aussi dans la chambre. Plus seul qu'elle. Plus seul sans doute que si je l'avais aimée. La séparation d'avec quiconque n'est jamais naturelle. J'avais vécu avec elle des grands jours d'horreur. Je savais que je ne la remplacerais jamais. Et que, envers et contre tout, notre couple abstrait, désolé, notre erreur, en somme, était désormais vraie.

Moi, dit la fille, je n'aime pas ça, d'être seule

— C'est-à-dire que je ne le suis pas comme on pourrait le croire. J'ai une femme avec moi. En ce moment, elle dort à l'auberge. Nous allons nous quitter.

La danse prit fin. Nous nous assîmes l'un près de l'autre, près du bar. Elle était sérieuse.

— Ça fait toujours de la peine, dit-elle.

Elle brûlait d'envie de me poser des questions, mais discrètement elle attendait que je parle. Ça devait être une fille passionnée par ce genre d'histoires.

— Elle est gentille, la renseignai-je, elle est jolie. Je n'ai rien de bien sérieux à lui reprocher. Nous ne sommes pas faits l'un pour l'autre, c'est tout. Des choses qui arrivent tous les jours.

Lorsqu'il sera retourné à Pise, pensais-je, je resterai à Rocca chez le vieil Eolo. J'irai à Sarzana regarder passer les trams. Pour commencer, pendant quelques jours c'était ce que j'allais faire. Je ne voulais rien envisager de plus lointain. L'été battait son plein, je ne devais pas le quitter. Je ne devais rentrer en France que lorsqu'il se terminerait. Pas avant. J'avais besoin pour le moment d'une chaleur torride qui me clouerait là où je me trouvais et qui aurait raison de mes dernières raisons de douter. De douter par exemple qu'il faille écrire à l'administration coloniale pour ma retraite proportionnelle. C'était une lettre difficile à faire, et ici, le soleil, l'été, le fleuve me décourageraient de la faire. Ailleurs, je n'aurais pas été sûr, un beau soir, de ne pas la faire. Dans deux jours nous ferions de la pêche sous-marine. Pendant deux jours. Ensuite, je l'attendrais jusqu'à l'autre samedi. Je connaissais le vieil Eolo à Rocca. Je devais rester là où je connaissais quelqu'un. Je ne devais plus rester seul, plus jamais, plus jamais cette abomination, ou alors tout pouvait arriver. Je me connaissais bien, j'étais faible, capable de toutes les lâchetés.

— Vous ne parlez pas beaucoup, dit la jeune fille.

— Forcément, dis-je, je suis un peu ennuyé à cause de cette histoire.

— Je comprends. Elle le sait que vous allez la quitter ?

— Je le lui ai dit, une fois. Mais sans doute ne l'a-t-elle pas cru.

A Rocca, avec l'été. Il m'aiderait beaucoup. Je me méfiais de moi comme de la peste. Ça me servait enfin à quelque chose d'avoir eu pendant des années la réputation d'un incurable velléitaire.

— C'est toujours comme ça, dit la jeune fille, on ne veut pas le croire. Peut-être que vous le lui avez dit souvent sans avoir le courage de le faire.

Je trouvais naturel de lui en parler. Tout le monde pouvait juger de ce qui m'arrivait, de ma situation si difficile. D'ailleurs je n'avais rien d'autre à dire à personne, même à une femme, que mon histoire.

— Non, dis-je, j'y pense depuis deux ans, depuis que je l'ai connue, mais c'est la première fois que je le lui dis.

— Dans ce cas, elle devrait le croire.

— Elle ne le croit pas.

Elle réfléchit. Ce qu'il y avait de plus sérieux pour elle, dans la vie, c'étaient les histoires d'amour.

— Alors, qu'est-ce qu'elle peut bien croire d'autre ?

84

— Elle croit que c'est une façon de parler.

Elle réfléchit encore.

— Peut-être quand même que vous n'allez pas le faire, dit-elle. Quand même, elle doit vous connaître.

— Quoi?

— Eh bien, la quitter.

— Jusqu'à la dernière minute, bien sûr, on ne peut pas savoir, mais je crois que je le ferai.

Elle se tut encore longuement, tout en me regardant attentivement.

— C'est curieux, dit-elle enfin. Puisque vous n'en êtes pas aussi sûr que vous le dites, moi je crois que vous le ferez peut-être.

— Moi aussi je le crois, je ne sais pas très bien pourquoi, mais je le crois. Pourtant je n'ai jamais pris de décisions semblables dans ma vie, de décisions sérieuses, je n'y suis jamais arrivé.

— D'abord, dit-elle, poursuivant son idée, vous savez qu'on ne peut jamais être sûr qu'on va faire une chose qu'on s'est promis de faire. Ensuite vous avez l'air très calme, vous allez voir, vous allez le faire.

— Je le crois. Au fond, c'est très simple. Elle, pour commencer elle fera ses valises et je la regarderai les faire, puis elle prendra le train et je regarderai le train partir. Ce que je veux ne me demande même pas de bouger le petit doigt. Je n'ai qu'à me dire tout le temps, ne bouge pas, ne bouge pas. C'est tout.

Elle vit tout. Elle me vit dans la chambre, elle vit les valises, le train, tout. Et finalement, elle dit:

— Vous ne pouvez pas rester dans la chambre

pendant qu'elle fait ses valises, ça, vous ne le pouvez pas, il faut sortir pendant qu'elle les fait.

— C'est vrai, dis-je, les valises, c'est une chose épouvantable, puis on les fait toujours très tôt, surtout quand on est en colère.

— Oui, puis il y a des fois, dit-elle, où on ne les fait pas pour s'en aller, mais pour faire peur à l'autre. Les femmes, toutes les femmes ont fait leurs valises pour rien une fois dans leur vie. On les fait pour qu'on vous retienne.

— C'est une femme courageuse, elle, elle les fera pour de bon.

— Je vois, dit-elle après un silence, de quel genre elle doit être.

— Je n'irai pas dans la chambre, dis-je, vous avez raison. J'avais pensé que je pourrais me baigner dans la Magra, y rester à faire la planche — pendant trois jours s'il le fallait, si par exemple pendant trois jours, elle espère que je repartirai avec elle.

Elle sourit.

— C'est sûr, dit-elle, qu'il faut que vous la quittiez.

Sans doute eût-elle aimé qu'on en parle encore, mais elle vit que moi, tout à coup, je n'en parlais plus si facilement.

— Si on dansait, dit-elle.

Elle se leva et je la suivis. Elle dansait bien. On dansa un moment sans se parler. C'est elle qui reprit.

— C'est drôle, dit-elle, dans ces histoires-là, je suis toujours pour les hommes contre les femmes, je ne sais pas pourquoi. Peut-être parce que les femmes aiment tout garder, les bons et les mauvais hommes. Elles ne savent pas vouloir changer.

— Je lui ai fait une vie difficile, dis-je, je suis sans gentillesse aucune avec elle.

— Et elle doit être sérieuse, poursuivit-elle, et elle, elle ne doit pas vous tromper. Celles-là, ce sont les pires de toutes, les femmes sérieuses. Ce ne sont pas tout à fait des femmes.

Elle me dit qu'elle avait soif et qu'il fallait boire un peu. On s'arrêta de danser. Le chianti qu'on nous servit au bar était tiède, mais elle ne parut pas s'en apercevoir. Elle aimait boire.

Je la regardai pour la première fois. Elle avait un visage assez banal aux traits un peu flous, un corps vigoureux, de très beaux seins. Elle devait avoir dans les vingt-cinq ans. Après avoir bu le chianti on dansa encore.

— Et vous ? demandai-je.

— Je suis vendeuse, dit-elle, à Sarzana. Je viens danser ici le soir. Je suis mariée avec un marin. Il y a longtemps que c'est fini entre nous, mais en Italie on ne peut pas divorcer. C'est très cher, il faut aller en Suisse. J'ai essayé d'économiser pour ça pendant trois ans, mais j'y ai renoncé. Il me faudrait quinze ans pour y arriver. Je prends la vie comme elle vient.

Notre table fut prise. On se tenait debout avec d'autres, près du pick-up. On joua la fameuse samba. Aimait-elle cet air ? Elle l'aimait. Il était à la mode, cette année, dans toute l'Italie du Nord et tout le monde le chantait. Elle me plaisait cette fille. Je lui demandai son nom.

— Candida, me dit-elle, comme si c'était un nom pour moi. Elle rit.

— Tu as beaucoup d'amants ?

— J'en ai suffisamment. Je serai toute ma vie vendeuse et mariée à ce marin, alors... Ce que je regrette c'est les enfants, c'est tout.

— Quand il y en a un qui te plaît plus que les autres, tu le gardes ?

— Je fais tout pour le garder.

— Tu supplies ? Tu pleures ?

— Je supplie, je pleure, dit-elle en riant. Mais il arrive que ce soit l'autre aussi qui supplie.

— J'en suis sûr, dis-je.

On dansa encore une heure tout en bavardant puis, au milieu d'une danse, je l'entraînai dehors.

Quand je la quittai la lune était couchée, il faisait nuit noire. Elle s'endormit à moitié sur la berge du fleuve.

— Je me couche tard, me dit-elle, et le matin je me lève tôt, et je travaille toute la journée. Alors, ça me donne sommeil.

— Je vais rentrer, dis-je, il ne faut pas que tu t'endormes.

Elle dit qu'elle avait sa bicyclette par là et qu'elle allait rentrer. Je lui dis que j'essaierais de la revoir, elle accepta, elle me donna son adresse à Sarzana.

Je rentrai avec le passeur. Eolo se promenait toujours. Il aurait bien voulu qu'on bavarde encore mais j'avais sommeil. Je lui demandai une chambre à un lit pour moi tout seul. Il ne s'étonna pas outre mesure. En montant je passai devant la chambre de Jacqueline :

aucune lumière ne filtrait au-dessous de la porte. Elle dormait toujours.

Le lendemain je me réveillai tard. Jacqueline m'attendait en bas sous la tonnelle. Qu'est-ce qu'il t'arrive ? Elle savait par Eolo que j'avais changé de chambre dans la nuit. Je lui donnai une brève explication. La chaleur, lui dis-je, à deux dans la chambre on étouffait et je ne pouvais pas dormir. Elle eut l'air de se contenter de mon explication. Nous prîmes le petit déjeuner ensemble. Elle était changée, presque de bonne humeur. Au fond, ce n'est pas une mauvaise idée d'être venus ici, on se reposera. Je ne relevai pas l'ironie de la chose. Je lui dis que j'allais me baigner dans la Magra. Quelle idée quand il y a la mer à côté, me dit-elle. Je ne l'invitai pas. Elle partit sur la plage et elle me fit promettre de l'y rejoindre après mon bain dans la Magra. Je le lui promis.

Il faisait presque aussi chaud qu'à Florence. Mais ici, ça n'avait pas d'importance. Je me baignai longtemps. Eolo m'avait prêté une barque, de temps à autre je sortais de l'eau et je me reposais dedans, allongé sous le soleil. Puis je plongeais de nouveau. Ou encore je me promenais. Mais c'était dur de ramer, le courant était fort. Pourtant je réussis une fois à aller sur l'autre rive sans trop dériver vers l'embouchure. Je reconnus l'emplacement du bal, complètement désert, et un peu plus loin, l'endroit où nous nous étions arrêtés avec Candida. Il y avait très peu de maisons qui donnaient directement sur le fleuve, mais surtout des vergers entourés de palissades. Devant chacun d'eux il y avait un petit ponton privé et des barques que des paysans chargeaient de fruits. A mesure que la matinée passait la circulation devenait plus intense. La plupart des barques chargées allaient vers la mer. Leurs chargements étaient recouverts de bâches à cause du soleil. La Magra devait être tout aussi admirable qu'il l'avait dit. Ses eaux étaient claires, si tièdes qu'on aurait pu dormir dedans. Mais après une semaine passée en haut des immeubles de Pise, sous un soleil d'enfer on devait sans doute encore mieux l'apprécier que moi. Je n'avais à me reposer de rien, que d'un mauvais passé, de mensonges et d'erreurs. Il suffisait que je sorte un peu longuement de l'eau pour que de nouveau, il me soulève le cœur et pour que je doute de l'avenir. Dans l'eau, au contraire, je l'oubliais, les choses me paraissaient plus faciles, j'arrivais à imaginer des avenirs acceptables, et même heureux. Ça m'avait fait du bien d'aller au bal. Il fallait continuer. Avoir d'autres copains que lui, d'autres filles. La nouveauté de Candida m'avait bouleversé, elle s'en était étonnée, elle m'avait dit mais il faut que tu la quittes, il faut que tu la laisses partir Il le fallait. Je devais me répéter inlassablement qu'on ne pouvait pas, qu'on ne devait pas vivre comme j'avais vécu jusque-là. Je devais me tenir à la simplicité de cette résolution pratique, à cette méthode, ne la contester en faveur d'aucune considération, aucune Il fallait, dans la vie, tôt ou tard, en arriver là En Italie, on devait pouvoir trouver plus aisément encore qu'ailleurs des gens prêts à vous parler, à passer du temps avec vous, à perdre du temps avec vous. Je nageais tout en me répétant ce credo, en me le ressassant et je me promis, raisonnablement, si je

90

n'arrivais pas à changer ma vie, de me tuer. Ce n'était pas difficile, je choisis entre deux images : me voir monter dans le train ou me voir mort. Je choisis de me voir mort. Les yeux de celui qui montait dans le train me faisaient en effet plus peur encore que ceux fermés du mort. Une fois cette promesse faite, le fleuve devint une des choses délicieuses du monde, comme le sommeil, le vin, comme son amitié.

L'heure vint de rejoindre Jacqueline sur la plage. Peut-être qu'une fois de plus je n'y serais pas allé si je ne m'étais pas souvenu tout à coup de l'Américaine. J'eus envie de la voir, une envie légère, que dix jours avant j'aurais essayé de surmonter, mais que je ne voulais plus surmonter. Évidemment il n'était pas question pour moi de connaître cette Américaine, mais seulement de la voir. Ce n'était pas tant ce qu'on m'avait dit de sa beauté qui m'en donnait envie, mais plutôt le peu qu'on m'avait dit de l'existence qu'elle menait. Et puis, j'avais toujours aimé les bateaux. Alors, même si je ne la voyais pas, je verrais toujours son yacht. Tout le monde, à cette heure-là, devait être à la plage. Encore et encore, je voulais oublier qu'il me fallait parler à Jacqueline.

Je ramenai la barque à Eolo et je partis pour la plage.

Je vis immédiatement qu'elle n'y était pas. Comme ils m'avaient tous dit, sauf Eolo, qu'elle était très belle, il était facile de voir qu'il n'y avait sur la plage aucune femme qui aurait pu être cette Américaine. Il n'y avait là que quelques baigneurs qui étaient pour la plupart des clients de l'hôtel et que j'avais déjà vus le matin au petit déjeuner. Mais son yacht y était ancré à deux cents mètres de l'embouchure, très exactement en face de l'endroit où les gens se baignaient. Dès que Jacqueline me vit arriver, elle courut vers moi.

— Ça va ? Tu t'es bien baigné ?

— Ça va.

Elle me sourit et me répéta presque mot pour mot ce qu'elle m'avait dit ce matin, que cette nuit elle m'avait cherché dans tout l'hôtel, que je m'étais levé une heure après elle, que le vieil Eolo lui avait dit que j'étais allé le voir en pleine nuit pour lui demander une autre chambre (il ne lui avait pas dit que j'étais allé au bal), qu'elle n'avait pas osé me réveiller, etc. Elle n'avait pas tant parlé depuis trois jours. Le bain, pensais-je. Je regrettais de l'avoir emmenée à Rocca. A propos de la chambre, je lui dis ce que je ne lui avais pas dit le matin, que mon anniversaire m'avait donné une insomnie, et que le soir de son anniversaire, quelquefois, on avait besoin d'être seul. « Mon pauvre chéri, s'écriat-elle, et moi qui n'y ai pas pensé à ton anniversaire ! » Le bain, le bain. Il fallait que je lui parle aujourd'hui même. Elle portait, je me souviens, un maillot bleu un peu passé de couleur et de forme, que je lui connaissais déjà pour l'avoir vu à La Baule l'année précédente. Était-ce la canicule qu'elle avait affrontée à Florence ? Malgré son excellente humeur, je la trouvais maigrie, fatiguée.

— Viens te baigner, dit-elle.

J'avais marché dans un chemin sans ombres pour venir jusque-là, mais mon bain dans la Magra avait été très long et il m'avait assez rafraîchi pour que je puisse encore supporter le soleil de la plage. Non, je ne voulais pas me baigner tout de suite. Elle s'en alla reprendre une partie de ballon qu'elle avait abandonnée lorsque j'étais arrivé. Elle jouait avec un jeune homme et elle criait, elle riait, et elle se donnait beaucoup de mal pour me faire croire qu'elle s'amusait. Elle jouait mal et tout en regardant sans cesse de mon côté. Je regardais au loin, les yeux à moitié fermés, mais je la voyais quand même. Ce n'était que lorsqu'elle me tournait le dos que j'osais regarder le yacht. Il était d'une éblouissante blancheur. C'était impossible de le regarder longtemps, il cinglait les yeux comme un fouet. Pourtant je le regardais jusqu'à la limite de mes yeux, jusqu'à ne plus le voir. Alors seulement je les fermais. Je l'emportais dans mon obscurité. Il m'emplissait d'une torpeur écrasante. C'était un trente-six mètres à deux ponts. Ses coursives étaient peintes en vert. Il avait un gréement pour les mers calmes. Vraiment, c'était si douloureux de le regarder que j'aurais pu croire que mes yeux pleuraient. Mais je m'étais sans doute suffisamment empoisonné la vue, la vie jusque-là, pour aimer les brûlures de ce genre. De temps en temps, des hommes passaient sur les ponts. Ils allaient et venaient entre les coursives et le pont avant. Son mât de pavillon était nu. C'était très rare qu'on ne le hissât pas. Était-ce par simple négligence ? Sur son flanc, en lettres rouges était écrit son nom : *Gibraltar.* Jacqueline passait en courant entre lui et moi, mais, vite, elle ne me gêna plus. Mais comme sa blancheur était impitoyable. Immobile, ancré dans la mer bleue, il avait le calme et l'arrogance d'un rocher solitaire. Elle y vivait toujours, m'avait-on dit, toute l'année. Mais je ne voyais toujours pas parmi les marins de silhouette de femme.

Le yacht sur la mer ne fit plus aucune ombre. La chaleur était terrible. Il ne devait pas être loin de midi. Jacqueline cessa de jouer au ballon, elle cria qu'elle n'en pouvait plus et elle plongea dans la mer. Je me rappelai alors la promesse que je m'étais faite dans le fleuve, mais ce fut la dernière fois de ma vie. Sitôt après, était-ce le soleil ? je ne pensais plus à parler à Jacqueline, mais à rentrer et à prendre un apéritif. J'en prendrai un, me dis-je, avec le vieil Eolo. Sitôt que je l'eus, cette idée me parut être la meilleure que j'eusse eue depuis longtemps. Je cherchais longuement de quel apéritif j'avais envie et je les passais tous en revue. Cela m'occupa beaucoup, profondément. Finalement, j'hésitai entre le pastis et la fine à l'eau. Le pastis, c'était la boisson par excellence que sous ce soleil-là il fallait s'envoyer dans l'estomac. La fine à l'eau, à côté, était, oui, nocturne. Et on ne pouvait bien voir se troubler, s'iriser, se lactifier un pastis qu'à la lumière du soleil. La fine à l'eau, c'était fameux, mais l'eau vous faisait toujours un peu regretter la fine. Tandis qu'on ne pouvait pas regretter le pastis qui ne se buvait pas sans eau. J'allais m'en envoyer un à ma propre santé. Mais alors que je ne faisais encore qu'y penser, à ce pastis, une étrange idée me vint. Celle des cuivres. Pourquoi ne ferais-je pas les cuivres sur ce bateau-là ? Je la chassai et repensai au pastis. Ah ! qui n'a pas eu envie d'un pastis après un bain de mer pris en Méditerranée ne sait pas ce que c'est qu'un bain de mer pris le matin en Méditerranée. Et les cuivres, tu sais les faire ? Qui ne le sait pas ? Non, qui n'a pas connu la force de cette envie de pastis sous le soleil, après le bain, n'a jamais senti l'immortalité de la mortalité de son corps. Mais tout à coup je fus inquiet. Je n'avais jamais aimé le pastis. J'avais essayé deux ou trois fois d'y goûter, mais sans beaucoup de plaisir. Je lui avais toujours préféré la fine à l'eau. Qu'est-ce qui me prenait d'avoir envie d'un pastis sans y avoir une nouvelle fois goûté depuis que je ne l'aimais pas ? Encore une fois, qu'est-ce qui m'arrivait ? J'ai attrapé une insolation, dis-je, pour essayer de m'expliquer à la fois ce goût nouveau et le plaisir disproportionné que je me promettais d'y prendre. Je remuais la tête dans tous les sens pour la rafraîchir et essayer de me comprendre. Comment sait-on qu'on est en train de devenir fou par insolation ? A part cette envie — et celle des cuivres — je n'avais rien d'anormal, je me sentais très bien. Il faut te calmer, me dis-je. Je me recouchai sur le sable. Mais Jacqueline qui sortait de l'eau, alertée par ma bizarre attitude, arriva près de moi.

— Qu'est-ce qui t'arrive encore ? me demanda-t-elle, elle aussi.

— Rien, dis-je, c'est le soleil qui me gêne un peu. Je crois que je vais aller boire un pastis.

— Un pastis ? Tu n'as jamais aimé le pastis. Elle devint agressive. Tu vas encore te remettre à tes apéritifs.

— Le premier homme de l'âge moderne, dis-je, est celui qui, le premier, a eu envie de quelque chose comme d'un apéritif.

Elle me regarda attentivement.

— Qu'est-ce qui t'arrive ? répéta-t-elle.

— Celui qui par un beau matin, plein de force et de santé, est revenu de chasser pour retrouver sa petite famille et qui au moment de rentrer dans sa case et d'y retrouver son bonheur, s'est mis à humer l'air verdoyant des forêts et des rivières et à se demander ce qui pouvait bien lui manquer, alors qu'il avait femme, enfant et tout ce qu'il fallait et qui a rêvé d'un apéritif avant qu'on l'invente, celui-là, c'est le vrai génial Adam, le premier vrai traître à Dieu et notre frère à tous.

Je me tus, épuisé.

— C'est pour me raconter ça que tu m'as fait venir à Rocca ? — Elle se reprit. — Crois-moi, tu ne devrais pas rester au soleil.

— Ce ne fut pas la pomme de l'arbre que le serpent désigna, ce fut celle pourrie qui était tombée par terre. Notre Adam à nous s'est penché sur la pomme pourrie, l'a humée et elle lui plut. Dans la pomme pourrie, dans l'acide fermentation bulleuse et véreuse de la pomme à calvados, il découvrit quoi ? — l'alcool. Il en eut besoin parce qu'il était intelligent.

— Crois-moi, supplia Jacqueline, tu devrais te tremper dans l'eau.

— Tu crois vraiment ? demandai-je.

Je courus à la mer, plongeai et ressortis aussitôt. L'envie de pastis résista. Je n'en dis rien à Jacqueline.

— Ça va mieux ?

— Ça va, dis-je, je rigolais, c'est tout.

— Ça ne t'arrive pas souvent, dit-elle, j'étais inquiète. Ils disent tous que le soleil est terrible.

Et elle ajouta, après un moment et en ayant l'air de s'excuser :

— Et moi qui justement voulais te demander de prendre un bain de soleil avec moi derrière les roseaux.

J'acceptai. Je me levai, encore mouillé, et nous grimpâmes le long des dunes où se trouvaient les roseaux. Ils étaient secs, et noirs, et si touffus qu'ils amortissaient même le bruit de la mer. Jacqueline étendit sa serviette sur un espace nu et elle retira son maillot. Je m'allongeai assez loin d'elle. Je pensais toujours au pernod pour ne pas penser aux cuivres. Du moins c'était ce à quoi je croyais vouloir éviter de penser.

— Qu'est-ce que tu as depuis quelques jours ? demanda Jacqueline, tu m'en veux ?

— Ce n'est pas ça, dis-je. Je crois seulement qu'il faut que nous nous quittions.

Au-dessus de nous, sur notre gauche, les flancs neigeux des montagnes de Carrare étincelaient. De l'autre côté, sur les collines, les villages paraissaient, par contraste, très sombres, enfouis dans leurs murailles, leurs vignes et leurs figuiers.

Elle ne répondait toujours pas. Je me dis que la poussière qui s'élevait des rues de Sarzana, que j'avais trouvée si blanche, était peut-être de la poussière de marbre.

— Je ne comprends pas, dit-elle enfin.

J'attendis, moi aussi, un petit moment pour répondre.

— Mais si, tu comprends.

Lorsqu'elle sera partie, me dis-je, j'irai dans les carrières de Carrare, me promener.

— Mais pourquoi, pourquoi, tout d'un coup, dire ça ?

— Ce n'est pas tout d'un coup. Je te l'ai dit à Florence, au musée.

— Parlons-en, dit-elle méchamment, du musée. D'ailleurs tu as parlé de l'État civil.

— C'est vrai, dis-je, mais ça revient au même. Je reste en Italie.

— Mais pourquoi ? demanda-t-elle d'un ton effrayé.

Peut-être qu'il viendrait lui aussi dans les carrières de marbre.

— Je ne t'aime pas. Tu le sais.

J'entendis un sanglot. Un seul sanglot. Elle ne me répondit pas.

— Tu ne m'aimes pas non plus, dis-je avec la douceur que je pouvais.

— Ce n'est pas possible, dit-elle enfin, qu'est-ce que j'ai fait ?

— Rien. Je ne sais pas.

— Ce n'est pas possible, cria-t-elle, il faut que tu t'expliques.

— Nous ne nous aimons pas, dis-je. On ne peut pas expliquer ça.

La chaleur commençait à être étouffante.

— Alors ? cria-t-elle.

— Je reste en Italie, dis-je.

Elle attendit un moment et elle dit, sur le ton de l'affirmation :

— Tu es fou.

Puis elle continua, sur un autre ton, cynique, cette fois :

— Et on peut savoir ce que tu vas faire, en Italie ?

— N'importe quoi. Pour le moment je reste ici. Après je ne sais pas.

— Et moi ?

— Tu rentres, dis-je.

Elle se reprit, devint agressive.

— Je ne crois pas à ce que tu dis.

— Il faut que tu le croies.

Brusquement elle se mit à pleurer, sans colère, et comme s'il y avait eu très longtemps qu'elle s'attendait à ces choses.

Il n'y avait pas de vent, les roseaux l'arrêtaient. La sueur me sortait de partout, des plis de mes paupières, de l'épaisseur de mes cheveux.

— On ne croit pas un menteur, dit-elle, tout en pleurant, je ne peux pas te croire.

— Je mens beaucoup moins, dis-je. Et pourquoi voudrais-tu que je te mente en ce moment ?

Elle ne m'écoutait pas.

— Un menteur, tu es un menteur.

— Je sais, dis-je. Mais pourquoi mentirais-je en ce moment ?

Elle n'écoutait toujours pas. Elle pleurait. Elle dit dans un sanglot :

— Tu étais devenu un menteur. J'ai gâché ma vie pour un menteur.

Il n'y avait rien à lui dire. Il fallait attendre. Je ne voyais plus le yacht depuis que nous étions dans les roseaux. J'eus envie de le voir. Il me donnait de la force et de l'espoir. Il me semblait qu'il allait partir d'une minute à l'autre.

— Avec un menteur, continua Jacqueline, elle ajouta après un temps — et un lâche — on n'a jamais de preuves — son ton était méchant — c'est ça qui est bien.

Je me relevai, me relevai encore, doucement, imperceptiblement, et il m'apparut, toujours éblouissant, blanc, sur la mer. Entre lui et moi, à dix mètres de nous, il y avait une femme allongée. Elle prenait un bain de soleil. Je compris tout de suite que c'était elle, l'Américaine.

— Tu peux toujours dire ce que tu veux, dit Jacqueline, moi je sais que tu rentreras à Paris. Tu es trop lâche, je te connais, je te connais...

Je ne répondis pas. J'en aurais été incapable. Je regardais la femme. Elle, elle ne nous avait pas vus. Elle était allongée, la tête sur sa main. Son autre main reposait, immobile, entre ses seins. Elle se tenait, les jambes légèrement repliées, abandonnée comme dans le sommeil. On aurait dit qu'elle ne souffrait pas du tout de la chaleur du soleil.

— Qu'est-ce que tu as encore ? demanda Jacqueline.

— Rien, dis-je enfin. Si tu veux on peut rentrer, on prendra un pernod ensemble.

Sans doute avais-je l'air distrait. Elle se mit en colère.

— Tu n'aimes pas le pernod, dit-elle, ne mens plus, je t'en supplie.

Elle ouvrit les yeux et les tourna dans notre direction

mais elle ne nous vit pas. Je craignais qu'elle nous entendît et je parlais bas.

— J'en ai envie vraiment, dis-je, ça m'étonne moi-même.

Sa colère tomba une nouvelle fois.

— J'ai des citrons, dit-elle, avec une certaine douceur, allonge-toi. Tu ne peux pas me quitter comme ça sans me parler. Il faut qu'on parle.

— Je ne crois pas qu'on doive parler davantage, dis-je. Tout à l'heure on boira un apéritif ensemble, c'est mieux que de parler.

— Mais allonge-toi, dit-elle, qu'est-ce que tu fais ?

Est-ce qu'elle remarqua que je n'avais pas la tête tournée exactement vers la mer ?

— Mais allonge-toi donc, cria-t-elle, puisque je te dis que j'ai des citrons, je vais t'en couper un.

Son visage baignait, si calme, dans ses cheveux dénoués que, d'un peu plus loin que j'étais, on aurait pu croire qu'elle dormait vraiment. Mais sa main s'éleva d'entre ses seins et se posa sur ses yeux fermés. Était-elle belle ? Je la voyais mal. Elle était tournée vers la mer. Mais oui, elle était très belle.

— Mais enfin, dit Jacqueline, tu écoutes ce que je te dis, non ?

Comme je ne bougeais toujours pas, elle se releva pour voir ce que je pouvais bien regarder comme ça. Elle tenait à la main son casque de bain dans lequel il y avait deux moitiés de citron fraîchement coupées. Elle la vit. Elle lâcha son casque, et les morceaux de citron roulèrent sur le sol. Elle ne prononça pas une parole. Elle ne ramassa même pas les citrons. Elle se recoucha.

Je me recouchai à mon tour presque aussitôt après elle. Je n'avais plus rien à lui dire, les choses s'étaient d'elles-mêmes accomplies sans que je n'eusse rien d'autre à faire que de les laisser s'accomplir. Je pris la moitié de citron qui était tombée près de moi et je la pressais au-dessus de ma bouche. Nous ne disions rien. Au-dessus de nos têtes, au-dessus de la vie terrible, le soleil brillait toujours, brûlait toujours.

— C'était elle que tu regardais ? demanda enfin Jacqueline.

Sa voix était différente, lente.

— C'était elle, dis-je.

— Pendant que je te parlais, tu la regardais ?

— Tu ne me parlais pas, tu parlais pour toi.

Elle prit sa serviette de bain et se recouvrit.

— J'ai trop chaud, gémit-elle.

Ce n'était pas vrai, mais que pouvait-elle faire d'autre ? Je me sentis une vague amitié pour elle de l'avoir fait. Elle avait l'air d'avoir froid. Je n'osais pas la regarder, mais je vis bien qu'elle tremblait. J'essayai de trouver des choses à lui dire, mais je n'y arrivais pas encore. L'air était lourd, empoisonné par la présence de la femme et je ne pensais plus qu'à elle — et Jacqueline le savait, elle devait savoir que si je souffrais de quelque chose, c'était seulement de ne pas pouvoir me relever pour la voir encore. J'avais pu regarder cette femme pendant qu'elle souffrait. Elle savait maintenant que je n'avais pas menti. Moi aussi, je le savais plus que jamais. Seule, cette évidence nous unissait encore. Maintenant, elle sombrait dans la douleur, comme un bateau torpillé dans la mer, nous assistions

102

ensemble à cet événement sans pouvoir rien faire pour l'éviter. Et, pendant quelques minutes au moins, le soleil brilla implacablement sur la vérité de notre vie. Il brillait, il brûlait si fort que c'était une vraie douleur de le supporter. Pourtant Jacqueline, nue sous sa serviette de bain, tremblait de plus en plus fort. Je ne pouvais toujours rien faire pour elle. Il n'y avait rien à faire, je ne souffrais pas. Je ne souffrais de rien d'autre que de ne pas pouvoir me relever. Tout ce qu'il m'était possible de faire pour elle, c'était de supporter encore et encore la brûlure du soleil.

— C'est ici que tu vas rester ? demanda-t-elle enfin.

— Je crois, dis-je.

Elle se mit soudain en colère, mais ça n'avait plus la même importance que tout à l'heure.

— A plus forte raison, ricana-t-elle.

— Sois calme, dis-je, efforce-toi d'être calme et de comprendre.

— Mon pauvre chéri, ricana-t-elle encore, mon pauvre chéri.

— Je te l'avais déjà dit, il me semble, que je resterais.

Elle recommença à ne plus écouter, à répéter ce qu'elle m'avait déjà dit.

— Ça a un bon côté que tu sois lâche. Je ne crois pas ce que tu dis. Même si tu en es sûr, je sais que tu n'en seras pas capable.

— Je crois, dis-je, que je le ferai.

Je le dis sans doute avec conviction. Sa colère tomba net.

— Si c'est l'État civil, supplia-t-elle, tout à coup, je peux le quitter, nous ferions autre chose.

— Non, dis-je. Toi, tu ne quitteras pas l'État civil.

— Et si je le quittais ?

— Je resterais. Quoi que tu dises, quoi que tu fasses. Je n'en peux plus.

Elle recommença encore une fois à pleurer.

La femme se leva. Elle portait un maillot vert. Son long corps se détacha au-dessus de nos têtes, sur le ciel. Elle se dirigea vers la mer.

Dès qu'elle la vit, Jacqueline cessa de pleurer et de parler. Moi, je ne pus davantage supporter la brûlure du soleil. Je compris que je l'avais supportée aussi pour attendre de la voir se lever et marcher devant moi.

— On va se baigner, dis-je.

Elle supplia encore, d'une voix brisée.

— Tu ne veux pas qu'on parle encore ?

— Non, ce n'est pas la peine.

Je remis mon maillot.

— Viens te baigner avec moi, lui dis-je, une nouvelle fois et aussi doucement que je pus. C'est ce que nous avons de mieux a faire tous les deux.

Était-ce mon ton ? Elle recommença encore à pleurer, mais cette fois, sans colère. Je la pris par les épaules.

— Dans huit jours tu verras, tout d'un coup, tu commenceras a te dire que peut-être j'ai eu raison. Et puis, petit a petit, tu verras, tu deviendras vraiment heureuse. Tu ne l'étais pas avec moi.

— Tu me dégoûtes, dit-elle. — Elle s'éloigna. — Laisse-moi.

— Tu n'étais pas heureuse. Comprends ça au moins, tu n'étais pas heureuse.

Nous sortîmes des roseaux. Je me souviens parfaitement de tout. Sur la plage quelques clients de l'hôtel jouaient encore au ballon. Ils criaient sur des tons différents selon que l'un d'eux rattrapait le ballon ou qu'il le ratait. Je les avais déjà entendus crier pendant que nous étions derrière les roseaux. Ils criaient aussi parce que le sable leur brûlait les pieds et qu'ils ne pouvaient pas rester en place. Deux jeunes femmes allongées sous une tente les acclamaient ou les conspuaient selon leur jeu. Nous allâmes en courant vers la mer parce que nous aussi nos pieds nous brûlaient. En passant près des joueurs, je rattrapai le ballon au vol et le leur relançai. Après le soleil la mer paraissait glacée, ça coupait la respiration d'y entrer. Elle était presque aussi calme que la Magra, mais des petites vagues régulières et mates battaient quand même la plage. Peu après que nous fûmes passés, les joueurs s'arrêtèrent de jouer et à leur tour ils plongèrent dans la mer. Il n'y eut plus personne sur la plage. Je faisais la planche. A côté de moi Jacqueline essayait son crawl. Je me rappelle m'être dit qu'elle ne souffrirait pas longtemps, puisqu'elle essayait son crawl. Elle battait les pieds avec rage et dérangeait le sommeil de la mer. Tous les autres faisaient la planche. Le yacht était là, ancré entre l'horizon et nous. Et entre lui et nous la femme nageait. Je repensai aux cuivres, c'est-à-dire à l'avenir. Je n'avais plus de crainte, je restai à Rocca. Ma décision était vraiment prise. Je venais de la prendre à l'instant. Toutes mes décisions avant celle-ci me parurent légères.

En rentrant à la trattoria, je commandai le pastis. Eolo me dit qu'il n'y en avait pas en Italie, mais que lui, il en avait quelques bouteilles qu'il réservait à ses clients français. Je l'invitai à en prendre un avec moi. On s'attabla à la terrasse. Jacqueline, qui d'habitude ne prenait que des jus de fruits, commanda un cinzano. Peu après que nous fûmes attablés, mais quand même après que j'eus fini mon pastis, la femme arriva.

— L'Americana, me dit tout bas Eolo.

Je lui glissai à l'oreille que je l'avais déjà vue en train de prendre un bain de soleil sur la plage. Eh eh, fit-il en plissant ses vieilles paupières. Jacqueline n'entendit pas. Les yeux agrandis, elle regardait la femme sans manifestement pouvoir s'en empêcher. Je bus mon deuxième pastis. Elle était assise à l'autre bout de la terrasse et elle buvait, tout en fumant, un verre de vin que Carla lui avait apporté. Maintenant je la voyais parfaitement bien, à l'endroit. On ne la reconnaissait pas. Je ne la reconnus pas. Je n'avais jamais su, je ne me serais jamais douté jusque-là qu'elle pût exister. Je l'appris. Mon deuxième pastis terminé, je fus un peu saoul.

— Je voudrais un autre pastis, dis-je à Eolo.

Elle tourna un peu la tête vers nous en entendant parler le français. Puis, elle la détourna.

— C'est fort, vous savez, dit Eolo, le pastis.

Elle n'avait pas encore remarqué que j'existais.

— Je le sais, dis-je.

106

J'avais mis à vivre, ces jours derniers, une gravité sans doute un peu trop grande. Elle fut, en cet instant, balayée de moi.

— Quand même, dit Eolo, un troisième…

— Vous ne pouvez pas comprendre, dis-je.

Il rit, sans comprendre, en effet. Jacqueline me regarda avec effroi.

— Qu'on n'aime pas le pastis ? demanda Eolo en riant.

— Non, dis-je.

Il me regardait toujours en riant. Elle aussi, il me semble, mais à ce moment-là je ne la regardai pas. Jacqueline cria. Un faible cri.

— Quoi ? dit Eolo, comprendre quoi ?

Jacqueline détourna la tête et ses yeux s'emplirent de larmes. Tout le monde avait dû entendre son cri, sauf Eolo.

— Rien, dis-je, ce que c'est qu'un apéritif.

Il dit à Carla de m'apporter un autre pastis. Elle me l'apporta. Puis, il fallut bien parler de quelque chose.

— Vous avez là, dis-je, du raisin pour toute la saison.

Eolo leva la tête vers la tonnelle. Elle aussi, machinalement.

— Pour ça, dit Eolo, il y en a.

Les grappes de raisin étaient énormes, entassées les unes sur les autres. Et le soleil qui donnait sur la tonnelle était filtré par une masse de raisins verts. Elle baignait dans la lumière du raisin. Elle portait un pull-over de coton noir et un pantalon retroussé aux genoux, noir.

— Je n'en ai jamais vu autant, dis-je.

Jacqueline la regardait toujours fixement d'un regard un peu hagard. Elle ne paraissait pas le remarquer. Elle s'accommodait bien d'elle-même, c'était curieux.

— Quand ils sont mûrs, dit Eolo, ils restent verts. Il faut y goûter pour savoir s'ils sont mûrs.

— C'est curieux, dis-je. Je ris. Je sentais que je commençais à être saoul pour de bon. Eolo ne le voyait pas encore. Jacqueline, si. Elle, ça ne devait pas beaucoup l'intéresser.

— C'est comme pour les gens, dis-je.

— Quoi ? dit Eolo.

— Il y en a qui restent verts toute leur vie.

— Jeunes, dit Eolo.

— Non, dis-je, cons.

— En Italien, qu'est-ce que c'est, con ? demanda Eolo.

— Bête, dis-je.

Calme-toi, me disais-je. Mais c'était très difficile. Il y a des moments comme ça dans la vie, j'avais envie de rire.

— Il n'y a que moi qui en mange, dit Eolo. Mes filles ne l'aiment pas. Alors j'en ai bien de trop pour moi tout seul. Même les clients, ils ne les trouvent jamais assez mûrs.

— Pourtant, dis-je, ils sont très beaux.

Carla adossée à la porte d'entrée écoutait son père. Elle le regardait avec tendresse et impatience. Je vis ça aussi. J'essayai de moins la regarder.

— Même la Carla n'aime pas ces raisins, continua

Eolo — il parlait seul —, elle dit que ces raisins lui donnent froid.

Ça ne servait à rien. J'étais tenu de la regarder.

C'était une obligation qui me venait de moi. J'avais perdu beaucoup de temps à ignorer qu'elle existait.

— C'est vrai que tu n'aimes pas ces raisins ? demanda-t-elle à Carla.

Elle avait la voix de la même douceur que ses yeux. Elle n'était pas américaine. Même en parlant italien, elle avait un accent français.

— J'en mange pour lui faire plaisir, dit Carla, c'est vrai que je ne les aime pas.

Personne d'autre que moi ne s'aperçut que je ne lui déplaisais pas plus qu'un autre. Peut-être Jacqueline.

— Ma femme, elle, elle les aime, continua Eolo. On l'a planté quand on s'est mariés. Il y a trente années.

Les clients rentraient. Il arriva deux chasseurs. Ils commandèrent deux verres de chianti à Eolo. Il dit à Carla de les servir.

— Chaque année, dit Carla tout en servant, c'est la même histoire avec ces raisins. Depuis qu'on est petites, il nous force à en manger.

— Tu n'es jamais contente, dit-elle à Carla.

— Ce n'est pas ça, dit Carla, mais pourquoi nous forcer comme ça ?

Elle ne répondit pas à Carla. On aurait pu croire que la conversation allait s'arrêter. Mais non. Eolo ne s'intéressait plus qu'à des choses comme ces raisins, mais il s'y intéressait beaucoup.

— C'est un voisin, dit-il, qui m'avait donné le cep. Il s'est trompé de pied. Quand je m'en suis aperçu,

— Si on le laissait faire, dit Carla, il en mourrait, il en mange en cachette.

— Il faut le laisser faire, dis-je.

— Même s'il risque sa vie ? dit Carla.

— Oui, dis-je.

Eolo me regarda, surpris. J'étais presque tout à fait saoul. Jacqueline leva sur moi des yeux très méchants, je crois. Personne ne dit plus rien pendant un moment. Eolo regarda mes verres de pastis, vides. Puis je l'entendis demander à Carla sur le ton de celle qui veut changer de conversation :

— Tu étais au bal, hier soir ?

— Pensez-vous, dit Carla, il a marché toute la nuit devant la maison.

— Ce soir il y en a encore un, dit-elle.

Elle leva les yeux sur moi, mais si furtivement, qu'il n'y eut que moi qui le remarquai.

— Vous pensez bien que je le sais, dit Carla.

Eolo les écoutait avec un certain intérêt. Je n'avais plus envie de rire.

— Et si je t'y emmène, il te laissera y aller ? demanda-t-elle.

— Je ne crois pas, dit Carla, en regardant son père.

Eolo se mit à rire.

— Non, dit-il, je vous l'ai déjà dit, pas avec vous.

Je devins très prudent tout à coup. Mon cœur battait très fort.

— Je suis capable de la conduire au bal, dis-je.

Jacqueline était décomposée par la colère, mais elle devait moins souffrir. Je n'y pouvais plus rien. Carla

112

me regarda avec un très grand étonnement. Elle, il me semble, sans beaucoup d'étonnement.

— Eh, dit Eolo, comme ça ?

— Ça me ferait plaisir, dis-je.

Jacqueline gémit encore une fois, tout bas.

— Je ne sais pas, dit Eolo, je vous le dirai ce soir.

— Je n'ai jamais rien, cria Carla, mes sœurs ont tout ce qu'elles veulent.

Elle devait savoir déjà tout le charme de sa brutalité, elle se forçait un peu. Elle regardait son père avec de mauvais yeux.

— Tu vas voir, dit-elle à Carla doucement, tu vas voir, il va te laisser y aller.

Elle lui caressa les cheveux. Carla ne broncha pas. Elle regardait toujours son père avec de mauvais yeux.

— Et ce soir, murmura-t-elle, il dira qu'il ne veut pas.

— Une heure, dis-je. Elle ne danserait qu'avec moi.

— Je ne sais pas, dit Eolo, je vous le dirai ce soir.

— Voyez comme il est terrible, cria Carla.

La mère appela. Le déjeuner était prêt. Carla se leva en bousculant sa chaise et disparut à l'intérieur de l'auberge. Pendant qu'elle fut partie, personne n'eut plus rien à dire à personne. Puis elle revint, suivie de ses sœurs, en portant de grands plats qui fumaient. Une odeur de poissons au safran se répandit sur la terrasse. Le déjeuner commença.

Il fut très long ce déjeuner. Carla servait. Eolo était retourné à la cuisine pour aider sa femme. Je n'avais donc plus personne à qui parler. Et j'avais une envie suppliciante de parler, de parler ? Non. De crier. Et une chose très précise : le besoin que j'éprouvais de partir sur un bateau. C'était une idée fixe qui m'était venue au début du repas — ma façon ce jour-là d'être saoul. Trois fois, n'y tenant plus de cette envie de crier, je me levai de table pour m'en aller. Trois fois le regard de Jacqueline me fit rasseoir. Je crois qu'elle nous regarda beaucoup tous les deux. Moi non, je comprenais encore vaguement, que dans mon cas ç'aurait été dangereux. Et j'étais bien trop occupé à essayer de ne pas crier. Je mangeai peu et je bus beaucoup de vin. Verre après verre, je le buvais, comme de l'eau. J'étais saoul. Si j'avais crié je n'aurais certainement rien pu sortir d'autre que des sons inarticulés, « yacht », par exemple, ce qui, privé de contexte, n'aurait éclairé personne sur mes projets et ce qui m'aurait fait perdre la petite chance que je croyais avoir de les mener à bien.

Ce repas fut le dernier que je pris avec Jacqueline. Elle le passa à me regarder avec un insurmontable dégoût. Si je me souviens bien, elle non plus, elle ne mangea pas beaucoup. Je devais lui couper l'appétit. Nous ne nous parlions pas, elle, elle me regardait et moi je buvais. Pourtant, comme elle tournait le dos à toute la terrasse, elle ricanait tout bas à chaque verre de vin que je buvais. Cela arriva encore assez souvent. Mais j'étais si saoul que je le prenais très bien et même plutôt comme une marque de complicité que d'hosti-lité. Plus je buvais d'ailleurs, mieux je prenais les choses en général. Et au fromage, à mon dixième verre de vin, je ne doutais plus que j'allais partir sur le yacht, cela me paraissait facile, je n'avais qu'à le demander, croyais-je, à jeun. Tout le monde pouvait comprendre, croyais-je aussi, le besoin que j'avais de partir sur un bateau. Je ne pensais qu'au bateau, à partir dessus. Je ne pensais qu'à ce bateau. Il me fallait partir dessus. C'était une chose dont je n'aurais plus pu me passer. Je le revoyais, blanc, sur la mer. L'État civil était sorti de ma vie. Je n'étais pas ivre seulement de vin, mais de prudence. Je m'en rendais compte dans une certaine mesure : tu le lui demanderas à jeun, à jeun, pas maintenant, me répétais-je intérieurement et textuellement. Comme si elle avait été au courant de ma petite stratégie, Jacqueline ricanait tout bas. Et moi je lui souriais avec amitié, et sans doute aussi, compréhension. Mais je dus exagérer : à la fin du repas, en effet, elle prit un verre et le jeta dans ma direction. Il tomba par terre. J'en ramassai, gentiment, les morceaux. Je dus faire un énorme effort pour ne pas — ce faisant — m'étaler par terre. Ce fut long. Quand je me relevai, la tête me tournait et je ne savais plus du tout ce qu'il fallait faire, ou crier quand même mon histoire, sans attendre, prendre tous les gens de la terrasse à témoin qu'il fallait qu'elle m'engage à bord de son yacht, ou bien, monter dans ma chambre. Je réfléchis aussi puissamment que je le pouvais encore. Tu cuves ton vin ? me demanda alors Jacqueline, qui croyait peut-être que je m'endormais. Non, dis-je, je cuve ma vie et, content de ma formule, je me mis à rigoler. Mais alors, elle eut des yeux si terrifiants, que je choisis aussitôt de monter dans ma chambre. Je me levai, visai le couloir et m'élançai. Je traversai la tonnelle avec le plus grand sérieux. Sa table se trouvait à l'autre bout, près de la porte de l'hôtel. Ne fais pas le con, ne fais pas le con, me disais-je, tout en la doublant, ne perds pas ta petite chance, fais pas le con. Et je réussis à doubler ce cap difficile sans la regarder — si je l'avais regardée, avec son regard encourageant, j'aurais gueulé si fort que j'aurais sans doute fait fuir tout le monde de la terrasse.

Je me retrouvai dans l'escalier de l'hôtel très satisfait de moi.

Il devait y avoir très peu de temps, peut-être dix minutes que j'étais dans ma chambre, lorsque Jacqueline entra. Je crois cependant que j'avais dû dormir pendant ces dix minutes, terrassé par le pastis et le vin, car il me semble bien qu'elle me réveilla. Elle entra sans frapper, referma la porte, doucement, sans se retourner et, courbée en deux — comme ces femmes des films qui, avec une balle dans le ventre et un secret dans le cœur marchent leurs derniers pas vers le poste de police pour s'y décharger la conscience — elle gagna la cheminée et s'y adossa.

— Salaud, dit-elle, à voix basse.

Dès qu'elle l'eut dit, de nouveau, j'eus sommeil.

— Salaud.

— Salaud, salaud.

Ce qualificatif me parut justifié. Elle se déchargeait comme un fusil. Elle ouvrait la bouche et les mots sortaient, uniformes comme des balles. Ça lui faisait d'ailleurs un bien considérable.

— Salaud, salaud.

Après qu'elle l'eut dit le nombre de fois qu'il fallait, brusquement, elle se calma. Ses yeux s'embuèrent et elle dit :

— Comme si ton histoire de raisins, ça pouvait tromper quelqu'un. Pauvre type.

— Calme-toi, dis-je, pour dire quelque chose.

— Comme si tout le monde n'avait pas remarqué que tu voulais l'épater. Pauvre con.

Je ne l'avais jamais vue ainsi. C'était une autre femme. Et puis, cette fois, elle n'espérait plus rien.

— Et devant moi, cria-t-elle, devant moi.

— Calme-toi, répétai-je.

— Et les gens qui se foutaient de ta gueule.

Elle ajouta presque en riant :

— Et elle qui se foutait de ta gueule.

Elle me dessoûlait. Je l'écoutais avec intérêt. Elle le vit.

— Qu'est-ce que tu espères, pauvre con ?

Elle hésita, puis, comme on doit en fin de compte tuer, elle dit :

— Non, mais tu t'es regardé ?

Une envie me traversa de me relever et de le faire, de me regarder dans la glace de la cheminée. Mais j'avais encore trop sommeil et je me contentai de passer mes mains sur ma figure pour essayer de juger de celle-ci. Il me sembla que je ne me défendais pas trop mal.

— Ce n'est pas une question de gueule, dis-je, quand même un peu ébranlé.

— C'est quoi ? pauvre con, dis-le, c'est quoi ?

Je lui répondais mollement et elle s'exaspérait plus encore de mon ton que de mes réponses.

— C'est m'embarquer sur son yacht, dis-je, que je voudrais.

— T'embarquer sur son yacht ? et pour quoi faire ?

— Je ne sais pas, n'importe quoi.

— Toi qui n'étais pas foutu de tenir un registre, qu'est-ce que tu peux faire sur un yacht ? cria-t-elle.

— Je ne sais pas, répétai-je, n'importe quoi.

— Et pourquoi te prendrait-elle sur son yacht ? Pourquoi cette femme prend-elle des hommes avec elle, sinon pour se les envoyer de temps en temps ?

— Tu exagères, dis-je, ce n'est pas seulement pour ça.

— Tu crois qu'une autre que moi va s'embarrasser d'un con comme toi ? Non mais, tu t'es regardé non ? Ta gueule de con, tu l'as vue ?

Elle y arriva. Je me relevais pour voir ma gueule de con dans la glace de la cheminée. Et pour mieux l'évaluer, je dus prendre — à mon insu — un air avantageux. Elle hurla :

— Salaud.

On dut l'entendre de tout l'hôtel.

— Je suis un peu saoul, dis-je, excuse-moi.

J'eus moins sommeil. Elle était transfigurée par la colère et son visage m'était vaguement fraternel.

— Tu rentreras avec moi, hurla-t-elle encore, tu rentreras.

Allait-elle recommencer à croire que c'était possible ? J'eus un besoin formidable de me distraire. Quand même, je l'arrêtai :

— Non, dis-je. Je reste. Quoi que tu dises, quoi que tu fasses.

Sa colère tomba. Elle me regarda d'un air morne, lointain, elle s'y attendait. Puis elle dit, mais pour elle seule, et après un silence :

— Deux ans que je te traîne. Que je te force à aller au ministère. Que je te force à manger. Que je lave ton linge. Tes chemises étaient sales, tu ne t'en apercevais même pas.

Je me relevais et je l'écoutais, mais elle ne s'en rendait pas compte.

— Je ne mangeais pas ?

— C'est grâce à moi que tu n'es pas devenu tuberculeux.

— Et mes chemises, c'est vrai ?

— Tout le monde le remarquait, sauf toi. Et le samedi, au lieu d'aller au cinéma...

Elle ne put continuer. Les mains sur la figure, elle sanglota.

— ... Je te les lavais...

A mon tour, maintenant, je souffrais.

— Tu n'aurais pas dû, dis-je.

— Et alors ? J'aurais dû te laisser devenir tuberculeux ?

— Je crois, dis-je, je crois que ça aurait été mieux. Et puis tu aurais dû donner mes chemises au blanchisseur. C'est ça qui te faisait croire que tu m'aimais.

Elle n'écoutait pas.

— Deux ans, répétait-elle, deux ans de fichus à vivre avec un salaud.

— Tu ne les as pas perdus, dis-je, on dit toujours ça, c'est faux.

— Et alors, je les ai gagnés peut-être ?

— On perd toujours beaucoup de temps, dans la vie, dis-je, si on se mettait à regretter ces choses-là, tout le monde se tuerait.

Elle réfléchit, son visage était triste. Non seulement elle n'espérait plus rien, mais elle n'était plus en colère. Je ne pus supporter ce silence et je lui parlai.

— A chacune de mes vacances, dis-je, j'ai espéré qu'un miracle s'accomplirait, que j'aurais la force de ne plus retourner à l'État civil. Tu le sais.

Elle leva la tête, et de bonne foi :

— C'est vrai ? C'était la même chose l'État civil et moi ?

— Non, dis-je. Ce qui était la même chose, c'était ma vie et l'État civil. Toi, ce qu'il y avait, c'est que tu ne souffrais pas de l'État civil. Tu ne peux pas savoir ce que c'était.

— On peut s'intéresser à tout, dit-elle, même à l'État civil. Toi, le pauvre type par définition, toi le plus con des cons de tout le ministère, j'ai réussi à m'intéresser à toi pendant deux ans.

Elle le dit avec une conviction profonde sans beaucoup de méchanceté.

— J'étais le plus con de tout le ministère ?

— On le disait.

— Je me demande encore comment tu as fait, dis-je.

J'étais aussi sincère qu'elle et elle le comprit. Elle ne répondit pas.

— Assieds-toi au bord du lit, dis-je doucement, et dis-moi comment tu as fait.

Elle ne bougea pas de la cheminée.

— Je ne sais pas, dit-elle enfin, d'une voix parfaitement naturelle.

— Je n'y avais jamais pensé. Tu es très forte.

120

Elle me jeta un œil méfiant et elle vit que je lui voulais du bien.

— Oh non, dit-elle — elle hésita —, j'étais habituée à toi, c'est tout, et puis j'espérais...

— Quoi ?

— Que tu changerais.

Elle attendit un moment, et elle me demanda d'une voix toujours aussi naturelle :

— Le miracle dont tu parles, c'est cette femme ?

— Non, c'est que j'ai réussi à me décider à quitter l'État civil. C'est à Florence que je l'ai décidé, je ne connaissais pas cette femme.

— Mais quand tu l'as vue, elle, tu en as été plus sûr ?

— Je ne sais pas si je pouvais en être plus sûr, peut-être, c'est difficile de savoir. Elle est là avec son bateau, alors je me dis que j'ai une petite chance qu'elle m'engage.

— Les hommes qui comptent sur les femmes pour les sortir d'affaire sont des salauds, dit-elle.

— Il y en a qui le pensent, dis-je, j'ai toujours trouvé ça un peu bête. Pourquoi, au fond, le dit-on ?

— Des salauds et des lâches, continua-t-elle, sans m'écouter. Ce ne sont pas tout à fait des hommes.

— C'est possible, dis-je, après un silence, mais ça m'est égal.

— N'importe quel homme le comprendrait.

— Lorsque j'ai décidé de rester, c'était à Florence, je ne la connaissais pas.

— Et alors, tu laveras les ponts ?

— Je n'ai plus la même ambition qu'autrefois.

Elle s'affala sur le lit, éreintée. Puis, lentement, en martelant ses mots, elle dit :

— Je n'aurais jamais cru qu'un jour tu tomberais si bas.

Je ne pus rester levé. Je me recouchai.

— C'est quand j'étais à l'État civil que j'étais le plus salaud, dis-je enfin, même avec toi, tu as raison, j'étais un salaud. J'étais malheureux.

— Et moi, tu crois que j'étais heureuse ?

— Tu étais moins malheureuse que moi. Si tu avais été très malheureuse, tu n'aurais même pas pu laver mes chemises.

— Et toi, tu crois trouver le bonheur en lavant les ponts ?

— Je ne sais pas. Un bateau, c'est un endroit sans papiers, sans registres.

— Pauvre con, dit-elle, qui crois au bonheur, c'est comme pour le reste, tu n'as rien compris.

— Tu parles souvent, osai-je, du bonheur de l'humanité.

— Je crois au bonheur, dit-elle.

— Oui, dis-je, mais dans le travail et la dignité.

Elle se releva, sûre d'elle, aussi inébranlable que toujours. Je n'eus plus envie de lui répondre, de lui dire quoi que ce soit. Elle fit mine de s'en aller, puis elle s'arrêta et d'une voix fatiguée :

— C'est son fric, à cette poule, qui te fait tant d'effet ?

— C'est possible, dis-je, ça doit être ça.

Elle se dirigea encore une fois vers la porte puis, de

122

nouveau, elle s'arrêta. Elle avait un visage sans aucune expression, nettoyé par les larmes.

— Alors, c'est vrai ? C'est fini ?

— Tu vas être heureuse, dis-je.

Mais j'étais découragé. Je ne croyais plus qu'elle le serait jamais un jour, et puis ça m'était égal qu'elle le fût ou non.

— Dans ce cas, continua-t-elle, je prends le train de ce soir.

Je ne répondis pas. Elle hésita, puis :

— C'est vrai l'histoire du yacht ? Tu comptes partir ?

— Une chance sur mille, dis-je.

— Et si elle ne veut pas de toi ?

— Ça m'est égal.

Elle avait la main sur la poignée de la porte. Je regardais seulement cette main immobile qui ne se décidait pas.

— Tu m'accompagneras au train ?

— Non, criai-je, non, fous le camp je t'en supplie.

Elle me regarda d'un œil mort.

— Tu me fais pitié, dit-elle.

Elle sortit de la chambre.

J'attendis un peu, le temps qu'une porte claque dans le silence de l'hôtel. Elle claqua, fort. Je me levai, j'enlevai mes souliers et je descendis l'escalier. Arrivé à la porte de derrière, je remis mes souliers et je m'en allai. Il devait être deux heures. Tout le monde faisait la sieste. La campagne était déserte, c'était le moment le plus chaud de la journée. Je pris le chemin le long du fleuve et je marchai en sens inverse de la mer, vers les jardins et les plantations d'oliviers. J'étais encore très saoul, je n'avais d'ailleurs pas cessé de l'être pendant tout le temps qu'on avait parlé. Une seule idée claire subsistait dans la nuit noire de ma tête, m'éloigner de l'auberge. Ma défaite avait été si totale, que j'en concevais mal les limites. J'étais un homme libre, sans femme, et qui n'avait plus aucune autre obligation que de se rendre heureux. Mais on aurait demandé à cet homme pourquoi il avait décidé de quitter l'État civil, qu'il aurait été incapable de le dire. Je venais de rompre avec le monde du bonheur dans la dignité et le travail, parce que je n'avais pas réussi à les convaincre de mon malheur. En somme, je ne tenais plus mon destin d'aucun autre que de moi-même, et désormais ma cause ne concernait que moi seul. Le vin me remontait à la tête avec la chaleur, et je me sentais redevenir saoul. A un certain moment je m'arrêtai et j'essayai dignement de le vomir. Mais je n'y réussis pas, je n'avais jamais su vomir, ni modérer mes désirs, c'était une chose qui avait toujours manqué à mon éducation et qui m'avait fait beaucoup de tort. J'essayai encore. Je n'y réussis pas. Alors je me transportai un peu plus loin. Je marchais mal, très lentement, et cet homme libre était aussi lourd qu'un mort. Dans tout mon corps, le vin circulait, mêlé à mon sang, et il fallait que je le transporte encore avec moi, encore et encore, jusqu'à ce qu'il sorte et qu'il pisse au-dehors. Il fallait que j'attende. Attendre de pisser le vin, attendre que le train parte, attendre de supporter cette liberté. Car c'était du vin de la liberté dont j'étais saoul. J'entendais mon cœur propulser

124

cette vomissure jusque dans mes pieds brûlants d'avoir marché.

Je marchai longtemps, je ne sais pas, peut-être une heure, toujours dans les plantations d'oliviers pour mieux me cacher. Puis, comme je me retournais et que je ne voyais plus l'auberge, je m'arrêtai. Il y avait là un platane à quelques mètres du fleuve. Je m'allongeai sous son ombre. J'étais lourd, autant qu'un mort, un mort au monde du bonheur dans la liberté et le travail. Mais, l'ombre du platane était faite pour ceux-là, les morts de mon espèce. Je m'endormis.

Lorsque je me réveillai, même l'ombre du platane m'avait quitté et elle se tenait à quelques mètres de moi, hostile, toute à son imperturbable mouvement. J'avais dormi au soleil pendant une des deux heures pendant lesquelles j'avais dormi. Je n'étais plus saoul. Je me demandais quelle heure il pouvait bien être et si son train était parti. J'avais oublié la femme, le yacht, la liberté. Je ne pensais plus qu'à elle qui était partie ou qui allait partir. Cette pensée était totalement affreuse. J'essayais de retrouver toutes les bonnes raisons que j'avais de me séparer d'elle ce matin encore, mais si je les retrouvais aussi clairement formulées, elles ne m'étaient plus d'aucun secours devant l'horreur de ce départ.

Je suis sûr d'avoir vécu cette horreur dans tous ses aspects.

Je n'avais pas de montre. J'attendais toujours. Il me semblait toujours qu'il était encore trop tôt pour qu'elle soit partie. Alors j'attendais toujours, toujours. Le soleil baissa et j'attendais encore. Puis, alors que je

désespérais tout à fait de l'entendre, je l'entendis :
c'était un sifflet de gare de village, aigre et triste. Il n'y
avait qu'un train qui partait le soir de Sarzana pour
Florence. Je ne pouvais pas me tromper, c'était celui-
là, le sien. Je me levai et rentrai à l'hôtel.

Eolo me rattrapa dans le couloir de l'hôtel :

— La signora est partie, dit-il.

— C'était entendu, dis-je, qu'on allait se quitter.
Mais j'ai préféré ne pas aller à la gare.

— Je vois, dit Eolo après un silence. Elle faisait de
la peine à voir.

— Elle n'a rien dit de me dire ?

— Elle a dit de vous dire qu'elle avait pris le train de
ce soir, c'est tout.

Je montai très vite dans ma chambre. Je crois
qu'avant même d'atteindre mon lit, je pleurais déjà. Je
pleurais enfin toutes les larmes que je n'avais pas pu,
faute de liberté, pleurer jusque-là. Je pleurais pour dix
ans.

Lorsque Eolo frappa à ma porte, il était très tard. Il
l'entrebâilla et passa sa figure à l'intérieur de ma
chambre. Il souriait. J'étais couché. Je lui dis d'entrer.

— Tout le monde est à table, dit-il, c'est très tard.

— Je n'ai pas très faim, dis-je. Ça ne me ferait pas
de mal de ne pas dîner.

Il s'approcha de moi, me sourit et finalement s'assit
au pied de mon lit.

— La vie est difficile, dit-il.

Je lui offris une cigarette et j'en allumai une. Je
m'aperçus que je n'avais pas fumé depuis midi.

— Il doit faire très chaud dans les trains, dis-je.

— Les trains ne sont pas tristes, dit-il, en Italie. Tout le monde se parle et le temps passe vite.

Il n'eut plus rien à me dire. Il attendait.

— Je ne sais plus très bien pourquoi j'ai fait ça, dis-je, c'est un peu comme si je l'avais tuée, pour rien.

— Elle est jeune, dit-il, vous ne l'avez pas tuée. Vous n'aviez pas l'air de vous entendre.

— On ne se comprenait pas, dis-je, c'était ça, on ne comprenait rien l'un de l'autre, mais ce n'est pas une raison.

— Hier soir, lorsque vous êtes sorti de la chambre, je l'ai vu. Et peut-être même quand vous êtes arrivés.

J'avais envie de vomir. De ne plus parler, de dormir.

— Venez dîner, dit Eolo.

— Je suis fatigué.

Il réfléchit, trouva quelque chose et me sourit largement.

— Je vous donne la Carla pour aller au bal, dit-il, venez.

Je lui souris. Tout le monde lui aurait souri.

— J'avais complètement oublié, dis-je.

— Je lui ai dit, elle attend.

— Quand même, dis-je, je suis fatigué.

Il parlait lentement.

— Elle est jeune, la petite, dit-il, c'est ça qui est le plus important de tout, puis elle est en bonne santé, elle a tout le principal. Il faut aller au bal. Lorsque le bal sera fini, le train il sera arrivé en France.

— Je vais descendre, dis-je.

Il se leva précipitamment et descendit. Je lui laissai

127

le temps de prévenir Carla. Je me recoiffai, me lavai la figure et je descendis.

La terrasse était pleine de clients, plus qu'à midi, des gens qui devaient sans doute aller au bal et qui commençaient leur soirée par un bon dîner. Elle y était. Elle vit que j'étais seul et aussi très en retard, elle eut l'air de ne s'en étonner qu'à peine. Peu après mon arrivée, Carla déboucha du couloir. Elle me fit un large et rougissant sourire, je me forçai un peu et réussis à lui sourire d'un air entendu. Il y avait encore deux couverts à la table. Carla n'avait pas été prévenue.

— Et la signora, elle va descendre ? demanda Carla.

— Non, dis-je, elle est repartie.

Elle entendit. Et elle me regarda alors de telle façon que je compris : si je le voulais je partirais sur le yacht. Une chance sur mille. Je l'avais.

DEUXIEME PARTIE

Je bus deux verres de chianti, coup sur coup, et j'attendis, je ne sais quoi, que Carla me serve je crois, ou peut-être que le chianti commence à me faire de l'effet. Elle me regarda boire et elle attendit elle aussi que le chianti me fasse de l'effet.

Il me fit de l'effet. Je le sentis se répandre dans mes bras, dans ma tête, je me laissais faire. Elle s'était fardée, elle portait une robe noire, qu'elle avait mise exprès pour aller au bal. Elle était extrêmement belle et désirable. Les nouveaux venus qui ne la connaissaient pas encore la regardaient beaucoup et ils parlaient d'elle, à voix basse. Elle, elle me regardait. Une fois je me retournai pour m'assurer que c'était bien ça et non un autre, derrière, que je n'aurais pas vu. Mais non, il n'y avait personne d'autre que moi à ce bout-là de la terrasse, même pas un chat sur le mur. Je bus encore un verre de chianti. Eolo, assis près de la porte d'entrée, me regardait boire, lui aussi, avec sympathie et inquiétude. Il dit quelque chose à voix basse à Carla, et celle-ci se dépêcha de m'apporter une assiette de pâtes.

— Mon père, dit-elle tout bas, en rougissant, il dit qu'il faut que vous mangiez, que vous ne buviez pas trop de chianti.

Elle repartit très vite, confuse. La femme l'arrêta au passage.

— Je vais au bal avec toi, lui dit-elle.

Je mangeai quelques bouchées de pâtes, puis je bus encore un verre de chianti. Il y avait un train qui filait toujours dans la nuit de ma tête, et je buvais pour me soigner de cette image, l'oublier. Mon corps me faisait mal, ma figure était brûlée d'avoir dormi par terre et au soleil. Le vin était bon. Son regard me quittait rarement. Nos deux tables étaient assez proches. Il y eut tout à coup une nécessité urgente que nous nous disions quelque chose parce que nos tables étaient proches et que nous nous regardions.

— J'aime ce vin, lui dis-je.

— Il est bon, dit-elle, doucement. Moi aussi, je l'aime.

Elle ajouta un petit peu après :

— Vous allez au bal vous aussi ?

— Bien sûr, dis-je, il ne laisserait pas Carla y aller seule avec vous.

Elle sourit. Il fallait attendre la fin du service de Carla. Elle avait dîné et elle buvait du vin tout en fumant. Après que nous eûmes échangé quelques mots, comprit-elle que je n'avais rien de plus à lui dire ? Elle se mit à lire un journal. Je commençai à essayer de ne pas trop boire.

Puis le moment arriva. Eolo dit à Carla d'aller se changer. Carla disparut dans la trattoria et revint cinq minutes après avec une robe rouge. Eolo se leva.

— On y va ?

Nous le suivîmes tous les trois. Il nous conduisit de l'autre côté du fleuve. Peut-être grognait-il un peu, mais gentiment.

— Vous me la ramenez dans une heure ? me demanda-t-il.

Je le lui promis. S'il grognait, il était quand même de bonne humeur, et il ne regrettait rien. Sitôt arrivé il repartit vers sa trattoria pour finir le service de Carla, comme toujours, dit-il. Carla rit et dit que ça ne lui arrivait pas deux fois par an.

Elle donna le bras à Carla et je marchai à côté d'elle. Je m'aperçus qu'elle était un peu plus grande que Carla, mais pas tellement plus, moins grande que moi. Cela absurdement me rassura.

Nous prîmes une petite table, la seule qui était encore libre, dans un coin, assez loin de l'orchestre. Carla fut invitée à danser presque aussitôt. Nous restâmes seuls, elle et moi. Machinalement ce soir-là encore je fis le tour des visages pour voir s'il y était. Ce fut la dernière fois. Le lendemain, j'avais même oublié qu'il existait et lorsque je le vis, sur la plage, je le reconnus à peine. Il n'était pas là. Je vis Candida qui dansait, elle ne m'avait pas vu.

— Vous cherchez quelqu'un ?

— Oui et non, dis-je.

Carla passa près de nous. Elle dansait en riant. Eolo avait raison, son danseur ne lui importait pas encore, elle dansait comme une enfant et si bien, avec une telle grâce, qu'on se sourit.

Ç'aurait été dommage. dit-elle, de ne pas l'avoir emmenée

Je cherchais ce que j'aurais pu lui dire, mais je ne trouvais rien. Je n'avais rien à lui dire. Candida me vit avec elle, elle aussi passa près de nous en dansant. Est-ce qu'elle s'attrista? Je ne crois pas, elle s'étonna plutôt. A la hauteur de notre table, elle immobilisa son danseur pendant quelques secondes et se pencha vers moi.

— Elle est partie, lui dis-je.

Elle repartit danser tout en ne cessant pas de la dévisager, pour essayer de comprendre, me parut-il, ce que nous faisions ensemble.

— C'était elle que vous cherchiez? me demanda-t-elle.

— Pas tout à fait, dis-je, c'était un jeune homme.

Elle était curieuse. Elle montra Candida.

— Et elle?

— Hier soir, dis-je, je suis allé au bal.

Je lui demandai de danser. On se leva. Dès que je l'eus dans mes bras, sa main dans la mienne, je compris que je n'arriverais pas à danser. Je ne savais pas ce qu'on jouait, le rythme m'échappait complètement, je n'arrivais pas à m'adapter à lui, ni même à l'écouter. J'essayais. Mais je ne pus pas l'écouter plus de dix secondes. Je m'arrêtai.

— Ça ne va pas, dis-je, je ne peux pas danser.

— Qu'est-ce que ça peut faire? dit-elle.

Elle avait une voix d'une très grande gentillesse.

Personne encore ne s'était adressé à moi avec cette voix-là. Mais j'avais beau essayer, non, je n'arrivais toujours pas à danser. On nous bouscula. Elle rit. Ce n'était pas parce que je la désirais — oh non — je ne savais plus désirer une femme — non, c'était qu'elle faisait une erreur et que je ne savais pas comment l'en prévenir. Elle ne pouvait pas savoir ce qu'elle faisait, et d'une minute à l'autre, j'étais sûr qu'elle allait me découvrir et partir du bal. Mes mains tremblaient, sa forme, dans mes bras, me faisait défaillir. J'avais peur comme devant certains choix du hasard, la mort, la chance. Alors je lui parlai enfin pour la prévenir au moins de ma voix, pour me désigner au hasard. J'aurais voulu lui dire mille choses, mais je ne pus lui parler que de son yacht, le *Gibraltar*.

— Pourquoi ce nom, demandai-je, pourquoi *Gibral-tar?*

Ma voix aussi tremblait. J'eus le sentiment, après avoir posé ma question, d'être relevé d'une énorme responsabilité.

— Oh, dit-elle, ce serait trop long à vous expliquer.

Je vis, sans la regarder, qu'elle sourit.

— J'ai beaucoup de temps, dis-je.

— Je sais, j'ai entendu ce que vous disiez à Carla.

— J'ai tout mon temps, dis-je.

— Vous voulez bien dire tout votre temps?

— Toute ma vie, dis-je.

— Je ne savais pas, dit-elle, je croyais qu'elle était simplement repartie avant vous.

— Elle est partie pour toujours, dis-je.

— Il y a longtemps que vous étiez ensemble?

— Deux ans.

Les choses se simplifièrent. Je me mis à danser mieux et à moins trembler. Et surtout, le vin que j'avais bu me redevint d'un grand secours.

— Elle était gentille, ajoutai-je, mais on ne se comprenait pas.

— Ce matin, à table, j'ai bien vu que ça n'allait pas, dit-elle.

— On était très différents, dis-je. Elle était gentille.

Elle sourit. Pour la première fois on se regarda, très vite.

— Et vous, vous ne l'êtes pas ?

Son ton était doucement ironique.

— Je ne sais pas, dis-je. Je suis très fatigué.

Je dansais de mieux en mieux. Mes mains ne tremblaient plus.

— Vous dansez bien, dit-elle.

— Pourquoi *Gibraltar ?* demandai-je encore.

— Parce que, dit-elle. Vous connaissez Gibraltar ?

Nous parlâmes tout à coup avec simplicité.

— Oh non, dis-je.

Elle ne répondit pas tout de suite.

— Je suis contente, dit-elle enfin, de vous avoir rencontré.

On se sourit encore.

— C'est très beau Gibraltar, dit-elle. On en parle toujours comme de l'un des grands points stratégiques du monde, mais on ne dit pas que c'est très beau. D'un côté, il y a la Méditerranée, de l'autre, l'Atlantique. Ce sont deux choses très différentes.

— Je vois. Si différentes que ça ?

— Très différentes. Il y a la côte d'Afrique, elle est très belle, un plateau à pic dans la mer.

— Vous êtes passée souvent par Gibraltar ?

— Souvent.

— Combien de fois ?

— Je crois, seize fois. La côte espagnole, de l'autre côté, est plus douce.

— Ce n'est pas parce que c'est beau que c'est...

— Pas seulement, dit-elle.

Sans doute jugeait-elle que notre rencontre ne valait pas la peine qu'elle me dise pourquoi.

— C'est à cause d'elle que vous avez tellement bu, au déjeuner ?

— A cause d'elle, oui, et à cause, je ne sais pas, de la vie.

La danse prit fin. On se retrouva tous les trois à la table.

— Tu es contente ? dit-elle à Carla, tu danses très bien.

— Pourtant je n'ai pas l'habitude, dit Carla

Elle regarda Carla.

— Ça me fait de la peine de partir, dit-elle.

— Vous reviendrez, dit Carla.

Elle alluma une cigarette. Elle regarda dans le vide, distraite.

— Peut-être, dit-elle. Si je reviens, ce sera pour te voir, pour voir si tu es heureuse, si tu es mariée.

— Oh, je suis jeune, dit Carla. Puis il ne faut pas revenir pour ça seulement.

— Vous allez partir ? demandai-je.

— Demain soir, dit-elle.

Je me souvins de ce qu'avait dit Eolo : c'est une femme qui n'est pas difficile.

— Vous ne pouvez pas retarder d'un jour ?

Elle baissa les yeux, et sur le ton de l'excuse, elle dit :

— C'est difficile. Et vous, vous restez longtemps à Rocca ?

— Je ne sais pas, sans doute assez longtemps.

La danse reprit. Carla repartit danser.

— On peut toujours danser, dis-je, en attendant.

— Quoi ?

— Que vous partiez.

Elle ne me répondit pas.

— Parlez-moi de votre bateau, dis-je, du *Gibraltar*.

— Ce n'est pas une histoire de bateau.

— On m'a dit que c'était celle d'un homme. Il était de Gibraltar, cet homme ?

— Non. Il n'était vraiment de nulle part. Peut-être, ajouta-t-elle, que je pourrai quand même ne partir qu'après-demain.

Que m'étais-je donc imaginé ? En haute mer, avait dit Eolo, ses marins doivent lui suffire. Ma main ne tremblait plus et sa forme, dans mes bras, ne me fit plus défaillir.

— Et vous ne vivez plus avec cet homme ?

— Non.

— Vous l'avez quitté ?

— Non, c'est lui. — Elle ajouta plus bas : — Après-demain, ça ira.

— Ça dépend de qui ?

— De moi.

138

— Vous avez comme ça des horaires très fixes ?

— Il faut bien, dit-elle — elle sourit —, ne serait-ce qu'une question de marées.

— Évidemment, dis-je, surtout en Méditerranée.

Elle rit.

— Oui, dit-elle, surtout en Méditerranée.

Je pensais à l'homme qui avait quitté cette femme. Je ne comprenais pas. Je ne parlais plus.

— Vous, pourquoi avez-vous quitté cette femme ? demanda-t-elle très doucement.

— Je vous l'ai dit, sans raison très précise.

— Mais, on sait quand même un peu ces choses-là, dit-elle.

— Je ne l'aimais pas. Je ne l'ai jamais aimée.

La danse prit fin encore une fois. Carla vint s'asseoir. Elle avait très chaud.

— Ça me fait vraiment de la peine, dit-elle, que vous partiez.

Elle devait beaucoup y penser, c'était vrai, même en dansant, elle ne devait pas l'oublier.

— Je t'aime bien, dit-elle à Carla.

Elle me regarda le temps d'un éclair, puis elle se retourna encore une fois vers Carla. Mais je pensais toujours à l'homme qui avait quitté cette femme.

— Il faut que tu te maries, dit-elle à Carla, ne fais pas comme tes sœurs. Marie-toi vite, aussi bien que tu le peux, après tu verras. Il ne faut pas que tu vieillisses comme ça.

Carla devint pensive et elle rougit.

— Mon père dit que c'est difficile, dit-elle, de se marier, alors, choisir, ça doit être encore plus difficile.

Elle aussi, elle rougit, très peu, il n'y eut que moi qui le vis et elle dit, à voix basse :

— Écoute, ce qu'il faut c'est que ce soit toi qui le choisisses. Après, tu n'auras qu'à le vouloir.

— Oh, fit Carla, je ne saurais pas.

— Tu sauras, dit-elle.

— J'ai soif, dis-je, je vais chercher a boire

J'allai au bar et je rapportai trois verres de chianti Carla était repartie danser lorsque je revins. Je bus son chianti.

— On va encore danser, dis-je.

— Vous aimez tellement danser ? dit-elle.

— Non, dis-je, mais on va danser quand même

Elle se leva, à regret. Elle aurait eu, je crois, envie de parler.

— Pourquoi, lui demandai-je, vous foutre de ma gueule ?

— Je ne me fous pas de vous, dit-elle.

Elle s'étonna. Même une nuit, pensais-je. Alors, pour la première fois, le chianti aidant, je la serrai un peu plus dans mes bras.

— Il ne faut pas m'en vouloir, dit-elle.

Le train ne filait plus dans la nuit noire de ma tête. Je la désirais. Cela me revint de très loin, de régions oubliées de mon corps et de ma mémoire.

— Je voudrais que vous me parliez de lui.

C'était une femme qui passait la nuit avec un homme et qui repartait le lendemain. Je la désirais comme telle, simplement.

— C'était, dit-elle, si on veut, un marin. Il était dans un petit canot au large de Gibraltar lorsque nous l'avons aperçu du yacht. Il faisait des signaux de détresse, nous l'avons recueilli à bord. C'est comme ça que ça a commencé.

— Il y a longtemps ?

— Quelques années, dit-elle.

— Et pourquoi faisait-il ces signaux de détresse ?

Elle parla un peu sur le ton de la récitation :

— Il s'était évadé de la Légion Étrangère, dit-elle, trois jours avant. Il venait d'y passer trois ans, il n'avait pas eu la patience d'attendre les deux ans qui lui restaient à faire, alors il s'est sauvé sur un canot — un canot qu'il avait volé.

Elle avait une voix d'une inépuisable douceur. Il devait y avoir au fond de cette femme une inépuisable douceur.

— Pourquoi s'était-il engagé ?

— Il était recherché, dit-elle, pour un assassinat.

Cela ne m'étonna pas outre mesure. Elle le dit avec beaucoup de simplicité et peut-être aussi avec un tout petit peu de lassitude.

— Vous aimez bien les gens qui font des signaux de détresse, non ?

Elle s'écarta de moi, me scruta. Je soutins son regard. Même à sa beauté, maintenant, je m'habituais.

— Oh non, dit-elle, peut-être un peu confuse, pas seulement.

— Je n'ai jamais tué personne, dis-je.

— Ce n'est pas facile, dit-elle en souriant, il faut avoir l'occasion...

Je n'ai jamais eu le commencement d'une occa-

141

sion de cette sorte, dis-je. J'ai dû tuer un pigeon à huit ans avec une carabine, c'est tout.

Elle rit de bon cœur. Mais qu'elle était belle.

— Mais que vous êtes belle, dis-je.

Elle me sourit sans répondre.

— Et vous l'avez recueilli à bord ? continuai-je. vous l'avez fait manger ? Je suis sûr qu'il n'avait pas bu depuis deux jours, non ?

— Tout le monde peut tuer, dit-elle, ce n'est pas le privilège de quelques-uns.

— C'était en somme la détresse idéale, dis-je.

— Si l'on veut, dit-elle, je crois moi aussi que c'était la détresse idéale comme vous dites. Elle ajouta après un temps : on peut vous demander ce que vous faites ?

— Ministère des Colonies, service État civil. Je recopiais des actes de mariage, de naissance, de décès. Après chaque acte de décès, je me lavais les mains. Alors en hiver j'avais des gerçures.

Elle rit un peu, très près de ma figure.

— A la fin de l'année on faisait des statistiques du nombre d'actes de naissance demandés, des statistiques comparées. Les résultats étaient très intéressants. On en demande, qui le croirait ? plus ou moins selon les années.

Si elle rit, pensais-je, elle restera un jour de plus. Elle riait.

— Ces statistiques étaient affichées dans le bureau. On ne peut jamais savoir, il y avait peut-être des gens que ça pouvait intéresser.

— Et on en demandait, dit-elle toujours en riant, plus ou moins selon les années ?

— Oui. Personne n'a jamais pu encore éclaircir ce mystère. Tout ce que j'ai pu remarquer personnellement, c'est que les années bissextiles sont les plus fécondes en demandes d'actes de naissance. J'ai fait un rapport là-dessus, mais il n'a pas été retenu.

Je la serrais toujours un peu plus, j'avais du mal à parler.

— Pourquoi en parlez-vous au passé ? Vous êtes en vacances ?

— Plus que ça.

Le bal battait son plein. C'était difficile de se frayer un passage pour danser, mais on ne s'en plaignait plus. L'orchestre jouait très mal.

— Comment ? Vous avez plaqué votre travail ?

J'avais cru qu'elle avait compris, elle n'avait pas compris, elle non plus, elle ne comprenait pas tout, tout de suite.

— Mettez-vous à ma place, dis-je. Je n'en pouvais plus, toujours recopier, je n'en pouvais plus. Je n'ai même plus d'écriture à moi.

— Quand l'avez-vous plaqué ?

— Très précisément ce matin, si vous voulez, pendant le déjeuner. Quand on est arrivé au fromage, c'était fait.

Elle ne rit pas. Je la serrais très fort.

— Oh, dit-elle, je ne savais pas.

— Vous aimez bien les gens qui sont dans la détresse, non ?

— Pourquoi pas ? dit-elle enfin.

La danse prit fin. On l'avait redemandée plusieurs fois, et nous avions dansé longtemps.

143

— Je m'amuse, dit Carla. Mais j'ai soif. Je voudrais de la limonade.

— Il faut aller la chercher, dit-elle.

— J'y vais, dis-je, et deux cognacs pour nous?

— Si vous voulez. Il est déjà tard.

Il y avait tellement de monde que j'eus du mal à atteindre le bar. Je bus un cognac sur place et j'en rapportai deux avec un verre de limonade. Carla le but d'un trait et s'en alla danser. On but nos cognacs et nous aussi on repartit danser.

— Vraiment, dit-elle, vous aimez danser.

— Je n'en laisserai pas passer une seule.

— Eolo a dit une heure, dit-elle à voix plus basse. Il y a plus d'une heure que nous sommes ici.

— Non, il n'y a même pas tout à fait une heure.

— La vedette devait venir me chercher dans une heure.

— Alors, vous voyez bien, il faut attendre un peu. On peut encore danser.

Ma voix tremblait mais ce n'était plus de peur. Je l'embrassais dans les cheveux.

— Parlez-moi, dis-je, du marin de Gibraltar.

— Plus tard, dit-elle. C'est une idée fixe.

— Je suis un peu saoul.

Elle rit, mal. Ça l'agaçait de danser. On dansait mal.

— Je trouve l'Italie très belle, dis-je.

On se tut. Le souvenir de Jacqueline me revint à la mémoire et de nouveau je fus dans ce train où il faisait une chaleur torride, qui filait, filait dans la nuit. Il m'était déjà revenu plusieurs fois à la mémoire, mais cette fois je ne réussis pas à le chasser. Je la serrai moins fort. Elle me regarda.

— Il ne faut pas penser à elle, dit-elle.

— Il fait très chaud dans les trains en ce moment, c'est ça surtout.

Elle dit, très gentille :

— Elle était très en colère ce matin pendant le déjeuner.

— J'ai dû la faire beaucoup souffrir pendant ce déjeuner.

— Elle a compris pourquoi vous la quittiez ? demanda-t-elle après un temps.

— Rien. J'ai dû très mal lui expliquer pourquoi.

— Il ne faut plus y penser. — Elle ajouta ; — Je crois vraiment qu'il ne faut plus y penser.

— Mais elle n'a rien compris, dis-je.

— Qui n'est pas passé par là ?

Elle avait un peu le ton de la réprimande mais elle restait très gentille, douce comme aucune femme ne l'avait jamais été avec moi.

— Et qu'est-ce que vous allez faire ?

— Est-ce qu'il faut toujours faire quelque chose de soi ? Est-ce qu'il n'y a pas des cas où on peut l'éviter ?

— J'ai essayé de ne rien faire de moi. On ne peut pas. Il faut toujours finir par faire quelque chose de soi.

— Et lui ? Qu'est-ce qu'il fait de lui ?

— Pour les assassins, dit-elle en souriant, c'est plus facile. Ce sont les autres qui décident pour eux. Vous n'avez aucune idée ?

— Aucune. Il y a quelques heures que j'ai quitté l'État civil.

— C'est vrai. Vous ne pouvez pas encore savoir.

— Pourtant, dis-je.

Elle attendit.

— Quoi ?

— J'aimerais être au grand air.

Elle s'étonna, puis elle eut un petit fou rire.

— Il n'y a pas beaucoup de métiers de grand air, dit-elle.

Les danses étaient si proches les unes des autres, qu'on ne s'asseyait plus. On attendait, debout, qu'elles recommencent. Mais, et ce fut le cas, quand elles cessaient, on cessait de se parler. La danse recommença.

— Il y a la marine, dis-je

Je ris à mon tour.

— C'est vrai, dit-elle, en riant, mais c'est un métier, ça aussi.

Je pris mon élan et je le lui dis.

— Pas toujours. Les cuivres, par exemple, tout le monde peut les faire.

Sans doute vit-elle mon émotion. Elle ne répondit pas. Je n'osais plus la regarder. Je dis encore :

— Il n'y a pas assez de boutons de porte sur un bateau pour occuper un seul homme ?

— Je ne sais pas.

Elle ajouta après un silence :

— Je n'y ai jamais pensé.

— Vous savez, c'est pour rire, que je dis ça.

Elle ne répondit pas. Je ne pouvais plus danser.

146

— J'ai envie de boire un cognac, dis-je.

On s'arrêta de danser. On se fraya un passage jusqu'au bar. Et sans rien se dire on but un cognac. C'était très mauvais. Je ne la regardais plus. On repartit danser.

— C'était si terrible que ça l'État civil?

— On exagère toujours.

— De temps en temps, dit-elle, il faut prendre des vacances. Quoi qu'on fasse.

Je recommençai à espérer.

— Non, dis-je. J'ai toujours pris régulièrement, honnêtement mes vacances. Croire aux vacances, c'est croire au Bon Dieu. J'ajoutai : oubliez ce que j'ai dit, je vous en supplie.

La danse prit fin. Carla revint ruisselante de sueur. Le pick-up cessa de jouer pendant cinq minutes. Ce fut interminable. Je voulais qu'elle oublie les cuivres.

— Tu as encore soif, dit-elle à Carla, va prendre de la limonade.

— J'y vais, dis-je encore.

— Non, dit Carla, j'ai l'habitude, puis ça m'amuse de le faire ici. J'irai plus vite que vous. Je prends aussi deux cognacs?

Elle disparut. Elle la regarda s'éloigner.

— A son âge, je servais aussi de la limonade.

— Il faut que vous partiez demain. Et les cuivres, c'est parce que j'ai un peu bu. Il faut que vous oubliiez ce que j'ai dit.

Elle me regarda toujours sans répondre.

— Même si on m'offrait de les faire, ces cuivres, je

147

n'accepterais pas. Je bois trop et voilà le genre de choses que je dis quand j'ai bu.

— J'ai oublié. dit-elle.

Puis, sur un tout autre ton :

— A l'âge de Carla, dit-elle. je les faisais et je servais aussi de la limonade.

Elle se tut. puis :

— Vous êtes resté longtemps à l'État civil ?

— Huit ans.

Elle se tut encore longuement.

— Vous disiez que vous serviez de la limonade dans les cafés à l'âge de Carla ?

— Oui, mon père tenait un café-tabac dans les Pyrénées. A dix-neuf ans, je me suis engagée sur ce yacht comme je ne sais pas, barmaid. Une idée de jeune fille. Carla est capable d'avoir de telles idées.

C'était la première fois que nous parlions assis. Je crus qu'elle avait oublié les cuivres.

— Ce même yacht ? demandai-je.

— Ce même yacht, dit-elle. — Elle eut un petit geste d'excuse. — Voyez, ajouta-t-elle, où ça vous mène.

Elle dut avoir le même sourire amusé qu'à seize ans.

— Et pourquoi être resté huit ans, si c'était aussi terrible ?

— Quelle question. La lâcheté.

— Vous êtes sûr que vous n'y retournerez pas ?

— Sûr.

— On peut être sûr d'une chose pareille après huit ans ?

— C'est rare, mais on peut l'être. C'est aussi sur ce yacht-là que vous l'avez connu ?

— Oui. Comme on ne savait pas trop quoi en faire on l'a engagé comme marin.

La danse recommença.

— Encore une danse, dit-elle, et nous la reconduirons.

Je ne répondis pas. Elle ajouta, assez bas :

— Si vous voulez on peut aller boire quelque chose sur le bateau. La vedette attend sur le petit ponton de la plage.

— Non. On va danser encore un peu, dis-je.

Elle rit.

— Non ?

Je faillis l'emmener, laisser Carla.

Un moment passa.

— Vous me trouvez désemparé à ce point ?

— Pas tellement, puis, ça m'est un peu égal. Non, c'est ce matin à l'apéritif, je ne sais pas pourquoi...

— Je suis sûr que vous aimez les gens désemparés.

— Peut-être, dit-elle — mais cette fois avec une confusion si jeune qu'une nouvelle fois je faillis l'emmener —, peut-être que j'ai un faible pour eux.

— Je l'ai quittée, dis-je, parce que rien ne la désemparait. On se ressemble.

— Qui sait ? Peut-être, qu'on se ressemble.

Pendant toute une danse on ne se dit plus rien. Je ne me souvenais pas d'avoir eu d'une femme un désir aussi fort

— On peut vous demander à vous aussi ce que vous faites ? demandai-je.

Elle réfléchit un peu.

— Je cherche quelqu'un, dit-elle, je voyage.

— Lui ?

— Oui.

— Vous ne faites que ça ?

— Que ça. C'est un travail énorme.

— Et ici ? Qu'est-ce que vous faites, vous le cher-chez ?

— De temps en temps, moi aussi, je prends des vacances.

— Je vois, dis-je.

Maintenant je l'embrassais tout le temps dans les cheveux. Candida nous regardait. Carla s'en aperçut. Ça m'était égal. A elle aussi, cela paraissait être égal.

— C'est marrant, dis-je, c'est quand même marrant.

— C'est vrai, dit-elle. Pourquoi ne part-on pas ?

— Quand même, répétais-je, c'est marrant. C'est une drôle d'histoire.

— Pas tellement, dit-elle.

— On va partir, dis-je.

On s'arrêta de danser. Elle alla chercher Carla.

— Ton père doit attendre, dit-elle, il faut partir.

Carla nous regarda tous les deux d'un air étonné et peut-être un peu réprobateur, parce qu'elle avait vu que je l'embrassais. Elle dut s'en apercevoir.

— Qu'est-ce que tu as ? demanda-t-elle.

— Rien, dit Carla.

— Oh, dit-elle, ne sois pas bête, ne sois pas comme ça.

— Je suis fatiguée, dit Carla, d'un ton confus.

150

— Surtout, dit-elle, il ne faut pas être comme ça.

Nous raccompagnâmes Carla dans une barque que je louai. Pendant le trajet, elle se tint à l'avant de la barque, allongée, loin de moi, un peu contrariée par l'attitude de Carla. Carla s'en aperçut.

— Je vous demande pardon, lui dit-elle.

Elle l'embrassa, sans répondre.

Eolo nous attendait devant l'auberge.

— Je suis un peu en retard, dis-je, excusez-moi.

Il nous dit que ça n'avait pas d'importance. Il nous remercia. Je lui dis que j'allais la raccompagner jusqu'à sa vedette. Peut-être le crut-il.

Nous prîmes la route de la plage.

La musique du bal s'éloigna. Bientôt nous ne l'entendîmes plus. Le yacht apparut. Son pont était éclairé et vide. Je savais ce qu'elle attendait de moi. Pourtant je choisis très vite de la laisser faire et de la suivre. Très vite, rien en moi ne s'indigna plus. Lorsqu'on déboucha sur la plage, je l'arrêtai face à moi, et je l'embrassai avec bonheur.

— Tu l'aimes, dis-je.

— Je ne l'ai pas revu depuis trois ans.

— Alors ?

— Je crois qu'il me plaira toujours et que lorsque je le retrouverai...

— Tu as très envie de le retrouver ?

— Ça dépend, dit-elle lentement, mais je peux aussi l'oublier pendant un certain temps.

Elle hésita, puis elle dit :

— Même quand je l'oublie, lui, je n'oublie pas que je le cherche.

Ses yeux s'égarèrent un peu, comme si elle m'invitait à considérer ce mystère, et qu'elle attendait de moi que je l'éclaircisse à mon tour.

— Alors, comme ça, tu vis un grand amour, toute seule sur la mer ?

Je me jurai dès ce moment de ne l'éclairer en rien si — on ne savait jamais — un jour, si ce jour existait, je voyais plus clair qu'elle dans cette curieuse histoire.

— Ça ou autre chose, dit-elle.

Elle se rapprocha de moi et se cacha pour le dire. Je lui levai la tête et la regardai.

— Je n'avais jamais encore rencontré de femmes de marins de Gibraltar, dis-je.

— Et alors ?

— Je crois que c'est celles-là qu'il me fallait.

Chaque fois que mes lèvres touchaient les siennes, je m'évanouissais de bonheur.

— Je suis contente, dit-elle, que tu sois venu.

Je me mis à rire.

— Il y en a beaucoup qui ne viennent pas ? Il y en a eu ?

Elle rit aussi, de bon cœur, mais sans répondre. Nous continuâmes à marcher vers le petit ponton où attendait la vedette. On voyait déjà briller son fanal. Je la tenais par la taille, je la portais, en somme, pour mieux la suivre.

— Tu t'ennuies, dis-je, quelquefois, à le chercher, c'est ça ?

152

— C'est ça, dit-elle — elle hésita —, je me sens quelquefois un peu seule.

Elle ajouta, timidement.

— C'est long.

Je m'arrêtai.

— Je comprends, dis-je.

Elle rit. On rit. Puis on continua à marcher.

Il y avait un marin dans sa vedette, qui dormait. Elle le réveilla.

— Je t'ai fait attendre, dit-elle, très gentiment.

Il lui dit que ça n'avait pas d'importance, lui demanda si elle s'était amusée.

— Il faut ce qui faut, dis-je, en me désignant, on est resté deux heures au lieu d'une.

J'étais saoul. Le marin rit et elle aussi. Pendant cette journée-là, en somme, je ne dessoûlais pas. Je m'étendis dans le fond de la vedette sans aucune gêne. Je décidai enfin de laisser aux autres la rassurante simplicité de leurs morales.

Pendant le trajet, je l'entendis parler à son marin d'un départ retardé qui, je le croyais encore, ne me concernait en rien.

Je n'avais pas eu de femme avant elle. Jacqueline devint cette nuit-là un souvenir très ancien qui jamais plus ne me fit souffrir.

Nous sortîmes de la cabine vers midi. Nous avions peu dormi et nous nous étions fatigués. Mais il faisait si beau qu'elle voulut se baigner. On prit la petite vedette pour aller à la plage, ce n'était pas loin, deux cents mètres à peine. Avant de l'atteindre, elle sauta dans la mer.

On se baigna longtemps, mais en nageant très peu. On plongeait, on faisait la planche et on revenait sur la plage se chauffer au soleil. Puis, quand la chaleur devenait trop insupportable, on repartait dans la mer. C'était l'heure du déjeuner et il n'y avait personne d'autre que nous deux sur la plage.

A un moment donné, comme nous venions de sortir de la mer et que j'allais m'allonger à côté d'elle, je vis un homme arriver, du côté opposé à Rocca, de Marina di Carrare. Je ne le reconnus que lorsqu'il fut très près, a cinquante mètres. Je l'avais complètement oublié. Il me reconnut, puis il la reconnut elle aussi. Il reconnut cette femme dont il m'avait parlé, belle et seule. Il s'arrêta, stupéfait. Il nous regarda longuement et obliqua sa marche pour nous contourner. Je me dressai.

— Bonjour, criai-je.

Il ne répondit pas. Elle ouvrit les yeux et elle le vit. Je me levai et j'allai vers lui. Je ne sus quoi lui dire.

— Bonjour, répétai-je.

— Et ta femme ? demanda-t-il. Il ne me dit pas bonjour.

— Elle est partie, dis-je. C'est fini...

Il la regarda encore. Elle était allongée a quelques

mètres de nous, sous le soleil. Elle pouvait entendre ce que nous disions. Elle n'avait pas l'air de s'y intéresser.

— Je ne comprends pas très bien, dit-il.

Je devais avoir un air heureux. Je ne pouvais pas m'empêcher de rire en lui parlant.

— Il n'y a rien à comprendre, lui dis-je.

— Et ton travail ?

— Fini aussi, dis-je.

— Tu t'es décidé comme ça, en quelques jours ?

— Il le fallait. Tu m'avais dit toi-même que c'était possible et je ne le croyais pas. Maintenant que c'est fait, je vois bien que c'était possible.

Il secoua la tête. Il ne comprenait pas. Il la regarda encore, mais sans parler, et m'interrogea du regard.

Elle part ce soir, dis-je. Je l'ai rencontrée comme ça.

On resta l'un en face de l'autre assez longtemps. Il secouait la tête en signe de dénégation, d'une façon curieusement hostile.

— Crois-moi, dis-je enfin.

Je ne pus pas lui dire ce à quoi il devait croire.

— Comme ça, répéta-t-il lentement, en quelques jours ?

— Ça arrive, dis-je, je ne le croyais pas, mais ça arrive...

— C'est très bien, dit-il enfin.

— Tu me l'avais dit, dis-je.

Il eut un air gêné. Nous ne sûmes pas quoi nous dire.

— Au revoir.

— Je reste à Rocca, dis-je, à bientôt.

155

Il s'en alla. Mais au lieu de continuer, il retourna sur son chemin. Debout, je le regardais s'éloigner. Puis je compris tout à coup qu'il m'avait vu alors qu'il venait précisément me chercher à la trattoria du vieil Eolo, qu'il devait être là depuis la veille et qu'il avait déjà dû demander les lunettes à son cousin, y penser, choisir le coin où nous devions nous baigner. Et que ce qu'il avait aussi à me reprocher, c'était d'avoir oublié qu'on devait passer la journée ensemble. Pendant une seconde, j'eus envie de le rappeler. Je ne le fis pas. Je revins m'étendre auprès d'elle.

— Tu connais des gens par ici ? dit-elle.

— C'est le chauffeur de la camionnette qui nous a conduits de Pise à Florence, dis-je. Nous devions faire de la pêche sous-marine ensemble aujourd'hui. Il n'a pas osé me le rappeler et j'avais oublié.

Elle se dressa et le regarda s'éloigner.

— Mais il faut le rappeler.

— Non, dis-je, ce n'est pas la peine.

Elle hésita.

— Ce n'est pas la peine, repris-je, je le reverrai. J'y pensais depuis huit jours, tous les jours et puis voilà, aujourd'hui, j'ai oublié.

On se mit à rire.

— Tu as dit que je partais ce soir, dit-elle, je ne pars que demain soir.

— Ça va être long, dis-je en riant toujours.

On retourna à bord pour déjeuner. Puis, une nouvelle fois, on alla dans sa cabine. On y resta longtemps. Elle s'endormit et j'eus le temps de la regarder dormir dans la lumière déjà plus douce de la mer. Puis je m'endormis à mon tour. Le soleil se couchait lorsqu'on se réveilla. On monta sur le pont. Le ciel était en feu et les carrières de Carrare étincelaient de blancheur. Toutes les cheminées de Monte Marcello fumaient déjà. La plage, devant nous, faisait une courbe longue et douce. Il y avait des gens qui se baignaient, les clients d'Eolo et les marins du *Gibraltar.* Nous étions seuls à bord.

— Tu es triste, dit-elle.

— Quand on dort l'après-midi, dis-je — je lui souris —, on est toujours triste quand on se réveille. — J'ajoutai : — C'est très différent de voir les choses d'un bateau.

— Très différent, mais à la longue, on a aussi envie de les voir de l'autre côté.

— Sans doute.

Les baigneurs jouaient au ballon. Leurs cris et leurs rires arrivaient jusqu'à nous.

— Il est tard, dis-je.

— Qu'est-ce que ça peut faire ?

Le feu du ciel diminua d'un seul coup, balayé par une ombre légère.

— Il est tard, répétai-je. Dans vingt minutes ce sera la nuit. Je n'aime pas ce moment-là de la journée.

— Si tu veux, dit-elle très doucement, nous pouvons aller dans le bar, nous boirons quelque chose.

Je ne répondis pas. Je l'avais beaucoup regardée dormir. J'avais un peu peur.

— Je vais rentrer, dis-je.

— Je dîne avec toi, dit-elle calmement.

Je ne répondis pas.

— Peut-être que ça étonnera Eolo. Tu veux bien quand même ?

— Je ne sais pas.

— Tu changes souvent d'humeur comme ça ?

— Souvent, dis-je. Mais aujourd'hui ce n'est pas que j'ai changé d'humeur.

— C'est quoi ?

— Je ne peux pas savoir très bien. Peut-être qu'il m'est arrivé trop d'histoires en deux jours. Si on buvait quelque chose ?

— C'est facile. Il y a tout ce qu'on veut au bar.

Nous y allâmes. On but deux whiskys. Je n'avais pas l'habitude d'en boire. Le premier ne me parut pas très bon, mais le second me parut bon. Plus que ça, nécessaire. Elle, elle y était habituée et elle les but avec beaucoup de plaisir, sans parler.

— C'est très cher, dis-je, le whisky. C'est rare qu'on puisse en boire.

— Très cher.

— Tu en bois beaucoup ?

— Pas mal. Je ne bois rien d'autre, aucun autre alcool.

— Tu n'as pas honte ? trois mille francs la bouteille ?

— Non.

Nous nous forcions à parler. Nous nous sentions encore une fois très seuls à bord.

— C'est bon quand même, dis-je, le whisky.

— Tu vois...

— C'est vrai, c'est bon. Pourquoi avoir honte ? Il aimait le whisky ?

158

— Je crois. Nous en buvions très peu.

Elle regardait par la porte du bar, la plage qui s'assombrissait.

— Nous sommes seuls à bord, dit-elle.

— Tu abuses, dis-je en riant. Il y a des gens qui vous donnent envie de boire et d'autres pas. Tu me donnes envie d'un autre whisky.

— Ça dépend de quoi ?

— Qui sait ? Peut-être du sérieux qu'ils mettent à vivre.

— Je ne suis pas sérieuse ?

— Au contraire. Mais il y a sérieux et sérieux

— Je ne comprends pas.

— Moi non plus, dis-je, ça doit être déjà le whisky, ça ne fait rien.

Elle sourit, elle se leva, me le servit et se rapprocha de moi.

— C'est très difficile de s'en passer, dit-elle, quand on en a pris l'habitude.

— Très difficile.

Elle alla se rasseoir. Nous avions la volonté d'oublier que nous étions si seuls à bord.

— Comment le sais-tu ? demanda-t-elle.

— Je m'en doute, dis-je.

Elle baissa les yeux.

— Quand je serai riche, dis-je, j'en boirai toujours.

Elle me regarda. Moi, je regardai la plage.

— C'est curieux, dit-elle, comme je suis contente de t'avoir rencontré.

— En effet, dis-je, c'est curieux.

— Oui.

159

— C'est le grand amour, dis-je.

On rit. Puis on cessa de rire, puis je me levai et je retournai sur le pont.

— J'ai faim, dis-je. On va chez Eolo ?

— Il faut attendre les marins, dit-elle. Ils ont la vedette. A moins d'y aller à la nage...

On resta au bastingage. Elle fit des signes à l'adresse de ses marins. L'un d'eux se détacha et vint nous chercher avec la vedette. Avant d'aller chez Eolo, on fit une petite promenade sur la plage, mais du côté inverse de celui des baigneurs.

— Si tu as le temps, lui dis-je, il faudra me raconter cette histoire.

— C'est long, ça peut durer longtemps.

— Quand même, j'aimerais bien, même très abrégée.

— On verra, dit-elle, si on a le temps.

Eolo nous regarda arriver, étonné, mais pas tellement au fond, de nous voir ensemble. Je n'étais pas rentré depuis le bal et il savait bien que j'étais avec elle. Carla rougit beaucoup en nous voyant. Je ne trouvais pas utile de leur donner la moindre explication. Elle parla à Carla comme elle l'avait fait la veille, mais peut-être moins volontiers. Je n'avais envie de parler à personne, sauf à elle, alors je ne parlais pas du tout. Il y avait les clients habituels de la trattoria et deux autres, de passage. Elle était fatiguée mais je la trouvais plus belle encore que la veille, sans doute parce que c'était aussi de moi qu'elle tenait sa fatigue. Elle parlait distraitement soit à Eolo, soit à Carla, elle sentait mon regard sur elle. On mangea beaucoup et on but pas mal

160

de vin. Dès qu'on eut fini, elle me demanda tout bas de retourner à bord avec elle. Le bal avait déjà commencé. On entendait les mêmes sambas que la veille traverser le fleuve. Dès que nous fûmes seuls sur le chemin de la plage je l'embrassai, sans pouvoir attendre. Ce fut elle qui, un peu avant que nous atteignions le petit ponton, me reparla pour la première fois de ce que je comptais faire de moi dans les jours qui suivraient. Elle le demanda en riant, sur le ton de la plaisanterie mais avec, peut-être, un peu trop d'insistance.

— Et tes cuivres, tu veux toujours les faire ?

— Je ne sais plus.

— Les femmes des marins de Gibraltar ont cessé de te plaire, dit-elle en souriant.

— J'ai dû en parler un peu vite, dis-je, sans les connaître.

— Elles sont comme les autres.

— Pas tout à fait. D'abord elles sont belles. Ensuite, elles, elles ne sont jamais contentes.

— Ensuite ?

— Ensuite, comme on pourrait croire qu'elles sont à tout le monde et qu'elles ne sont à personne, il doit être assez difficile de s'y faire.

— Il me semble qu'on pourrait en dire autant de beaucoup de femmes.

— Sans doute, dis-je, mais avec celles-là, on ne peut pas s'y tromper une seconde.

— J'avais cru comprendre que tu ne tenais pas beaucoup à, comment dire ?... à ce genre d'assurance-là.

— Je n'y tiens pas, mais est-ce que ce n'est pas

comme pour le reste ? Est-ce que quand on est trop sûr de ne pas avoir ces assurances-là, il ne vous vient pas l'envie de les avoir ?

Elle sourit, mais pour elle seule.

— Sans doute, dit-elle. Mais ce n'est pas ce genre de crainte qui doit vous empêcher de faire ce qu'on désire faire.

Je ne répondis pas. Alors, encore une fois avec peut-être encore un peu trop d'insistance dans la voix :

— Si tu es vraiment aussi libre que tu le dis, dit-elle, pourquoi ne pas venir ?

— Je ne sais plus, dis-je, mais pourquoi pas en effet ?

Elle détourna la tête et dit avec un peu de honte :

— Il ne faut pas croire que tu serais le premier.

— Je n'ai jamais cru une chose pareille.

Elle se tut. Puis elle reprit :

— Je te le dis pour que tu ne croies pas que c'est une chose extraordinaire que tu ferais. Pour que tu viennes.

— Il y en a eu beaucoup ?

— Quelques-uns, dit-elle... Il y a trois ans que je le cherche...

— Qu'est-ce que tu en fais quand tu en as assez ?

— Je les jette à la mer.

On rit, mais pas de très bon cœur.

— Si tu veux, dis-je, on va attendre jusqu'à demain pour le décider.

On retourna encore une fois dans sa cabine.

Encore une fois on se réveilla tard. Le soleil était

haut lorsqu'on sortit sur le pont. Les choses furent pareilles, tout à fait pareilles et tout à fait nouvelles à la fois, aussi parce que ce départ était dans l'air. On déjeuna au bar, de ce qu'il y avait, du fromage, des anchois. On but du café et du vin. On était encore une fois seuls à bord et même en mangeant, on ne pouvait pas l'oublier. Elle regarda plusieurs fois sa montre pendant qu'on mangeait et elle paraissait un peu anxieuse parce qu'elle voyait bien que je ne savais pas moi-même ce que je voulais et qu'elle avait l'impression de pouvoir décider à ma place, de mon départ. Elle m'en parla encore.

— Si tu ne viens pas, qu'est-ce que tu vas faire ?

— On trouve toujours à s'occuper. J'ai trop décidé de choses — je ris — pour pouvoir en décider une de plus.

— Au contraire : une de plus, qu'est-ce que ça fait ?

— Qui c'est le marin de Gibraltar ? demandai-je.

— Je te l'ai dit, dit-elle, un assassin, de vingt ans.

— Et encore ?

— Rien d'autre. Quand on est un assassin on n'est que ça, surtout a vingt ans.

— Je voudrais, dis-je, que tu me racontes son histoire.

— Il n'a pas d'histoire, dit-elle. Quand on devient un assassin a vingt ans, on n'a plus d'histoire. On ne peut plus avancer ni reculer, ni réussir, ni rater quoi que ce soit dans la vie.

— Je voudrais quand même que tu me racontes son histoire. Même la plus courte.

— Je suis fatiguée, dit-elle, et il n'a pas d'histoire

163

Elle renversa la tête sur le fauteuil. Elle était fatiguée. J'allai lui chercher un verre de vin.

— Tu ne trouveras rien à faire en Italie, dit-elle, tu retourneras en France et tu recommenceras à recopier dans ton État civil.

— Non. Ça non.

Je ne lui demandai plus rien. Le soleil arrivait déjà jusque sur le plancher du bar. Ce fut elle qui parla.

— Tu comprends, dit-elle, c'était un homme doublement menacé par la mort. Et pour ces hommes-là on a toujours, en plus de l'amour, comment dire ? une fidélité particulière.

— Je comprends, dis-je.

— Tu vas retourner à Paris, dit-elle, et tu la retrouveras, et tu retourneras à l'État civil, et tout recommencera.

— Même la plus courte, dis-je, d'entre tes histoires, à toi.

— Je n'ai plus beaucoup de temps, dit-elle.

Elle ajouta :

— Je crois que ce que tu as de mieux à faire, c'est encore de partir sur ce bateau. Je veux dire, dans ton cas.

— On verra, dis-je. Parle-moi.

— Je n'ai pas d'histoire en dehors de lui.

— Je t'en supplie, dis-je.

— Je te l'ai dit, dit-elle. J'ai passé mon enfance dans un village de la frontière espagnole. Mon père tenait un café-tabac. On était cinq enfants, c'était moi l'aînée. Les clients étaient toujours les mêmes, des douaniers, des contrebandiers, l'été, quelques touristes. Une nuit, j'avais dix-neuf ans, je suis partie pour Paris dans la voiture d'un client. J'y suis restée un an. J'y ai appris ce qu'on y apprend d'habitude, le métier de vendeuse à la Samaritaine, la faim, les dîners au pain sec, les gueuletons, le prix des gueuletons, celui du pain, la liberté, l'égalité, la fraternité. On croit que c'est beaucoup, et pourtant ce n'est rien à côté de ce qu'un seul être peut vous apprendre. Au bout d'un an, j'ai eu assez de Paris, je suis partie pour Marseille. J'avais vingt ans, on est toujours sot à cet âge-là, je voulais travailler sur un yacht. J'avais de la mer et des voyages une idée qui s'associait à la blancheur des yachts. Au syndicat du Yachting Club il n'y avait qu'une seule place à prendre, de barmaid. Je l'ai prise. Le yacht partait pour un tour du monde qui devait durer un an. Il est parti de Marseille trois jours après que je me fus engagée. C'était en septembre, un matin. On a mis le cap sur l'Atlantique. Quelques heures après le départ, le lendemain, vers dix heures, un matelot a vu sur la mer un petit point insolite. Le patron a pris des jumelles et il a vu un homme à l'avant d'un canot. Il venait vers nous. On a arrêté les machines, on a abaissé la passerelle. Un matelot l'a hissé sur le pont. Il a dit qu'il avait soif, qu'il était fatigué. Je l'entends encore le dire. Quand j'essaie de me souvenir de sa voix, c'est encore de ces paroles-là que je me souviens. En somme, des choses que l'on dit tous les jours mais qui ont, suivant les cas, plus ou moins d'importance. Il les a dites, puis il s'est évanoui. On l'a ranimé avec des gifles, du vinaigre, on lui a fait boire de l'alcool. Il a bu, puis il s'est endormi, là, sur le pont. Il a dormi huit heures. Je suis passée souvent à côté de lui, souvent, il était à côté du bar. Je l'ai beaucoup regardé. La peau de sa figure était brûlée, arrachée par le soleil, le sel, ses mains étaient à vif d'avoir ramé. Il avait dû passer plusieurs jours à l'affût d'une barque à voler, et peut-être, plusieurs jours aussi, à guetter un bateau. Il portait un pantalon kaki, tu sais, la couleur du crime, de la guerre. Il était jeune, vingt ans. Il avait déjà eu le temps de devenir criminel. Moi, je n'avais eu le temps que d'aller au cinéma. On fait ce qu'on peut. Et je crois bien qu'avant même qu'il se réveille je l'aimais déjà. Le soir, après qu'on l'eut fait manger, je suis allée le retrouver dans sa cabine. J'ai allumé. Il dormait. Il était allé si loin dans l'épouvante, que non seulement il ne pouvait pas s'imaginer qu'une femme, ce soir-là, pouvait avoir envie de le rejoindre, mais qu'il ne devait même pas le désirer. Mais je crois que c'était cela aussi, oui, j'en suis sûre, que je voulais. Il m'a reconnue, il s'est relevé et il m'a demandé si c'était pour qu'il quitte la cabine. Je lui ai dit que non. C'est comme ça que ça a commencé. Ça a duré six mois. Le patron l'a engagé. Des semaines ont passé. Il n'a jamais parlé de son histoire à personne, même pas à moi. Je ne sais pas encore son nom. Au bout de six mois, un soir, à Shanghai, il est descendu pour faire un poker et il n'est pas remonté à bord.

— Tu ne sais toujours pas qui il avait tué ?

— Un soir, à Montmartre, il avait étranglé un Américain. Ce n'est que bien plus tard que j'ai su qui. Il lui avait pris son argent, il l'avait joué, au poker, puis il l'avait perdu. Il n'avait pas étranglé cet Américain

166

pour lui prendre son argent et il n'avait pas été poussé à le faire par besoin d'argent. Non, à vingt ans on fait ça sans raison précise, il l'avait fait, sans presque le vouloir. Il s'agissait du roi du roulement à billes, d'un nommé Nelson Nelson.

Je me mis à rire beaucoup. Elle rit aussi.

— Mais même quand c'est le roi des billes, dit-elle, qu'on a tué, on devient un assassin. Et quand on est un assassin, on n'est plus que ça, rien d'autre.

— J'ai toujours pensé, dis-je, que c'était une situation qui devait avoir son bon côté, son côté pratique.

— Qui vous relève de bien des devoirs, dit-elle, de presque tous les devoirs, excepté celui de ne pas se laisser crever de faim.

— Mais l'amour, dis-je.

— Non, dit-elle, il ne m'aimait pas. Il aurait pu se passer de moi, de n'importe qui. On dit : un seul être vous manque et tout est dépeuplé, mais ce n'est pas vrai. Quand le monde vous manque, en effet, personne ne peut vous le repeupler. Je ne lui ai jamais repeuplé le monde, jamais. Il était comme les autres, toi, il lui fallait Yokohama, les grands boulevards, le cinéma, les élections, le travail, tout. Moi, une femme qu'est-ce que c'était à côté ?

— En somme, dis-je, quelqu'un qui n'avait rien à dire à personne.

— C'est ça. Quelqu'un qu'on raconte comme on peut, mais qui n'a rien à dire à personne. Certains jours, je me demande si je ne l'ai pas complètement inventé, inventé quelqu'un à partir de lui. Son silence était extraordinaire, une chose que je ne pourrai jamais

décrire. Et sa gentillesse, non moins extraordinaire Il
ne trouvait pas son sort affreux. Il n'avait aucun avis
sur ces choses. Il s'amusait de tout. Il dormait comme
un enfant. Personne, sur le bateau, n'a jamais osé le
juger.

Elle hésita un peu et elle dit :

— Tu sais, quand on a connu l'innocence, quand on
l'a vu dormir auprès de soi, on ne peut jamais tout a
fait l'oublier.

— Ça doit beaucoup vous changer, dis-je.

— Beaucoup — elle sourit —, et je crois, pour
toujours.

— J'ai toujours pensé, dis-je, que c'est plutôt quand
on a fait douter quelqu'un du bien-fondé de sa morale,
qu'on n'a pas vécu inutile.

— Oui, dit-elle. Il avait beau ne rien dire, c'est
parce que certains comme lui n'hésitent pas à se faire
beaucoup de tort que d'autres sont amenés à remettre
en question bien des préjugés.

— Et le poker ? demandai-je.

— Il faut bien jouer de quelque chose, dit-elle, de ce
qu'on peut. C'était un dimanche soir, tout d'un coup,
il a eu envie de faire un poker. Il a joué avec quelques
camarades de l'équipage. Tout jeune, déjà, il avait été
sans doute un grand joueur de poker. Depuis son
crime il n'avait plus joué. Ce soir-là il a recommencé,
pour la première fois. D'abord il a gagné. Puis, au
milieu de la nuit il a commencé à perdre. Je l'ai regardé
tout le temps qu'a duré la partie. Il était transfiguré, il
jouait gros, on aurait dit que l'argent le brûlait. Quand
il a commencé à perdre il n'a pas eu l'air d'en être

168

affecté, il a perdu beaucoup plus qu'il n'avait gagné, presque toute la paye du mois. Il jetait l'argent sur la table avec une espèce de joie, comme si après tout, c'était toujours ça qu'il pouvait faire, qu'on aurait de lui. La seule chose qui lui restait en commun avec les autres hommes, est-ce que ce n'était pas l'argent ? et l'amour des femmes ? non pas d'une femme, mais des femmes ? car pour lui pendant toute cette période, je suis restée à peu près n'importe qui. C'est comme ça que ça a commencé, à bord, ce dimanche soir, je veux dire que j'ai compris que je le perdrais très vite. On avait déjà fait l'Atlantique, les Iles, Saint-Domingue. On était déjà passé par Panama, on était déjà dans le Pacifique, on avait fait Hawaii, la Nouvelle-Calédonie, les îles de la Sonde, Bornéo, le détroit de Malacca. Puis, au lieu de continuer, comme on aurait dû, on a fait demi-tour vers le Pacifique. Nous, jusque-là, on était descendus très peu. Une fois à Tahiti, une fois à Nouméa. Et, à part les petites descentes pour acheter, quoi, du savon à barbe, ç'avait été tout. Ç'avait été tout jusqu'à Manille, c'est-à-dire deux jours avant la partie de poker. A Manille, il a eu envie de voir la ville. Il avait de l'argent, voilà ce qu'il y avait, il se sentait de l'argent plein les poches. Il avait perdu une paye, mais il lui en restait beaucoup d'autres, toutes les autres qu'il avait accumulées. On descendait si peu, on avait si peu d'occasions de dépenses, que lorsqu'on est arrivé à Shanghai, il avait pas mal d'argent dans son portefeuille.

« C'est là qu'il m'a dit qu'il allait faire un poker et qu'il rentrerait vite. Je l'ai attendu toute la nuit. Puis toute la journée. Puis le lendemain je l'ai cherché dans la ville, partout. Shanghai est une ville que je connais bien, la seule, et pour cause. Je ne l'ai pas trouvé. Alors je suis rentrée à bord, me disant que peut-être il était rentré. Mais il n'était pas non plus à bord. Je l'avais tellement cherché, que je n'avais plus la force de descendre, mais seulement celle de l'attendre à bord. Je suis allée dans ma cabine et je me suis allongée. Par le hublot, je pouvais voir la passerelle. Je la regardais et à force de la regarder, je me suis endormie. J'avais vingt ans, moi aussi, et je dormais bien. Quand je me suis réveillée, à l'aube, le bateau était loin au large de Shanghai. J'avais dormi toute une partie de la nuit. Il n'était pas rentré à bord.

« Je me suis demandé souvent par la suite si ce n'était pas le patron du yacht qui avait donné l'ordre de partir pendant que je dormais. Je le lui ai demandé plus tard. Il m'a dit que non. Je le crois encore mal. Mais qu'est-ce que ça fait ? S'il n'était pas descendu à Shanghai, il serait descendu un peu plus loin.

— Tu as voulu mourir. Tu croyais que c'était simple d'ouvrir la porte de la cabine et de te jeter à la mer.

— Je ne l'ai pas fait. Je me suis mariée avec le patron du yacht.

Elle se tut.

— Je voudrais un verre de vin.

J'allai le lui chercher. Elle continua.

— Tu comprends, nous ne nous étions jamais dit que nous nous aimions. Sauf lui le premier soir, lorsque j'étais allée le retrouver dans sa cabine. Mais bien sûr, ce soir-là, il l'a dit par surprise, dans le plaisir, et il l'aurait aussi bien dit à une putain. Si tu veux, c'est à la vie, qu'il le disait. Après, il n'a plus eu de raison de le dire. Mais moi, qui avais pourtant toutes les raisons de le lui dire, je ne le lui ai jamais dit. Ce silence a duré autant que nous, six mois. Alors, celui qui a suivi l'escale à Shanghai a été d'autant plus grand. J'étais enceinte jusqu'aux dents de tous les mots de l'amour et je ne pouvais plus accoucher d'un seul.

Elle ne me dit plus rien pendant un moment. Je me levai et j'allai au bastingage. Elle m'appela.

— C'est très difficile, dit-elle, de faire ce que tu veux faire, de changer sa vie, comme on dit. Il faut que tu fasses très attention.

— Après ? demandai-je.

— Quoi ?

— Après Shanghai ?

— Je te l'ai dit. Le patron du yacht est allé divorcer aux États-Unis. Sa femme a accepté moyennant un gros dédommagement. Tout de suite après le divorce, nous nous sommes mariés. Il a donné mon nom au yacht. Je suis devenue une femme riche. Je suis allée dans le monde. J'ai même pris des leçons de grammaire.

— Tu ne pensais pas encore à le rechercher ?

— C'est seulement bien plus tard que l'idée m'en est venue. Je ne me suis jamais souvenue d'avoir fait ce mariage pour ça, non. Mais quand l'idée m'en est venue, j'ai trouvé que j'avais bien fait de le faire. C'est un luxe qui coûte très cher de chercher quelqu'un comme ça.

— C'est pendant ce mariage que tu as pris l'habitude de coucher avec... n'importe qui ?

Elle se tut, un peu interdite, puis sur le ton de l'excuse, elle dit :

— J'ai essayé quelquefois de lui être fidèle, mais je n'y suis jamais arrivée.

— Il ne fallait même pas essayer, dis-je en riant.

— J'étais jeune, dit-elle. La vie du yacht était gaie. Il donnait des bals chaque soir pour me faire oublier...

— La mer, dis-je, les gabiers de misaine...

— Oui — elle sourit —, mais pour ceux-là les bals ne suffisent pas.

— Sans doute.

— Plus je voyais d'invités, plus je pensais aux hommes qui, dans les cales, entendaient ces fêtes que l'on faisait pour me faire oublier l'un d'eux. Je me sauvais et j'allais dans les cales et quelquefois je le trompais. Un jour...

Elle s'arrêta, regarda l'heure.

— Je n'ai plus le temps, dit-elle.

— Si tu veux, tu l'as. Rien ne presse vraiment.

Elle sourit encore.

— Un jour, il en est venu à une prudence déshonorante. Il a fait mettre une séparation grillagée entre le pont supérieur et le reste du yacht. Les invités ont été débarqués parce qu'ils disaient du mal de moi.

— Qu'est-ce qu'ils disaient ?

— Ils disaient je crois : chassez le naturel, il revient au galop.

Elle s'arrêta le temps qu'on rit. Puis elle continua.

— On est restés seuls tous les deux à se regarder

172

vivre, sur le pont supérieur. Je lui ai promis de ne pas dépasser les grillages. J'étais sincère parce que de le voir en venir à ces extrémités me faisait craindre pour sa raison. Ce qui n'aurait pas arrangé les choses. Des semaines ont passé. Des mois. Je passais mon temps à lire, allongée sur ma chaise longue au soleil. Je vois cette période-là comme un long sommeil. Mais c'est pendant ce sommeil que j'ai pris des forces pour le restant de ma vie. De temps en temps, pour lui faire plaisir, je m'inquiétais soit des escales en vue, soit des latitudes, soit des profondeurs abyssales. Puis je reprenais ma lecture. J'étais de bonne foi. Je croyais que cette existence en était une, dans son genre. Mon mari aussi paraissait le croire, et sa méfiance s'endormait.

« Et puis voilà, un jour, on a dû faire escale à Shanghai précisément. C'était une question de mazout, tu penses bien que si on s'était arrêté là, c'est qu'on n'avait pas pu faire autrement. C'est là que, si tu veux, je me suis réveillée, pour toujours.

« On y est arrivé tôt dans la matinée. Nous étions déjà levés, derrière nos grillages, à lire. J'ai cessé de lire. J'ai regardé cette ville où je l'avais tant et tant cherché. De huit heures à midi je l'ai regardée. Lui, assis à côté de moi, m'a regardée la regarder. Lui aussi avait cessé de lire. A midi, je lui ai demandé la permission de descendre un peu. Il m'a dit : « Non, vous ne remonteriez pas. » Je lui ai dit qu'il n'était plus à Shanghai, qu'il n'y avait pas de crainte à avoir et que j'aurais voulu me promener une heure dans la ville, pas plus d'une heure. Il m'a dit : « Non, même s'il n'y est plus, vous ne remonteriez pas. » Je lui ai demandé de

173

me faire accompagner par un homme du bord pour plus de sécurité. Il m'a dit : « Non, je n'ai confiance en personne. » Je lui ai demandé s'il croyait avoir le droit de m'empêcher de descendre, s'il croyait qu'il était dans les droits d'un homme, quel qu'il soit, de commettre une telle violence sur une femme, quelle qu'elle soit quant à lui. Il m'a dit que oui, qu'il ne fait que m'empêcher, et « pour mon bien », de faire une folie. Je ne lui ai plus rien demandé. Il avait l'air de souffrir, mais je voyais bien qu'il ne céderait jamais. A midi nous n'avons pas mangé. Chacun sur sa chaise longue, nous avons attendu le départ. Il voyait bien que j'avais envie de le tuer, comme c'était normal, ça lui était égal. L'après-midi est passé. Le soir est venu. Il a recouvert la ville. Nous étions toujours là à attendre le départ. Lui qui m'épiait et moi qui avais envie de le tuer. La ville s'est éclairée, elle est devenue rouge. Sa phosphorescence est arrivée jusque sur le pont où derrière nos grillages, nous la regardions. Je me souviens encore du visage de mon mari dans cette lumière. Je lui ai demandé encore une fois de descendre, même avec lui, s'il le voulait. Il m'a dit : « Non, tuez-moi, mais je ne peux pas. » Le bateau est parti vers onze heures. Ç'a été très long jusqu'à ce que la ville disparaisse dans la nuit. Je ne sais pas pourquoi je te raconte ça. Sans doute parce que c'est à dater de ce jour que je suis revenue à une certaine espérance, je veux dire, que j'ai commencé à croire que je pouvais quitter mon mari, que je pourrais peut-être, un jour, mener une autre existence que celle que je menais. Laquelle ? On ne se dit jamais très clairement ces choses-là, une qui soit, comment dire ? plus distrayante peut-être. Alors, depuis ce jour affreux, ce sale crépuscule que j'avais vu descendre sur Shanghai, la vie avec mon mari m'est devenue petit à petit supportable. Il me semblait que je pouvais le quitter avec tant de facilité que le temps me paraissait court. Et pourtant j'ai encore mis trois ans à le quitter. La lâcheté, comme tu dis. Mais si on peut attendre très longtemps avant de faire ce que l'on a décidé qu'on ferait, cela ne veut pas dire que l'on n'est pas capable de le faire. Je l'ai fait, mais trois ans plus tard.

« Un an est passé, à Paris. Quand il me parlait d'avenir, je lui souriais, et comme je n'aurais sans doute pas pu lui sourire si j'y avais cru. J'étais gentille. Est-ce qu'il a pu croire parfois que j'avais oublié le marin de Gibraltar ? Peut-être. Mais il ne l'a pas cru longtemps, un an à peine.

— Puis ?

— Je l'ai revu. Deux fois. Une première fois et, quatre ans après une deuxième fois. Cette fois-là, j'ai même vécu avec lui.

— Tu n'as vraiment pas le temps de...

— Non, dit-elle, je n'ai plus le temps.

Elle se tut. Le temps devint lent, comme toujours, lorsqu'on le retrouve après l'avoir oublié. Le soleil baissait. Je fumai une cigarette. Elle regarda sa montre tout à coup, puis elle alla au bar chercher de quoi boire. Elle me tendit un verre de vin.

— C'est l'heure, dit-elle.

— C'est une drôle d'histoire, dis-je.

— Oh non, c'est une histoire comme une autre.

175

— Je ne parle pas seulement de la tienne, dis-je.

Elle s'effraya, puis presque aussitôt, se rassura.

— Si tu dis ça, dit-elle, c'est que tu viens...

— J'en ai bien peur, dis-je.

— Il ne faut pas, dit-elle.

— On cherche toujours plus ou moins quelque chose, dis-je, que quelque chose sorte du monde et vienne vers vous.

— Alors, dit-elle, du moment qu'il te tend la perche, que ce soit lui ou autre chose...

— C'est vrai, dis-je. Lui ou autre chose. Et même lui, ce serait tout cuit en somme, et puis, ce n'est pas tous les jours...

Elle me coupa la parole.

— On ne peut jamais savoir... commença-t-elle.

— Sois tranquille, dis-je, tout à fait, tout à fait tranquille.

— Je veux dire aussi, elle parlait lentement, on ne peut jamais savoir tout ce qui peut arriver.

— Non, dis-je, mais dans tous les cas, sois tranquille.

Elle me regarda avec un air de douter, d'hésiter.

— C'est une question de quoi ? demanda-t-elle, de quoi ?

— Le reste ?

— Oui, dit-elle, le reste, comme tu dis.

— De sérieux, non ?

Elle se détendit complètement, elle se leva en riant.

— C'est ça, dit-elle, de sérieux. Si on le veut, on l'est, non ?

— Il suffit de le vouloir, dis-je.

— Alors, tu pars ?

On entendait déjà le ronflement du moteur. Les marins larguaient les voiles.

— Je pars, dis-je.

Elle fut très différente de la veille tout à coup. Un peu comme si nous allions avoir beaucoup de plaisir ensemble sur ce bateau, mais seulement du plaisir. Elle sortit du bar et alla parler à ses marins. Je l'entendis les presser gentiment de partir. Puis elle revint.

— On va envoyer quelqu'un payer Eolo, dit-elle, et prendre tes affaires.

— Pour une fois, dis-je en riant, je tiendrais à les laisser.

— C'est un peu bête.

— Je sais. Si tu veux, on peut dire à Eolo de garder ma valise.

Elle s'en alla encore.

Il était sept heures. Je restai seul dans le bar jusqu'au départ du bateau. Une demi-heure. Il leva l'ancre lorsque la nuit tombait. Je sortis du bar et je m'accoudai au bastingage. Je restai là longtemps. Peu après le départ, Carla arriva en courant sur la plage. On vit sa petite forme sombre agiter un mouchoir. Puis on s'éloigna, et vite, on ne la distingua plus très bien. Puis, plus du tout. L'embouchure de la Magra coupa la plage en deux. Les montagnes de marbre surplombèrent tout le paysage de leur masse éblouissante. Pendant un long moment encore.

Elle passa derrière moi, souvent. Mais pas une seule fois elle ne vint me rejoindre près du bastingage. Chaque fois qu'elle passa, je me dis qu'il aurait peut-être fallu que je me retourne et que je lui dise quelque chose. Pourtant je ne pus m'y décider. Une fois elle parla, très près de moi, avec deux marins, d'un certain horaire.

La mer était calme, chaude, et le bateau avançait dedans comme une lame dans un fruit mûr. Elle était plus sombre que le ciel.

Oui, peut-être aurait-elle voulu que je lui demande quelle était notre destination, ou bien à la rigueur, que je lui dise quelque chose sur mon départ, ou sur le crépuscule, ou sur la mer, ou sur la marche de son bateau, ou peut-être même sur les sentiments qui vous venaient à se trouver sur ce bateau, embarqué tout d'un coup sur ce bateau après qu'on fut resté huit ans à l'État civil à ignorer qu'il existait, qu'elle existait, qu'il existait, pendant qu'on recopiait des actes de naissance, des femmes comme elle qui consacraient leur existence à rechercher des marins de Gibraltar. A l'entendre passer et repasser derrière moi, j'aurais pu croire qu'elle attendait de moi un certain avis sur ces choses si nouvelles pour moi. Mais je ne le crus vraiment pas. Je crus plutôt le contraire, qu'elle passait et repassait derrière moi, pour savoir si j'aurais un avis sur toutes ces choses si nouvelles pour moi, qu'elle me surveillait pour ainsi dire mais sans du tout s'en rendre compte. Mais comment avoir un avis, même sur le crépuscule, même sur l'état de la mer ? Du moment qu'on s'embarquait sur ce bateau, et ce n'était pas qu'on le décidait, on ne pouvait plus avoir un seul avis, même sur le soleil couchant.

Des marins, accoudés au bastingage, regardaient,

comme moi, s'éloigner la côte italienne. Il y en avait quatre. De temps en temps à la dérobée, ils me regardaient aussi. Ils paraissaient curieux, mais modérément et sans malveillance aucune, de mieux voir celui qu'elle avait embarqué cette fois-ci. L'un d'entre eux, un petit brun, me sourit. Puis, comme il était à peine à deux mètres de moi, à la longue il me parla.

— Une mer comme celle-là, c'est un plaisir, dit-il, avec l'accent italien.

Je lui dis qu'en effet, c'était un plaisir. Le bateau s'éloigna de plus en plus rapidement. On ne vit plus du tout l'embouchure du fleuve, mais seulement la forme estompée des collines. Des lumières s'allumèrent sur toute la côte. Je comptais machinalement les marins. Il y en avait quatre, là, sur le pont. En comptant ceux des machines, celui de la barre et le timonier, ça devait faire sept hommes, plus un ou deux pour les cuisines. L'équipage normal devait compter neuf personnes. J'étais en plus de l'équipage normal. Entre elle et eux. J'avais cru comprendre qu'il n'y avait toujours eu qu'un seul homme entre elle et eux, jamais davantage.

Le bateau s'éloigna encore. La nuit arriva tout à fait. On ne vit même plus la forme estompée des montagnes, la brume les enveloppa. La côte devint une ligne de lumières continue, une ligne de feu au ras de l'horizon, qui séparait le ciel de la mer. Ce ne fut que lorsque cette ligne de feu, elle-même, s'estompa qu'elle vint près de moi. Elle aussi, elle me regarda, mais avec une curiosité différente de celle de ses marins. On se sourit d'abord, sans rien se dire. Elle portait le même pantalon noir, le même pull-over de coton noir qu'à

Rocca, mais elle avait mis un béret. Il y avait deux jours que je la connaissais. Les choses étaient allées vite. Je connaissais déjà ce que ses vêtements cachaient de son corps et j'avais eu le temps de la regarder dormir. Mais les choses étaient différentes aussi. Lorsqu'elle s'approcha de moi, je me mis à trembler, comme la première fois, au bal. Ça allait peut-être recommencer, je n'allais pas pouvoir m'habituer à la voir s'approcher de moi, à la regarder.

Elle me regardait toujours. C'est une femme qui n'a pas le regard franc. Et ce soir-là, elle l'avait encore moins que d'habitude. Sans doute parce qu'elle se demandait ce que je pouvais bien faire encore à ce bastingage, alors qu'il n'y avait plus rien à voir et que j'y étais déjà depuis une heure. Pourtant elle ne me le demanda pas. Ce fut moi qui lui parlai.

— Tu as mis un béret, dis-je.

— C'est pour le vent.

— Il n'y a pas de vent.

Elle sourit.

— Qu'est-ce que ça fait ? C'est une habitude — elle ajouta la tête tournée vers la mer —, quelquefois j'oublie de l'enlever quand je me couche, alors je dors avec.

— Ça te va bien, dis-je. Qu'est-ce que ça fait ?

— Quelquefois aussi, dit-elle, toujours sur le même ton, je dors tout habillée et même quelquefois, je ne me coiffe pas. Je ne me lave pas.

— Ce sont des habitudes comme les autres, dis-je.

Sur la mer, calme et sombre, les lumières de

l'entrepont dansaient. Son bras touchait le mien, mais elle avait toujours la tête tournée vers la mer.

— Et tu manges ? demandai-je.

— Je mange. — Elle rit. — J'ai beaucoup d'appétit.

— Toujours ?

— Il en faut, pour que je ne mange pas. Mais pour oublier de me laver, il n'en faut pas beaucoup.

On se regarda enfin. On eut une même envie de rire, un peu énervée, je le vis à ses yeux, mais on ne rit pas. Alors je lui dis une chose de circonstance.

— Eh bien, me voilà embarqué.

Elle sourit tout à fait et très doucement :

— Oh, dit-elle, ce n'est pas une affaire.

— Non, ce n'est pas une affaire.

On resta un moment silencieux. Elle était toujours tournée vers moi.

— Ça te fait un drôle d'effet ?

Elle avait une voix un peu intimidée.

— Je crois que ça me fait un certain effet.

— Et toi, demanda-t-elle au bout d'un moment, tu as de l'appétit ?

— J'en ai, dis-je. Et même je me demandais...

— Viens manger avec moi, dit-elle joyeusement.

Elle rit du même rire enfantin que lorsque je lui avais annoncé que je partais. Je la suivis au réfectoire, au bar. Je le connaissais déjà ce « bar ». Il ne devait rien rester de celui du Cypris que les lustres, les tapis, la bibliothèque. Ça se voyait tout de suite que depuis bien longtemps déjà on ne recevait plus jamais d'invités sur ce bateau. Il ressemblait plutôt à une salle de garde qu'à un bar, il avait été aménagé pour la plus grande commodité de tous, sans goût particulier, si mal d'ailleurs qu'on se demandait si on ne l'avait pas fait exprès. L'ancien réfectoire de l'équipage, attenant aux soutes, avait été abandonné et maintenant les marins mangeaient là avec elle. On mange quand on veut sur ce bateau, entre sept heures et dix heures du soir. Les plats, deux par repas, chauffent en permanence sur des chauffe-plats électriques. Chacun se sert. Sur un rayon au-dessus du bar il y a toujours des fromages, des fruits, des bocaux d'anchois, d'olives, etc., des choses toutes faites. Il y a aussi du vin, de la bière, de l'alcool à discrétion. Lorsqu'on entra, une radio marchait en sourdine. Pour la première fois, je remarquai dans un coin un piano et au-dessus, un violon, suspendu au mur.

Elle s'assit à une table, dans un fauteuil. Je m'assis en face d'elle. A une autre table, pas loin de la nôtre, il y avait trois marins qui mangeaient. Ils me regardèrent entrer tout en continuant à bavarder. Je reconnus le petit brun qui m'avait adressé la parole sur le pont. Une nouvelle fois il me sourit, discrètement. Elle se leva, alla aux chauffe-plats avec deux assiettes et revint s'asseoir en face de moi. Elle ne s'occupait nullement des regards des marins sur moi. En passant près d'eux, elle dit :

— Ça va ?

— Ça va, dit le petit brun.

Dans l'assiette, il y avait deux poissons grillés, du fenouil leur sortait de la gueule. Eux aussi me regardaient avec curiosité.

— Tu aimes ça ? demanda-t-elle. Si tu n'aimes pas ça, il y a autre chose.

J'aimais ça. D'un coup de fourchette je coupai les deux têtes des poissons et je les mis sur le bord de l'assiette. Puis je posai ma fourchette. Elle me regardait faire. Je sentais les regards des marins sur moi et ils me gênaient un peu. Non pas qu'ils fussent malveillants, c'était plutôt le contraire, mais je n'avais pas l'habitude d'être l'objet d'une curiosité quelconque, et ça me coupait un petit peu l'appétit. Je crois qu'elle feignait de ne pas le remarquer. Après que j'eus posé ma fourchette, elle laissa passer une minute et me dit :

— Tu n'aimes pas ça.

— Où va-t-on ? demandai-je alors.

Elle sourit gentiment et se tourna vers les trois marins. Ils sourirent aussi, toujours sans malveillance et même avec un peu d'amitié.

— A Sète, leur dit-elle. Je veux dire, à Sète, pour commencer ?

— C'était ce qu'on croyait, dit l'un d'eux.

— Tu n'aimes pas ces poissons, dit-elle, je vais te donner de l'autre plat.

J'aimais le poisson par-dessus toute autre chose, mais je la laissai faire. Elle revint avec je ne sais quoi qui fumait dans l'assiette.

— Pourquoi à Sète ?

Elle ne répondit pas. Et les marins ne répondirent pas à sa place. Je me levai et, comme je venais de le voir faire par un des marins, j'allai au bar me servir un verre de vin. Je le bus. Je reposai la question.

Pourquoi à Sète ? demandai-je à tout le monde.

Mais les marins ne répondirent toujours pas. Ils trouvaient que c'était à elle de me le dire.

— Pourquoi pas ? dit-elle, en se tournant vers les marins.

Mais ils n'étaient pas d'accord, visiblement ne l'approuvaient pas. J'attendais toujours. Elle se retourna vers moi et dit, tout bas :

— Avant-hier, j'ai reçu un message de Sète.

Aussitôt qu'elle l'eut dit, les marins s'en allèrent. Nous restâmes seuls tous les deux. Mais très peu de temps. Un autre marin arriva, desservit les tables et lava les verres. Tout en travaillant, lui aussi me regardait avec curiosité. Je mangeais mal. Elle me surveillait, comme deux jours avant à la trattoria.

— Tu n'as pas faim, me dit-elle.

— C'est vrai, dis-je, ce soir je n'ai pas très faim.

— Peut-être qu'on est fatigué. D'habitude j'ai toujours faim, et ce soir, non.

— On doit être fatigué, ça doit être ça.

— Si c'est à cause de Sète, dit-elle, tu as tort de ne pas manger.

— Tu l'as reçu quand, ce message ?

— Un petit peu avant d'aller au bal.

— Après le déjeuner ?

— C'est ça, une heure après que tu fus monté dans ta chambre. — Elle sourit, évita mon regard. — Il y a deux mois que je n'en ai pas reçu, c'est un petit peu comme un fait exprès.

— De qui est-il ?

— D'un marin grec. Epaminondas. Il a beaucoup d'imagination. C'est le troisième qu'il m'envoie depuis deux ans. Je ne peux pas, sans le froisser, ne pas en tenir compte.

Je n'avais plus du tout envie de manger. Elle dit, hypocritement :

— Tu verras, il n'y en a pas deux comme Epaminondas. — Elle ajouta doucement : — Je voudrais que tu manges un peu.

J'essayai de manger.

— Tu ne cherches jamais que dans les ports ? demandai-je avec une certaine difficulté.

— C'est dans les ports qu'on a le plus de chances, pas dans les villes de l'intérieur. Pas dans le Sahara. Et pas dans les petits ports, dans les grands. Tu sais bien, ceux qui sont à l'embouchure des fleuves.

— Parle-moi, dis-je.

— Leur tonnage est considérable. Ils sont à la fois la richesse des continents et la providence des hommes en fuite.

Elle ajouta en souriant :

— Mange pendant que je parle.

— Continue.

— J'y ai beaucoup pensé, dit-elle, forcément. Je n'ai que ça en tête depuis des années. C'est seulement dans un port qu'il doit pouvoir se supporter, tu comprends, comme on doit desirer se supporter quand on se cache, indistinct des autres. C'est bien connu que c'est dans les ports qu'on trouve le plus grand nombre de secrets.

Elle avait un ton à la fois timide et hardi — un peu comme si elle me prévenait de je ne savais pas très bien quelle erreur.

— J'ai vu ça au cinéma, dis-je. Que la meilleure façon pour un homme de se cacher c'est de se fondre le plus possible avec ceux qui le recherchent.

— C'est ça — elle sourit —, dans le Sahara, tu comprends, il n'y a pas de police bien sûr, mais aussi il n'y a pas un pissenlit. Alors...

Elle but son verre de vin et reprit, très vite :

— On supporte mal d'être le seul témoin de la trace de ses pas sur le sable du Sahara. Ce genre de traces-là est bien différent de celui qu'on aime en général laisser de son passage sur la terre, comme on dit. Mauvaise cachette que le désert, les Calabres, les forêts.

— Il y a beaucoup de sortes de Sahara. dis-je, dans le monde.

— Bien sûr, mais celui dont je parle, on ne le choisit pas.

— Je vois. — J'ajoutai machinalement : — Peut-être que tu es quand même un peu folle.

— Non, dit-elle, rassurante, je le suis moins que les gens en général. — Elle continua. — Les villes sont au contraire d'une incomparable sécurité C'est sur l'asphalte seulement que les marins de Gibraltar peuvent enfin poser leurs pieds fatigués.

Elle s'arrêta.

— Je vais te chercher un verre de vin, dit-elle.

Chaque fois qu'elle faisait un geste, qu'elle mangeait, qu'elle portait un verre à sa bouche, qu'elle se levait, je le remarquais et toujours de plus en plus fort.

— Être couvert par les dix mille passants de la Canebière, continua-t-elle, voilà le seul répit des marins de Gibraltar. — Elle ajouta tout bas : — C'est du vin italien.

Je le bus. Il était bon. Elle paraissait contente de me voir le boire si volontiers.

— Quelle aventure, dis-je en riant.

— Il faut que je parle longtemps ?

— Tant que tu le pourras, dis-je.

— Là seulement, dit-elle, l'homme qui se cache se sent renaître à cent possibilités de l'existence. Il peut prendre le métro, aller au cinéma, dormir au bordel ou sur les bancs des squares, pisser, se promener, dans une tranquillité relative, mais dont il ne trouverait l'équivalent nulle part.

— Tu n'as jamais fait que ça toute ta vie, chercher un marin de Gibraltar ?

Elle se leva sans répondre et alla me chercher un autre verre de vin.

D'autres matelots venaient d'entrer et eux aussi ils commencèrent à lorgner le nouvel embarqué. Je bus mon vin. J'avais chaud. Le vin était frais et bon. Ça m'était égal d'être regardé. Elle me fixait toujours avec des yeux moqueurs et doux.

— Je l'ai, pour ma part, encore assez cherché, dit-elle enfin.

Et tout bas, dans un aparté très visible, en riant, elle dit :

— Tu vas souvent me faire parler comme ça ?

— Ça m'est difficile de te dire de t'arrêter, dis-je.

Elle se leva une nouvelle fois, alla au bar et revint avec un troisième verre de vin.

— Tu ferais mieux, dis-je, d'en prendre tout de suite une bouteille.

— Je n'y avais jamais pensé, dit-elle en riant. mais c'est vrai.

Avec son béret elle avait un peu l'allure d'un marin. D'un très beau marin. Ses cheveux tombaient dans son cou, elle n'y prenait pas garde. Quand j'eus fini une nouvelle fois mon verre de vin, elle dit, tout bas :

— Tu aimes le vin.

Je ne répondis pas.

— Je veux dire, dit-elle, que tu es toujours content quand tu bois du vin ?

Elle se pencha vers moi comme si c'était là une question capitale.

— Toujours, dis-je. Parle encore.

Ça l'ennuyait peut-être, mais elle le montrait très peu.

— C'est seulement dans ces ports-là, dit-elle, que les pas, les gestes ne laissent pas ces sinistres empreintes dont la police est si friande. Il y en a tant dans une ville, et de toutes sortes, et aussi bien d'honnêtes que de malhonnêtes, qu'elle peut toujours courir pour essayer de ne pas s'y tromper...

J'écoutais mal ce qu'elle disait. Je la regardais parler, ce qui est très différent. Et ce qu'il y avait dans mes yeux, elle le voyait parfaitement bien.

— Dans les ports, continua-t-elle, tu comprends, la police est plus dépassée qu'ailleurs, même si elle y est nombreuse et plus féroce qu'ailleurs. Elle se borne à n'en surveiller que les issues, le reste, elle le regarde vivre de loin, elle a la flemme.

188

Les marins l'écoutaient un peu étonnés. Mais ils étaient d'accord en général.

— C'est vrai, dit l'un d'eux, qu'ils te foutent plus la paix à Toulon qu'à Paris.

— Et puis, dit-elle, est-ce qu'on ne se sent pas mieux quand on a la mer à ses côtés ? Dans certains cas, je veux dire ?

Elle m'encourageait à parler.

— Quand on n'a pas de famille, continua-t-elle, pas de garde-robe, pas de papiers, pas de domicile, parce qu'on ne saurait que faire, bien au contraire, de ces assurances si goûtées des honnêtes gens et que sa seule personne est déjà difficile à transporter, est-ce que ce n'est pas au bord de la mer qu'on se sent le plus à son aise ? Ou sur la mer ?

— Et même dans tous les cas, dis-je.

Et je ris. Elle aussi. Puis les marins aussi.

— Même dans le cas, ajoutai-je tout bas, où on ne sait que faire de beaucoup d'argent.

Elle rit encore.

— Même dans celui-là, dit-elle.

— Et puis, dit un marin, quand tu es à Marseille, t'es aussi un peu à Diego.

— Suffit, dit un autre, de t'embarquer comme soutier sur le premier cargo en partance.

— Est-ce qu'on ne dit pas que ces départs précipités, dit-elle, sont pour beaucoup dans le charme bien connu des ports ? L'été, beaucoup de touristes vont voir les ports. Mais qu'est-ce qu'ils en connaissent, eux ? que les rades, et encore.

— Et toi, demandai-je en riant, toi qui as une si grande expérience du crime ?

— Ce qu'on ne voit pas d'habitude, dit-elle, les petites rues, les coulisses, faites pour la fuite. Mais — elle hésita — j'y ai trop souvent vu des ombres trompeuses...

— Alors ?

— Je ne descends plus. Le yacht est le même, il n'y a que le nom qui ait changé. Pourquoi descendre ? Ça se voit un yacht, non ? et plus que moi ?

— Ça se voit formidablement, dis-je.

Un marin ouvrit la radio. Du mauvais jazz.

— Tu ne prends pas de fromage ?

Je me levai et j'allai en chercher. Elle se leva aussi.

— Je ne veux plus parler, dit-elle.

— Il faut, dis-je, que tu me montres ma cabine.

Elle s'arrêta de manger et me regarda. Je mangeais.

— Bien sûr, dit-elle doucement, je vais te la montrer.

— J'ai encore faim, dis-je, je prendrai un fruit.

Elle, elle n'en prit pas. Elle alla chercher deux verres de vin.

— Dis-moi...

Elle se pencha une nouvelle fois. Son béret tomba. Il était tard. L'heure de se coucher arrivait. Ses cheveux se défaisaient.

— Quoi ?

— Tu aimes la mer, non ? Je veux dire... tu n'es pas plus mal ici qu'ailleurs ?

— Je ne la connais pas, dis-je, en riant malgré moi. Mais je crois que je l'aimerai.

190

Elle rit.

— Viens, dit-elle, je vais te montrer ta cabine.

Nous descendîmes sur l'entrepont. Les six cabines donnaient sur le gaillard arrière. Quatre étaient occupées maintenant par les marins. Elle entra dans la sixième à bâbord. Celle-ci était vide et visiblement depuis assez longtemps. Elle était à une seule couchette et mitoyenne de la sienne. La glace était ternie. Le lavabo était recouvert d'une fine poussière de charbon. Le lit n'était pas fait.

— Elle est encore assez souvent inoccupée, dis-je.

Elle s'adossa à la porte.

— Presque toujours, dit-elle.

J'allai au hublot. Il donnait sur la mer et non sur l'entrepont comme je l'aurais cru. Je revins au lavabo et j'ouvris le robinet. Il résista. L'eau coula rouillée, puis claire. Je me rinçai la figure. Elle me faisait encore mal. C'était pendant que j'avais dormi sous le platane, en attendant que parte le train de Jacqueline que j'avais attrapé ce coup de soleil. Elle suivait mes gestes.

— Tu as attrapé un beau coup de soleil, dit-elle.

— C'est en attendant ce train. Ç'a été très long.

— Avant-hier, tu étais très saoul au déjeuner. Tu te levais et tu te rasseyais tout le temps. Tu avais l'air heureux. Je ne me souvenais pas avoir vu quelqu'un avec un air aussi heureux.

— Je l'étais formidablement.

— Après le déjeuner je t'ai cherché un long moment autour de la trattoria. J'ai voulu tout de suite te revoir. Ça se voyait que tu n'avais pas l'habitude d'être heureux. Tu le prenais très bien.

191

— Le vin. J'en avais bu beaucoup. J'ai quand même attrapé ce sacré coup de soleil.

— Tu ne devrais pas te laver, tu devrais te mettre de la crème.

L'eau me rafraîchissait, mais elle me faisait, par contraste, ressentir plus vivement la brûlure quand je m'essuyais. Alors je me rinçais toujours. C'était un peu comme si j'avais eu la figure griffée. Je n'avais pas cessé d'en souffrir depuis deux jours.

— Je vais te chercher de la crème, dit-elle.

Elle sortit. La cabine devint calme pendant quelques minutes. Je cessai de me mouiller la figure et je l'attendis. J'entendis, alors clairement, les vibrations de l'hélice et le chuintement de la mer contre la coque du bateau. Je fis un grand effort pour essayer de m'étonner, mais je n'y arrivai pas. Je m'étonnais seulement qu'elle ne fût plus là, dans la cabine. Elle revint très vite. Je mis la crème sur ma figure. Puis j'eus fini et de me laver, et de me mettre de la crème. Elle s'était allongée sur la couchette, les mains sous la tête. Je me tournai vers elle.

— Quelle aventure, dis-je, en riant.

— On n'a jamais vu ça, dit-elle, en riant aussi.

Nous n'eûmes plus rien à nous dire.

— Tu n'es pas bavard, dit-elle.

— Il te parlait peu, non ?

— A Paris, il m'a un peu parlé. Mais, ce n'est pas une raison.

— Non. Je ne suis pas un assassin, dis-je. Un jour je te parlerai beaucoup. Pour le moment il faut que je défasse mes valises.

— Quand même, c'est un peu bête d'avoir tout laissé.

Tout à coup, elle rit en se souvenant de quelque chose.

— Il y en a eu un, commença-t-elle.

Elle s'arrêta et rougit.

— Un comment ?

— Excuse-moi, dit-elle.

— Un comment ?

— Je fais beaucoup d'erreurs, dit-elle.

Elle baissait les yeux et ne riait plus.

— Un comment ? Je ne te laisserai pas.

— Un, dit-elle — elle recommença à rire —, un qui est monté à bord avec une très grosse valise. Vraiment très grosse. Je me suis dit, peut-être qu'il n'en a pas de petite. Le deuxième jour il s'est amené sur le pont avec une culotte blanche. Le troisième jour, en plus de la culotte blanche il portait une casquette à visière. Les marins l'ont appelé M. le chef de gare. Alors il a voulu descendre le plus vite possible, il a enlevé sa casquette, mais c'était trop tard.

— Tu vois, dis-je, j'ai eu du flair.

Je riais. Elle aussi elle riait, étalée sur la couchette.

— Et les autres, demandai-je, qu'est-ce qu'ils ont apporté ?

Elle cessa de rire.

— Non, dit-elle.

Quelquefois, ce n'est pas ce que l'on désirerait le plus que l'on voudrait, mais le contraire, la privation de ce que l'on désire le plus. Mais elle, elle ne pouvait pas souffrir de ces contradictions-là. Elle avait les siennes, qui étaient différentes. Et je n'étais pas là, sur ce bateau, pour me mêler d'en venir à bout.

Pourtant, elle retourna dans sa cabine très tard, dans la nuit, plus tard qu'il n'eût peut-être fallu, plus tard que ne l'exigeait mon rôle auprès d'elle sur ce bateau.

Je dormis mal le reste de la nuit. Je me réveillai vers dix heures. J'allai au réfectoire boire un café. Il y avait là deux marins. On se dit bonjour. Je les avais déjà vus la veille, au dîner, ils avaient l'air d'être déjà habitués à ma présence. Sitôt mon café bu, je sortis sur le pont. Le soleil était déjà haut. Une joie extraordinaire soufflait avec le vent d'or. En sortant je dus m'adosser à la porte du bar, ébloui, tellement, sans doute, la mer était bleue.

Je fis le tour de l'entrepont. Elle n'y était pas, elle n'était pas encore levée. J'allai à l'avant et j'y trouvai le petit marin brun qui, la veille, m'avait souri. Il réparait des cordes, il chantait.

— Il fait beau, dis-je.

— Chez nous en Sicile, dit-il, la mer est toujours comme ça.

Je m'installai près de lui. Il ne demandait qu'à bavarder. Il me dit qu'elle l'avait engagé il y avait deux mois de ça, en Sicile, en remplacement d'un marin qui était resté à Syracuse. Avant, il était mousse sur un cargo qui transportait des oranges entre Syracuse et Marseille.

— Ça change, dit-il, d'être sur un yacht. On a si peu à faire que quelquefois je m'invente du travail.

Il montra ses cordes.

194

Le bateau longeait la côte d'assez près, une plaine étroite, peuplée, avec des collines dans le fond.

— La Corse ? demandai-je.

— Pensez-vous, encore l'Italie.

Il désigna du doigt un point de la côte : une ville, grande, avec des cheminées.

— Livourne, dit-il, en riant.

— Mais Sète ?

— Sète, c'est de l'autre côté, dit-il, toujours en riant. Mais la mer est si belle, c'est sans doute qu'elle veut faire durer le plaisir.

— On obliquera à partir de Piombino, dis-je.

— A moins que ce soit à la hauteur de Naples, dit-il, toujours en riant.

Je pris une petite corde et machinalement je l'enroulai autour de ma main.

— Je vous ai vu au bal avant-hier, dit-il tout à coup.

J'eus l'impression que celui-là n'avait pas encore eu le temps d'en voir beaucoup dans mon genre. Il n'y avait que deux mois qu'il était là.

— Il y a trois jours que je la connais, dis-je.

Il me jeta un regard un peu gêné et ne répondit pas.

— Je suis là comme ça, expliquai-je, en attendant.

— Je comprends, dit-il.

Il était bavard. Il me dit qu'il connaissait lui aussi l'histoire du marin de Gibraltar. Les marins du bord la lui avaient racontée. Il avait de l'admiration pour lui mais il ne comprenait pas « pourquoi il avait tué l'Américain », ni pourquoi elle le cherchait comme ça.

— Elle dit qu'elle le cherche, comme si on pouvait

chercher quelqu'un comme ça, sur toute la terre. Pour moi, c'est une façon de parler.

— Alors, demandai-je, comment expliquer qu'elle voyage comme ça ?

— Bien sûr, c'est difficile, mais peut-être qu'elle se promène tout simplement.

— C'est un Américain qu'il a tué ?

— Il y en a qui disent que c'était un Américain. D'autres qui disent que ce n'était pas un Américain. On dit beaucoup de choses.

— D'ailleurs que ce soit un Américain ou, je ne sais pas, un Anglais...

— C'est vrai, dit Bruno en souriant. Pour moi, voyez, c'est une femme qui s'ennuie.

— Est-ce qu'on ne s'ennuie pas plus, sur un bateau où on est toute seule, qu'ailleurs ?

Il eut un air gêné et amusé à la fois.

— Toute seule, dit-il, elle ne l'est pas toujours. Mais elle doit s'ennuyer quand même et de quelque chose de plus que de lui, ce n'est pas possible autrement.

Je ne le contredis pas. Cela l'encouragea.

— Mais un jour ou l'autre, elle devra s'arrêter, elle ne pourra pas continuer tout le temps comme ça. Personne ne peut longtemps supporter la vie sur ce bateau. Celui que j'ai remplacé me l'avait dit, je ne le croyais pas, mais maintenant je le sais.

Il m'expliqua qu'elle payait ses marins très cher, le triple de ce qu'on les payait d'habitude, qu'elle n'était nullement exigeante — tout est toujours pour le mieux — mais qu'au bout de deux, trois, six mois, ils la

196

quittaient, surtout les jeunes. Toujours dans les meilleurs termes avec elle, d'ailleurs, là n'était pas la question.

— Mais on ne peut pas toujours le chercher sans le lui trouver, c'est impossible — il ajouta avec une certaine confusion —, vous verrez vous-même ce que c'est. On ne va jamais nulle part, on ne fait presque rien pour être si bien payé. Quand on arrive quelque part c'est toujours par hasard, sauf quand on reçoit un message, mais c'est rare. Une fois arrivé on jette l'ancre et on attend. Quoi ? Soi-disant qu'il reconnaisse le bateau et qu'il vienne à bord.

Il dit qu'il en était arrivé à un tel point d'oisiveté qu'à Viareggio, rien qu'en voyant décharger un cargo de fromage, des hommes qui travaillaient pour de bon, il avait failli lui donner son congé.

— Mais pour elle, dis-je, ce n'est pas la même chose. Qu'est-ce qu'elle pourrait bien faire si elle quittait le bateau ?

— On trouve toujours, dit Bruno, ça, c'est des histoires.

— C'est vrai.

— Un jour ou l'autre, vous allez voir, elle ne supportera plus de voyager comme ça.

— Vous, qu'est-ce que vous croyez, qu'elle a sa petite chance ?

— De quoi ?

- De le retrouver.

— Vous n'avez qu'a lui demander a elle, dit-il sur un ton un peu contrarié, si ça vous intéresse tant que ça.

— Oh non, dis-je, je demande ça comme ça, machinalement.

On reparla du marin de Gibraltar.

— Moi, dit Bruno, je ne crois rien. C'est une histoire à dormir debout, comme on dit. On en raconte tant que ça ferait un roman. C'est comme pour les messages. Il y en a qui le voient partout. Alors, même quand on reçoit des messages, c'est encore comme si on n'allait nulle part.

— C'est mieux que rien, dis-je.

— C'est-à-dire que c'est plus pratique. Comme ça on n'a pas à chercher où aller.

— Puis on ne peut jamais savoir, non ?

Il me jeta un regard encourageant.

— Bien sûr, dit-il, on ne peut jamais savoir. Mais il y en a tant des hommes sur la terre, des milliards.

— Quand même, dis-je encore, il y a pas mal de gens qui savent qu'elle le cherche, ce n'est pas comme si elle était toute seule à le chercher. Elle doit avoir plus de chances qu'on ne croit.

— Je crois, dit-il, qu'on le sait dans tous les plus grands ports du monde qu'elle le cherche. Mais tant que lui il ne le saura pas, à quoi ça l'avance ? Peut-être qu'il est au milieu d'un continent à faire quelque chose qui lui rapporte de l'argent et qu'il ne veut pas entendre parler d'elle. La chose curieuse, c'est qu'elle n'a pas pensé que peut-être, lui, il ne tient pas tellement que ça à la retrouver. Est-ce qu'elle n'est pas la seule qui pourrait le reconnaître ?

— Je crois, dis-je, qu'elle a dû y penser.

Son sort personnel l'inquiétait tout de même plus que le sien à elle. Il voulait déjà quitter le bateau.

— Après Sète, dit-il, je verrai ce que je pourrai faire. Ils disent aussi que je reviendrai, qu'on part, mais qu'on revient toujours sur ce bateau. Il paraît qu'elle a retrouvé tous ses marins au cours de ses voyages. Ils partent tous et, c'est curieux, après, ils veulent tous revenir. Un mois, deux mois, et ils repartent encore. Le timonier, ça fait trois fois qu'il revient. Epaminondas, celui qu'on va voir à Sète, ça fera aussi trois fois.

Elle, elle comprenait qu'ils partent ?

— Oh, elle, dit-il, qu'est-ce qu'elle ne comprend pas.

— Elle ne vous plaît pas beaucoup, dis-je.

Il eut l'air étonné.

— Ce n'est pas ça, dit-il. Mais vraiment, je crois qu'elle se moque des gens.

— Je n'ai pas cette impression, dis-je.

— Moi si, dit Bruno, je ne peux pas m'empêcher de l'avoir. Remarquez que je ne lui en veux pas, non. Mais peut-être je vais descendre à Sète.

Je regardais toujours si elle arrivait tout en l'écoutant.

— Il faut toujours faire ce qu'on a envie de faire, dis-je.

— Quelquefois, j'ai même un petit peu, je ne sais pas, honte, oui, c'est ça, d'être sur ce bateau, ajouta-t-il.

— On doit pouvoir choisir de ne pas avoir honte, dis-je.

Je le quittai, je m'en allai sur l'entrepont, devant sa cabine et je l'attendis. Je n'avais rien envie de faire que de l'attendre. La pensée des cuivres me revint comme une naïveté passée. Je n'aurais rien pu faire. J'avais assez travaillé dans les ténèbres, pendant des années, pour me permettre de ne plus faire que ça, attendre qu'une femme sorte dans le soleil. Bien des hommes auraient fait comme moi, je le croyais suffisamment pour me sentir moins seul, grâce à cette certitude, que pendant mes années de digne labeur.

Elle sortit de sa cabine. Elle vint près de moi. Je dus fermer les yeux comme le matin quand j'avais vu la mer. Elle était contente. Elle est contente d'une façon toujours un peu enfantine.

— On arrive à Livourne, dit-elle, on va vite.

J'appris plus tard qu'il en était toujours ainsi, que les distances de port à port l'étonnaient toujours et qu'il fallait toujours les lui rappeler. Sans doute lui paraissaient-elles de plus en plus courtes : ça faisait déjà trois ans qu'elle voyageait.

— Mais Sète ? demandai-je.

Elle sourit, en regardant la mer.

— On a le temps, dit-elle.

Moi aussi, je regardais la mer, et Livourne au loin.

— Mais, dis-je encore, on t'attend à Sète, non ?

— J'ai prévenu Epaminondas.

— Quand ?

— Hier soir, avant de partir.

— Tu n'es pas sérieuse, dis-je en essayant de rire.

— Si, dit-elle, je le suis. Mais pour une fois, qu'est-ce que ça fait ?

Nous n'en parlâmes plus. Elle avait son atlas entre les mains et je lui dis de me le montrer. C'était un atlas dépliant en matière plastique qu'elle avait fait faire en Amérique du Sud. Il ne signalait des continents que les seuls contours habités, mais très précisément — elle me montra Rocca, le petit point que ça faisait, perdu entre mille autres points, sur la côte italienne. Il indiquait aussi les fonds et les courants, ce qui faisait que les continents, blancs et vides, étaient aussi nus que les mers, d'habitude. C'était l'atlas d'un univers renversé, d'un négatif de la terre. Elle prétendait le connaître par cœur.

— Je crois le connaître aussi bien que celui qui l'habite, dit-elle.

Nous nous allongeâmes sur des chaises longues, face au bar. Tous les hommes travaillaient plus ou moins. J'étais le seul à ne rien faire. De temps en temps cela me revenait à la mémoire.

— A la prochaine escale, dit-elle, si tu veux, nous descendrons ensemble.

Elle avait mis des lunettes de soleil et regardait la mer tout en fumant. C'est une chose qu'elle sait faire, s'asseoir devant la mer et fumer, ou en lisant ou en ne lisant pas, en ne faisant rien.

— Parle-moi des autres, dis-je.

— Tu recommences à me faire parler ?

— Le soir, dis-je, avec une certaine hésitation, tu ne voudras jamais.

— Qu'est-ce que ça peut te faire, les autres ?

— Quelle question. Ça t'ennuie beaucoup d'en parler ?

— Non, dit-elle, mais je voudrais que tu dises pourquoi tu veux que je t'en parle, tu ne dis jamais rien.

— Parce que je suis curieux et aussi peut-être pour ne pas être tenté de croire que je suis seul dans mon genre. On rit.

— C'était un peu n'importe qui. Je fais beaucoup d'erreurs.

— Je voudrais savoir lesquelles tu as faites.

— Les plus grosses, dit-elle, les plus ridicules. Mais parfois je me demande si ce sont bien des erreurs, si ce n'est pas moi qui...

— A force de ne voir personne ?

— Sans doute. Puis il y a eu une époque où j'aurais embarqué n'importe qui comme tu dis.

— Je le dis mais il n'y a pas de n'importe qui.

— Je veux dire des gens qui me convenaient mal.

— Il y en a qui te conviennent mieux que d'autres ? Elle, elle ne rit pas.

— Qui sait ? dit-elle.

— Commence, dis-je. Il y en a eu un qui...

— Il y en a eu un qui s'est installé dès le premier jour. Quand je suis rentrée dans sa cabine, quelques heures après le départ, il s'était déjà installé. Il avait mis des livres sur un rayon. Balzac, *Œuvres complètes*. Au-dessus du lavabo il avait déjà rangé ses affaires de toilette. Parmi ces affaires, malheureusement il y avait plusieurs flacons de lavande royale Yardley. Comme il a vu que je regardais, que j'étais étonnée, il m'a expliqué qu'il ne pouvait pas se passer de lavande Yardley, qu'on ne savait jamais en voyage ce qu'on

trouvait et ce qu'on ne trouvait pas et que par
précaution il en avait fait une provision.

Elle se mit à rire.

— Voilà, dit-elle, mes erreurs.

— Et les autres ?

— Ah, si je te parle de tous, il faut que je boive
quelque chose.

— Attends.

Je courus au bar et je revins avec deux whiskys. Elle
but le sien.

— D'habitude, dit-elle — avec un certain embarras
— je leur demandais de m'aider à le chercher. Ils
disaient qu'ils étaient d'accord. Ils sont toujours d'accord pour partir. On les laissait trois jours tranquilles
pour qu'ils se fassent à cette idée. Puis au bout de trois
jours on s'apercevait qu'ils n'avaient rien compris.

Je bus mon whisky.

— Pourtant, dis-je, on doit pouvoir comprendre
même quand on ne vous laisse pas trois jours tranquille.

On rit. Elle rit plus fort que moi.

— Ils demandaient : « Qu'est-ce qu'il faut faire ?
Dites-le, je suis prêt à tout pour vous aider. » Mais si
on leur disait qu'il fallait ressemeler les souliers de
l'équipage, ils refusaient. Ils disaient : « Ce n'est pas ce
qu'on m'a demandé. Qu'est-ce que cela a à voir avec ce
qu'on m'a demandé ? »

— On va boire un autre whisky, dis-je.

J'allai au bar et je revins avec, une nouvelle fois,
deux whiskys.

— Continue.

— Il y en a eu un autre qui, dès qu'il est monté à bord, s'est fait un petit horaire. La santé, disait-il, c'est la régularité. Tous les matins, il faisait de la gymnastique rythmique sur le pont avant.

Je bus mon whisky.

— Un jour, dis-je, j'écrirai sur toi un roman américain.

— Pourquoi américain ?

— A cause des whiskys. Le whisky est un alcool américain. Continue.

— Il y en a eu un qui est resté trois semaines. C'est celui qui est resté le plus longtemps. Il était jeune, pauvre et beau. Il avait très peu d'objets personnels, pas de culotte blanche, pas d'eau de Cologne. Mais il ne regardait jamais la mer, il ne sortait presque jamais de sa cabine. Il lisait Hegel. Je lui demandai un jour si c'était intéressant, il me dit que c'était de la philosophie, que c'était capital. Et il ajouta que si j'avais pu le lire ça m'aurait beaucoup éclairée sur mon cas personnel. Cela m'a paru être, je ne sais pas, une indiscrétion. Il lisait tout le temps parce qu'il disait qu'il ne retrouverait jamais dans sa vie une occasion pareille, qu'il fallait qu'il en profite parce qu'il n'aurait plus jamais eu devant lui autant de temps. Je lui ai donné beaucoup d'argent, de quoi lire Hegel pendant un an sans travailler.

Elle ajouta :

— Celui-là, au fond, j'aurais pu aussi bien le garder.

Elle but son whisky.

— On va être saouls, dit-elle.

— Un peu plus, un peu moins, dis-je, qu'est-ce que ça fait ?

— Tiens, dit-elle, je n'ai jamais embarqué un seul ivrogne.

— Jamais ?

— C'est-à-dire, dit-elle en riant, que cette erreur-là je ne l'avais jamais encore faite.

— Comme ça, dis-je en riant, tu les auras toutes faites.

— On peut faire une carrière entière d'erreurs.

— Continue.

— Il y en a eu beaucoup. Je ne te parle que de ceux qui sont amusants. Il y en a eu un qui, le premier soir, m'a dit : « Allez, dis-le maintenant, tu peux bien me le dire, qu'est-ce que c'est que cette histoire de fou ? » J'ai demandé : « Quelle histoire ? » Il m'a dit : « Eh bien, celle du marin de Gibraltar. » On n'avait pas encore quitté le port où on s'était connu.

Elle riait tellement qu'elle en pleurait. Elle enleva ses lunettes et essuya ses yeux.

— Un autre encore, dit-elle — elle ne pouvait plus s'arrêter —, le troisième jour il a sorti un appareil photographique. C'est un Leica, m'a-t-il dit, mais j'ai un Rolleiflex et un petit Zeiss qui, quoique pas très moderne, est encore celui que je préfère. Il se baladait sur le pont avec soit le Rolleiflex, soit le Leica, soit le Zeiss, à l'affût, disait-il, des effets de mer. Il voulait faire un album sur la mer, cette inconnue.

Je me taisais le plus que je pouvais pour la laisser parler.

— Le plus terrible, dit-elle, c'était celui qui croyait

en Dieu. Il peut arriver que ces choses-là ne se voient pas à terre et que même sur la mer, elles soient très difficiles à voir. Je m'en suis doutée parce qu'il n'avait aucun copain parmi les marins et qu'il les questionnait tout le temps sur leur vie privée. Mais je crois bien que Laurent s'était aperçu de quelque chose avant moi. Un soir je l'ai saoulé. Il a commencé à parler, à parler, je l'ai encouragé, et finalement il m'a dit que le marin de Gibraltar avait tué, que c'était un malheureux, qu'il inspirait de la pitié, et que prier pour lui aurait pu lui être utile.

— Qu'est-ce que tu as fait ?

— Peu importe. J'ai été méchante cette fois-là.

— Tu es sûre que ces choses ne se voient pas à terre ?

— Pas toujours — elle hésita — je croyais qu'il y allait de mon devoir de ne pas choisir avec beaucoup de circonspection.

Je bus mon deuxième whisky. Mon cœur battait très fort, mais sans doute était-ce aussi à cause du whisky et parce que nous étions allongés en plein soleil. Soudain, elle s'esclaffa. Quelque chose lui revenait très vivement à la mémoire.

— Il y en a eu un, dit-elle, qui le premier soir m'a dit : « Partons, chérie, oublie cet homme. Tu es en train de faire ton malheur. »

Elle reprit dans un fou rire continuel.

— Un autre qui avait de l'appétit. Déjà à terre il en avait, mais à bord, alors c'était formidable. Il trouvait qu'on ne mangeait pas assez sur le bateau et entre les repas il allait dans les cuisines et il avalait des bananes.

206

Il était accablé d'une santé mirobolante. Il aimait la bonne vie et il aurait voulu la continuer à bord.

— Tu les collectionnais, dis-je.

— Un autre, un qui était gentil aussi, dès qu'on est parti il a dit : « Tiens on est suivi par des bancs de poissons. » Des bancs de harengs nous suivaient en effet. On lui a expliqué que c'était toujours comme ça et que parfois des bancs de requins nous suivaient pendant huit jours d'affilée. Il n'a plus pensé qu'aux harengs. Jamais il ne regardait la mer plus loin que les bancs de harengs. Ce qu'il aurait voulu, ç'aurait été d'arrêter le bateau et d'en attraper quelques-uns à la ligne.

Elle s'arrêta.

— Continue, dis-je.

— Non. Il n'y en a plus qui soient marrants.

— Même pas très marrants, dis-je en riant, de telle façon qu'elle comprit.

— Ah oui, dit-elle, il y en a un que j'oublie. Celui-là, ce qu'il désirait dans la vie, depuis toujours, c'était de faire briller des boutons de porte sur un bateau, le grand air et les cuivres. Toute sa vie il avait attendu...

Elle enleva ses lunettes et me regarda attentivement.

— Quoi ? demandai-je.

— Je ne sais pas ce que tu as attendu.

— Moi non plus. Qu'est-ce que tout le monde attend ?

— Le marin de Gibraltar, dit-elle en riant.

— C'est ça, dis-je, je n'aurais jamais trouvé tout seul.

On se tut. Puis, tout à coup, je me souvins de celui

qui lui avait dit : « Partons, chérie, oublie cet homme » et j'éclatai de rire.

— A quoi penses-tu ? me demanda-t-elle.

— A celui qui te disait partons, chérie.

— Et celui qui ne pensait qu'aux harengs ?

— Qu'est-ce qu'ils auraient dû faire ? Passer leur temps à scruter l'horizon avec des jumelles ?

Elle enleva ses lunettes et regarda la mer. Puis, sur le ton de la plus grande sincérité :

— Mais, je ne sais pas, dit-elle.

— Ils n'étaient pas sérieux, dis-je.

— Ah ! dit-elle en souriant, ce mot est beau. Et tu le dis très bien.

— Ça se voit tout de suite, dis-je.

— Quoi ?

— Qu'on ne peut pas apporter sur ce bateau d'appareils photographiques, de l'eau de Cologne, les œuvres de Balzac ou de Hegel. Et même plus, une collection de timbres-poste, une bague avec initiales gravées, un chausse-pied même rudimentaire, en fer, de l'appétit, une préférence pour le rôti de mouton, le souci de sa petite famille restée à terre, le souci de son avenir, le souci de son passé si triste, une passion pour la pêche aux harengs, un horaire, un roman en cours, un essai, le mal de mer, le goût de trop parler, celui de trop se taire, de trop dormir.

Elle m'écoutait avec des yeux d'enfant.

— Et c'est tout ?

— J'en oublie, certainement, dis-je. Et encore, si, prévenu de toutes ces impossibilités, dont je ne cite qu'une toute petite partie, on ne sait pas qu'on ne peut

208

quand même pas rester sur ce bateau, on ne peut pas y rester vraiment.

— Ce n'est pas clair, dit-elle, en riant, ce que tu dis. Si tu racontes des choses comme ça dans ton roman américain, personne n'y comprendra rien.

— Pourvu que les gens de ce bateau y comprennent quelque chose, dis-je, ça sera déjà ça. On ne peut pas faire tout comprendre à tout le monde.

— Je n'avais jamais pensé, dit-elle, que les gens de ce bateau avaient une perspicacité particulière.

— Ils ont une perspicacité tout à fait particulière, dis-je.

J'avais bu deux whiskys et je n'en avais pas l'habitude.

— En somme, dis-je, tu es une belle putain.

Elle ne se choqua pas du tout.

— Si on veut, dit-elle. C'est ça, une putain ?

— C'est ça, je crois.

— Je veux bien, dit-elle.

Elle sourit.

— Tu ne peux vraiment pas te passer de... ces erreurs ?

Elle se troubla, baissa les yeux, ne répondit pas.

— Et... c'est lui qui t'a laissé de ces erreurs un besoin essentiel ?

— Je crois, dit-elle.

— Et avec ça, dis-je en riant, on est quand même difficile.

— Mais, si on ne faisait jamais d'erreurs, ce serait infernal, dit-elle.

— Tu parles comme un livre, dis-je.

Cet après-midi-là je restai longuement dans ma cabine, allongé sur ma couchette, engourdi par tout le whisky que nous avions bu. J'aurais bien voulu dormir, mais sitôt allongé, mon sommeil s'en alla. Encore une fois, je ne réussis pas à dormir. J'essayai de lire. Mais je n'y réussis pas davantage, sans doute n'aurais-je pu lire qu'une seule histoire mais, voilà, celle-ci n'était pas encore écrite. Alors je jetai le livre par terre. Puis je me mis à le regarder et à rire. Le whisky aidant sans doute, je le trouvais drôle. La moitié de ses pages s'était retournée et il pouvait rappeler à qui le voulait bien, la pose de quelqu'un qui vient de se casser la gueule. Elle, elle devait dormir. C'était une femme qui, après deux whiskys, dormait, oubliait tout. Celui qui aurait voulu pêcher le hareng, et celui qui disait partons, chérie, et même peut-être celui qui lisait Hegel n'avaient pas pu supporter tant de désinvolture. Je rigolais tout seul, chose qui m'arrivait quelquefois. Puis le temps passa, le whisky s'éloigna et, avec lui, cette envie de rire. Et puis, bien entendu, la question de mon avenir se posa encore une fois à moi. Qu'allais-je donc devenir, à plus ou moins longue échéance ? J'avais, comme tout le monde, l'habitude de me soucier de mon avenir. Mais cette fois fut la dernière, je veux dire depuis que je voyage avec elle — très vite, cela m'ennuya. Et très vite, mon frère, celui qui avait cette idée fixe d'attraper un hareng, me préoccupa davantage. J'aurais bien voulu le connaître, j'aimais bien cette sorte de gens. Est-ce qu'on pouvait avoir peur de se trouver seul avec une femme et l'horizon avec, parfois, seulement un albatros sur les haubans ? Sans doute, en plein Pacifique, à huit jours de la première escale on pouvait avoir des peurs inconsidérées. Pourtant je n'avais pas très peur. Je restai longtemps allongé, sans rien faire, en pensant à ces histoires. Puis, j'entendis son pas dans le couloir. Elle frappa et entra. Au fond, je n'avais pas cessé de l'attendre. Elle vit tout de suite le livre par terre.

— J'ai dormi, dit-elle.

Elle montra le livre.

— Tu as jeté ton livre ?

Je ne répondis pas. Elle ajouta, soucieuse :

— Peut-être que tu vas t'ennuyer un peu.

— Oh non, il ne faut pas du tout t'en faire pour ça.

— Si tu n'aimes pas lire, dit-elle, c'est presque sûr que tu vas t'ennuyer.

— Je pourrais peut-être lire Hegel.

Elle ne rit pas, se tut. Puis elle reprit.

— Tu es sûr que tu ne t'ennuies pas ?

— Sûr. Retourne dans ta cabine.

Elle ne s'étonna pas beaucoup. Mais elle ne sortit pas tout de suite. Je la regardai sans lui dire un mot, sans un geste vers elle, longuement. Les mots et les gestes n'auraient servi à rien. Puis je lui redemandai une deuxième fois de s'en aller.

— Va-t'en.

Cette fois elle sortit. Je sortis à mon tour, immédiatement après elle. J'allai directement voir Bruno qui toujours réparait ses cordes. J'étais épuisé. Je m'étendis sur le pont à côté de lui. Il n'était pas seul. Il y avait un autre marin avec lui qui repeignait le treuil. Je me promis, certains soirs, de coucher sur le pont, parce que c'était une chose à laquelle j'avais souvent rêvé, de dormir sur le pont d'un bateau. Et puis pour être seul. Pour ne plus l'attendre.

— Vous êtes fatigué, dit Bruno.

Je ris, mais Bruno sourit.

— C'est une femme fatigante, dis-je.

L'autre marin ne sourit pas non plus.

— Et puis j'ai toujours travaillé, dis-je, dans ma vie. C'est la première fois que je ne fais rien. C'est fatigant.

— Je vous l'avais dit, dit Bruno, que c'était une femme fatigante.

— Tout le monde est fatigant, dit l'autre marin.

Je le reconnus pour l'avoir vu à midi et la veille au réfectoire. Un type de trente-cinq ans, brun comme un gitan. Celui qui m'avait paru le moins bavard de tous. Elle m'avait dit qu'il y avait plus d'un an qu'il était sur le bateau, il paraissait ne pas vouloir le quitter encore. Bruno s'en alla et je restai seul avec lui. Le soleil baissa. Il repeignait son treuil. C'était lui qu'elle appelait Laurent. La veille, au réfectoire, c'était le seul, je m'en souvins, qui m'avait témoigné, il me semblait, plus de sympathie que de curiosité.

— Vous êtes fatigué, dit-il.

Son ton n'était pas celui de Bruno. Il n'interrogeait pas. Je lui dis que je l'étais.

— La nouveauté, c'est fatigant, dit-il, c'est ça.

Un moment passa. Il repeignait toujours son treuil. Le crépuscule commença, beau, interminable.

— Je me plais bien sur ce bateau, dis-je.

— Qu'est-ce que tu faisais ?

212

— Ministère des Colonies. Service de l'État civil. J'y suis resté huit ans.

— Ça consistait en quoi le boulot ?

— A recopier des actes de naissance, de décès. Toute la journée.

— Terrible, dit-il.

— Tu peux pas t'imaginer.

— Ça change, dit-il.

— Pour ça.

Je ris.

— Et toi ? demandai-je.

— Un peu de tout, jamais rien de bien suivi.

— Ce qu'il faut, quoi.

— Oui. Moi aussi je me plais sur ce bateau.

Il avait de très beaux yeux, rieurs.

— C'est marrant, dis-je, si on racontait cette histoire dans un livre, personne ne la croirait.

— La sienne à elle ?

— Oui, la sienne à elle.

— C'est une femme romanesque.

Il rit lui aussi.

— C'est ça, dis-je, romanesque.

Et je ris aussi. On se comprenait.

Le crépuscule avança encore. Nous longions de très près la côte italienne. Je lui montrai une buée lumineuse, sur la mer. Une ville. Assez grande.

— Livourne ?

— Non. Je ne sais pas. Livourne est passé, dit-il. — Il ajouta, sur le ton de la blague : — C'est comme ça qu'on va à Sète.

— C'est comme ça, dis-je en riant. — J'ajoutai : —
Elle est riche.

Il cessa de sourire et il ne répondit pas.

— C'est vrai, dis-je encore, elle est riche.

Il s'arrêta de peindre et dit un peu rudement :

— Qu'est-ce que tu voudrais qu'elle fasse, qu'elle
donne tout aux petits Chinois ?

— Non, bien sûr. N'empêche que, je ne sais pas, ce
yacht…

Il me coupa la parole.

— Je crois que c'était ce qu'elle avait de mieux à
faire. Pourquoi pas ?

Et il reprit, presque sentencieusement :

— C'est une des dernières fortunes du monde. C'est
peut-être la dernière fois du monde que quelqu'un
peut se permettre de faire ce qu'elle fait.

— Eh, dis-je en riant, un moment de l'histoire en
somme.

— Si tu veux en parler comme ça, oui, un moment
de l'histoire.

Le soleil devint énorme à l'horizon. Il s'empourpra
d'un seul coup. Un petit vent se leva. On n'eut plus
rien à se dire. Il mit son pinceau dans un pot d'essence
de térébenthine, le ferma, et alluma une cigarette. On
regarda la côte qui défilait, elle s'éclairait de plus en
plus.

— D'habitude, dit-il, elle ne fait pas de détours
quand elle reçoit un message.

Il me regardait.

— C'est un petit détour, dis-je.

— Mais, dit-il, je suis d'accord pour les détours.

214

Je changeai de conversation.

— Livourne, demandai-je, ce n'est pas loin de Pise ?

— Vingt kilomètres. Tu connais ?

— Pise, oui. J'y étais il y a huit jours. C'est détruit. Mais la place n'a pas été touchée, heureusement. Il faisait très chaud.

— Tu étais avec une femme à Rocca, dit-il. Je t'ai vu chez Eolo.

— Oui, dis-je. Elle est rentrée à Paris.

— Tu as bien fait de venir, dit-il.

— Après Livourne, qu'est-ce que ce sera ?

— Piombino. On s'y arrêtera certainement.

— Faut quand même que je regarde une carte, dis-je.

Il me regardait toujours.

— C'est curieux, dit-il, moi je crois que tu vas rester sur ce bateau.

— Je le crois moi aussi, dis-je.

On rit, comme si c'était là une bonne blague.

Il s'en alla lui aussi. Le crépuscule avança encore. Il y eut quatre jours et trois nuits que je la connaissais. Je ne m'endormis pas tout de suite. J'eus le temps de voir plusieurs petits ports passer devant le bateau et la nuit arriver. L'ombre recouvrit le pont, la mer. Elle me recouvrit moi aussi et me dévora le cœur. Le ciel resta clair assez longtemps encore. Je dus m'endormir un peu avant qu'il devînt noir à son tour. Je me réveillai peut-être une heure après. J'avais faim. J'allai au réfectoire. Elle y était. Elle me sourit, je m'assis devant elle. Laurent aussi était là, il me fit un signe d'amitié.

— Tu as un drôle d'air, dit-elle.

— J'ai dormi sur le pont, je n'ai jamais dormi comme ça.

— Tu avais tout oublié ?

— Tout, dis-je. En me réveillant je n'y comprenais plus rien.

— Plus rien ?

— Plus rien.

— Et maintenant ?

— J'ai faim, dis-je.

Elle prit mon assiette et se leva. Je la suivis au bar. Il y avait encore des poissons grillés et du ragoût d'agneau. Je choisis le ragoût d'agneau.

— C'est pas une raison parce qu'on est sur un bateau, dis-je, pour manger du poisson tous les jours.

Elle rit. Elle me regarda manger avec attention, mais à la dérobée.

— Le grand air, dis-je, ça donne faim.

Elle rit encore, elle était de très bonne humeur. On parla de choses et d'autres avec les marins. On plaisanta. Les uns auraient voulu aller jusqu'en Sicile avant de remonter à Sète. Les autres disaient qu'on y aurait encore très chaud et qu'il valait mieux obliquer avant, au large de Piombino. Aucun ne parla de ce qu'on ferait après Sète. Le dîner terminé, j'allai sur le pont regarder défiler la côte italienne. Elle vint m'y rejoindre.

— On peut avoir envie de descendre tout le temps, dis-je, à la voir passer sous son nez comme ça.

— Je t'ai cherché, dit-elle, et je t'ai trouvé près du treuil. Je t'ai laissé dormir.

Je lui montrai un point brillant sur la côte.

— Quercianella, dit-elle.

— On va s'allonger sur des chaises longues. Je vais aller te chercher un whisky.

— Je n'ai pas très envie de parler, dit-elle, un peu suppliante.

— Alors, dis-je, invente ce que tu veux, mais il faut que tu me parles.

J'approchai deux chaises longues. Elle s'allongea à regret. J'allai lui chercher un whisky.

— Ça a duré six mois ?

— Ça ne se raconte pas, dit-elle.

— Tu as épousé le patron du yacht, tu es devenue riche, des années ont passé.

— Trois ans, dit-elle.

— Puis, tu l'as rencontré.

— Je l'ai rencontré. C'est toujours la même chose. Je l'ai rencontré au moment où j'aurais pu croire enfin, non pas que je l'oubliais, mais que je pourrais peut-être un jour vivre d'autre chose que de son souvenir.

Elle tourna brusquement la tête vers moi et se tut.

— Comme quoi, dis-je, il ne faut jamais désespérer.

Elle but son whisky. Puis elle regarda du côté de la côte italienne, assez longtemps, sans rien dire. J'attendais qu'elle parle, elle le savait et je trouvais inutile de le lui rappeler. Elle se tourna vers moi et, avec une douce ironie :

— Dans ton roman américain, me dit-elle, si tu parles de cette rencontre, il faudra dire qu'elle a été pour moi, très importante. Qu'elle m'a permis de saisir, de comprendre... un peu, ce que voulait dire cette histoire, c'est-à-dire le sens qu'il pouvait avoir lui, en tout cas, et même aussi, celui qu'il avait eu pour moi... et que c'est depuis qu'elle s'est produite que je crois dans les choses possibles de le rencontrer encore, de rencontrer n'importe qui, n'importe quand. Et que je crois aussi que je me dois à sa recherche, comme d'autres à...

— A quoi ?

— Je ne sais pas, dit-elle. Ça, je ne le sais pas.

— Je le dirai, dis-je.

— Ce n'est pas de la littérature, ajouta-t-elle au bout d'un moment. Ou alors si c'est de la littérature, il faut en passer par là, certaines fois, pour rendre compte de certaines choses.

— Je le dirai aussi, dis-je.

— Si c'est de la littérature, dit-elle encore, alors, j'en suis venue à la littérature à partir de là.

Elle sourit.

— C'est une chose possible. Je la dirai aussi.

— C'était en hiver, à Marseille. On était venu sur la côte pour s'amuser et on s'était arrêté à Marseille. C'était la nuit, il devait être près de cinq heures du matin. Les nuits étaient longues, profondes. Ç'avait dû être par une nuit très semblable à celle-là que six ans plus tôt, il avait commis son crime. A ce moment-là, je ne savais pas encore lequel, à part ce que je t'ai dit, que c'était un Américain qu'il avait tué.

« On était quatre. Mon mari, des amis à lui et moi. On avait passé la nuit dans un cabaret qui se trouve dans une petite rue près de la Canebière. Cette rue descend directement dans la Canebière. Notre rencontre n'a été possible que parce que nos autos ne se

218

trouvaient pas garées dans la petite rue, mais dans la Canebière. Faute de place, nous n'avions pas pu les garer dans la petite rue. C'est en allant les chercher que nous l'avons rencontré.

« On est donc sortis du cabaret tous les quatre. Il était cinq heures du matin. Je me souviens combien la nuit était longue et profonde. Mais je pourrais cent fois me répéter ces circonstances.

« Le cabaret a fermé derrière nous. Nous étions les derniers clients. Nous étions partout les derniers clients. Les plus désœuvrés aussi sans doute. J'étais devenue quelqu'un qui dormait chaque jour jusqu'à midi.

« Marseille était désert. Nous descendions la petite rue vers nos autos.

« Nos amis marchaient devant nous, ils avaient froid et ils se pressaient. Nous n'avions pas fait cinquante mètres quand quelqu'un a débouché de la Canebière. Il remontait la petite rue, dans le sens inverse du nôtre.

« C'était un homme. Il marchait vite. Il portait une très petite valise qui avait l'air d'être très légère. En marchant il la faisait danser au bout de son bras. Il n'avait pas de pardessus.

« Je me suis arrêtée. Rien qu'à sa démarche, presque aussitôt après qu'il eut débouché de la Canebière, je l'avais reconnu. Mon mari s'est étonné. Il m'a demandé : « Qu'est-ce qui se passe ? » Je n'ai pas pu lui répondre. Clouée sur place je l'ai regardé arriver. Je me souviens, mon mari s'est retourné et il l'a regardé à son tour. Il a vu un homme qui venait vers nous. Il ne l'a pas reconnu. Il avait eu pourtant une certaine importance dans sa vie, à lui aussi, mais sans doute ne l'avait-il jamais regardé vivre d'assez près pour le reconnaître d'aussi loin. Il a cru que c'était autre chose qui empêchait sa femme, comme il disait, de marcher et de lui répondre. Il ne savait pas quoi. Il s'étonnait beaucoup. Nos amis qui nous avaient devancés marchaient toujours. Ils ne s'étaient pas rendu compte que nous ne les suivions plus.

« Il s'est immobilisé une seconde sur son trottoir. Il a levé la tête, il a regardé autour de lui et, brusquement, il a obliqué vers nos amis, d'un pas rapide. Il s'est arrêté face à eux. Eux aussi se sont arrêtés, surpris. Il leur a parlé. Il n'était pas loin de moi, à dix mètres, peut-être. Je n'ai pas entendu tout ce qu'il leur a dit mais seulement le premier mot. C'était « English ? » qu'il a prononcé à voix haute, sur un ton interrogatif. Le reste, il l'a dit à voix basse. D'une main il tenait sa valise et, de l'autre, une chose petite, qui ressemblait à une enveloppe. Son visage levé était impassible. Il s'est passé deux secondes, le temps qu'ont mis nos amis à comprendre de quoi il s'agissait. Puis la rue déserte et silencieuse s'est emplie d'une exclamation indignée. Ça, je l'ai entendu parfaitement. « Foutez le camp et en vitesse », avait crié notre ami. Mon mari l'a entendu lui aussi, il s'est retourné et il l'a reconnu à son tour. Lui, il a souri avec gentillesse. Il a négligé de répondre et il a continué son chemin. Il est arrivé droit sur nous. Et d'un seul coup il m'a reconnue, moi. Il s'est arrêté.

« Il y avait trois ans que nous ne nous étions pas vus. J'étais en robe du soir. J'ai vu qu'il regardait. J'avais

220

un manteau de fourrure, cher et beau. Il a tourné les yeux vers l'homme qui était avec moi. Et lui aussi il l'a reconnu. Il a eu l'air surpris mais cela a peu duré. Il s'est retourné de nouveau vers moi et il m'a souri. Moi, je n'ai pas pu encore lui sourire. Je le regardais trop. Il portait un costume d'été qui n'était pas à sa taille et qui était vieux. Comme autrefois, il était sans pardessus. Pourtant, dans ce petit jour d'hiver, il n'avait pas l'air d'avoir froid. On aurait dit, oui, c'est ça, qu'il transportait l'été avec lui. Je me suis souvenue comme il était beau. Et alors je l'ai retrouvé aussi beau que le premier jour lorsqu'il s'était endormi sur le pont du yacht. Parfois, depuis Shanghai, j'avais douté qu'il le fût autant que j'avais cru autrefois. Mais non, j'avais eu tort. Son regard était toujours le même, toujours brûlé, toujours troublé d'arrière-pensées. Tous les autres regards, depuis, m'avaient ennuyée. Il y avait long-temps qu'il n'était pas allé chez le coiffeur. Tout comme autrefois ses cheveux étaient mal coupés, trop longs. Il ne pouvait pas aller chez le coiffeur sans risquer sa vie. La seule chose nouvelle, c'était qu'il était devenu presque aussi maigre que lorsqu'il avait été recueilli sur le yacht. Mais c'était un homme à qui la faim était aussi naturelle qu'aux chats sans maître de la nuit. Je l'ai reconnu malgré sa maigreur, je l'aurais reconnu seulement à ses yeux. Et quand il m'a souri d'un petit air d'excuse, parce que, je l'ai compris, un certain soir, à Shanghai, il n'était pas remonté à bord, j'ai eu envie de crier tellement je l'ai reconnu. Dans ce sourire, il n'y avait aucune honte, mais aucune, aucune amertume, mais seulement une indomptable fraîcheur.

Il avait oublié sa valise, et ce qu'elle contenait, et sa raison d'être à cette heure-là de la nuit, dans cette rue, et le froid, et la faim. Il était content de me voir.

« Ce n'est pas lui ni moi qui avons parlé les premiers. Ça a été mon mari. Il n'y a eu que lui pour trouver insupportable le silence prolongé de ces premiers instants, et pour vouloir le rompre. Il a été très maladroit. Pourtant depuis qu'il m'avait épousée, il avait dû penser que cette rencontre pouvait un jour se produire. On pense à ces éventualités-là et à ce qu'on fera lorsqu'elles se produiront, non ? Mais sans doute, quand elles se produisent, on est d'autant moins à la hauteur qu'on y a trop pensé. Il devait y avoir trop pensé. Cet homme mille fois prévenu a été curieusement désarçonné. Il lui a demandé :

« — Vous n'êtes plus dans la marine ?

« Ensuite de quoi il s'est éloigné légèrement de nous, et il a gagné la porte d'un immeuble. Il s'est adossé et je crois qu'il s'est trouvé mal. Sans doute d'ailleurs à moitié, assez peu pour ne pas s'allonger par terre. Une fois qu'il a été parti nous nous sommes parlé. Il m'a demandé :

« — Ça va ?

« J'ai dit : ça va.

« — Je vois, a-t-il dit.

« Je lui ai souri. Quelquefois, les mauvais jours, il y en avait eu beaucoup, j'avais cru qu'on avait fini par le prendre et me le tuer. Mais penses-tu, un homme pareil. Non, non, le monde, avec fierté, le portait encore. Comme il lui faisait honneur au monde ! C'était l'un de ses habitants les plus à sa mesure, un connaisseur, en somme, de ses profondeurs. Ah que ça lui allait bien de vivre, à celui-là ! De quelle histoire resurgissait-il encore ? Quel vertige de circuits, de lacis, de nuits, de soleils, de faims, de femmes, de poker, de coups du sort avait-il fallu pour le ramener là, en fin de compte, devant moi ? Mon histoire m'est apparue un peu honteuse. Il avait souri en disant : je vois. N'était-ce pas : « c'était couru d'avance », qu'il avait voulu dire ? Je n'ai pas voulu qu'on en parle. Je lui ai dit :

« — Je les veux toutes. Et je lui ai montré les cartes postales. Profitant de l'absence de notre patron qui était toujours adossé au mur, en proie à une horrible jalousie, il m'a dit à voix basse :

« — Bonjour.

« Ç'a été sa façon de me dire qu'il se rappelait de tout. J'ai dû... oui, fermer les yeux, comme autrefois. Alors il a dû comprendre que pour moi aussi c'était pareil, que je me rappelais parfaitement. Ça a duré quelques secondes. Mais ç'a été suffisant pour qu'on se retrouve dans ce petit matin, avec autant d'émotion qu'autrefois dans ma cabine après le travail. J'ai ouvert les yeux. Il me regardait toujours. Je me suis reprise. Je lui ai dit encore une fois :

« — Je les veux toutes.

« Mon mari est revenu à ce moment-là. Mais il n'a pas paru s'en apercevoir. Il a levé un genou et il a posé la valise dessus. Elle était gondolée par la pluie, aussi vieille sans doute, que ses vêtements. Il devait la trimbaler depuis pas mal de temps déjà. Il l'a ouverte. Une dizaine d'enveloppes y traînaient, toutes pareilles

223

à celle qu'il tenait à la main. Et mêlé à elles, il y avait un morceau de pain. Il n'y avait rien d'autre dans la valise que le pain et les enveloppes. Il a ramassé toutes les enveloppes une à une et il me les a tendues.

« — Je te les donne.

« Je les ai prises et je les ai mises dans mon manchon. Elles étaient glacées. J'ai pensé que le pain aussi devait être glacé et que c'était grâce à ces enveloppes qu'il avait pu l'acheter. En somme, c'était son pain qu'il me donnait. Quand même, je l'ai pris. Tout d'un coup on a entendu :

« — C'est combien ?

« On s'est aperçu, à l'entendre, que mon mari était là.

« — Rien, a-t-il dit, du moment que c'est pour elle.

« Mais mon mari ne l'a pas compris ainsi. Il a tiré de sa poche une liasse de mille francs et il l'a jetée dans la valise ouverte. Comme la valise était petite, les billets sont tombés sur le pain et ils l'ont recouvert à moitié. Il y en avait beaucoup. Il les a regardés pendant un petit moment puis il les a ramassés un à un. Comme il avait fait des enveloppes, mais un peu plus lentement. Alors, je lui ai dit :

« — C'était pour moins que ça, sans doute, quand tu as tué l'Américain, bien moins, non ?

« J'ai senti sous mon bras la main de mon mari qui me tirait en avant. Je me suis dégagée avec force. Il m'a lâchée.

« — Pour bien moins, m'a-t-il dit — il rigolait, — même pas la moitié.

« Il a eu fini de ramasser les billets et, de sa main

libre, l'autre tenait les enveloppes, il les a tendus à mon mari. Il n'est plus resté dans la valise que le pain. Je lui ai dit :

« — Non, il faut les prendre.

« — Tu veux rire, a-t-il dit gentiment.

« J'ai dit qu'il le fallait, qu'il le fallait.

« — Qu'est-ce qui te prend ? m'a-t-il demandé.

« Il tendait toujours la liasse.

« — Quand même, ai-je dit, il ne les a pas comptés.

« Il a regardé mon mari avec attention.

« — Pourquoi avez-vous fait ça ? Il n'était pas en colère.

« — Pour que vous la laissiez, a dit mon mari d'une voix affaiblie.

« Il a continué à le regarder.

« — Il n'aurait pas fallu le faire, a-t-il dit.

« Mon mari n'a pas répondu. Il regrettait déjà ce geste un peu facile.

« — C'est l'habitude, ai-je dit, pour qu'il puisse dire que tu ne me les as pas données. Sans ça, ils se croient déshonorés.

« — Elle est ma femme, a dit mon mari.

« Je me souviens, il avait une voix d'une suppliante sincérité.

« — Non, a-t-il dit, il n'aurait pas fallu le faire.

« Je regardais toujours le pain. J'ai crié :

« — Du moment qu'il te l'a jeté dans la valise, il ne faut pas lui rendre.

« — C'est impossible, a-t-il dit.

« Il était très calme, un peu étonné.

«   C'est moi qui te les donne.

« — C'est impossible, je ne peux pas, tu le sais bien.

« — Je ne veux pas que tu lui rendes.

« — Mais je ne peux pas, voyons, a-t-il dit.

« Il s'étonnait toujours, très gentiment. Je lui ai dit :

« — Qu'est-ce qu'il aurait pu faire d'autre, lui, dis-moi ?

« — Mais je ne peux pas.

« — Et moi ? et moi qui me suis mariée avec lui ?

« Il m'a regardée. Il a dû comprendre bien des choses que jusque-là, paresseusement, il avait omis de comprendre.

« — Anna, m'a-t-il dit, je ne peux pas.

« — Ce n'est pas tout à fait de sa faute, il a fait ce qu'il a pu.

« Le pain était toujours aussi seul dans la valise. Maintenant mon mari aussi le regardait. Il ne prenait pas les billets.

« — Je vous en supplie, a dit mon mari, prenez-les.

« — Impossible. Comme tu dis on fait ce qu'on peut. Je ne peux pas.

« Alors je lui ai dit pour la première fois, j'ai crié, ce que je ne lui avais jamais dit. Que je l'aimais.

« Il a levé la tête brusquement. Cette fois il n'a pas dit qu'il ne pouvait pas les prendre. Je lui ai expliqué.

« — C'est parce que je t'aime, qu'il faut que tu les prennes.

« Je suis partie en courant. Mon mari m'a suivie. Lorsque je me suis retournée une première fois, j'ai vu qu'il n'avait pas essayé de me rattraper. Il me regardait m'en aller. J'ai deviné dans sa main la forme tendue de la liasse. Lorsque je me suis retournée une deuxième fois, au bas de la rue, je ne l'ai plus vu, il était parti. Je ne devais le revoir que deux ans après. »

Elle se tut.

— Après ?

— Oh ! après, dans ma vie, tout a bien moins d'importance. On a rejoint nos amis. Ils n'avaient rien entendu de la conversation, sinon mes cris, mais ils ne les avaient pas compris. Cependant, ils nous avaient vus acheter la marchandise qu'ils avaient refusée. Ils se sont étonnés.

« — Vous lui avez acheté sa saloperie ? a demandé l'ami.

« — C'est encourager le vice, a dit sa femme.

« J'ai demandé quel vice, mais personne n'a su le dire. Je me suis sentie seule avec lui dans le monde entier. Je tenais, serré contre moi, au creux de mon manchon, le paquet d'enveloppes. Je l'aimais, je crois, comme le premier jour.

« — Nous connaissons le vendeur, a dit mon mari.

« — Ah, a dit l'ami, si vous le connaissiez, c'est autre chose...

« J'ai demandé quoi, mais personne n'a su le dire.

« — Il était marin, a dit mon mari, il a travaillé six mois sur l'*Anna.*

« Quand même, j'ai souri à ce mot si juste.

« — Non, ai-je dit, vous vous trompez : sur le *Cypris.*

« — C'est vrai, a dit mon mari, le yacht s'appelait alors le *Cypris.*

« Il a ajouté un peu légèrement qu'il était de

227

Gibraltar. J'ai dit qu'il n'était pas plus de Gibraltar que de Shanghai, que personne ne savait d'où il était.

« — Drôle de type, a dit alors l'ami d'un air connaisseur.

« Alors, je leur ai dit qui c'était. J'ai quelquefois de ces inconséquences. Je n'ai pas cru commettre une imprudence en le faisant pour la bonne raison que ces gens, comme moi, ignoraient sa véritable identité. Quant à en parler à eux plutôt qu'à d'autres, pour moi, ça revenait au même, je connaissais tout aussi peu tous les amis de mon mari. D'ailleurs, ce soir-là, tout simplement, il m'aurait été difficile de me contenir, de me taire encore. J'ai donc dit ce que je savais et ce que mon mari ignorait encore, à savoir qu'il avait commis un crime, à vingt ans, à Paris, sur la personne d'un Américain dont je ne savais pas le nom. J'ai dit le peu que je savais.

« Alors, notre ami s'est souvenu de quelque chose. Il m'a demandé à combien de temps remontait ce crime. J'ai dit, cinq ou six ans. Il m'a dit qu'à cette date-là environ, il s'était en effet produit à Paris un crime dont on avait beaucoup parlé. Dont le coupable était très jeune et dont la victime était un célèbre industriel américain.

« — Je me souviens, s'est écrié l'ami, c'était Nelson Nelson, le roi du roulement à billes.

« J'ai demandé :

« — Vraiment, du roulement à billes ?

« J'ai ri de tout mon cœur. Il y avait trois ans que je n'avais pas ri autant. Je me suis dit qu'il n'en aurait jamais fini de m'épater. J'ai dit :

« — Mais que c'est beau.

« — Quoi ? a demandé mon mari.

« — Je ne sais pas, que ce soit justement le roi du roulement à billes.

« Mon mari a dit qu'il ne voyait pas pourquoi.

« Moi non plus d'ailleurs je ne voyais pas, mais ça n'avait pas d'importance. Je riais tellement que je ne pouvais plus marcher.

« — Ce crime est toujours resté obscur, a continué l'ami. C'était un soir, à Montmartre. Nelson Nelson a renversé un jeune homme avec sa Rolls. La rue était étroite et sombre. La Rolls roulait vite. Le jeune homme n'a pas eu le temps de se garer. Il a été renversé. L'aile de l'auto l'a cogné à la tête et il a saigné. L'Américain l'a fait monter et il a dit au chauffeur d'aller à l'hôpital le plus proche. Et en arrivant à l'hôpital on n'a plus trouvé dans l'auto que le seul cadavre de l'Américain, étranglé. Il n'avait pas eu le temps de pousser un seul cri. Le chauffeur ne s'est aperçu de rien. Le portefeuille de Nelson Nelson avait disparu. Il contenait, paraît-il, une très grosse somme. On suppose qu'il l'avait sorti afin de dédommager le jeune homme et que celui-ci à la vue de tant d'argent avait perdu la tête.

« J'ai questionné l'ami pour en savoir davantage sur ce crime, mais il ne se souvenait de rien de plus. Nous sommes rentrés à l'hôtel.

« C'est sur le trajet du retour que tout à coup, moi aussi, je me suis souvenue de quelque chose. D'une cicatrice qu'il avait à la tête, dans l'épaisseur des cheveux. Lorsque je la lui avais découverte, un soir qu'il dormait, je m'étais étonnée qu'elle eût en son milieu une espèce d'écharde noire — un peu de peinture de la Rolls — qui tranchait sur la blancheur de la peau. Je l'avais trouvée curieuse, mais je ne lui avais pas accordé une telle importance. Je ne lui avais même pas demandé ce que c'était.

« La rentrée a été pénible. Mon mari a dit qu'il s'y était attendu depuis toujours, qu'il ne pouvait pas être resté à Shanghai. Je lui ai demandé de se rappeler que je lui avais toujours fait une vie difficile. Pour la première fois, j'ai jugé inutile de le consoler par de vaines promesses.

« Je me souviens bien. Une fois seule dans ma chambre j'ai pris mon temps. Je me suis déshabillée, j'ai tiré les rideaux et je me suis couchée. Alors seulement j'ai pris les enveloppes et je les ai ouvertes l'une après l'autre. Il y en avait dix. Chacune contenait dix photographies et deux cartes postales. Le tout était retenu ensemble par un élastique très fin du genre de ceux que l'on trouve autour des pots de yaourt. Dans chacune des dix enveloppes il y avait les dix mêmes photographies et les mêmes deux cartes postales. Dans son élan il m'avait donné dix fois la même chose. Il n'y a que les fleurs que l'on donne de cette façon, ensemble et par bouquet. Mais c'était bien des fleurs que j'avais entre les mains. Seules les photos auraient pu être qualifiées d'obscènes. Les cartes postales représentaient la tour Eiffel et la grotte de Lourdes un jour de pèlerinage. Les photos étaient minces, visiblement détachées de carnets et les cartes postales avaient été jointes à elles pour illusionner sur leur nombre.

« Nous sommes rentrés à Paris le lendemain.

« Pendant trois nuits et trois jours j'ai attendu un coup de téléphone de lui. Ce n'était pas insensé de ma part. Il pouvait me téléphoner comme il voulait. J'étais hélas dans tous les bottins. Il n'avait qu'à en ouvrir un et chercher simplement le nom de l'ex-propriétaire du *Cypris*. Moi je n'avais aucun moyen de le retrouver. J'ai attendu trois jours et trois nuits. Il n'a pas téléphoné.

« Quelques semaines après je me suis dit qu'il était sans doute préférable qu'il en soit ainsi. Qu'avec l'argent cent fois disproportionné à celui de sa recette quotidienne, il n'avait pas dû pouvoir y résister. Je crois encore maintenant qu'il est allé faire un poker. C'était un homme qui n'avait jamais pu faire la part de rien dans sa vie et encore une fois il n'avait pas pu faire la mienne. Près de moi il aurait encore langui après ses pokers. J'ai préféré qu'il ait fait ses pokers en se languissant de moi. Je suis même arrivée à voir dans cette apparente infidélité la volonté d'une fidélité profonde. Il savait aussi bien que moi de quoi il retournait.

« La guerre est arrivée. Le temps est passé. Cette fois, je ne l'ai revu que quatre ans après. »

Elle s'arrêta de parler.

— Je voudrais bien un autre whisky, dit-elle.

J'allai lui chercher un autre verre de whisky. Laurent était toujours dans le bar, il jouait aux cartes avec un autre marin et il était si absorbé qu'il ne me vit pas rentrer. Lorsque je revins sur le pont elle était debout contre le bastingage et regardait la côte. Je lui donnai son whisky. Nous passâmes devant un petit port aux quais vides, à peine éclairés.

— Castiglioncello, dit-elle, à moins que ce ne soit déjà Rosignagno.

Je la voyais mal dans la lumière de l'entrepont et j'avais très envie de mieux la voir. Mais c'était encore supportable.

— Tu la racontes souvent, dis-je.

Je lui souris.

— Non, dit-elle, mais forcément — elle hésita, un peu honteuse — j'y ai beaucoup pensé.

— Quand on te demande de la raconter, tu la racontes ?

— Quelquefois, dit-elle, je raconte autre chose.

— Et à ceux que tu embarques, tu la racontes ?

— Non, dit-elle, pas ça. Je raconte ce que je veux. On ne peut pas raconter tout à tout le monde. Quelquefois je dis que je fais une croisière.

Mon envie de mieux la voir devint d'un seul coup très difficile à supporter.

— Viens, dis-je.

On alla dans ma cabine. Elle s'allongea sur la couchette, distraite, fatiguée. Je m'assis à côté d'elle.

— Ça me fatigue beaucoup de parler, dit-elle.

— Je crois, dis-je, que c'est une bonne fatigue.

Elle s'étonna, mais ne releva pas.

— Tu ne le lui avais jamais dit avant ?

— Tout ce qu'il pouvait se permettre, dit-elle, c'était un amour de fortune, j'ai toujours fait de telle sorte que le nôtre en ait gardé toutes les apparences.

— Tu croyais que ça l'aurait troublé ?

232

— Je le crois encore, et même un peu repoussé parce qu'il se serait imaginé que j'attendais de lui certaines petites assurances, certains égards tout au moins, et que ça l'aurait fait fuir bien plus tôt encore.

— Est-ce qu'il en va autrement de beaucoup d'autres amours ?

Je souris malgré moi.

— Je ne sais pas, dit-elle.

Elle me regarda avec attention, elle attendit que je parle. J'allai ouvrir le hublot et je revins.

— Tu as été heureuse, dis-je, même six mois...

— C'est loin, maintenant, dit-elle. — Elle ajouta : — Qu'est-ce que tu disais ?

— Je ne sais plus. Est-ce que le bateau va s'arrêter un jour ?

Je vis que peu à peu elle sortait de son histoire.

— Demain, dit-elle, à Piombino, si tu veux, nous descendrons.

— Piombino ou ailleurs, dis-je.

— J'aime de plus en plus descendre, dit-elle, mais quand même, je ne pourrais pas me passer du bateau.

— Il n'y a pas de raisons maintenant pour que tu ne descendes plus.

— Et toi, demanda-t-elle, tu as été heureux ?

— J'ai dû l'être quelquefois, mais je n'en ai pas de souvenir précis.

Elle attendit que je m'explique.

— J'ai fait de la politique, dis-je, dans les deux premières années de l'État civil. Je crois bien que c'est à ce moment-là. Mais seulement à ce moment-là.

— Après ?

— Je n'ai plus fait de politique. Je n'ai plus fait grand-chose.

— Et tu n'as jamais été heureux... autrement.

— J'ai dû l'être, je te l'ai dit, quelquefois, par-ci par-là. C'est toujours possible, dans tous les cas, même les pires.

Je ris. Mais elle ne rit pas.

— Et avec elle ?

— Non, dis-je. Jamais un seul jour.

Elle me regardait et, je le sentais bien, sortait tout à fait de son histoire.

— Tu n'es pas bavard, dit-elle très doucement.

Je me levai et, comme la veille, je me mis à me rincer la figure. Elle me faisait beaucoup moins mal.

— On ne peut pas parler en même temps, dis-je. Mais un jour je te parlerai, tu verras. Tout le monde a des choses à raconter.

— Quoi ?

— Ma vie, tu verras, c'est passionnant.

— Tu as moins mal.

— C'est fini, je n'ai plus mal.

Nous n'eûmes plus rien à nous dire, inévitablement, encore une fois. Je pris une cigarette et je la fumai. Je restai debout.

— Cet après-midi, dit-elle avec hésitation, qu'est-ce que tu avais ?

— Le whisky, je n'en ai pas l'habitude.

Elle se releva.

— Tu veux encore que je retourne dans ma cabine ?

— Je ne crois pas, dis-je.

234

Le lendemain matin nous étions en vue de Piombino. J'avais encore mal dormi, tard, et je me réveillai cependant très tôt. Il faisait toujours aussi beau. Lorsque je sortis sur le pont, nous entrions dans le canal de Piombino. Je pris un guide d'Italie qui traînait sur une table du bar. Piombino n'était signalé que par l'importance de sa sidérurgie. Je parlai un moment avec Bruno de la chaleur. Le temps était couvert. Les premiers orages, dit Bruno, qui se préparaient. Mais un autre marin, qui était là, n'était pas d'accord, c'était encore trop tôt, dit-il, pour les orages. Elle arriva lorsque nous étions à quai, vers onze heures. Elle me rappela qu'on devait descendre déjeuner ensemble, puis elle s'en alla, je ne sais pas où, probablement dans sa cabine.

Je restai sur le pont pendant une heure. L'arrivée du yacht avait attiré tous les enfants pauvres du port. Laurent et deux autres marins marchaient sur le quai en attendant la citerne de mazout. De temps en temps Laurent me parlait. De tout, de rien. Lorsque la citerne arriva tous les enfants accoururent vers elle et l'entourèrent. Pendant qu'on fit le plein, au début tout au moins, il n'y en eut pas un seul qui ne fût pas près de la citerne, à regarder, religieusement. On n'avait pas fini lorsqu'elle arriva près de moi. Elle avait mis une robe.

— J'ai lu, dit-elle.
— Tiens, dis-je.
Elle dit, avec une sorte d'application un peu gênée :
— Tu devrais lire toi aussi.

— Je n'ai pas très envie, dis-je. Je regardais les enfants.

Elle n'insista pas.

— On descend ?

— On descend.

On descendit. On se mit en quête d'un restaurant. Ce fut long et difficile. Le port était grand mais peu de touristes s'y arrêtaient. Les rues étaient à angles droits, neuves et tristes, sans arbres, bordées d'immeubles de série. La plupart, non macadamisées, étaient poussiéreuses. Il y avait peu de boutiques, de temps en temps une fruiterie, une boucherie. On marcha longtemps avant de trouver un restaurant. Le temps était toujours couvert et il faisait lourd. Beaucoup d'enfants, toujours. Ils venaient nous voir de très près, puis ils se sauvaient vers d'énormes grands-mères vêtues de noir, tannées par la mer et qui regardaient, méfiantes, cette femme étrangère. C'était l'heure du déjeuner, l'air sentait l'ail, le poisson. On finit par trouver un petit restaurant sans terrasse, à l'angle de deux rues. Il y faisait frais. Deux ouvriers mangeaient à une table. Au bar, trois clients, mieux vêtus, buvaient des cafés exprès. Les tables étaient en marbre gris. Pas grand-chose à manger, nous dit le patron, de la minestra, du salami, un œuf frit, mais si vous avez le temps, on peut faire cuire des pâtes. Ça nous allait. Elle commanda du vin. C'était un mauvais vin, violet, épais, mais il venait de la cave et il était presque glacé, il se buvait bien. On avait pas mal marché et on en but deux verres coup sur coup.

236

— Ce n'est pas qu'il soit très bon, dis-je, mais il est frais.

— J'aime bien cette sorte de vin.

— Il fait beaucoup de mal, dis-je.

— Traître ? dit-elle en riant, c'est ça ?

— C'est ça.

On parla du vin avec application. Je la servais souvent. Puis le patron apporta la minestra. On y toucha à peine.

— Quand il fait très chaud, dit-elle, en rougissant un peu, on ne peut pas manger.

J'étais d'accord. Avec le vin la fatigue me revenait — je n'avais vraiment pas dormi beaucoup depuis que je la connaissais. Mais c'était une fatigue curieuse, abstraite, qui ne me donnait pas sommeil. Cela m'était difficile de manger, un peu comme quatre jours avant, après le bain, sous la tonnelle de la trattoria. Elle avait le visage de ce jour-là, lorsque je l'avais revue pour la première fois, dans la lumière verte des raisins. Elle mangeait un tout petit peu plus que moi. La fatigue, sans doute, qui me nourrissait, et le vin, et, qui sait ? Je commandai une nouvelle carafe de vin.

— Quelquefois, dis-je, je ne peux pas m'arrêter de boire du vin, certains jours.

— Je sais, dit-elle. Mais on va être saouls.

— C'est ce qu'il faut, dis-je.

Le patron apporta le salami. On en mangea un peu, en prenant les rondelles dans le plat. Puis il apporta la salade de tomates. Elles étaient chaudes, elles devaient venir à l'instant de l'étal d'une fruiterie voisine. On en mangea très peu. Le patron vint nous voir.

— Vous ne mangez rien, dit-il en italien, ça ne vous plaît pas.

— Ça nous plaît beaucoup, dis-je, mais c'est la chaleur qui coupe l'appétit.

Il demanda s'il devait faire des œufs. Elle dit que ce n'était pas la peine. Je commandai encore une autre carafe de vin.

— Alors, comme ça, vous avez fini ? demanda le patron.

— On a fini, dis-je.

On parla encore un peu, du patron qui était sympathique, de sa femme qui tricotait dans un coin, qui était assez belle. Puis, bien sûr, je lui demandai de me parler encore. Mais elle s'y attendait.

— Je voudrais savoir la fin de cette histoire, dis-je, de la femme du marin de Gibraltar.

Elle ne se fit pas prier. On ne mangeait plus, on buvait, on buvait toujours plus. On n'avait rien à se dire, à cause de la chaleur aussi, croyait-on. Alors elle me raconta volontiers leur vie à Londres. L'ennui à Londres. Que, cette fois, après leur rencontre de Marseille, elle n'avait pas pu l'oublier, l'ennui à Londres aidant, sans doute. Puis la paix, la découverte des camps de concentration, puis ce dimanche — il ne s'était rien passé de décisif dans les jours qui avaient précédé — ou elle avait décidé de rentrer à Paris. Qu'elle était partie un après-midi, pendant l'absence de son mari, qu'elle lui avait laissé une lettre. Puis elle s'arrêta de parler

Je suis saoule, dit-elle. Ce vin.

— Moi aussi, dis-je. Qu'est-ce que ça fait ? Tu lui disais quoi dans cette lettre ?

— Je ne sais plus très bien. l'amitié que j'avais pour lui. Je lui ai dit aussi que je savais l'horreur des chagrins d'amour, mais que je ne pouvais plus vivre seulement pour les lui éviter. Et que je l'aurais sans doute aimé si le sort, oui j'ai dit le sort, ne m'avait pas si étrangement enchaînée au marin de Gibraltar.

Elle fit une grimace.

— C'est une sinistre histoire, dit-elle.

— Continue.

— Je suis arrivée à Paris. Puis, pendant trois jours, je me suis promenée, un peu partout. Je n'avais pas marché autant depuis Shanghai, cinq ans plus tôt. Au bout de trois jours, un matin, dans un café, j'ai vu, dans un journal qui traînait sur une table, une information sur mon mari. Il s'était tué. Un héros de Londres a mis fin à ses jours. C'était le titre de l'information. Ces choses-là, dans le milieu de mon mari, faisaient l'objet d'informations. Mais tu vois, c'est terrible, la première chose à laquelle j'ai pensé en lisant ça, c'est que puisque c'était dans le journal, lui pouvait le lire. Une manière de lui donner de mes nouvelles. Mon hôtel était occupé par des F. F. I., excepté le premier étage, où se trouvait ma chambre. J'ai été trouver les F. F. I. et je leur ai demandé de me laisser occuper ma chambre pendant trois jours. Ils me l'ont permis et même de disposer d'une ligne de téléphone. Pendant trois jours, après que l'information fut passée, je suis restée dans cette chambre. La concierge m'apportait à manger en pleurant, elle aussi,

239

elle avait lu l'information. Elle comprenait, disait-elle, mon chagrin. L'information précisait qu'il s'était tué parce que ses nerfs fragiles avaient été trop éprouvés par la guerre. J'ai donné trois jours au marin de Gibraltar pour arriver à Paris au cas où il ne s'y serait pas trouvé, et venir me rejoindre. En somme pour être sûre qu'il vivait. J'ai lu, je ne sais plus quoi. S'il n'avait pas téléphoné, alors je me serais tuée. Je me l'étais promis, c'était là la seule chose qui me permettait de ne pas trop penser à ce que j'avais commis en quittant Londres. J'ai adjuré le sort de me le rendre et pour cela je lui ai donné trois jours. Le soir du deuxième jour, j'ai reçu son coup de téléphone.

Elle s'arrêta encore une fois de parler.

— Après ?

— On a vécu cinq semaines ensemble, puis il est parti.

— Ça... a été comme avant ?

— Ça ne pouvait pas être comme avant. Nous étions tout à fait libres.

— Mais raconte.

— On s'est parlé davantage. Un jour il m'a dit qu'il m'aimait. Ah oui, puis un autre soir je lui ai reparlé de Nelson Nelson. On en avait un peu parlé quand on s'était retrouvés, mais comme ça, pour en rigoler. Ce soir-là je lui ai dit que je savais que lorsqu'il était très jeune, il avait été renversé par une auto, qu'on l'avait fait monter dans l'auto pour le conduire à l'hôpital, que le patron de cette auto était vieux, gros et qu'il lui avait demandé s'il avait mal, qu'il lui avait dit que non. Il n'a pas résisté. Il m'a raconté la fin de l'histoire. Il m'a dit que l'Américain lui avait dit : la tête saigne toujours beaucoup, et qu'il avait trouvé qu'il le regardait avec un drôle d'air. Que comme c'était la première fois qu'il roulait dans une bagnole pareille, il lui avait demandé quelle marque c'était et que l'Américain lui avait dit que c'était une Rolls Royce, en souriant. Que tout de suite après il avait ouvert son pardessus et qu'il avait sorti de son gilet un très gros portefeuille. Qu'il l'avait ouvert. Qu'on voyait clair dans l'auto à cause des becs de gaz. Que l'Américain avait sorti une liasse de billets de mille francs et qu'il avait vu qu'il en restait au moins quatre dans le portefeuille. Qu'il avait enlevé l'épingle de la liasse qu'il tenait et qu'il avait lentement commencé à compter. Qu'il saignait beaucoup et qu'il voyait mal, mais qu'il l'avait vu compter, que ça, il l'avait bien vu. Mille francs. Il m'a dit qu'il se souvenait encore de ses doigts blancs et gras. Deux mille francs. Qu'il l'avait regardé encore une fois. Puis qu'il avait hésité, puis qu'il avait pris le troisième billet. Puis le quatrième, en hésitant encore plus. Puis qu'il s'était arrêté à quatre, qu'il avait replié la liasse et qu'il l'avait remise dans le portefeuille. Que ç'avait été à ce moment-là qu'il l'avait tué. On n'en a jamais plus reparlé.

Elle s'arrêta une nouvelle fois de parler et me considéra, un peu moqueuse, mais toujours très bienveillante.

— Tu n'aimes pas beaucoup cette histoire, dit-elle.

— Ce n'est pas une raison, dis-je, je voudrais quand même la connaître.

— C'est lui ? Lui, qui ne te plaît pas ?

— Je crois que oui. Je veux dire, les marins de Gibraltar.

Elle attendait que je parle, souriante, sans reproche aucun dans le regard.

— Je me méfie un peu des destinées exceptionnelles, dis-je. Je voudrais que tu me comprennes.

J'ajoutai :

— Même de ces destinées-là.

— Ce n'est pas de sa faute, dit-elle doucement. Il ne le sait même pas que je le cherche.

— C'est de la tienne, dis-je. Tu voulais vivre le plus grand amour de la terre.

Je ris. Nous étions un peu saouls.

— Qui n'a pas voulu le vivre ? demanda-t-elle.

— Bien sûr, dis-je, mais on ne peut les vivre qu'avec eux, qu'avec des types comme lui.

— Ce n'est pas de leur faute, dit-elle, si on les aime pour de mauvaises raisons.

— Non, ce n'est pas de leur faute. Et puis les mauvaises raisons, qu'est-ce que ça veut dire ? Je crois qu'on peut aimer les gens pour les plus mauvaises raisons, je ne crois pas que ce soit ça.

— Mais si tu ne les aimes pas, pourquoi veux-tu entendre leur histoire ?

— Parce que ce sont ces histoires-là que je préfère.

— Les fausses histoires ?

— Non, si tu veux, les histoires interminables. Les bourbiers.

— Moi aussi, dit-elle.

— Je vois, dis-je en riant.

Elle rit aussi. Puis elle demanda :

242

— Si ce n'est pas ça, c'est quoi ?

— Pendant qu'il faisait son éblouissante carrière, dis-je, j'étais le cul sur une chaise à l'État civil, c'est peut-être pour ça.

— Je ne crois pas, dit-elle, que ce soit ça.

— Il devrait m'éblouir, dis-je.

— Oh non, dit-elle. Mais cet homme qui passe pour le déshonneur du monde, et qui le regarde, ce monde, avec des yeux d'enfant, il me semble que tout le monde doit pouvoir l'aimer...

— Tout le monde l'aime celui-là, dis-je. C'est celui que tu en as fait...

Elle écoutait attentivement.

— Celui qu'il est devenu, continuai-je, à cause de toi.

— Quoi ?

— Un justicier, dis-je.

Elle ne répondit pas, redevint sérieuse.

— Mais toi, dis-je, ça, tu ne peux pas le comprendre.

— Alors, dit-elle lentement, un assassin, ça doit être tout seul, perdu dans le monde ? Ça ne doit pas être recherché, jamais ?

— Mais bien sûr que non, dis-je, et même, chaque fois que c'est possible...

— S'il est un justicier, dit-elle au bout d'un moment, c'est sans le savoir.

— Mais toi tu le sais, dis-je. Il relève entièrement de toi. Continue ton histoire.

Elle le fit, d'assez mauvaise grâce.

— Il ne s'est plus passé grand-chose. Il y avait des

243

années qu'il n'avait plus eu de femmes, que de rencontre. Mais il prétendait que ça durait depuis plus longtemps que la guerre, depuis notre rencontre à Marseille. Il prétendait aussi que depuis cette nuit-là il avait eu de plus en plus envie de me revoir. Qu'il s'expliquait mal pourquoi.

« Dès que j'ai été là, il a trouvé de nouveau la vie belle. Je veux dire que très vite, il a souhaité que les bateaux repartent pour s'en aller. C'était moi qui lui donnais envie de s'en aller, mais il y avait déjà longtemps que j'avais choisi ce rôle auprès de lui. Il y avait quatre ans qu'il était enfermé en France. Pendant la guerre il avait fait de la résistance, et puis aussi un peu de marché noir. Quand je suis arrivée, il a commencé à manger régulièrement et il a parlé de s'en aller. Il disait que la police le rechercherait encore au moins pendant deux ans, mais qu'il préférait encore ça à la vie qu'il avait menée. Il ne pouvait pas s'habituer à l'idée que tous les ports étaient fermés, les bateaux, arrêtés. En somme, dès que je l'ai retrouvé, j'ai su que je le perdrais de nouveau. Il ressentait les frontières, comme d'autres, je ne sais pas, les grilles des prisons. Ce n'est pas une façon de parler. Depuis qu'il avait quitté le *Cypris,* il avait fait trois fois le tour du monde. Je le plaisantais, je lui disais que s'il continuait, la terre elle-même lui paraîtrait trop petite. Il riait. Il disait que non, qu'il n'avait pas encore trop souffert de l'exiguïté de la terre, que sa rotondité l'enchantait. Il la trouvait bien trouvée parce que de cette façon quand on s'éloigne de quelque endroit on se rapproche nécessairement d'un autre, et que lorsqu'on n'a pas de domicile on est mieux sur une terre de forme ronde qu'ailleurs. Il ne disait jamais où il s'arrêterait un jour, la prescription ayant joué. Il ne parlait que des voyages qu'il ferait.

« On n'a pas habité ensemble. Toujours par mesure de sécurité, et tout comme si la guerre continuait, j'ai pris une chambre à la semaine. Je me suis habillée modestement. Je ne lui ai pas dit que mon mari m'avait laissé sa fortune. »

La pluie, d'un seul coup, cingla les vitres du café. Elle alluma une cigarette, regarda la pluie.

— A ce moment-là tu étais sûre, dis-je, que jamais tu ne toucherais à cette fortune ?

— Sûre, dit-elle. J'ai même cherché du travail.

— Tu n'en as pas trouvé ?

— Je ne sais pas la dactylographie. J'ai trouvé une place d'entraîneuse dans une boîte de nuit, c'est tout. Je ne l'ai pas prise.

— Bien sûr, dis-je.

— Tout, dit-elle, mais pas la nuit.

— On ne peut jamais oublier qu'on a un yacht, dis-je, une fortune. Un jour, on s'en souvient...

— Dans certains cas, dit-elle, on peut l'oublier. Ce n'était pas le mien.

Elle se retourna encore une fois vers la pluie et lui sourit.

— Je ne suis pas une héroïne, dit-elle. Si j'avais abandonné le yacht, ç'aurait été pour me soulager la conscience, comme on dit. On n'est pas le héros de sa propre cause.

Elle ajouta plus bas, sur le ton de l'aveu :

— Je le sais bien, que sur les yachts, en général, dans le monde entier, les gens sont d'accord. Ce sont des objets scandaleux. Mais il y avait là ce yacht qui ne faisait rien, et moi, de mon côté, qui ne savais pas quoi faire de moi...

— Dans mon roman américain, dis-je, tu éloigneras bien des gens avec ton yacht. On dira, cette femme, sur ce yacht... Quand même... Cette...

— Quoi ?

— Cette inutile, cette fainéante...

— Et quoi encore ?

— Cette bavarde...

— Oh, dit-elle. Elle rougit.

— Anna, dis-je.

Elle se pencha vers moi, les yeux baissés.

— Tu as cherché du travail, dis-je.

— J'ai assez de cette histoire, dit-elle.

— C'est pour ça, dis-je, il faut vite la finir, qu'on s'en débarrasse.

— J'ai cherché du travail. Mais je n'ai pas eu le temps d'en trouver. Il est parti avant. De ce qui s'est passé entre nous, quoi te dire ? Ça a duré cinq semaines. Je n'aurais jamais cru ça possible. Cinq semaines avec lui. Il sortait tous les jours. Où ? dans Paris, il se promenait. Mais chaque soir il revenait et chaque nuit, ça recommençait. Et il y avait toujours de quoi manger quand il revenait. Je sais bien qu'il aurait été plus habile de le laisser un peu crever de faim, mais je n'en ai jamais eu le courage. Il avait eu trop faim déjà dans la vie. Un jour il a recommencé à jouer au poker. Il me l'a dit. J'ai espéré dans le poker. Ça a duré cinq

246

semaines. Je faisais le marché, le ménage, la cuisine. Je me promenais avec lui sur les boulevards. Je l'attendais. J'ai rencontré plusieurs fois, mais jamais avec lui, d'anciens amis de mon mari. On m'a invitée. Le chagrin m'a été un beau prétexte pour refuser toutes les invitations. J'ai même rencontré un jour les seuls amis qui connaissaient son existence, ceux avec lesquels nous étions lorsque nous l'avions rencontré à Marseille. Ils m'ont demandé de ses nouvelles, je leur ai dit que je n'en avais pas. Personne ne m'a soupçonnée d'être heureuse.

« Il a cherché du travail lui aussi. Une fois. Il est allé dans une compagnie d'assurances. Je lui avais fait faire de faux papiers. Il est devenu démarcheur. Au bout de deux jours il ne mangeait plus. C'était un homme que la vie n'avait pas habitué à l'enfer de la vie quotidienne. Je l'ai encouragé à cesser cette comédie. Il a recommencé à se promener et à jouer au poker. Et moi, j'ai recommencé à espérer.

« Quelquefois, on se saoulait. Il me disait : " Je t'emmènerai à Hong kong, à Sydney. On s'en ira tous les deux sur un bateau. " Et moi, quelquefois, je le croyais, je croyais que c'était possible, que peut-être il était possible qu'on ne se quitte plus. Je n'avais jamais pensé que j'aurais pu avoir un jour ce qu'il est convenu d'appeler une existence et ça m'effrayait un peu, mais je le laissais dire. Je le laissais croire sur lui-même des choses que je savais fausses, je l'aimais jusque dans ses erreurs, ses illusions, sa bêtise. Parfois je n'en revenais pas qu'on habite ensemble et lorsqu'il tardait trop a rentrer et que je m'inquiétais, seule, dans la chambre, dans un sens ça me rassurait.

« Cinq semaines. Un jour, les journaux ont annoncé qu'un cargo des Chargeurs Réunis partait de Marseille. Je me souviens. *Le Mousquetaire*. Il partait chercher du café à Madagascar. Puis un deuxième, un dixième, vingt cargos sont partis de tous les ports de France qui n'avaient pas été détruits. Il a cessé de jouer au poker. Il est resté allongé sur le lit, il fumait, il buvait de plus en plus. Très vite, j'ai désiré qu'il meure. Un matin il m'a dit qu'il allait à Marseille pour " voir un peu ce qui se passait ". Il m'a demandé de l'accompagner. J'ai refusé. Je ne voulais plus de lui, je voulais qu'il meure. Avoir la paix. Il n'a pas insisté. Il m'a dit qu'il reviendrait me chercher ou qu'il m'enverrait un mot pour que je vienne le rejoindre. J'ai accepté. Il est parti. »

Elle s'arrêta une nouvelle fois de parler. Je lui servis un verre de vin. La pluie diminua. La petite salle du café était si calme qu'on s'entendait respirer.

— Mais, demandai-je, pendant ces cinq semaines… tu es sûre que tu ne t'es pas, comment dire ? Que tu ne t'es pas un peu ennuyée ?

— Je ne sais pas.

Elle ajouta, un peu surprise.

— Je crois que la question ne se pose pas.

Je ne dis rien. Elle continua :

— Et même, si je m'étais ennuyée, ça n'aurait pas beaucoup d'importance.

— Quand même, dis-je en lui souriant, c'est ça le sort commun.

— Je ne te comprends pas.

— Je veux dire que j'aimerais beaucoup te voir aux prises avec le sort commun.

Elle eut un regard enfantin. Elle se troubla.

— Je crois, dit-elle, que les moments où je le retrouve... peuvent durer cinq semaines.

Elle réfléchit, et, sur un autre ton.

— Il me semble, dit-elle, que comme ça, tous les trois ou quatre ans je pourrais bien vivre cinq semaines avec lui.

— Il t'avait téléphoné.

— Il m'avait téléphoné.

— Il t'a dit : je peux te voir ?

— On ne peut pas raconter ça, dit-elle.

— Tu as envie de le raconter, dis-je le plus doucement que je le pus, et moi j'ai envie de t'entendre le raconter. Alors ? il a dit : je peux te voir ?

— Oui. Il m'a donné rendez-vous pour l'heure d'après dans un café de l'avenue d'Orléans. J'ai pris ma valise et j'ai quitté ma chambre. Je me suis assise dans la petite arrière-salle du café, face à une glace dans laquelle se reflétaient le bar et l'entrée. Je me souviens, je me suis vue dans cette glace, c'est drôle, je ne me suis pas reconnue, j'ai vu...

— ... la femme du marin de Gibraltar, dis-je.

— J'ai commandé un cognac. Il est arrivé peu de temps après moi, peut-être un quart d'heure après. C'est dans la glace que je l'ai vu entrer dans le café, s'arrêter, me chercher des yeux. J'ai eu le temps de le voir me trouver, toujours dans la glace et de le voir me faire un sourire timide, peut-être un peu embêté. Dès le moment où il a surgi de la porte tournante, mon cœur m'a fait mal. J'ai reconnu cette douleur. Je l'avais eue bien des fois sur le *Cypris,* quand il arrivait sur le pont, tout noir de mazout, ébloui par le soleil. Mais cette fois-là je me suis évanouie. Je ne crois pas que ça ait duré plus longtemps que le temps qu'il a mis pour venir de l'entrée jusqu'à ma table. C'est sa voix qui m'a réveillée. J'ai entendu qu'il disait quelque chose que jamais je ne lui avais entendu dire. Sa voix était un peu cassée, la guerre peut-être. Je ne m'étais jamais évanouie de ma vie. Lorsque j'ai ouvert les yeux et que je l'ai vu, penché sur moi, je n'y ai pas cru. Je me souviens, j'ai touché sa main. Alors, pour la deuxième fois il m'a dit : Mon amour. Qu'est-ce que c'était que ce drôle de langage ? Je l'ai regardé et j'ai vu qu'il avait un peu changé. Cette fois il était mieux habillé, d'un costume de confection encore assez neuf. Il n'avait pas de pardessus, mais il avait une écharpe. Il devait encore mal manger. Il était aussi maigre. Il a dit : Dis quelque chose. J'ai cherché, sans trouver quoi. J'ai été tout d'un coup très fatiguée. Je me suis souvenue que pour le revoir j'avais, quoi, tué mon mari. C'est même à ce moment-là que la chose a été claire. Ça m'a étonnée, je me suis étonnée de tellement l'aimer. Il a dit, brutalement : Tu vas me parler. Il m'a pris la main et il m'a fait mal. Je le lui ai dit : Tu me fais mal. C'étaient les premiers mots que je lui disais. Je crois qu'ils ne pouvaient pas être plus justes. Il a souri et il m'a lâchée. Alors on s'est regardé en face, de très près, et on a compris qu'il n'y avait pas de crainte à avoir. Que même de ce mort qu'il y avait maintenant entre nous, on ne ferait qu'une bouchée, que les choses étaient pareilles, qu'on l'engloutirait avec facilité dans notre histoire. Il m'a demandé : Tu l'avais quitté ? J'ai dit oui. Il me regardait avec curiosité, plus de curiosité peut-être que jamais. Je me souviens, la lumière de néon du café, elle était très forte et nous étions ensemble comme sous des projecteurs. Cette question de sa part m'a étonnée. Il a demandé encore : Pourquoi maintenant ? Je lui ai dit que c'était Londres, je ne pouvais plus vivre à Londres. Il a repris ma main et il l'a serrée. Je ne me suis pas plainte. Il a détourné son regard. Sa main était froide parce qu'il venait du dehors et qu'il n'avait pas de gants. Il a dit : Longtemps qu'on ne s'est pas vus. Sa main dans la mienne, j'ai compris qu'il n'y avait rien à faire, que ce serait encore de cet homme-là que le bonheur me viendrait, et le reste, le malheur. Je lui ai dit : De toute façon, je l'aurais fait, tôt ou tard. Il a pris son verre de cognac et il l'a avalé d'un trait. J'ai continué : il avait une telle habitude du découragement, et tellement de loisirs, tellement, pour l'entretenir... Il m'a coupé la parole. Tais-toi. Il a ajouté que c'était curieux comme il avait envie de me revoir. On ne se regardait plus. On était adossé contre le dossier de la banquette et on fixait le bar, dans la glace, face à nous. Il y avait du monde. A la radio on jouait des chants patriotiques. C'était la paix. J'ai dit : C'était quelqu'un de sympathique, c'est ce mariage qui n'a jamais ressemblé à rien. Il a répondu qu'il était à Toulouse la veille encore, qu'il avait lu le journal, qu'il n'était pas sûr que j'étais à Paris mais qu'il y était venu quand même. J'ai dit : Pourtant, je ne vois pas ce que j'aurais pu faire d'autre que me marier avec lui. Mais lui a continué à lui parler d'autre chose : quand je suis revenu le *Cypris* était parti depuis une demi-heure. La guerre aidant, depuis Marseille, il avait quand même dû penser à moi. Tu avais tout perdu ? Il a dit : Je gagnais. J'étais en train de gagner quand je suis parti. Il a ri, un peu confus. J'ai dit : Ça alors... et j'ai ri à mon tour. Il a dit : Tu ne le crois pas ? Ce n'était pas ça, mais je ne savais pas qu'il en aurait été un jour capable. Lui non plus il ne le savait pas. Un des joueurs avait dit l'heure qu'il était, il avait jeté ses cartes et il était parti en courant. Je lui ai dit : Tu es terrible. Et lui : Mais, même si j'étais arrivé à l'heure, qu'est-ce qu'on aurait fait ? Je n'ai pas répondu. Je me suis souvenue de quelque chose et je me suis mise à rire. Je lui ai dit : Tu sais, il s'appelait Nelson Nelson et c'était le roi du roulement à billes. Son regard s'est agrandi, il est resté figé de surprise et il a éclaté de rire. Non... il a répété : Le roi du roulement à billes, plusieurs fois. Je lui ai dit que s'il avait lu les journaux il l'aurait su. Il a répondu : Mais, je cavalais, comment veux-tu ? Il a recommencé à rire, il ne me regardait plus, moi aussi je riais. Il a demandé : Tu es sûre ? Je lui ai dit que sûre, je ne pouvais pas l'être tout à fait, mais qui peut inventer ça, le roi du roulement à billes ? Il répétait : Nelson Nelson, extasié. Il a eu un long fou rire. J'aimais à le voir rire... La tête sous l'échafaud, je me marrais encore... disait-il, le roi du roulement. Je lui ai dit qu'il aurait pu tomber plus mal, sur le roi des billes. Ah ! j'aimais le voir rire. Il a dit que c'était vrai, et aussi sur

252

le roi des cons. Il a dit, dans un souffle, comme s'il récitait : Réclusion à perpétuité pour avoir assassiné le roi des cons. On riait tout bas à cause des gens. Il a dit : Ah, si j'avais su, si j'avais su que c'était le roi des cons. J'ai demandé ce qu'il aurait fait. Il ne savait pas très bien, il l'aurait laissé courir — on n'assassinait pas le roi des billes — ce n'était pas sérieux. Quand son rire s'est un peu calmé, je lui ai dit que c'étaient les amis qui avaient dignement refusé sa marchandise qui me l'avaient appris. Alors il s'est souvenu : Même si j'étais arrivé à l'heure, qu'est-ce qu'on aurait fait ? Je lui ai expliqué que je n'avais jamais cherché à avoir une existence heureuse, une paye fixe, le cinéma le samedi et tout le reste. Il a dit qu'il le savait mais qu'on se serait quand même perdus tout d'un coup, au tournant d'une rue. Alors, je lui ai dit que lorsqu'on s'y attend, ce n'est pas la même chose. Il m'a expliqué lentement, avec effort, que c'était seulement après Shanghai qu'il s'était aperçu de... Il a cherché le mot. Je lui ai coupé la parole. Il n'a pas été surpris. Il a dit encore qu'il avait eu beaucoup d'autres femmes depuis qu'on s'était quittés, mais que ça ne lui avait jamais servi à rien. Je lui ai coupé la parole. Je lui ai demandé : Et après que tu m'as donné les photographies, c'était encore le poker ? Il a dit que non. Qu'il était resté devant un bureau de poste, le lendemain matin, qu'il avait attendu que la poste ouvre, qu'il avait demandé Paris, qu'il avait attendu longtemps. Et que lorsqu'on lui avait donné Paris, il avait raccroché. Voilà. Est-ce que ce n'était pas plutôt qu'il avait choisi de ne pas le faire ? Il a prétendu que non, que c'était bien la fatigue, qu'il dormait dans un dortoir, qu'il y avait des cas où on ne pouvait pas avoir de femme. Je ne lui ai jamais demandé d'autres explications. J'ai attendu un peu et je lui ai demandé : Et maintenant ? Il m'a dit qu'il avait une chambre dans un hôtel. Je rougissais encore lorsqu'il me regardait. Il m'a demandé : A force de te connaître, je ne sais plus. Est-ce que tu es si belle que ça ? Je lui ai dit que oui. Il a encore dit qu'à Marseille il était fatigué, mais qu'il avait eu une si grande envie de me revoir que lorsqu'il avait eu Paris, il n'y avait plus vu clair. Puis voilà.

— Quoi ?

— Il s'est rapproché de moi, tout d'un coup, il a ouvert mon manteau, il m'a regardée, il a dit nom de Dieu. Et voilà. Et tout a recommencé.

— Et toi ?

— Je lui ai dit que c'était un salaud. Tout a recommencé.

— Alors, dis-je, tu as retrouvé ta jeunesse, l'odeur ensorcelante des soutes et les océans fantastiques qui s'étaient étalés sous votre désir. Et le néon du café, tout à l'heure si cruel, est devenu un soleil si chaud que tu t'es couverte de sueur.

Je commandai une nouvelle carafe de vin au patron.

— Excuse-moi, dis-je, et j'ajoutai : Tu aimes raconter ces choses.

— Qu'est-ce que tu veux que je te dise d'autre ? dit-elle.

Je ne répondis pas. Elle ajouta, un peu triste, à voix presque basse :

— C'est vrai que j'avais envie de te les raconter.

— Et après ?

— Je te l'ai dit. On a vécu cinq semaines ensemble et puis il est parti.

— Après qu'il fut parti ?

— C'est moins amusant, dit-elle, elle se força à sourire. J'ai quitté Paris et j'ai loué une chambre à la campagne. J'étais découragée, mais tellement, que trois semaines se sont passées sans que je revienne à Paris chercher sa lettre. C'est là que j'ai commencé à me dire que ce n'était pas la peine, qu'il n'y aurait pas de lettre. A devenir raisonnable, quoi. Puis, quand même, je suis allée à Paris. Aucune lettre n'était arrivée à notre petit meublé. Je ne suis restée à Paris que deux jours. Je suis repartie à la campagne. Je croyais pouvoir y rester longtemps. J'y suis restée huit jours. Je suis encore repartie. Je suis allée de ville en ville vers le sud, vers la frontière espagnole jusque, et sans le vouloir tout à fait, très près de mon village natal. Une fois là, je suis descendue dans un hôtel et je suis restée enfermée jusqu'au soir. Je me suis souvenue de frères et de sœurs, dont quelques-uns étaient très jeunes lorsque j'étais partie. Peut-être, est-ce que j'avais du remords. Dans la nuit j'ai retrouvé le petit bistrot. La France était libérée et les fenêtres n'étaient plus camouflées. J'ai tout reconnu. Il y avait là quatre personnes, mon père, ma mère, une sœur, un frère. Mon père dormait sur sa chaise. Ma mère tricotait un bas. Ma sœur lavait la vaisselle. Mon frère, assis derrière le comptoir, attendait les clients en lisant *Le Parisien libéré*. Ma sœur avait vieilli, mon frère était grand, fort, il bâillait tout en lisant. Je ne suis pas entrée, ç'a été, dès que je

255

les ai revus, comme si je venais de les quitter à l'instant. Je n'ai éprouvé aucun besoin de leur parler, de les reconnaître, de leur expliquer. Je suis repartie le lendemain. Et encore une fois, à Paris. L'hôtel de mon mari était vide, la concierge a encore pleuré en me voyant revenir, c'était une femme sensible. Elle a dit : Quand on pense, à notre pauvre Monsieur. Là non plus il n'y avait pas de lettre. Le jardin était en friche, plusieurs vitres manquaient aux fenêtres de ma chambre. J'ai payé la concierge, et je lui ai dit que je repartais en province, que j'allais revenir. Puis je suis retournée dans le petit meublé, je l'avais gardé. Et une fois là, le soir, j'ai fait une chose que je ne me serais jamais crue capable de faire un jour. J'ai téléphoné à d'anciens amis de mon mari pour passer la soirée avec eux. Pas n'importe lesquels. Ceux qui précisément étaient avec nous lorsqu'on l'avait rencontré à Marseille. Ils m'ont invitée. Leur voix au téléphone, c'était déjà affreux, dégoûtant, mais j'y suis allée quand même. Ils ont été très polis et ils ont pris un ton de circonstance. Et alors, dites-nous, ces choses-là sont pénibles, mais peut-on savoir comment ça s'est passé ? Je ne leur ai pas dit, je me suis en allée très vite. Le lendemain j'ai quitté Paris pour la troisième fois et je suis partie sur la Côte d'Azur. J'ai loué une chambre, encore une fois, mais qui donnait sur la mer. Il faisait encore assez chaud pour se baigner. Je me suis baignée tous les jours, et même plusieurs fois par jour. Et pour la première fois je n'ai pas eu trop envie de repartir encore. Je ne savais pas du tout ce que je pouvais bien faire de moi. Un mois est passé. Puis, petit à petit, j'ai recommencé à regretter ce que j'avais fait. A regretter de ne pas l'avoir suivi à Marseille et même plus loin. Voilà. Et puis un jour je me suis souvenue de ce yacht et il m'est venu cette idée que je pouvais me mettre à le rechercher. Et à essayer encore une fois d'avoir, ou avec lui, ou sans lui, ce qu'on appelle une existence.

« Ce n'est certainement pas lorsque je l'ai décidé que mon envie de le revoir a été la plus forte. C'est, je crois, le contraire. Mais c'est quand même ça que j'avais le plus envie de faire de moi.

« Je suis allée en Amérique, j'ai récupéré ma fortune, j'ai fait remettre le yacht en état et je suis partie.

« Il y a maintenant trois ans que je le cherche. Je n'ai pas encore retrouvé sa trace. »

Je lui servis du vin qui restait dans la carafe et je pris le reste. On le but sans rien dire, puis on fuma une cigarette, longuement.

— Voilà, dit-elle, je n'ai plus rien à te raconter.

J'appelai le patron et je lui demandai l'addition. Puis je lui proposai de faire un tour dans la ville avant de remonter à bord.

Elle ne refusa pas, elle n'accepta pas non plus. Elle se leva aussitôt après moi et on sortit du restaurant. Le temps s'était levé, il faisait moins chaud. L'ondée avait dû être assez forte, les rues étaient encore mouillées et aux endroits mal empierrés il y avait des flaques d'eau. Était-ce l'heure plus avancée de l'après-midi, ou l'orage ? La ville paraissait presque heureuse. Il y avait beaucoup plus de monde dans les rues que lorsque nous étions arrivés. Tous les enfants de la ville étaient dehors, pieds nus dans les flaques d'eau. Elle les regardait, et davantage, me parut-il, que le matin. Peut-être s'étonnait-elle un peu que je ne lui dise rien — de temps en temps elle me jetait un coup d'œil à la dérobée. Mais cela ne l'empêchait pas de marcher avec plaisir. Nous marchions avec aisance, au même pas et nous aurions pu marcher des heures malgré le vin et la fatigue. Malgré l'heure, l'horaire qu'elle avait donné à Laurent avant de descendre. Il était déjà dépassé d'une heure, mais nous n'en parlions pas et nous nous enfoncions dans la ville dans le sens inverse du port. Au bout d'une demi-heure, on déboucha par hasard dans une rue très passante, entièrement bordée de magasins et que parcouraient dans toute sa longueur de vieux trams bondés. Je lui parlai un peu.

— Ça me fait penser à la petite ville de Sarzana, à côté de Rocca.

— J'y suis allée une fois accompagner Carla, dit-elle.

— Je préfère ces villes à toutes les autres. J'aime les choses ingrates du monde.

— Et encore ?

— Les villes ingrates, les situations ingrates. Ni les villes privilégiées, ni les situations privilégiées, ni aucune des choses privilégiées du monde.

Je lui souris.

— Peut-être que tu exagères, dit-elle.

— Oh non, dis-je. De ça, je suis sûr.

Elle hésita un peu, puis elle demanda :

— Tu saurais dire pourquoi ?

— Question de caractère, dis-je. Puis on s'y sent

plus à l'aise qu'ailleurs. Mais il doit y avoir une autre explication.

— Tu ne sais pas laquelle ?

— Je ne cherche pas à savoir laquelle.

Elle n'insista pas. Je lui serrai le bras et je lui dis :

— Je crois que je suis content d'être parti.

Elle eut un regard un peu soupçonneux, sans doute à cause de mon ton, et elle ne me répondit pas. Je lui dis encore :

— Si tu veux, à la prochaine escale, on descendra encore.

— Si tu veux.

Elle se détendit et ajouta en souriant :

— Mais je n'aurai plus rien à te raconter.

— On peut toujours parler d'autre chose, dis-je.

Elle sourit tout à fait.

— Tu crois ?

— J'en suis sûr. Tout le monde a des histoires à raconter, tout le monde a une histoire, non ?

— Tu sais, dit-elle lentement, tu sais que tout est toujours possible ? Je veux dire qu'il est toujours possible qu'il soit au coin de la prochaine rue ?

— Je sais, dis-je, et même déjà, à bord, en train de nous attendre.

— Oui, dit-elle en riant — mais à moitié —, c'est ça, chercher quelqu'un.

— Je sais. Mais je suis sûr que le marin de Gibraltar est un homme compréhensif.

On marcha un moment sans rien dire.

— C'est curieux, dit-elle, je ne me pose jamais la question de savoir ce que je ferais si je le retrouvais.

— Jamais ?

— Presque jamais.

— Chaque chose en son temps, dis-je. On rit.

— Je ne peux pas penser plus loin, dit-elle, que le moment où je le reverrai. Que le moment où il se trouvera là, devant moi.

— Maintenant, dis-je, la prescription a joué. C'est un homme libre que tu cherches, non ?

— Oui. Un peu un autre homme.

— Et c'est toujours dans les ports du crime que tu continues à le chercher.

Je ris un peu comme Bruno quand il prétendait qu'elle se moquait du monde. Elle l'accepta très bien.

— On ne peut pas chercher partout à la fois, dit-elle.

Nous avions quitté la rue commerçante et nous arrivions au bout de la ville. On la vit qui s'éteignait lentement vers des champs de maïs.

— Il n'y a pas de raison, dis-je, il faut quand même rentrer.

On retraversa la ville dans son entier, ce n'était pas long, vingt minutes à peine pour arriver au port. Un peu avant d'arriver, elle dit :

— Quand tu me parleras, qu'est-ce que tu me diras ?

— Tout ce que tu attends que je te dise, dis-je. Je ne m'arrêterai pas.

On arriva sur le port. Les marins n'étaient pas contents.

— Tu exagères, lui dit Laurent. Je me demande pourquoi tu te fabriques des horaires.

260

Mais il n'était pas vraiment de mauvaise humeur. Elle s'excusa :

— Je me le demande aussi, dit-elle, sans doute parce que ça fait plus sérieux.

Elle partit avec Laurent et je les vis entrer dans le bar. Ils avaient parfois à se dire des choses qui ne me regardaient en rien. Je m'en allai sur le pont, près du treuil et je m'allongeai à ma place habituelle. Il était tard et aucun marin ne se trouvait de ce côté-là du pont. Le bateau partit presque tout de suite. Il décolla lentement du quai et il s'éloigna. Quand il fut hors de la rade, au lieu de tourner vers le sud, il vira complètement sur lui-même et, avec lui, la côte italienne. En quelques minutes, je me retournai moi aussi, mais sans le vouloir et je me retrouvai tout à coup avec l'île d'Elbe devant moi. Elle ne m'avait rien dit. Comme je ne m'y attendais pas, cela me fit rire. Elle venait donc de donner l'ordre de piquer vers le nord, vers Sète, où l'attendaient Epaminondas et le marin de Gibraltar. Je trouvais vaguement qu'elle aurait pu prévenir les gens. Le bateau prit de la vitesse. Peu à peu, l'île d'Elbe s'estompa et s'éloigna sur ma gauche, vers le sud que nous abandonnions. Le bateau augmenta encore sa vitesse, encore, et encore. Il marchait, je crois, le plus vite qu'il pouvait, en tout cas plus vite que jamais depuis notre départ de Rocca. Elle voulait rattraper le temps qu'elle avait perdu à me raconter l'histoire du marin de Gibraltar. La mer était parfaite, fantastiquement belle. Le soleil se coucha. Mais je n'eus pas, cette fois, le temps de voir arriver la nuit. Lorsque je m'endormis, le ciel était encore très clair. Mais on devait quand même être bien au large de l'Italie.

Lorsque je me réveillai, elle était assise à côté de moi. Il faisait tout à fait noir.

— J'ai dormi moi aussi, dit-elle.

Elle ajouta :

— Tu ne veux pas venir manger ?

J'avais dû dormir profondément et longtemps. J'avais, pendant ce temps, oublié qu'elle existait. Je m'en souvins tout d'un coup, je la reconnus, tout d'un coup, à sa voix. On se voyait très mal. Je me dressai, je l'enlaçai et je la fis basculer sur le pont, près de moi. Dans un mouvement brutal, comme parfois au sortir du sommeil, je la serrai très fort. Je ne sais pas très bien ce qui se passa ni combien de temps je la tins contre moi, serrée dans le noir.

— Qu'est-ce qui nous arrive ? demanda-t-elle très bas.

— Rien.

Je la lâchai d'un seul coup.

— Si.

— Rien, dis-je. J'ai trop dormi.

Je me relevai et je l'entraînai au réfectoire. Après la nuit, la lumière était éblouissante. Elle avait des yeux agrandis. étonnés, et plus, je trouvai, qu'elle n'aurait dû. J'avais cru comprendre qu'elle avait déjà compris ce qui se passait. Il y avait au réfectoire Laurent et un

autre marin, ils avaient fini de manger et ils bavardaient.

— A ce train-là, dit l'autre marin, on y sera vite à
Sète.

Laurent ne releva pas. Elle leur parla un peu, très
distraitement. D'Epaminondas. Le marin, Albert, lui
conseilla d'embarquer Epaminondas. Ni lui ni Laurent
ne firent allusion à son message. Ah, dit l'autre marin,
il n'y en avait pas deux comme Epaminondas. Elle était
d'accord, promit de l'embarquer et, très vite, cessa de
bavarder avec eux. Lorsque nos regards se rencon-
traient nous baissions les yeux. Nous ne pouvions pas
nous parler. C'était si évident que Laurent lui-même, il
me semble, le remarqua. Il quitta très vite le réfectoire.
Deux autres marins arrivèrent tout de suite après qu'il
fut sorti. L'un mit la radio. On donna des nouvelles de
la reconstruction en Italie. Elle prit un crayon dans la
poche de son pantalon et elle écrivit : « Viens » sur la
nappe en papier. Je ris. Et tout bas je lui dis que tous
les soirs, non, ce n'était pas possible. Elle ne rit pas,
n'insista pas, elle dit bonsoir aux deux marins et elle
s'en alla.

Je quittai le bar tout de suite après elle et je m'en
allai dans ma cabine. Je n'eus même pas la force de
m'allonger. Dans la glace je vis quelqu'un qui mordait
un mouchoir, pour s'empêcher d'appeler. Elle vint
presque tout de suite après que je fus arrivé.

— Pourquoi pas tous les soirs ? demanda-t-elle.

Je ne répondis pas.

— Qu'est-ce que ça peut te faire ? continua-t-elle,
même si... — elle sourit quand même —, d'être avec

moi tous les soirs ? d'être avec moi comme avec n'importe quelle autre ?

— Dans quelques jours, dis-je.

Peut-être était-ce encore la regarder que j'aimais par-dessus toute autre chose.

— Si j'avais su, dit-elle, je te l'aurais dit à toi aussi que je faisais une croisière.

L'idée nous fit rire. Elle s'assit au bord de ma couchette, les genoux relevés dans ses bras.

— C'est une histoire comme les autres, dit-elle, tu dois mal la comprendre.

— Ce n'est pas ça, dis-je, c'est même une histoire un peu conventionnelle.

Elle sourit, légèrement moqueuse. Elle était mal assise sur le bord de la couchette et ses sandales se détachèrent et tombèrent par terre.

— Alors ?

— Ce n'est pas à cause de cette histoire. C'est que c'est très fatigant.

Elle baissa les yeux et regarda, comme moi, ses pieds nus. Assez longtemps. Puis sur un ton très différent, sur celui de la conversation ordinaire, elle me demanda encore une fois :

— Alors, dis-moi, qu'est-ce qui nous arrive ?

— Il ne nous arrive rien.

J'eus une voix sans doute un peu dure. Elle sourit encore.

— Je t'ai dit que j'avais dormi tout à l'heure, dit-elle, mais ce n'est pas vrai. Je n'ai pas pu dormir.

— Eh bien, dis-je, c'est une bonne raison pour dormir plus tôt ce soir.

Elle ne releva pas.

— Tu sais, dit-elle, qu'il y a de grandes différences entre dire les choses et ne pas les dire ?

— Tu me l'as dit. Mais je ne savais pas qu'il y en avait à ce point.

— Moi, dit-elle, je le savais.

Elle ajouta, raisonnable.

— Il faut que tu trouves quelque chose à faire sur ce bateau.

— Je vais pêcher le hareng.

Elle ne rit pas du tout.

— Retourne dans ta cabine.

Je dus crier un peu. Mais elle ne bougea pas plus que si je n'avais rien dit. Elle se prit la tête dans les mains et resta ainsi, comme pour l'éternité.

— C'est vrai, dit-elle à voix basse, que ça fait beaucoup de différence. On réapprend toujours les choses.

— Tu es idiote.

Elle releva la tête et avec une ironie calme, elle dit :

— Mais tu le sais, non, qu'on arrivera à se parler ?

— On se parlera, dis-je, on fondera une petite famille tout ce qu'il y a de provisoire et d'irrégulier. Retourne dans ta cabine.

— Je vais y retourner, dit-elle doucement, ne t'en fais pas.

— Un jour, dis-je, quand tu seras un peu moins idiote, je te raconterai une histoire marrante, longue, qui n'en finira plus.

— Laquelle ?

— Laquelle veux-tu que ce soit ?

Elle baissa les yeux. Je me retenais à la porte pour ne

265

pas aller vers elle. Elle le voyait parfaitement bien.

— Maintenant, dit-elle, raconte-la maintenant.

— C'est beaucoup trop tôt, comment veux-tu ? Mais je te dirai bientôt quelles sont ses caractéristiques les plus remarquables. Je te dirai aussi l'art de le chasser. Ce sera interminable.

— Sur l'art de le chasser, dit-elle — un peu surprise —, personne au monde ne peut m'apprendre quelque chose.

— Sur l'art de le chasser ensemble, oui, je crois que je pourrais t'apprendre quelque chose. Retourne dans ta cabine.

Elle se leva, remit docilement ses sandales, et s'en retourna dans sa cabine. Je pris une couverture et je m'en allai dormir sur le pont.

La fraîcheur, encore une fois, me réveilla. On venait de doubler le cap Corse, il devait être un peu plus de cinq heures. L'odeur du maquis portée par le vent arrivait jusque sur le bateau. Je restai sur le pont jusqu'au lever du soleil. J'eus le temps de voir disparaître la Corse de l'horizon et de sentir s'évanouir peu à peu le parfum du maquis. Puis je descendis dans ma cabine. J'y restai, à moitié somnolent, la plus grande partie de la matinée. Puis je remontai sur le pont. Je ne la vis qu'à midi, au déjeuner. Elle paraissait calme et même gaie. On évita de se parler, de se trouver seuls ensemble dans le bar. Je regrettais cette habitude que nous avions déjà prise de manger à la même table. Mais nous ne pouvions plus faire autrement, n'était-ce qu'aux yeux des marins. Je la quittai vite après le déjeuner et j'allai retrouver Laurent qui, ce jour-là, était de quart dans la chambre de barre. On parla de choses et d'autres. Pas d'elle. Du marin de Gibraltar. De Nelson Nelson. J'étais là depuis une demi-heure, lorsque à son tour, elle arriva. Elle parut un peu surprise de me trouver là mais le marqua à peine. Elle donnait l'impression, pour la première fois depuis que je la connaissais, d'être un peu désœuvrée. Elle s'assit aux pieds de Laurent et se mêla à notre conversation. Nous étions en train de parler de Nelson Nelson et nous riions.

— On dit, dit Laurent, qu'il était dans ses habitudes de faire de belles pensions viagères à ses victimes. Il s'était acquis de cette façon une réputation de générosité. Et cela le servait doublement. Comme il était obligé d'aller très vite en voiture à cause de ses importantes affaires, il avait minutieusement calculé qu'il aurait perdu plus de temps en allant prudemment qu'en écrasant quelqu'un de temps en temps.

— Tu as de l'imagination, dit-elle en riant.

— J'ai lu ça quelque part, dit Laurent. Il avait vingt-cinq écrasés à son actif, il n'a pas dû se tromper de beaucoup dans son compte avec ton marin de Gibraltar.

— Il s'est quand même pas mal trompé, dis-je.

— Ah ça, dit-elle, on peut, sans se tromper, l'affirmer.

— Tu m'éblouis, dit Laurent.

— Quel dilemme, dis-je, que celui-là ! Est-ce que tout le monde n'aurait pas agi comme Nelson Nelson ? Quel dilemme quand on y songe.

On riait tous les trois, surtout elle et moi. Mais tout en n'oubliant pas, c'était très clair, qu'en dehors de la présence de Laurent, on n'aurait plus eu du tout envie de rire.

— La trouvaille, dit-elle, c'est précisément de l'en avoir fait sortir, de ce dilemme.

— Est-ce que quelqu'un au monde sait ce qu'aurait dû faire ce pauvre Nelson deux fois, dit Laurent.

— Ce n'est pas une raison, dit-elle. Je crois — j'y ai pensé — que c'était encore de mourir, la seule chose qui lui restait à faire. Il avait fait dans sa vie beaucoup, beaucoup, de roulements à billes, il en était le roi. Tous les véhicules du monde circulaient sur les billes Nelson, non ? Alors, comme il n'y avait aucune chance pour que la terre en eût un jour besoin pour circuler autour de son axe, la vie imaginative de Nelson Nelson tournait pour ainsi dire en rond. C'est pour ça qu'il est mort, faute d'imagination.

— Tu es en forme, dit Laurent.

— Pourquoi ne lui a-t-il pas dit par exemple ceci : « Le roulement à billes, entre nous, j'en ai un peu assez, à l'occasion de votre accident je vais changer et donner dans la générosité. » Il courrait comme un lapin.

Elle s'arrêta, alluma une cigarette.

— Ou bien, continua-t-elle, s'il lui avait dit simplement : « Ce sang qui coule de votre jeune tête, comme il me fait souffrir », ça ne lui aurait pas coûté un sou et il courrait encore comme un lapin.

— Mais toi, non, dit Laurent.

268

— C'est vrai, dit-elle. En somme ça tient à une phrase...

— T'aurais bien trouvé autre chose, dit Laurent, je suis bien tranquille.

— Il n'y a pas que le roulement, dis-je.

Personne ne répondit.

— Au fait, c'est vrai, demandai-je, il y a quoi ?

— Le fer, dit-elle. Toujours le fer. Que ce soit celui des billes, ou celui des yachts...

Elle vit que j'aurais bien aimé une explication supplémentaire.

— C'était, dit-elle, le fils unique d'une énorme fortune tout entière édifiée sur le fer.

— Mais un honteux du fer, dit Laurent.

— Il avait fui les siens, dit-elle, en prenant la mer, tu sais bien, chez ces gens-là... — Elle sourit. — Mais le fer les unissait toujours. La preuve...

— Ne serait-ce, dis-je, que par celui dont le yacht était fait.

— Un naïf du fer, dit Laurent. Mais maintenant, ajouta-t-il en riant, le fer, il est dans de bonnes mains.

Elle rit de bon cœur, toujours en évitant de me regarder.

— Quand même, dit-elle, ce n'est pas tous les jours qu'on a pour les assassins des attentions pareilles.

— Oh, dit Laurent, encore une fois, même sans assassin, t'aurais bien fini par trouver autre chose, je suis bien tranquille...

— Ce qu'il faut, dis-je, c'est une bonne obsession. Rien de tel.

— Pour ?

Elle se pencha vers moi.

— Un bon prétexte, dis-je.

— Pour ?

— Voyager, dis-je en riant.

Laurent se mit à chantonner. On ne se dit plus rien. Puis, brusquement, elle s'en alla. Je restai longuement près de Laurent. Une heure. Sans presque lui parler. Puis, moi aussi, je m'en allai. Je ne retournai pas dans ma cabine, mais sur le pont, toujours là, près du treuil. Je ne dormis pas. Lorsque j'arrivai au réfectoire, elle en partait. Elle ne me jeta pas un regard.

Cette nuit-là, encore une fois, pour éviter de l'attendre dans ma cabine, je dormis sur le pont. L'aube, comme la veille, l'avant-veille, me réveilla. Il y eut un jour entier que je ne l'avais pas vue seule. Mais j'étais aussi fatigué que si nous avions dormi ensemble. J'allai m'accouder au bastingage. Nous avions atteint la côte française. Nous la longions d'assez près. Les petits ports défilaient devant le bateau, des boulevards illuminaient la mer. Je ne regardais pas. J'appuyai ma tête contre le bastingage et je fermai les yeux. J'eus alors le sentiment de ne penser à rien, d'être plein de son image jusqu'à l'extrémité de mes mains. Elle dormait dans sa cabine et je ne pouvais rien imaginer d'autre que son sommeil. Les villes, qui défilaient à côté, n'avaient pas d'autre sens que celui de choses devant lesquelles s'étalait ce sommeil. Et déjà je crus que je ne pourrais pas résister longtemps à une telle violence, que bientôt il me faudrait lui parler. Je restai là, longtemps, le front sur le bastingage. Et puis le soleil se leva. Je descendis dans ma cabine, presque sans le vouloir, ivre de l'imaginer endormie. Elle y était. Elle avait dû m'y attendre longtemps et finalement s'endormir. Sur la table de nuit, il y avait une bouteille de whisky. C'était une femme déraisonnable. Elle dormait, tout habillée, le drap enroulé autour d'elle, ses sandales tombées par terre, les jambes découvertes. Elle n'avait pas dû boire beaucoup de whisky, la bouteille était à moitié entamée. Elle dormait pourtant très profondément. Je me couchai par terre, sur le tapis, je ne voulais pas qu'elle se réveille et j'évitais de la regarder longtemps. Je tenais beaucoup à son repos.

Une fois là, la sachant là, je réussis à dormir un peu. Je me réveillai avant elle. J'étais moi aussi tout habillé. Je sortis très doucement de la cabine et j'allai au réfectoire. Je bus beaucoup de café. Tous les marins étaient sur le pont. Il était neuf heures. Nous arrivions à Toulon. J'avais à peine dormi quatre heures. Lorsque je sortis sur le pont j'eus le même éblouissement que la veille, que chaque jour. J'étais sans doute mal habitué encore à la lumière de la mer.

Je descendis à Toulon le temps qu'on y resta, une heure. Je ne lui proposai pas de descendre. Je ne savais pas si j'allais remonter à bord. Mais je remontai à bord. La journée, malgré l'escale, fut interminable. Je la passai tout entière dans ma cabine. Elle ne vint pas m'y retrouver. Je la vis au dîner. Elle me parut aussi calme que la veille, mais avec, dans le regard, une sorte de fatigue heureuse, que je ne lui avais jamais vue.

Quelqu'un lui demanda si elle était malade, un marin, elle dit que non. Ce soir-là encore elle s'en alla vite dans sa cabine. J'allai aussitôt l'y retrouver.

— Je t'attendais, dit-elle.

— Je ne sais pas tout à fait ce que je veux, dis-je.

— Il faut, dit-elle lentement, que tu dormes sur le pont.

Je restai debout près d'elle qui était allongée sur la couchette. Je crois bien que je tremblais.

— Parle-moi, dit-elle.

— Je ne peux pas.

J'essayai de rire.

— Je n'ai jamais parlé à personne au fond. Je ne sais pas.

— Ça n'a pas d'importance, dit-elle.

— On est idiots. Moi aussi, je deviens idiot.

Ce fut elle, cette fois, qui me demanda de sortir.

Je dormis très peu, mais ce soir-là, dans ma cabine. Et je me réveillai aussi tôt que la veille. Toujours le café frais et brûlant après les nuits sans sommeil. Sur ce bateau on prévoyait qu'il fallait toujours du café pour ceux qui dormaient mal. Bruno vint vers moi. Il avait un drôle d'air.

— Tu es malade, dit-il.

Je le rassurai tout en m'appuyant à la porte du bar.

— C'est la lumière, dis-je, je n'y suis pas habitué.

Il me montra la côte en rigolant.

— Sète. On y sera dans une demi-heure. Il faudrait la réveiller.

Je lui demandai pourquoi il avait l'air de si bonne humeur.

272

— Je commence à trouver ça drôle, dit-il.

Laurent arriva et entendit ce qu'il disait.

— C'est pas trop tôt, dit Laurent. Il fait une gueule épouvantable depuis la Sicile.

— Tu descends toujours à Sète ?

— C'est-à-dire, dit Bruno, que je ne sais plus, si on trouve ça marrant, alors c'est vrai, on peut rester un peu plus. Il faut savoir prendre les choses.

Elle arriva très peu de temps après moi sur le pont. Elle m'appela de la porte du bar. On se dit bonjour avec bonne humeur et, pour la première fois, elle me demanda de mes nouvelles. Elle était vêtue comme d'habitude de son pantalon et de son pull-over noirs, mais elle n'était pas encore coiffée, ses cheveux pendaient sur ses épaules. Je lui dis que j'allais bien, que j'avais peu dormi. Elle ne me demanda plus rien. Elle but deux tasses de café, debout contre la porte, puis elle sortit sur le pont et regarda la ville. Elle dit bonjour à Bruno qui lui aussi regardait la ville, toujours en rigolant. Je savais qu'elle s'était inquiétée à propos de Bruno et elle fut contente de le voir rire. Elle rit avec lui. On aurait pu croire qu'ils riaient de voir la ville, c'était un étrange spectacle.

— Tu ne descends pas à Sète ?

— Peut-être pas encore, dit Bruno. Depuis que j'entends parler d'Epaminondas, j'ai envie de le connaître un peu.

— Je serais contente, dit-elle, si tu restais un peu.

Nous étions à une centaine de mètres d'un bassin. Sur le quai, un homme arriva et fit des signaux à

273

l'adresse du bateau. Elle lui répondit, en riant. Je vins près d'elle.

— Tu verras, dit-elle, il n'y en a pas deux comme Epaminondas.

— Et comme vous alors, dit Bruno, toujours en riant. On aurait dit qu'il avait bu toute la nuit.

Elle nous quitta pour aller se recoiffer. Lorsque le bateau accosta, elle était déjà revenue.

Epaminondas était jeune, et beau, et d'origine grecque. Je compris, au regard qu'il eut pour elle, qu'il se souvenait encore très bien de son séjour sur le bateau. La première chose que je vis de lui ce ne fut pas tellement son visage que — par l'entrebâillement de sa chemise, à la place de son cœur — un curieux tatouage. Un cœur aussi, calqué très exactement sur le sien et que, de part en part, traversait un poignard. Au-dessous de la lame, dans une pluie suspendue de gouttes de sang, un nom était écrit. Il commençait par la lettre A. Je ne pus voir plus loin. Comme il était ému de la retrouver, ce cœur tatoué battait en même temps que le sien propre et le poignard qui y était enfoncé bondissait dans sa blessure, spasmodiquement. Ç'avait dû être un grand et jeune amour. Je lui serrai la main avec chaleur, peut-être même avec un peu trop de chaleur. Elle s'aperçut des efforts que je faisais pour mieux voir son tatouage et elle me sourit, et elle me regarda pour la première fois, depuis Piombino. Et de façon que j'aurais pu croire qu'elle voulait me rassurer, qu'elle, elle savait que nous viendrions à bout de nos difficultés. Que c'était une question de patience, de bonne volonté, oui, de bonne volonté. On prit un verre dans le bar après les effusions d'Epaminondas avec les marins, surtout avec Laurent, qu'il avait bien connu Sans doute Epaminondas eût-il préféré être seul avec elle, mais elle insista pour que je reste avec eux. On prit une bouteille de champagne. Lui aussi, Epaminondas, me regarda, mais avec une curiosité plus modérée que la mienne. Il avait dû avoir le temps d'en voir quelques autres avant moi et ne devait plus s'étonner beaucoup de ce genre de choses. D'ailleurs je n'étais plus du tout gêné d'être regardé comme l'une d'entre les nécessités de l'existence d'une femme. La curiosité d'Epaminondas fut d'ailleurs vite satisfaite. Il commença son récit.

Epaminondas avait changé de métier. Il était devenu routier entre Sète et Montpellier. C'était dans l'exercice de ce métier qu'il avait eu l'occasion de rencontrer le marin de Gibraltar. Le marin de Gibraltar avait lui aussi, si on pouvait dire, changé de métier. Il tenait une station-service sur la route nationale, précisément entre Sète et Montpellier. Elle sourit en l'apprenant Moi aussi. Dès qu'Epaminondas commença à parler je fus la proie d'une irrésistible bonne humeur. Il racontait avec beaucoup de grâce. Il s'excusa, à propos de la station-service, d'avoir à lui apprendre une telle nouvelle, mais ajouta-t-il, les marins de Gibraltar faisaient ce qu'ils pouvaient et non jamais tout à fait ce qu'ils voulaient, il n'en était pas tout à fait pour eux comme pour les autres hommes. Cette station-service était ultra-moderne, elle marchait bien et devait rapporter pas mal d'argent. Le marin de Gibraltar en était gérant et même copropriétaire d'après ce qu'on disait.

On l'appelait, cette fois, Pierrot. Tout le monde connaissait Pierrot dans le département. Cependant personne ne savait d'où il venait. Il n'y avait que trois ans qu'il était arrivé dans l'Hérault, tout de suite, en somme, après la Libération. Son nom, Pierrot, n'était sans doute pas le sien, mais comme personne, même toi, ne connaît le véritable nom du marin de Gibraltar, qu'importait ? Qu'y avait-il de plus relatif que les noms, propres et autres ? Lui-même, Epaminondas, n'était-il pas surnommé Héraclès dans toute la ville de Sète ? et cela — il sourit, moqueur — sans qu'il ait jamais pu en savoir la raison ? Elle était d'accord. Pierrot avait une grande clientèle, continua Epaminondas. Quoi encore ? Il était français, et, autant qu'il avait pu en juger, à son accent, il devait avoir fait à Montmartre un séjour assez long. Pierrot était bricoleur comme pas un. Le dimanche, on le voyait passer dans une auto américaine qu'il avait achetée pour rien et qu'il avait rafistolée lui-même, un clou à l'origine, mais qui maintenant faisait du cent vingt dans un fauteuil. On ne connaissait pas de femme régulière à Pierrot, autre particularité. Il en avait beaucoup d'irrégulières, et même pas mal de clientes, les femmes riches, désœuvrées et insatisfaites des grands caviers de l'Hérault, mais il n'était pas marié et il vivait seul. Un jour, Epaminondas lui avait demandé pourquoi et Pierrot lui avait dit une chose qu'il regrettait d'avoir à rapporter à Anna.

— J'en ai eu une autrefois, avait dit Pierrot —

276

Epaminondas rougit et se marra très fort — mais elle m'a tellement collé au cul que je ne suis pas prêt à recommencer.

On rit beaucoup tous les trois. Epaminondas s'excusa encore, mais ne lui devait-il pas toute la vérité ?

La première fois qu'il avait vu Pierrot, Epaminondas avait été frappé. Alors qu'il n'imaginait rien, qu'il était à mille lieues de toutes ces histoires, il avait été frappé. Pourquoi ? Il n'aurait pas su le dire précisément. Était-ce par son allure un peu lointaine, chagrine, même, de héros de film ? Par son intrépidité de chauffeur ? Son succès auprès des femmes ? Sa solitude et le mystère qui l'entourait ? D'où vous vient qu'on reconnaisse quelqu'un sans l'avoir jamais vu ? D'où vous viennent ces évidences-là ? Pouvait-on, sans les déflorer à jamais, les élucider ?

Chaque jour, Epaminondas passait devant la station-service de Pierrot en allant chercher ses légumes — il était transporteur de légumes — au marché de Montpellier. Il passait vers onze heures du soir — Pierrot ne fermait qu'à minuit. Epaminondas s'arrêtait souvent et ils bavardaient un peu. Mais Pierrot était si peu bavard — encore une chose frappante, non ? — qu'il lui avait fallu des semaines pour le connaître un tout petit peu.

Mais maintenant ce tout petit peu faisait qu'Epaminondas en savait plus que tout le département — qui, lui, ne savait rien du tout — sur le compte de Pierrot. Pendant six mois, il s'était arrêté quatre fois par semaine — il faut ce qui faut — à la station-service. La première chose qu'il avait apprise c'était que Pierrot avait autrefois travaillé dans la marine. Une fois cela acquis, les choses avaient marché un peu plus vite. A chaque arrêt, ils avaient pris cette habitude de se souvenir, d'évoquer tel ou tel autre coin du monde où ils étaient passés au cours de leurs voyages. A ce propos, Epaminondas dit qu'il avait trouvé, comment ? plus habile de ne pas raconter à Pierrot dans quelles circonstances, lui, Epaminondas, avait voyagé, n'avait-il pas eu raison ? Il avait eu raison, approuva-t-elle. Le jour vint où ils parlèrent de Gibraltar, c'était fatal. Epaminondas avait demandé à Pierrot s'il connaissait.

— Quel est le marin, avait dit Pierrot, qui ne connaît pas Gibraltar.

Epaminondas en avait convenu.

— C'est bien placé, avait continué Pierrot. Son sourire avait paru significatif à Epaminondas.

La chose s'était arrêtée là ce soir-là. Epaminondas n'avait pas insisté. Il n'avait osé le faire que huit jours après. Il aurait pu attendre plus longtemps peut-être, mais il n'avait pas pu contenir sa curiosité.

— Un beau coin, avait dit Epaminondas, c'est Gibraltar.

— Si on veut, avait répondu Pierrot, ça dépend comme on le voit. En tout cas, c'est un point stratégique tellement formidable qu'on n'aurait pas pu l'inventer.

— Bizarre, aussi, avait insisté Epaminondas.

— Je te comprends pas toujours, avait répondu Pierrot, je vois pas.

Il avait eu, ce disant, un curieux sourire, un sourire plus curieux que la première fois. Comment le décrire ?

278

Comment décrire ton sourire à toi ? Ce sont des choses qu'on ne peut pas raconter.

Il y avait un point certain c'était que Gibraltar excitait l'imagination de Pierrot et qu'Epaminondas l'avait trouvé plus bavard à propos de ce détroit qu'à propos de n'importe quoi d'autre.

— Si tu prends une carte, lui avait-il dit aussi, et que tu vois ce rocher à l'entrée de la Méditerranée, alors tu crois au diable — il ajouta — ou au Bon Dieu, ça dépend comment t'es luné.

Est-ce qu'il n'était pas rare de rencontrer quelqu'un qui ait sur un détroit des opinions aussi personnelles ? Anna se leva et embrassa Epaminondas.

Il n'y avait pas que ça, continua Epaminondas, encouragé. D'abord il y avait qu'un soir il avait entendu Pierrot siffler un air de la Légion et que tout en sachant que nombre d'anciens marins connaissaient les chants de la Légion, c'était toujours ça, qui s'ajoutait au reste, et qui renforçait ses suppositions. Ensuite, il y avait qu'un soir, Epaminondas s'était trouvé en panne de dynamo et qu'il avait eu à ce propos une conversation tout à fait intéressante avec Pierrot. Epaminondas s'était arrangé — l'occasion était trop belle — pour faire croire à Pierrot que cette panne venait de lui arriver, alors qu'elle lui était arrivée la veille, et qu'il ne pouvait plus rouler comme ça.

— Si c'est que ton roulement à billes, avait dit Pierrot, je m'y connais un peu, on va voir.

Il s'était mis au travail. Un peu nerveusement peut-être, avait trouvé Epaminondas. Il avait démonté la dynamo, le roulement était en bouillie, et il l'avait remplacé Une fois le travail terminé Epaminondas avait essayé de parler un peu.

— C'est une belle invention, avait dit Epaminondas, que le roulement à billes quand on y pense un peu. Moi, je n'y connais rien.

— C'est comme pour le reste, avait dit Pierrot, il faut être du métier.

Il avait dit le mot métier sur un drôle de ton. Epaminondas avait trouvé entre ce ton et le meurtre, l'exécution, se reprit-il, de Nelson Nelson, une relation, peut-être lointaine, mais quand même...

— Celui qui a trouvé ça, avait continué Epaminondas, c'était pas le roi des cons.

— C'était peut-être pas le roi des cons, avait dit Pierrot, mais je voudrais bien me coucher.

Epaminondas s'excusa de le retenir si tard. Il avait encore un peu insisté.

— Quand même, c'est drôlement bien trouvé, avait-il dit.

— Tu as des admirations tardives, avait dit Pierrot, il y a vingt ans que c'est trouvé. Puis il est minuit dix.

Ça n'avait l'air de rien, mais dans le refus de poursuivre cette conversation, Epaminondas voyait comme une preuve, vague il est vrai, qu'elle lui tenait à cœur.

Il termina son récit. C'est tout ce qu'il avait pu faire, dit-il, comme s'il s'était agi pour lui d'une obligation inévitable, où qu'il se trouvât, de lui envoyer un message, de reconnaître, de retrouver à tout prix, un marin de Gibraltar. Il s'excusa de n'avoir pu, cette fois-ci. faire mieux, lui apporter d'autres preuves que celles-ci qui, il en convenait, relevaient plus de l'intuition que d'autre chose, de la réalité des faits. Mais, ajouta-t-il, il avait cru qu'elles n'étaient pas pour cela négligeables. Je me souvins de ce qu'elle m'avait dit, que c'était le troisième message depuis deux ans que lui envoyait Epaminondas. Je l'avais beaucoup regardé et écouté pendant qu'il avait parlé, et j'avais beaucoup ri aussi. Mais je crois bien que je l'avais cru. Et maintenant qu'il avait terminé et que lui-même y croyait à peine à son histoire et qu'il se soupçonnait lui-même, tout à coup, de ne l'avoir montée que pour qu'elle vienne le chercher à Sète parce qu'il avait assez du trajet entre Sète et Montpellier et qu'il avait envie de voyager de nouveau, je continuais à croire à sa sincérité. Elle aussi je crois. Celle-ci éclatait. S'il paraissait un peu déconfit n'était-ce pas aussi parce qu'il découvrait que cette reconnaissance était parfaitement incommunicable et qu'aucun récit ne pouvait en rendre compte — même à elle ?

Les yeux au sol, il attendait qu'elle parle. Elle lui posa les questions d'usage.

— Il est brun ?

— Brun. Un peu bouclé.

— Et les yeux ?

— Très bleus.

— Très très bleus ?

— Bleus simplement je n'aurais pas remarqué, oui, très très bleus.

— Tiens, dit-elle.

Elle réfléchit un petit moment.

— Vraiment tellement bleus qu'on les remarque tout de suite ?

— Tout de suite. Dès qu'on les voit on se dit : tiens, voilà des yeux bleus comme on en voit peu.

— Bleus comment, comme ta chemise, comme la mer ?

— Comme la mer.

— Et il est grand comment ?

— Difficile à dire. Un peu plus que moi.

— Lève-toi.

Elle se leva à son tour. Ils se mirent côte à côte. Les cheveux d'Anna arrivaient au bord supérieur de l'oreille d'Epaminondas.

— Moi, dit Epaminondas, je lui arrive là où toi tu m'arrives.

Elle mit sa main à la hauteur que ça faisait, au-dessus de la tête d'Epaminondas et le considéra assez longuement.

— Ce serait drôle, dit-elle, que tu te sois trompé à ce point.

Elle réfléchit encore.

— Et la voix ?

— Un peu comme s'il était toujours un peu enrhumé.

Je rigolais. Epaminondas aussi. Et elle aussi, mais moins que nous.

— Ça se remarque aussi tout de suite ?

— Moi, je l'ai remarqué tout de suite.

Elle porta la main à son front.

— Tu ne me racontes pas d'histoires ?

Epaminondas ne répondit pas. Comme moi, tout à

coup, il vit qu'elle avait beaucoup pâli. C'était arrivé d'un seul coup après qu'il eut parlé de sa voix. Personne ne riait plus.

— Pourquoi pas une station-service, dit-elle tout bas.

Elle se leva et dit qu'elle y allait. Elle descendit à la cale par l'écoutille qui se trouvait à la porte du bar. C'était dans la cale qu'étaient garées les deux autos du yacht. Je la suivis. Epaminondas eut l'air d'hésiter puis il descendit sur le quai pour, dit-il, prévenir Laurent qu'il fallait ouvrir le panneau. Il faisait très sombre dans la cale. Elle n'alluma pas. Elle se retourna brusquement vers moi et se jeta dans mes bras. Elle tremblait si fort que je crus qu'elle pleurait. Je lui levai la tête et je vis que non, qu'elle riait. Nous n'avions bu qu'une seule bouteille de champagne et il lui en fallait beaucoup plus d'habitude pour être saoule. Un bruit assourdissant s'éleva dans la cale fermée, l'engrenage que Laurent commençait à dérouler. Elle ne pouvait pas s'arracher de moi et je pouvais très difficilement la lâcher. Le panneau commença à s'entrouvrir. La cale s'éclaira un peu. Nous étions toujours dans les bras l'un de l'autre, elle à rire, moi à ne pas pouvoir la lâcher. Comme elle fermait les yeux, elle ne voyait pas que la cale s'ouvrait de plus en plus et que nous allions être en pleine lumière. J'essayai de l'éloigner de moi mais je n'y réussis pas encore. Il y avait deux jours que je dormais loin d'elle. Tout à coup la tête d'Epaminondas apparut, comme coupée par le bord supérieur du panneau. Je la repoussai brusquement. Epaminondas nous regardait. Il détourna la tête et s'éloigna. Elle se dirigea vers l'une des autos qui se trouvait à quelques mètres de l'entrée de la cale, face au panneau. Pour l'atteindre, elle devait contourner la deuxième auto qui lui obstruait le passage. Elle la heurta et tomba de tout son long contre l'aile. Puis, au lieu de se relever, elle resta tombée, entourant l'aile de ses bras. Laurent et Bruno la regardaient par le panneau ouvert, puis Epaminondas qui revint sur ses pas. L'idée ne me traversa pas tout de suite que je devais l'aider à se relever. Elle était posée sur l'aile, le corps à plat, les deux mains agrippées à son bord et j'eus le sentiment qu'elle se reposait et que c'était nécessaire. Ce fut Bruno qui cria, et quelque chose d'effrayant. Alors seulement je me précipitai vers elle et je la relevai. Je lui demandai si elle s'était fait mal, elle me dit que non. Elle monta dans sa voiture et mit le moteur en marche, elle avait un visage attentif et calme. Alors j'eus très peur. Je l'appelai en criant. Était-ce le bruit du moteur ? Elle parut ne rien entendre. Je criai encore une fois. Elle traversa le panneau qui était étendu entre le quai et le plancher de la cale et elle s'éloigna. Je courus à la porte de la cale et une dernière fois je hurlai son nom. Elle ne se retourna pas. Elle disparut derrière les grilles du quai. Je montai dans l'autre auto et je la mis en marche. Laurent arriva très vite, suivi d'Epaminondas et de Bruno. Ils m'avaient entendu l'appeler.

— Qu'est-ce que tu as ? dit Laurent.
— Je vais faire un tour.
— Tu veux que je vienne ?

Je ne le voulais pas. Epaminondas était pâle. Il avait

l'air de se réveiller d'un long sommeil. Il se trouvait devant l'auto.

— Quoi ? dit Bruno, ce serait...

— La preuve, dit Epaminondas en me désignant, d'un air à la fois affolé et fier.

Je lui criai de me laisser passer. Laurent le prit par le bras et l'écarta. Je vis encore Bruno qui haussait les épaules. Il dit à Epaminondas qu'il fallait nous laisser nous démerder tout seuls. Laurent, je crois, l'engueula.

Je la rattrapai à la sortie de Sète, dans une rue étroite où la circulation était ralentie par un marché. Je la suivis. Elle ne pouvait pas s'en apercevoir à cause de l'encombrement du marché qui demandait toute l'attention. Elle conduisait bien, avec souplesse et précision. Je fus à un certain moment à une dizaine de mètres d'elle. La route de Montpellier arriva. Elle accéléra. Son auto était sans doute plus puissante que la mienne, mais je réussis quand même à la suivre d'assez près, à deux cents mètres. Il devait faire très beau. Je ne savais pas pourquoi je la suivais, sans doute parce qu'il m'aurait été impossible de rester à bord à l'attendre. Je la voyais bien. Parfois, je la rattrapais presque, je ne la suivais qu'à cinquante mètres. Ses cheveux étaient retenus par un fichu vert, entre ce fichu et son pull-over noir on aurait eu la place de la tuer. Peu avant d'arriver elle se mit à rouler très vite, et elle roula à la même vitesse jusqu'à la station-service. J'eus du mal à la suivre. Mais ce fut très vite fait, un quart d'heure après avoir quitté Sète, au kilomètre dix-sept indiqué par Epaminondas, apparurent les superbes pompes à essence de couleur rouge manœuvrées par Pierrot. Sous le porche de la station il y avait déjà trois voitures. Elle ralentit, tourna, très correctement, et prit rang derrière elles. Je ralentis aussi, tournai et prit rang derrière elle, à quelque deux mètres d'elle. Elle ne m'avait toujours pas vu, du moins je le croyais. Elle me tournait le dos et je ne voyais d'elle, toujours, que sa nuque entre le fichu vert et le pull-over noir. Elle arrêta son moteur. L'homme, à quelques mètres de là, distribuait de l'essence, les yeux sur le manomètre d'une pompe. Elle se souleva de son siège, le regarda, deux secondes, et retomba un peu brusquement sur son siège. La première auto démarra. L'homme vint alors vers la seconde et il la vit. Il la regarda lui aussi. Il ne se passa rien d'autre que ce regard qui se prolongea. Il parut ne reconnaître personne. Son regard à elle je n'avais pas pu le voir. Le sien, il me semblait, s'adressait à une femme belle et seule, mais qu'il ne reconnaissait pas. Il remplit avec calme le réservoir de la deuxième auto, tout en la regardant de temps en temps. Il ne devait pas être tellement jeune. Mais je le voyais très mal. Elle se trouvait entre nous deux et sa présence faisait flamber l'air. Je ne voyais qu'un visage défait, comme décomposé par le feu.

Son tour arriva. Elle n'eut pas l'air de s'en apercevoir. On aurait dit, autant que je pouvais en juger, qu'elle s'était assoupie. L'homme s'approcha et dit en souriant :

— Vous avancez ?

Il fut à quelques mètres de moi en plein soleil Et

tout à coup, je pus enfin le regarder, je le vis. Je le reconnus. Je reconnus le marin de Gibraltar. Elle n'avait bien entendu aucune photo de lui et je ne lui avais jamais imaginé un visage quelconque. Mais je n'eus pas besoin de ces repères. Je le reconnus comme sans les connaître on reconnaît la mer ou quoi ? l'innocence. Cela dura quelques secondes. Puis ce fut fini. Je ne reconnus plus personne. Ce n'était pas son regard, mais celui de tout le monde. L'ombre de la commune résignation, bientôt, le recouvrit tout entier. On ne pouvait s'y tromper que pendant quelques secondes. Mais cela lui suffit à elle — elle me le dit plus tard — pour avoir manqué encore une fois de s'évanouir quand elle l'avait vu. Elle avança lentement vers la pompe à essence en serrant le trottoir. Une auto arriva derrière moi. Je la suivis pour lui laisser la place. Elle était toujours agrippée à son volant.

— Je voudrais vingt litres, dit-elle.

Je reconnus sa voix bien que je l'entendisse à peine. L'homme avait complètement retrouvé son visage. Il la regardait maintenant avec une sorte d'audace vulgaire faite à la fois de désabusement, d'assurance et de curiosité. Comment son visage avait-il pu naître ou qui sait, renaître, même pendant deux secondes, à cette ressemblance insensée ?

Alors qu'elle aurait dû s'éloigner, elle descendit de son auto. Elle tourna la tête et me vit. Elle devait savoir que j'étais là, elle n'eut pas l'air surprise. Elle eut un sourire que je ne lui avais jamais vu encore depuis que nous nous connaissions, insistant, défait. Elle me faisait savoir qu'elle n'avait pu oublier mon existence

287

une seconde, même durant le temps qu'elle avait cru l'avoir retrouvé et elle s'excusa, à mes yeux, d'avoir à reconnaître qu'il en était ainsi. Je fis un très grand effort pour ne pas l'appeler. Elle se retourna très vite vers l'homme. De dos elle me parut curieusement habillée, de son pantalon noir et de son pull-over de coton noir. Est-ce que son visage n'aurait pas dû maintenant faire fuir l'homme ? Pourtant, il ne fuyait pas le moins du monde.

— Je voudrais que vous vérifiiez mes pneus, dit-elle.

Je ne m'expliquais pas pourquoi elle voulait rester. Je dus faire un effort pour me souvenir que depuis des années déjà elle n'avait d'hommes que de rencontre et qu'elle se devait de garder l'habitude de cette habitude, sa fidélité. L'homme la regarda avec une curiosité alléchée. Mais il perdit un peu de son assurance, peut-être le sentiment le traversa-t-il qu'il se passait quelque chose entre elle et moi.

— Rangez-vous de ce côté, lui dit-il. Il faut que je serve les autres d'abord.

Il montra les clients dont j'étais. Elle remonta dans sa voiture et se rangea, mal.

— J'ai le temps, dit-elle.

J'avançai à mon tour. Je fus très près de l'homme. Il n'avait plus rien de commun avec celui que j'avais vu tout à l'heure. Je le trouvai un peu enfantin parce que si ignorant de ce qu'il avait failli être un moment avant et pour elle et pour moi.

— Dix litres, dis-je.

Il me regarda à peine. Non, il n'avait rien compris de ce qui se passait. Il me servit distraitement, il était pressé d'en finir avec ses clients pour s'occuper de la femme.

Je repartis sur la route de Montpellier en la laissant seule avec lui.

Il me restait trente kilomètres avant Montpellier. L'auto marchait bien. Le compteur monta à cent, puis à cent dix, puis à cent vingt. Je maintins le cent vingt autant que je le pus. Comme c'était la première fois de ma vie que j'allais aussi vite, et que la route n'était pas très bonne, je conduisais avec beaucoup d'attention. Ce n'était que lorsque je croisais une auto ou que j'en dépassais une ou encore que je ralentissais avant un tournant que je me souvenais, et qu'elle devait encore être là-bas, seule avec l'homme, et de son sourire lorsqu'elle s'était retournée vers moi.

J'arrêtai l'auto au milieu du trajet. Je n'avais rien à faire, je n'avais pas envie de rentrer encore. J'allumai une cigarette. Son sourire me revint à la mémoire et je le revis aussi parfaitement que si elle me l'eût adressé à l'instant. Mon front se couvrit de sueur. Je le revis une deuxième fois. Une troisième fois. Puis, j'essayai de ne plus le voir, de penser à autre chose, de me refuser à ce bonheur, de me souvenir par exemple qu'elle était seule avec l'homme à l'intérieur de la station-service, qu'elle était nue sous son pull-over noir, et encore qu'elle enlevait ce pull-over noir avec beaucoup de facilité. Mais son sourire était plus fort, il arrivait sur moi, toujours, et balayait tout ce que je pouvais imaginer, de sa puissance.

Je repartis vers Montpellier. Une fois aux abords de la ville, je m'arrêtai encore. Puis, je continuai jusqu'aux faubourgs. Là je laissai l'auto sur la route et j'entrai dans le premier bistro que je vis. Je pris un, puis deux, puis trois cognacs. Après je parlai au patron.

— Il fait rudement beau.

Je venais de m'en apercevoir à la faveur des cognacs et de la fraîcheur du bistro.

— C'est en effet un beau mois de septembre, dit le patron.

Il n'avait pas l'accent de l'Hérault et il parlait sur un ton châtié, très inattendu. Je n'eus plus envie de lui parler. Après un quatrième cognac, je le payai et je m'en allai sur un petit chemin qui prenait sur la droite, tout de suite après le bistro. Je ne savais pas quoi faire de moi. J'avais envie de la revoir autant que la première fois sur la plage, mais il fallait attendre qu'elle en ait fini avec l'homme de la station-service. Les cognacs aidant, je pensais davantage que tout à l'heure qu'elle était peut-être en train d'enlever son pull-over noir, mais c'était supportable. Je marchais. Tout le long du chemin il y avait des dalles mal rangées qui avaient dû être transportées là pour faire des trottoirs, puis être abandonnées en même temps que le projet des trottoirs à cause de la guerre. A force de les voir, au bout de cinq cents mètres je m'assis sur l'une d'elles. Puis j'attendis encore. Une sirène d'usine retentit dans le lointain. Midi. Aucune auto ne passait par ce chemin mais seulement, de temps en temps, un vélo. Il desservait des pavillons entourés de clôtures, très pauvres, autour desquels poussaient de maigres acacias déjà jaunis. La plupart de ces pavillons étaient en bois recouvert de papier goudronné. Des fils de fer traçaient entre eux des limites incertaines sur lesquelles du linge séchait. Des bruits de casseroles et de vaisselle, mêlés d'exclamations grondeuses, arrivaient jusqu'à moi. Les habitants des pavillons mangeaient.

Je m'aperçus tout à coup que je n'étais pas seul dans le chemin. Deux enfants passaient et repassaient devant moi. L'aîné paraissait avoir une dizaine d'années. Il promenait son petit frère dans une poussette depuis le tournant par lequel j'étais arrivé jusqu'à une excavation à ordures qui interrompait le chemin, une trentaine de mètres plus loin et de laquelle jaillissaient des emmêlements de ferraille et d'orties. Derrière, il y avait un court barrage de broussailles, puis c'était le pré avec ses deux buts de football, sans filets, jusqu'aux arbres de la route nationale où filaient des voitures. Une odeur de pourriture flottait dans l'air.

Depuis que j'étais arrivé, l'enfant avait raccourci son parcours afin de passer de plus en plus souvent devant moi. Je l'intriguais beaucoup. Le petit, lui, dormait dans la poussette. Sa tête ballottait de-ci de-là. De son nez coulait une morve transparente, arrêtée par le renflement de la lèvre supérieure. Ses cheveux raides étaient en désordre, ils tombaient dans ses yeux et quelques mèches en avaient été prises entre les paupières. Des mouches de fin d'été, insistantes, s'acharnaient sur son visage sans le réveiller. L'aîné, de temps en temps, s'arrêtait et me regardait. Il était pieds nus, maigre, avec des cheveux ternes et embroussaillés. Il portait une blouse de fille. Sa tête était petite et serrée. Ils étaient les choses les plus oubliées du monde qui se pouvaient penser. Comme je ne bougeais pas, l'aîné s'enhardit. Il arrêta son petit frère à quelques mètres de moi, puis il avança pas à pas dans ma direction, sans presque s'en apercevoir, rassuré par mon immobilité. Cela dura assez longtemps. Il m'examinait un peu comme il aurait fait d'un objet de terreur, d'effroi, d'une irrésistible nouveauté. Je levai la tête et je lui souris. Je dus le faire trop bruyamment. Il recula d'un pas. Sa sauvagerie était extraordinaire. De nouveau, je me tins immobile pour ne pas le faire fuir.

— Bonjour, dis-je, très doucement.

— Bonjour, dit-il.

Il se rassura un peu plus. Il avisa une dalle, à dix mètres de moi et il s'assit dessus. Je pris une cigarette et je la fumai. L'ombre de l'acacia était maigre et il faisait chaud. Je m'aperçus que l'enfant avait oublié son petit frère, la poussette était en plein soleil et l'enfant dormait toujours, la tête renversée dans le soleil.

— Ne le laisse pas au soleil, dis-je.

Il se leva, comme pris en faute, et poussa rudement la poussette de l'autre côté des dalles, à l'ombre de l'acacia. Le petit ne se réveilla pas. Puis il revint s'asseoir sur la même dalle que tout à l'heure et il se remit à me contempler en silence.

— C'est ton petit frère ?

Il hocha la tête sans répondre. Le parfum de la cigarette n'arrivait pas à dissiper l'odeur de pourriture qui flottait dans l'air. Les deux enfants avaient dû naître et grandir dans cette odeur.

— J'habite sur un bateau, dis-je.

Ses yeux se dilatèrent. Il se leva et s'approcha de moi.

— Un bateau grand comme d'ici à la maison, continuai-je.

Je lui montrai la distance de la main. Il suivit mon geste. Il ne fut plus du tout intimidé, plus du tout.

— C'est toi le commandant ?

Je ris malgré moi.

— Non, ce n'est pas moi.

J'avais envie d'un nouveau cognac, mais je ne pouvais me décider à quitter l'enfant.

— Moi, dit-il, c'est les avions que j'aime.

Il y avait dans ses yeux une sorte d'insatiabilité presque pénible. Pendant un court instant il m'oublia et pensa aux avions. Puis je le vis revenir de son rêve, s'approcher très près de moi et me considérer encore.

— C'est vrai ?

— Quoi ?

— Que tu habites sur un bateau ?

— C'est vrai. C'est un bateau qui s'appelle le *Gibraltar*.

— Si t'es pas le commandant, alors qu'est-ce que tu fais ?

— Rien. Je suis un passager.

Il y avait devant moi une ortie en fleur, superbe. Le temps n'en finissait pas de passer. Je me penchai et dans une sorte de déclic, je cassai l'ortie et je la froissai dans ma main. Pourquoi ? pour tordre le cou à cette durée. Je réussis. Je l'eus dans ma main et ça me fit très mal. J'entendis le rire de l'enfant. Je me levai. L'enfant cessa brusquement de rire et se sauva.

— Viens, lui dis-je.

Il revint très lentement, il réclamait une explication.

— Ça m'apprendra, dis-je. Je ris. Il me regardait attentivement.

— Tu savais pas que ça piquait ?

— J'avais oublié, dis-je.

Il se rassura. Il aurait bien voulu que je reste encore un peu.

— Je vais m'en aller. J'aurais bien voulu t'acheter un avion, mais je n'ai plus le temps. Un jour je reviendrai et je te l'achèterai.

— Il part, ton bateau ?

— Il part tout de suite. Il faut que je m'en aille.

— Et une auto, t'en as une aussi ?

— J'en ai une aussi. Tu aimes les autos ?

— Pas tant que les avions.

— Je vais rentrer. Au revoir.

— Tu reviendras ?

— Je reviendrai t'acheter l'avion.

— Quand ?

— Je ne sais pas.

— C'est pas vrai, tu reviendras pas.

— Au revoir.

Je partis. Je me retournai pour voir une dernière fois l'enfant. Il m'avait complètement oublié. Il tournait en décrivant de larges cercles, les bras étendus en avant comme des ailes, il jouait à l'avion. Le petit dormait toujours.

Lorsque je passai devant le kilomètre dix-sept, je vis qu'il ne se passait rien. L'auto n'y était pas. L'homme, assis sur un tabouret face à la route, attendait les clients tout en lisant un journal. Je m'arrêtai un peu plus loin et je pris le temps de fumer une cigarette. Puis, très vite, je retournai vers le bateau. Il y avait à peu près deux heures que nous étions partis. Epaminondas nous attendait tout en parlant avec Bruno. Il accourut vers moi. Comme nous avions été longs et qu'elle, elle n'était pas encore rentrée, il était plein d'espoir. Bruno, lui aussi, me sembla-t-il.

— Alors ? cria Epaminondas.

Je lui dis aussi délicatement que je le pus que je ne croyais pas que c'était tout à fait ça. Bruno haussa les épaules et se désintéressa de la situation. Il s'en alla.

— Si elle reste tant de temps, dit Epaminondas, est-ce que ce n'est pas pour en être plus sûre ?

— Peut-être, dis-je, conciliant, cherche-t-elle à savoir si c'est bien sûr que ce n'est pas lui.

— Je ne comprends pas très bien, dit Epaminondas. On sait très vite ces choses-là, on sait très vite si on a connu un homme ou si on ne l'a pas connu. Au bout d'une minute au plus, on le sait.

— C'était ce que je croyais moi aussi.

Je ne sais pas quelle gueule je pouvais bien avoir. Epaminondas me servit un cognac. Il en prit un à la même occasion.

— Quand même, dit-il, elle exagère. Il n'y a pas deux hommes qui se ressemblent à ce point, sur la terre, qu'on puisse les confondre une fois qu'on leur a parlé. Ça, ça n'existe pas.

Je ne répondis pas. Epaminondas réfléchit longuement.

— A moins, continua-t-il, que ça existe, qu'il en

295

existe qui se ressemblent assez pour qu'on puisse les remplacer l'un par l'autre. Je veux dire, si on décide de ne pas y regarder de trop près.

Il avait dû boire pas mal d'alcool tout en nous attendant et il avait des idées sur toute cette affaire.

— Remarque, dit-il, si elle veut, Pierrot, c'est le marin de Gibraltar. Suffit qu'elle le veuille. Il y en a marre, à la fin. Un jour ou l'autre, elle y arrivera. Elle dira c'est ça et ce sera ça et puis voilà, et qui pourra dire le contraire ? qui ?

— Pour ça, dis-je, c'est vrai, personne pourra dire le contraire.

Je lui offris une cigarette.

— Est-ce que je suis pas unique, moi aussi, dans mon genre ? Y en a marre à la fin des fins.

— On l'est tous, dis-je, dans notre genre. C'est ça qui est compliqué.

Ses pensées prirent un autre tour.

— Mais, dit-il tout à coup, si elle lui demande des nouvelles de Nelson Nelson ?

— C'est-à-dire, dis-je, c'est compliqué.

— Tu vas voir ce que tu vas voir, dit Epaminondas en ricanant, si Pierrot, c'est pas Pierrot, il dira qu'il n'a pas connu Nelson Nelson.

Il vit à mon regard que je ne le suivais pas. Mais peu importait.

— Pourtant, continua-t-il, une femme pareille, pourquoi ne pas reconnaître une femme pareille ?

— Faut pas exagérer, dis-je.

— A cause de la station-service ! se répondit Epaminondas à lui-même. Suppose que ce soit lui. Il est propriétaire d'une station-service ultra-moderne, il gagne de l'argent, la police lui fout la paix et il est content comme ça. Et la voilà qui s'amène et qui lui dit : plaque tout, suis-moi !

— C'est vrai, dis-je. Je n'y avais pas pensé.

— Il est capable de résister, non ? Qui sait, ajouta-t-il après un temps, s'ils ne discutent pas de ça depuis deux heures.

— Qui sait ? repris-je.

— Et la honte, dit-il, d'avoir abandonné son existence errante, comme on dit, la mer et tout le reste, pour finalement s'enraciner là, tout comme un autre, comme ses pompes à essence ?

— Il y a du vrai, dis-je, dans ce que tu dis.

Nous regardions les quais tout en parlant. Elle n'arrivait pas.

— C'est vrai que moi aussi, dit Epaminondas, j'ai abandonné la mer pour la route. Seulement moi, tu comprends, j'ai des comptes à rendre à personne. J'ai rien au soleil. Et le camion, il est même pas à moi. Alors je peux toujours partir.

Il s'arrêta un moment de parler et pensa sans doute à son propre sort.

— Crois-moi, reprit-il au bout d'un moment, c'est seulement si Pierrot n'est pas Pierrot qu'il lui avouera tout ce qu'elle voudra, Nelson et le reste. Tu devines dans quel but ?

— Je devine, dis-je.

Mais il lui restait quand même un doute. Il s'impatientait beaucoup de ne pas la voir arriver sur le quai.

— Plus ils sont beaux, les hommes, dit-il, moins on

les reconnaît. Pour les femmes, c'est un peu la même chose. Heureusement qu'il a cette cicatrice sur le crâne.

— Heureusement, dis-je.

— Mais pour arriver à fouiller dans les cheveux d'un homme, dit-il, faut du temps. Ce n'est pas tout de suite qu'on peut arriver à demander à un homme de fouiller dans ses cheveux...

Il se marra tout à coup, très bruyamment.

— C'est vrai qu'elle, elle va vite ! dit-il, excuse-moi, mais elle va vite !

— Un record, dis-je, c'est bien simple.

— Mais, continua-t-il, de nouveau sérieux, s'il l'a, la cicatrice, alors ? il pourra pas dire le contraire.

— Et encore, dis-je, machinalement.

— Tu te fous de ma gueule ? dit Epaminondas, blessé.

— Excuse-moi, dis-je. C'est vrai que s'il l'a... Je vais me reposer un peu.

Je le quittai et j'allai dans ma cabine. Il n'y avait pas dix minutes que j'y étais lorsque j'entendis son moteur sur le quai. Epaminondas m'appela à tue-tête, puis il l'interpella, du pont.

— Alors ?

— Hélas, dit-elle, hélas, mon pauvre Epaminondas.

— Qu'est-ce que tu fous alors depuis deux heures ?

— Je me suis baladée, dit-elle. Hélas, mon pauvre Epaminondas.

Je montai au bar. Ils étaient tous les deux installés à une table devant des verres de whisky. Elle évita mon regard.

— Mais quand même, dit Epaminondas en grognant, tu en as douté, non ?

— C'est-à-dire, dit-elle, que je commence à croire qu'on peut douter à volonté.

Je m'assis à côté d'eux. Elle avait les cheveux un peu défaits par le vent, ils sortaient par mèches de son béret.

— Je t'aurai encore une fois dérangée pour rien, se lamenta Epaminondas.

— Ce n'est jamais tout à fait pour rien, dit-elle.

Pour apaiser les craintes de son ami elle alla chercher une bouteille de champagne. Il me sembla qu'elle avait un air heureux. Epaminondas la regardait, effondré. Je débouchai la bouteille de champagne. Oui, elle avait l'air heureux de quelqu'un qui sort d'une pièce noire où il est resté très longtemps enfermé.

— En tout cas, dit Epaminondas, ça a pas l'air de te frapper beaucoup.

— On se fait à tout, dit-elle.

Elle évitait toujours de me regarder. C'était très évident. Epaminondas le remarqua-t-il ?

— Ça sera toujours un de moins, dis-je, qui ne sera pas lui.

— Si tu le prends comme ça, dit Epaminondas, on a le temps de voir venir.

Elle se mit à rire et moi aussi.

— Tu trouves ça marrant, peut-être ? lui demanda Epaminondas.

— Qu'est-ce qui n'est pas marrant ? dit-elle. Est-ce que je ne suis pas marrante, moi ?

— Pas toujours, dit Epaminondas. Aujourd'hui, t'es pas marrante.

— On se croit forte, dit-elle, et on est d'une faiblesse à pleurer.

— C'est de ma faute, dit Epaminondas, te voilà découragée.

— Faut savoir ce que tu veux, dit Anna. Quand je me marre tu n'es pas content.

— Et toi, dit Epaminondas, tu es sûre de savoir ce que tu veux ?

Elle me regarda et me sourit enfin, mais avec une telle impudence que j'en rougis. Et cette fois, Epaminondas le remarqua. Il se tut.

— Est-ce qu'on sait toujours ce que l'on veut ? me demanda-t-elle.

— Oui, dis-je, on le sait toujours.

Elle sourit encore. Je repris, vite, pour changer le cours de la conversation et retenir Epaminondas qui faisait déjà mine de se lever.

— Ne resterait-il qu'un seul homme sur la terre, qu'il faudrait encore espérer que ce serait celui-là. Quand on est sérieux il faut l'être jusqu'au bout.

Elle rit, à ce mot. Puis elle versa de nouveau du champagne dans les verres. Elle força Epaminondas à boire un peu plus.

— Ce n'est jamais tout à fait lui, dit-il, il y a toujours quelque chose qui ne va pas.

— C'est la troisième fois, dit-elle du ton de la conversation tranquille, qu'Epaminondas me le signale.

Je bus mon champagne.

— Nous nous heurtons, dis-je d'un ton dur, aux insondables mystères de l'identité humaine.

Epaminondas me regarda d'un air affolé. Anna le rassura.

— Il veut dire, dit-elle, que c'est très difficile de tomber exactement sur celui qu'on cherche. Tu te souviens ? Une fois il tenait un bordel à Constantinople. Une autre fois, c'était à Port-Saïd. Qu'est-ce qu'il faisait au fait à Port-Saïd ?

— Coiffeur, dit Epaminondas. Ou bien c'est l'histoire qui ne colle pas, ou bien la voix, ou bien la cicatrice... Il y a toujours quelque chose.

— Finalement, dit-elle en me regardant, il ne faut pas en voir trop, d'hommes, c'est comme pour le reste, il y a une mesure à garder.

— On n'y arrivera jamais, déclara Epaminondas, de nouveau très découragé.

— C'est pas facile, dit-elle. Si je te disais, Epaminondas, que dans tes yeux il y a quelquefois je ne sais quoi des siens ?

Elle rit. Epaminondas, non. Il baissa ses yeux coupables et il eut l'air de se souvenir qu'ils lui avaient coûté cher. Il observa un petit silence et dit :

— Quand tu le verras pour de bon et que tu lui chercheras une ressemblance avec Pierrot, alors, là je me marrerai. Tu seras dingo pour de bon.

On se mit à rire très fort. Epaminondas se remettait de son découragement.

— Quelquefois, dit-il, quand le bateau accoste, on croit le voir sur le quai, puis une fois qu'on est à terre, ce n'est plus ça. Quelquefois, même à terre, on peut

301

continuer à douter, alors on s'approche encore un peu plus. Ah ah, quelquefois, il faut vraiment s'approcher beaucoup pour savoir que ce n'est pas ça...

— Ah, c'est vrai, s'esclaffa Anna.

— La vie est quand même belle, déclarai-je, à chercher un marin de Gibraltar.

— Je me demande, dit-elle, d'un ton calme, quand même, je me demande quelquefois ce qu'il a pu devenir.

— Moi aussi, dit Epaminondas attristé.

Nous en étions à la deuxième bouteille de champagne.

— Epaminondas, m'expliqua Anna, a été très frappé par l'histoire du marin de Gibraltar.

— Je ne sais pas si c'est ça ou autre chose, dit très enfantinement Epaminondas, qui m'a frappé.

J'éclatai de rire.

— C'est toujours par le marin de Gibraltar, dis-je, que ça commence.

Il acquiesça tristement de la tête. Nous étions saouls tous les trois. Il en fallait peu pour l'être en général sur ce bateau.

— A Constantinople, dit Epaminondas, ça tenait à rien, à un fil. Tu manques de bonne volonté.

Elle me lança un regard chaviré.

— Si j'ai trop de quelque chose, dit-elle, c'est de bonne volonté. Je me demande en fin de compte si ça sert à quelque chose.

— Tu peux dire ce que tu veux, dit Epaminondas qui commençait à avoir des idées fixes, à Constantinople, ça tenait à un fil.

Il s'énervait.

— Tu y tiens tant que ça, toi, à ce qu'elle le retrouve ? dis-je.

— J'aurais la paix, dit Epaminondas. J'étais tout jeune, elle est venue m'enlever à ma famille, elle m'a embarqué, hop, et depuis...

— A un fil, dit Anna qui ne tenait pas à poursuivre sur ce terrain, comme si après trois ans un fil pouvait me gêner. Parlons-en de Constantinople. Si tu n'avais pas été là, ce ne serait pas sur les océans que je ferais la putain...

— Tant qu'elle l'aura pas trouvé, m'expliqua Epaminondas, j'aurai pas la paix.

— C'est pas tant pour le bordel, dit-elle, mais on y manque d'air...

Le visage d'Epaminondas s'éclaira.

— C'est vrai, dit-il, quand je lui ai raconté l'histoire, il m'a tout de suite dit c'est moi, dis-lui d'arriver. Pour tout te dire, j'avais trouvé ça un peu fort, et ça m'avait mis la puce à l'oreille à cause du métier qu'il avait. Quand tu es remontée à bord, je ne te l'ai pas dit, je lui ai cassé la gueule. Je lui en ai même fait une belle de cicatrice.

— C'est malin, dit-elle en riant, pour compliquer encore les choses.

— Maintenant, dit Epaminondas, je raconte plus rien.

Il ajouta, désabusé :

— D'ailleurs, tu peux toujours attendre pour que je t'en envoie encore, des messages.

— Oh, dit-elle, la seule chose, la seule à ne pas faire, c'est ça.

Mais Epaminondas avait une idée derrière la tête. C'était visible. Il ne la disait pas encore pour mieux l'amener.

— Moi, dis-je, je trouve que Pierrot du kilomètre dix-sept valait le dérangement.

Elle me regarda et rit doucement comme d'une bonne blague qu'elle m'aurait faite.

— En tout cas, dit Epaminondas, c'est tout ce que j'ai pu faire dans ce département à la con.

Il ajouta à voix plus basse :

— Au prix où est l'essence, personne n'aurait fait mieux.

Anna se pencha vers lui et avec beaucoup de tendresse elle lui dit :

— Tu n'as pas l'air content de ton métier. Il faut dire ce que tu as sur le cœur.

— Il le faut, dis-je. Si tu ne lui dis pas à elle, à qui le diras-tu ?

— Je suis découragé, dit Epaminondas, je dirai rien.

Mais aussitôt après il le dit, et admirablement.

— Étant donné ce qu'il est, dit-il, je trouve que c'est en Afrique que tu devrais chercher.

Un grand silence s'établit, comme il convenait, autour de cette déclaration :

— C'est grand, l'Afrique, dit Anna. Tu devrais préciser.

Il précisa. Cela dura une demi-heure. Nous écoutâmes mal, elle et moi, parce qu'on pensait à autre chose.

Il s'agissait d'aller au Dahomey pour retrouver un ancien marin du yacht, un nommé Louis, originaire de Marseille — elle se souvenait de lui. Louis avait écrit à Epaminondas, la semaine dernière, justement, pour lui demander conseil à propos d'un certain Gégé qu'il avait connu au Dahomey, chez les Éoués de la région d'Abomey, lequel, disait Louis, était sans aucun doute le marin de Gibraltar. Epaminondas n'avait pas encore répondu à Louis à ce propos parce qu'il avait trouvé plus logique d'en parler d'abord à Anna. Il nous parla des Éoués. Il s'était documenté. C'était une tribu agricole et nomade qui vivait une partie de l'année sur les plateaux de l'Atakora. C'était beau la région, il y avait des lacs et des koudous, des petits, mais quand même. Cela dit, il ne savait pas si Louis avait de bonnes raisons de la faire se déplacer jusque-là. C'était à elle d'en juger. C'est vrai que c'était loin... Après tout, lui, ce qu'il en disait... Il parla longtemps et en mêlant les charmes des koudous avec ceux du marin de Gibraltar. Trop longtemps. Nous nous regardâmes trop longtemps. Tout à ses Éoués, il ne s'aperçut de rien.

— Pourquoi pas? dit-elle enfin, tu viendrais avec nous.

— Je ne sais pas, dit pudiquement Epaminondas.

— C'est ton camion qui t'empêche? demandai-je.

— Il n'est même pas à moi, dit-il, j'ai rien que ma peau.

Je comprenais parfaitement, et pour cause, le désir d'Epaminondas. Mais elle, tout à coup, demanda de réfléchir un peu et elle nous quitta. Ce qui frappa beaucoup Epaminondas. Mais je le laissai à son étonnement et j'allai moi-même m'allonger dans ma cabine. Le sort en était jeté de quelque chose. Je n'eus pas le temps de préciser quoi. Nous partions en Afrique centrale. Je m'endormis dans une verte savane fourmillante de koudous.

Je dormis longtemps. Je dus me réveiller peu avant le dîner. Je montai aussitôt au bar. Elle n'y était pas. Seul Epaminondas y était, allongé sur deux fauteuils, il dormait profondément. Il n'y avait personne d'autre à bord. J'allumai. Epaminondas grogna, mais ne se réveilla pas. Les chauffe-plats étaient éteints, on n'avait pas fait de dîner. Je descendis en courant à la cale et je vis que les deux autos étaient là. Je remontai lentement au bar, je réveillai Epaminondas et je lui demandai où elle était. Il me dit ce que je savais, qu'elle était dans sa cabine.

— Elle réfléchit, dit-il. Si elle commence à réfléchir pour savoir s'il faut ou non aller au Dahomey, alors on n'en a pas fini. Comme si on avait besoin de réfléchir à une chose pareille.

Il me dit qu'elle était remontée de sa cabine peu après que je fus descendu et qu'elle avait donné quartier libre à tout l'équipage jusqu'à minuit. Qu'elle avait dit qu'on repartait dans la nuit, mais qu'elle avait négligé de dire où.

— J'attends qu'elle ait suffisamment réfléchi, dit Epaminondas, pour savoir s'il faut prévenir mon transporteur.

Je laissai là Epaminondas et je descendis dans sa

cabine. Pour la première fois j'entrai sans frapper. J'allumai. Elle était allongée, tout habillée, les mains sous la tête, dans une pose qui me rappela celle qu'elle avait derrière les roseaux. Je m'assis à côté d'elle. Elle avait dû pleurer.

— On va manger dans un restaurant, dis-je, viens.

— Je n'ai pas faim.

— Tu as toujours de l'appétit.

— Pas toujours.

— Epaminondas est là-haut, il se ronge les sangs, il attend que tu sois décidée à aller chez les Éoués pour prévenir son transporteur.

— Mais on y va, tu peux le lui dire, on part cette nuit.

Elle essaya de se souvenir.

— Où va-t-on ?

— Tu exagères, dis-je. Chez les Éoués du Dahomey, dans la région d'Abomey.

— C'est vrai. C'est un long voyage.

— Dix jours ?

— Si la mer est bonne, oui. Quinze jours si elle ne l'est pas.

— Tu ne veux pas chasser le koudou, comme dans les livres de Hemingway ?

— Non, dit-elle. — Elle ajouta : — C'est le vingt-troisième message que je reçois depuis que je le cherche.

Elle ajouta, gentiment :

— Nous, ce qu'on chasse, ce n'est pas le koudou.

— Mais comme il est rare, ce marin, si tu veux, pendant quelques jours on va chasser autre chose. De

307

temps en temps, il faut quand même avoir un petit gibier à se mettre dans la gibecière. On va chasser le koudou.

— Et s'il était chez les Éoués?

— Alors, tu chasses le koudou avec lui.

Elle se tut. Je n'osais pas la regarder trop.

— Et la chasse au koudou, elle est dangereuse, elle?

— Un tout petit peu, mais juste ce qu'il faut. Puis, aux yeux des hommes, tous les koudous se valent. Alors elle est, comment? plus facile.

— Est-ce qu'on parle en chassant le koudou?

— Quand on chasse, on ne doit pas faire le moindre bruit, ne pas parler. Tout le monde sait ça.

— Est-ce qu'on ne peut pas se parler à voix basse, à l'oreille? Ça, c'est permis, non?

— Sans doute, dis-je, mais on ne parle alors que du gibier. Impossible de se distraire.

— Ah, je n'aurais pas cru avoir embarqué un si bon chasseur. Mais c'est un gibier difficile, le koudou.

— Le plus beau du monde.

— Alors, vraiment, ils ne s'entretiennent que de koudous?

— Le soir, après la chasse quelquefois, de littérature. Mais avant tout, ce sont des chasseurs de koudous.

— Et jamais, jamais d'autre chose?

— On ne peut jamais rien affirmer, peut-être, quelquefois d'autre chose.

— Tu devrais voir la ville, elle est belle, dit-elle.

Je me levai. Elle m'arrêta de la main.

— Tu lui as tellement parlé à cette femme ? Tu lui as tellement parlé que ça ?

— Je me réservais pour des temps meilleurs, je ne lui ai jamais parlé. Je n'étais pas heureux.

Elle dit, lentement :

— Moi, il me semble que je l'étais.

— On croit ça, dis-je.

Je sortis. Je rejoignis Epaminondas dans le bar. Il m'attendait impatiemment devant un verre de vin.

— Qu'est-ce qu'elle t'a dit ?

— Rien.

— Pourtant — il but et claqua de la langue —, ce coup-ci, c'est le bon. Alors, c'est qu'elle n'en veut plus.

Je me rappelai sa commission.

— Elle te fait dire qu'on y va chez tes Éoués.

Il ne manifesta aucune joie. Ce fut plutôt le contraire, il s'affala dans un fauteuil, son verre à la main.

— Quand ?

— Tu le sais, cette nuit.

Il se mit à pleurnicher.

— Me voilà encore parti. Je ne ferai jamais rien de bon.

— Faudrait savoir ce que tu veux, dis-je.

. — Elle est venue me chercher à Majunga, chez ma pauvre mère — pour ce qu'elle voulait de moi, elle aurait très bien pu me laisser où j'étais. — Il ajouta, plus bas : — Je me demande encore ce qu'elle a pu me trouver...

— On en est tous un peu au même point. C'est pas la peine de pleurnicher.

Il ne m'écoutait pas.

— Ma mère, elle m'écrit tout le temps de revenir. Mon père est vieux. On avait un beau commerce d'oranges, et tout ça tombe...

— T'as qu'à y retourner à Majunga.

Il s'énerva.

— Tu verras, tu verras ce que c'est que de retourner à Majunga après qu'elle vous a trimbalé à Tempico, à New York, à Manille. J'en crèverais à Majunga. Tu ne sais pas de quoi tu parles.

— Y·a pas de raison pour que tu y retournes jamais, dis-je.

— Quand elle l'aura retrouvé, alors j'y retournerai. Pas avant.

— Comprends pas.

— Quand elle l'aura retrouvé, je m'emmerderai partout, je le sais, alors je reviens à Majunga.

— Tu as le temps de voir venir, dis-je.

Il me considéra longuement.

— Pour toi ça ne sera pas tout à fait la même chose. Elle en pince pour toi.

Comme je ne répondis pas, il crut que je doutais de ses affirmations.

— Je sais de quoi je parle. C'est visible. Je l'ai jamais vue réfléchir aussi longtemps sur quoi que ce soit. Je ne la reconnais plus.

— Il y a du koudou chez tes Éoués vraiment ?

Il se transfigura.

— Un peu. Mais au Zambèze, qu'est-ce qu'il y en a.

Dans l'Ouellé aussi, remarque, mais du grand, alors c'est aussi dur à attraper que les mouches, pas la peine d'essayer.

Il attendit, je ne répondis pas.

— Pourquoi tu me demandes ça ? Tu veux aller chasser le koudou ?

— Je ne sais pas, par curiosité.

Il parut déçu. Il se rappela tout à coup quelque chose.

— Et mon transporteur que je n'ai pas prévenu ?

— Eh bien, vas-y.

— Impossible. C'est à vingt kilomètres. Il faut que tu me conduises.

— Ce que tu m'emmerdes, tu ne peux pas savoir à quel point.

Il feignit le plus grand des désespoirs.

— C'est bien simple, si tu ne m'y conduis pas, c'est foutu, je reste.

— Je ne sais pas ouvrir le panneau de la cale.

— Moi je sais, dit-il, tu parles si je le sais.

J'aurais pu lui dire d'y aller tout seul, mais si j'étais resté je serais tout de suite redescendu dans sa cabine. Je ne le voulais pas. Lui ne me le proposa pas parce que ça l'ennuyait de faire cette course tout seul. En moins de cinq minutes, il était descendu et il avait ouvert le panneau.

Nous restâmes partis deux heures. Le temps de prévenir le transporteur et de prendre ses affaires dans un petit hôtel meublé de Sète. Pendant le retour, il me parla un peu de Louis.

— Mon pote, dit-il, est un marrant, tu verras.

— Vous la menez souvent en bateau, comme ça, c'est le cas de le dire ?

— En bateau ! Tu crois que ça m'amuse de me trimbaler au Dahomey ?

— Excuse-moi. Moi ça m'amuse.

— On ne le dirait pas.

Lorsque nous revînmes, les marins étaient rentrés. Le bar était allumé. Laurent était un peu saoul. Bruno aussi, mais beaucoup plus que Laurent.

— C'est trop marrant, gueulait Bruno, le premier con venu lui dirait qu'il est sous une tente au sommet de l'Himalaya qu'elle irait sans hésiter. Je reste. Je ne veux pas rater ça.

Epaminondas bondit sur lui.

— Retire ce que tu as dit ou je te casse la gueule.

— Si on n'a plus le droit de se marrer, alors, oui, je descends, dit Bruno. Je retire rien du tout.

— Il a raison, dit Laurent.

Epaminondas s'éloigna dignement.

— Moi, déclara-t-il, ce qui m'épate, c'est qu'elle engage des cons comme ça, qui ne comprennent rien à rien.

Je les laissai. Je descendis dans sa cabine. Elle avait de nouveau éteint. Je rallumai. Elle était couchée dans la même pose que tout à l'heure. Cette fois, j'eus l'impression qu'elle m'attendait. Je lui racontai ma promenade avec Epaminondas et quelques-uns de ses propos sur Louis d'Abomey. Je parlai assez longtemps. Cela, je le vis, l'impatienta un peu. Et puis, je n'eus plus rien à lui dire, même sur les facéties d'Epaminondas.

— Peut-être qu'il vaudrait mieux que tu descendes ici, dit-elle.

Elle ajouta :

— Comme tous les autres.

Je m'assis par terre, la tête contre son lit.

— Je n'ai pas envie de descendre.

— Un peu plus tôt, un peu plus tard, qu'est-ce que ça fait ?

— Pas encore. Je descendrai, mais pas encore.

— Qu'est-ce que tu crois qu'il faille attendre pour que tu descendes ?

— Le marin de Gibraltar.

Elle ne rit pas.

— Excuse-moi, dis-je, mais je ne sais pas.

Brusquement, d'une voix dure, elle demanda :

— Mais d'où sors-tu ?

— Je te l'ai dit, ministère des Colonies, je recopiais...

— Est-ce que tu es à ce point idiot que tu ne voies pas ce qui se passe ?

— Je ne suis pas idiot, je vois ce qui se passe.

— Et tu ne veux pas descendre ?

— Pas encore. C'est la seule chose que je sache vouloir. Je n'ai aucune raison de descendre.

— Moi, dit-elle, lentement, tu le sais, non, j'ai toutes les raisons de te faire descendre.

— Je me fous complètement de ces raisons.

Elle redevint calme. Et, un peu comme si elle l'avait demandé à un enfant, avec une douce perfidie :

— Alors, tu vas rester là, à te taire, à te taire ?

— Je ferai ce que je pourrai.

— Tu crois qu'on peut toujours se taire ?

— Je crois qu'on doit se taire le plus que l'on peut. Mais ne pas se taire... toujours.

Je m'allongeai près d'elle.

— Je ne peux déjà plus me taire, dis-je.

Ce fut un instant comme si nous avions parlé. Mais cela passa et cela ne fut bientôt plus suffisant. Elle mit son visage sur le mien et elle resta ainsi, immobile, un long moment.

— Dis-moi quelque chose, n'importe quoi.

— Anna.

La montre sur la table marqua deux heures. Nous n'avions pas sommeil.

— Encore quelque chose, dit-elle.

— Je me plais sur ce bateau.

Elle se coucha et ne demanda plus rien. Elle éteignit la lumière. A travers le hublot apparut le quai vide violemment éclairé par un réverbère. Nous aurions pu croire que tout désir entre nous était mort.

— Il faut dormir, dit-elle, nous ne dormons plus, nous sommes des gens très fatigués.

— Non, tu te trompes.

— Au fond, j'aime que tu sois ainsi, un mur.

— Tais-toi...

— Le plus grand amour du monde, qu'est-ce que ça veut dire ?

Je voyais son visage, vaguement éclairé par le réverbère. Elle souriait. Je me levai pour partir. Elle essaya de me retenir.

— Imbécile, dis-je.

Je me dégageai. Elle me laissa repartir, ne tenta plus du tout de me retenir.

— Ne t'inquiète pas, dit-elle, moi aussi je me tais à ma façon.

Le bateau partit dans la nuit. Je dormis très peu. Les vibrations de l'hélice me réveillèrent et je restai longtemps sans me rendormir. Puis, alors que je désespérais tout à fait d'y arriver, lorsque le jour se leva, je m'endormis. Je sortis de ma cabine vers midi. Elle était sur le pont, calme et gaie, comme chaque matin. Elle parlait à Bruno. Il n'était plus saoul, mais il était de très mauvaise humeur parce qu'il prétendait avoir été embarqué par surprise, qu'il ne voulait pas entendre parler d'aller au Dahomey, etc. Elle essayait de le consoler en lui racontant que nous chasserions le koudou. Je l'entendis lui dire :

— C'est une chose qu'il faut avoir faite, comme ça tu l'auras faite...

Il la regardait avec suspicion. Bruno était le plus jeune marin de l'équipage. La précarité du monde lui manquait beaucoup. Nous avions tous beaucoup de mal à lui faire comprendre la nécessité de nos voyages. Mais tout le monde usait avec lui de beaucoup de patience.

On déjeuna ensemble. Epaminondas vint à notre table. Dès lors, il vint chaque jour à notre table. Jamais il ne nous gêna. Ce matin-là il exultait. Il faisait très beau, il avait oublié Majunga, et ses scrupules et même peut-être, il me semble, le pourquoi de notre voyage au Dahomey.

— Alors, on y va, me dit-il en me frappant vigou-
reusement l'épaule.

— On y va, calme-toi.

— Tu pourras te vanter, dit-elle un peu facilement,
de m'avoir fait marcher.

L'indignation se peignit sur les traits d'Epaminondas.

— S'il y en a un qui te fait marcher, ce n'est quand
même pas moi.

Elle en convint, en riant.

— Et que tu sois là ou ailleurs, dit Epaminondas,
est-ce que ce n'est pas un peu du pareil au même ?

— Il faut quand même l'espérer, dis-je, ou bien
alors...

— Le plus beau, dit-elle, ce serait qu'il soit devenu
crémier à Dijon, pendant que moi je continue à faire la
putain sur les océans, pour rechercher ce grand
homme.

— Sur les océans ou ailleurs... s'esclaffa Epaminondas.

Tout le monde rit, et même les marins des autres
tables. Personne ne s'offusqua vraiment.

— A Dijon ou nulle part, dis-je.

Elle rit. Epaminondas ne comprit pas et, comme
chaque fois que ça lui arrivait, une sorte d'épouvante se
peignit sur ses traits.

— C'est une façon de parler, lui expliqua-t-elle.

— Tu permets ces plaisanteries maintenant ?

— En fait de plaisanterie, dit Anna.

— Je crois, dit Epaminondas soudain attristé, que je
vais descendre à Tanger

— Je plaisantais, dit-elle. Tu deviens trop suscep-
tible.

— N'empêche que s'il est chez les Éoués, dit
Epaminondas, tu feras une drôle de gueule.

— Il n'y a pas qu'elle, dis-je.

La perspective de cette rencontre me plongea dans
un fou rire inextinguible.

— Tu pourrais t'expliquer, dit Epaminondas, qui se
blessait facilement et qui pensait peut-être que je
doutais de l'issue du voyage.

— Je pense, m'expliquai-je, à la possibilité d'un
débarquement rapide.

Ils rirent eux aussi.

— Ah, s'esclaffa Epaminondas, pour être rapide, il
doit l'être.

— On irait vite rejoindre Nelson et ses roulements.

— Vous m'oubliez, dit-elle.

— Tu exagères, dis-je.

— Tu n'étais pas comme ça, dit Epaminondas, tu
changes, et pas dans le bon sens du mot.

Et il faillit s'étrangler de rire.

— Finis les voyages, s'écria-t-il triomphalement, à
la maison, comme tout le monde. Moi, ajouta-t-il, je
reste à Cotonou pour chasser le koudou.

Il se tourna vers moi comme quelqu'un qui se
souvient, et elle aussi. Lui eut un air un peu gêné. Je la
regardais, elle.

— Et toi ? demanda timidement Epaminondas,
qu'est-ce que...

— Comment savoir ? dis-je.

Personne n'ajouta rien. Elle avait les yeux les plus

beaux. Ils attendaient que je parle. Mais je ne parlais pas.

— Moi en tout cas, reprit Epaminondas à voix presque basse, je reste à Cotonou pour chasser le koudou. J'essaierai de les avoir vivants et de les vendre à des zoos.

— A Cotonou, dis-je, avec difficulté, il n'y a pas de koudous.

— Mais au Zambèze, qu'est-ce qu'il y en a, dit-il, des troupeaux.

— Mais si on ne les a pas vivants, dit-elle, qu'est-ce qu'on en fait ?

— Vous devriez le savoir, dis-je.

— Comment veux-tu qu'elle sache ? dit Epaminondas un peu interloqué.

— N'essaie donc pas de tout comprendre, dit-elle. C'est parce que moi je chasse le marin de Gibraltar. C'est une allusion.

Elle reprit gentiment.

— Qu'est-ce qu'on en fait ? Ça se mange ?

— Parfaitement, déclara Epaminondas, ça se mange. Puis il y a les cornes, la peau, puis, je ne sais pas, faut vraiment rien comprendre à la chasse pour poser des questions pareilles.

— Le koudou, lui expliquai-je, est un animal rare. La chasse d'un animal rare est une grande chasse.

— Plus c'est rare, mieux c'est, s'esclaffa Epaminondas qui avait compris.

Anna rit très facilement des facéties d'Epaminondas. Elle rit, mais s'attrista aussitôt.

— J'aime de plus en plus me marrer, dit-elle, je dois vieillir.

— Ce n'est pas que tu vieillisses, dit Epaminondas sur un ton entendu.

— C'est, dis-je, qu'il fait jour.

Anna rit encore longuement à cette allusion-là.

— Fallait le dire plus tôt, dit Epaminondas, que je vous gênais.

— Si quelqu'un nous gêne, comme tu dis, dit Anna, ne t'en fais pas, ce n'est pas toi.

Epaminondas comprit et s'indigna, mais faiblement.

— Pas la peine d'insister, dit-il. T'as quand même drôlement changé.

Je passai la journée entière à essayer de lire sans y arriver. A la fin de l'après-midi je montai au bar à la recherche d'Epaminondas. Il lisait lui aussi, affalé dans un fauteuil. Elle parlait avec des marins du temps que nous allions trouver dans l'Atlantique. Quand j'entrai dans le bar, cela se remarqua. Quelques-uns, dont peut-être Bruno, pensaient sans doute que le moment critique de mon séjour sur le bateau était arrivé et que je n'irais pas jusqu'au Dahomey. Je vis à son air que cette ambiguïté à propos de notre situation ne la gênait en rien et qu'au contraire, elle prenait un certain plaisir, elle aussi, à la faire durer. Je traversai le bar et j'allai sur le pont. Epaminondas vint bientôt m'y rejoindre. C'était ce que je voulais. Nous nous entendions bien et j'avais envie de parler à quelqu'un.

— Alors, dis-je, tu ne fous rien toi non plus ?

— J'ai vaguement l'intention de ranger la bibliothèque, dit-il. Mais c'est très vague.

— Qui aura besoin jamais sur ce bateau d'une
bibliothèque rangée ?

— On ne sait jamais, dit-il, des fois qu'elle embar-
querait un penseur à la prochaine escale.

On se marra assez fort.

— J'ai rien à faire, continua Epaminondas, il n'y a
pas de travail pour moi. D'ailleurs je n'ai jamais aimé
ça, travailler.

— Moi non plus. Pourtant, un jour ou l'autre...

— Tu t'occupes, quand même, dit-il en rigolant.

— Nous arrivons à Gibraltar, dis-je.

— Demain matin à l'aube. Moi aussi, la première
fois, ça m'a fait un drôle d'effet.

— Qu'est-ce que tu en penses ?

— De quoi, de Gibraltar ?

— Est-ce qu'elle a sa petite chance ?

— Qu'est-ce qu'on foutrait tous là, si elle ne l'avait
pas, s'indigna-t-il.

— C'est vrai. Je voulais savoir ce que tu en pensais.

— T'as de drôles de questions.

— Il y a une chose que je voulais te dire. Nelson
Nelson, ça me paraît un drôle de nom.

— Et encore une fois qu'est-ce qu'on foutrait là...

— Même si c'en était un autre, dis-je, on pourrait
être là.

— C'est vrai, concéda Epaminondas, que ce soit le
roi des billes ou celui des cons, pourvu qu'il l'ait tué.

— Parfois, j'ai l'impression qu'il y a dix histoires du
marin de Gibraltar.

— C'est possible, mais de marin de Gibraltar, il n'y en a qu'un. Et lui, c'est du solide.

Il se tut tout en me lorgnant d'un air soupçonneux.

— Tu poses beaucoup de questions, dit-il, ça ne vaut rien.

— On peut parler de tout. Pourquoi pas ?

J'ajoutai :

— D'ailleurs, je n'ai pas besoin d'en poser. C'est une femme qui parle beaucoup. Je parle de ça comme d'autre chose.

— Non, c'est peut-être une femme qui ne sait pas toujours très bien ce qu'elle veut, mais ce n'est pas une femme bavarde.

— Puisqu'on y va, chez tes Éoués.

— Elle n'a pas le choix, si elle l'avait...

— C'est vrai. Elle n'a pas le choix.

— Elle s'est foutue dans un tel pétrin, comment veux-tu qu'elle recule ? Voilà ce qu'il y a.

— Tu voudrais beaucoup le retrouver.

— Je suis le seul à croire que c'est possible.

— Qu'elle fasse ça ou autre chose, dis-je.

— Quand même, dit-il, pas tout à fait.

— D'accord, dis-je.

J'avais beaucoup d'amitié pour lui. Je crois qu'il en avait aussi pour moi, mais lui, un peu à son corps défendant.

— Tu devrais te reposer, dit-il, tu as une sale gueule.

— Je ne peux pas dormir. C'est vrai que c'est une femme qui ne parle pas beaucoup ?

— C'est vrai. — Il ajouta, comme s'il se devait de

me le dire : — Même moi, tout ce que je sais, je l'ai surtout appris des autres, par les bruits qui courent. Mais tu sais, on peut devenir bavard d'un seul coup.

— Sans doute, dis-je en riant.

Il me dévisagea une nouvelle fois.

— Qu'est-ce que tu faisais dans le civil ?

— Ministère des Colonies, dis-je. Service de l'État civil.

— Qu'est-ce que c'est ce boulot ?

— Je recopiais des actes de naissance et de décès des Français nés aux colonies. J'y suis resté huit ans.

— Merde, dit Epaminondas, avec un certain respect. Ça change.

Je le lui dis à lui.

— Je suis heureux, dis-je.

Il ne répondit pas. Il sortit son paquet de cigarettes. On fuma.

— T'as tout plaqué ?

— Tout.

— T'as pas fini, dit-il avec amitié.

Depuis un moment, n'essayais de voir le nom qui était écrit sous son tatouage. Il s'étira tout à coup et je le vis. C'était Athéna. J'en fus très content pour lui.

— C'est Athéna que tu as d'écrit sous ton tatouage, dis-je, avec, à mon tour, de l'amitié.

— Qu'est-ce que tu croyais ? Remarque que j'ai hésité, puis, je me suis dit qu'un jour, j'aurais peut-être l'air d'un con, alors...

On rit tous deux en se comprenant parfaitement. Puis il retourna au bar et moi, dans ma cabine. Je la rencontrai en descendant, dans l'écoutille. Elle m'arrêta et elle m'annonça à voix basse — très vite, en se cachant — que nous passerions le détroit de Gibraltar le lendemain matin vers six heures et demie.

Je passai le reste de la journée et une partie de la nuit à l'attendre. Mais je ne la vis même pas au dîner.

On arriva à Gibraltar un peu avant l'heure qu'elle m'avait dite, un peu avant six heures.

Je me levai et j'allai sur le pont. Elle y était déjà. Tout le bateau dormait, même Epaminondas. Elle était en robe de chambre, décoiffée. Sans doute n'avait-elle pas beaucoup dormi, elle non plus. On ne se dit rien. Nous n'avions plus rien à nous dire, ou plutôt nous ne pouvions plus rien nous dire, même bonjour. J'allai à côté d'elle à l'avant du bateau et, accoudés au bastingage, très près l'un de l'autre, nous regardâmes arriver le détroit.

On passa devant le rocher. Deux avions le survolaient, étincelants, et tournaient autour en des cercles de plus en plus petits, le visant, comme des vautours. Dans leurs blanches villas assises sur la dynamite, ramassées les unes sur les autres dans une promiscuité étouffante mais hautement patriotique, l'Angleterre dormait, toujours égale à elle-même, sur le sol sanglant de l'Espagne.

Le rocher s'éloigna et avec lui la troublante et vertigineuse actualité du monde. Et le détroit arriva et avec lui sa non moins troublante et non moins vertigineuse inactualité. Les eaux, insensiblement, changèrent de couleur. La côte de l'Afrique s'éleva, sèche et nue comme un plateau de sel. Sa ligne implacable fut brisée par Ceuta. La côte espagnole, plus abritée, plus sombre, la regarda. Elle était recouverte des dernières pinèdes du monde latin.

Nous entrâmes dans le détroit. Tarifa arriva, minuscule, incendiée de soleil, couronnée de fumée. A ses pieds innocents se trama le changement le plus miraculeux des eaux de la terre. Le vent se leva. L'Atlantique apparut. Elle se tourna enfin vers moi et elle me regarda.

— Et si j'avais tout inventé ? dit-elle.

— Tout ?

— Tout.

Les choses entre nous devenaient inévitables. Ce fut comme si elle me le disait.

— Ça ne changerait pas grand-chose, dis-je.

Le bateau vira. Les eaux devinrent vertes et écumeuses. Le détroit s'élargit. Un changement total s'opéra dans la couleur des eaux et du ciel et de ses yeux. Elle attendait toujours, tournée vers l'avant.

— Alors, dis-je, on en est là ?

— Oui, dit-elle, on en est là.

Je me rapprochai d'elle, je la pris par le bras et je l'emmenai.

Il y avait une heure que nous étions à Tanger lorsqu'elle s'endormit. Nous ne nous étions pas dit un seul mot.

Je la laissai dans la cabine, j'allai au réfectoire boire un café et je descendis. Je crois que je ne pris même pas le temps de regarder la ville, du pont. Je descendis très vite et je me mis à marcher. Il devait être onze heures et il faisait déjà chaud. Mais le vent de la mer balayait la ville et c'était très supportable. Je pris la première rue transversale que je trouvai et au bout d'un quart d'heure de marche, sans l'avoir voulu, je débouchai dans la ville, sur un boulevard bruyant, bordé de palmiers nains. J'avais très peu dormi, non seulement pendant la nuit précédente mais pendant toutes les autres, depuis Rocca et j'étais à bout de souffle. Le boulevard était très long. Ça devait être la principale artère commerciale de la ville. Il donnait d'une part sur le port et d'autre part sur une place que l'on distinguait mal. D'énormes camions chargés de charbon le descendaient. D'autres, chargés de caisses, de machines, ou encore de limaille de fer le remontaient péniblement. A la hauteur où j'étais, on le voyait dans sa totalité depuis le port jusqu'à la place. Il était presque entièrement recouvert de deux longues files d'autos, des camions surtout, presque discontinues et que stoppaient à intervalles réguliers les feux rouges des passages cloutés. Ils marchaient sensiblement à la même allure, s'arrêtaient et repartaient dans un mouvement régulier de houle lente et longue. Le boulevard me parut immense, n'en plus finir vraiment, mouvant et étincelant comme la mer. Je dus m'asseoir sur un banc pour en supporter la vue. Une revue de police internationale le traversa fanfare en tête, à ma hauteur. Elle marchait fièrement, au pas cadencé, devant les chauffeurs de camion amusés. Lorsqu'elle fut passée, je me levai de mon banc et je remontai vers la place. Il semblait bien que là il y ait eu d'autres arbres que ces palmiers nains qui ne donnaient aucune ombre et surtout des terrasses

325

de café. Je marchais très lentement. Je crois bien que j'étais aussi fatigué qu'à Florence lorsque j'étais allé chercher le chauffeur de la camionnette. Mais cette fois, la ville ne se refermait pas sur moi, au contraire, elle s'élargissait toujours et j'aurais pu croire que je ne viendrais jamais à bout d'elle, que, une fois les cafés de la place atteints, j'en resterais là pour toute ma vie. J'étais désespérément heureux. Je m'asseyais presque sur chaque banc et j'écoutais. Toute la ville travaillait avec ardeur. Lorsqu'on écoutait bien, il fallait pour cela une certaine attention, on pouvait distinguer à travers l'énorme vacarme des camions qui remontaient le boulevard, la rumeur confuse et lointaine qui s'élevait du port. Je me relevai et je recommençai à marcher. Je mis peut-être une heure pour atteindre la place. Des terrasses de café fraîchement arrosées s'étalaient à l'ombre de platanes. Je m'arrêtai à la première d'entre elles. Ce fut là, à cause sans doute de la fatigue, que je ne compris plus rien à l'histoire qui m'arrivait, et qu'il m'apparut que je n'aurais jamais la force de vivre. Mais cela ne dura pas. Le temps de fermer les yeux et de les rouvrir, cela était passé. Un garçon de café tout en blanc, une serviette à la main, me demandait ce que je voulais boire. Je dis : du café. Je n'étais pas mort d'amour pour la femme du marin de Gibraltar.

— Glacé ?
— Je ne sais pas.
— Vous n'êtes pas bien ?
— Très bien, mais je suis fatigué.
— Alors, chaud, ce serait peut-être mieux.

— Oui, chaud, dis-je.

Il s'éloigna. La place était, vers la mer, le point le plus élevé de la ville. Elle s'étalait jusqu'au port marchand et, un peu plus loin sur la droite de celui-ci, jusqu'à celui du yachting. Le *Gibraltar* y était, c'était le plus grand de tous les yachts, on le reconnaissait tout de suite. Peut-être dormait-elle encore, peut-être était-elle réveillée, se demandait-elle où je pouvais bien être. Peut-être, qui sait ? le marin de Gibraltar était-il à bord. Le garçon arriva avec le café.

— Vous voulez manger quelque chose ?

Je ne voulais rien manger. Il remarqua que je regardais le port, du côté du yachting. C'était l'heure du déjeuner, il y avait peu de clients et il avait le temps de bavarder.

— Le *Gibraltar* est arrivé ce matin, dit-il.

Je dus sursauter légèrement, mais il ne le remarqua pas, il regardait le port. Les bateaux l'intéressaient.

— Vous le connaissez ?

— Il n'y en a pas beaucoup de trente-six mètres, c'est un des derniers, alors forcément on les connaît.

J'avalai le café, brûlant. Il était assez bon. J'aimais le café. J'en prenais beaucoup le matin. La place était à sens unique et les camions la contournaient sans arrêt. La limaille de fer flamblait dans le soleil. Un marchand arabe s'arrêta devant moi. Il vendait des cartes postales, innocentes, des vues de la ville. Je lui en achetai une. Je pris un crayon dans ma poche et sur la droite de la carte j'écrivis l'adresse de Jacqueline, c'est-à-dire la mienne. C'était une chose que je m'étais promis de faire avant de quitter l'Europe. En l'écrivant je vis mes mains. Depuis Rocca, faute de vêtements, je ne m'étais pas changé et je n'avais pas eu le temps ni le besoin de beaucoup me laver. Debout à mes côtés, le garçon regardait le port. Je lui étais tout à fait indifférent. Mais c'était cette heure de la journée où les garçons de café ne savent que faire d'eux-mêmes et l'apprécient.

— C'est une femme qui l'habite, dit-il. Elle fait le tour du monde.

— Mais, comme ça, sans arrêt le tour du monde ?

— On dit qu'elle cherche quelqu'un. Mais ce qu'on dit...

— C'est vrai... ce qu'on dit...

— Ce qu'il y a, c'est qu'elle est riche comme Crésus. Faut bien qu'elle trouve quelque chose à faire.

Un client seul arriva et l'appela. Je cherchais ce que j'aurais bien pu écrire à Jacqueline. Mais je ne trouvais pas. Mes mains étaient sales. J'écrivis : je pense à toi. Puis, je déchirai la carte. Les yachts parqués dansaient sur la mer. Des femmes passaient devant la terrasse, oisives, quelques putains, qui regardaient les hommes seuls et désœuvrés. Toutes me ramenaient à elle qui devait dormir encore dans ma cabine. Je me souvenais comme elle dormait, avec insolence. Lorsque je l'imaginais trop, mon corps me faisait mal.

Le garçon revint encore une fois se poster près de moi. Je lui demandai une menthe glacée. Je voulais me glacer jusqu'aux entrailles. Ne plus avoir mal. Je la bus d'un trait. Mais la menthe aussi me ramena à elle. J'essayais de me rappeler les menthes glacées de Florence, qui m'occupaient tout entier et que je transpirais tout seul, mais en vain. Celle-ci était

328

différente, d'une épuisante saveur. Je ne me souvenais plus ni de la chaleur ni de ma solitude dans cette chaleur pendant les cinq jours qu'elle avait duré. J'étais devenu quelqu'un sans souvenirs. Jacqueline me revenait aussi mal à l'esprit que les menthes de Florence, je ne retrouvais plus très bien son visage, ni même sa voix. Il y avait six jours que je l'avais quittée.

Je dus rester longtemps à ce café. Il se remplit peu à peu de gens qui venaient de déjeuner. Le garçon ne me parla plus, il fut bientôt très occupé. Il n'y eut plus aucune place à la terrasse. Il vint et me signifia gentiment que je devais m'en aller.

— Cent francs, dit-il. Excusez-moi.

Je sortis mon portefeuille. Il contenait tout ce que je possédais, les économies d'une vie récente et qui avait duré huit ans et dont je n'avais aucun souvenir. Je posai le billet de cent francs sur la table et je dis au garçon que je serais bien resté un peu plus.

— Alors, il faudrait commander autre chose.

Je commandai un autre café. Il me le ramena aussitôt et me dit que cela faisait cent trente-cinq francs. Je lui donnai un billet de mille francs. Il n'avait pas la monnaie et s'en alla pour la faire. Je gagnai ainsi une dizaine de minutes. Je bus le café. Celui-là éclata dans ma bouche comme le parfum de ses cheveux. Le garçon revint avec la monnaie. Je me décidai enfin à partir. Je recommençai à marcher dans la ville. J'étais peut-être un peu moins fatigué, mais le café me faisait battre le cœur très vite et je ne pouvais marcher encore que très lentement. Les restaurants se désemplissaient. Le vent était tombé et la chaleur était bien plus forte que le matin. Je marchai. Et j'entendis bientôt sonner deux heures. J'avais faim sans doute mais l'idée ne me vint pas de manger. J'avais d'autres soucis, je ne savais pas si j'allais remonter à bord ou laisser le yacht repartir sans moi. Je trouvai un square. Un banc vide à l'ombre d'un platane. Je m'assis et je m'endormis. Je dus dormir pendant une demi-heure. Lorsque je me réveillai le bonheur m'épouvantait encore et je ne savais pas davantage si j'allais remonter à bord. Mais tout en ne le sachant pas je me levai et je me mis à chercher le boulevard par lequel j'étais arrivé. Cela me prit du temps. Il était toujours pareil, aussi exténuant, coupé par les feux rouges des passages cloutés, recouvert par la surface houleuse des camions qui remontaient du port. Je descendis, toujours très lentement sur le quai, par le même chemin que le matin. Le *Gibraltar* était là, en plein soleil, les ponts vides. On faisait le plein de mazout. Bruno était de corvée. Il vint vers moi.

— Tu devrais monter, dit-il.

— Tu ne descends pas à Tanger ?

— Tu verras bien où je descendrai. Tu devrais monter.

C'est ainsi que je remontai, avec Bruno dans le dos, qui me surveillait. J'allai directement au bar. Elle y était, devant un verre de whisky. Elle m'avait vu traverser le quai et remonter. Epaminondas était avec elle. Elle avait eu peur. Elle le dit, dès qu'elle me vit, avec impudeur.

— J'ai eu peur.

Je vis tout de suite qu'elle avait dû boire pas mal de

whiskys. Epaminondas avait l'air bien content de me voir.

— Je t'ai cherché, dit-il en rigolant, toujours chercher tout le monde, c'est pas une vie. S'il faut commencer à te chercher toi aussi...

— J'ai été dans un café, dis-je.

— Tu as bu, dit-elle.

— Du café et une menthe à l'eau.

— Tu as l'air saoul.

— Je suis saoul.

— Il n'a rien mangé, dit Epaminondas.

Elle se leva, alla chercher un morceau de pain et de fromage, me les tendit, puis, comme si c'eût été là la dernière chose qu'elle pût encore faire après tous les whiskys qu'elle avait bus, elle s'affala dans un fauteuil près de moi.

— J'aurais préféré que tu ailles au bordel, dit-elle.

— Comme s'il avait besoin de ça, dit Epaminondas.

Puis elle me regarda manger sans dire un mot, hébétée, suivant tous mes gestes mécaniquement, un peu comme si elle me voyait pour la première fois. Quand j'eus fini elle se leva et alla chercher trois verres de whisky. Epaminondas l'aida à les ramener. Elle titubait.

— Ne bois plus, dis-je, on va faire un tour dans la ville.

— Je suis un peu saoule, dit-elle en souriant.

— Elle tient plus debout, dit Epaminondas.

— Je n'ai pas bu, dis-je, je t'aiderai à marcher. Je voudrais beaucoup que tu viennes.

— A quoi ça sert ? demanda-t-elle

— A rien, dis-je. Rien ne sert à rien.

Epaminondas s'en alla, peút-être un peu vexé que je ne lui aie pas proposé de nous accompagner. Je descendis avec elle dans sa cabine et je l'aidai à s'habiller. Pour la première fois depuis que je la connaissais elle mit une robe d'été. Je me souviens de cette robe, en cotonnade verte et rouge. Et elle mit un chapeau, un peu petit pour contenir tous ses cheveux, qu'elle posa haut sur sa tête. Dessous son visage chavirait. Un peu celui d'une femme endormie les yeux entrouverts. Elle voulut descendre la passerelle toute seule. Mais elle n'y arriva pas, elle fut prise de peur et elle s'arrêta au milieu. Je la pris fortement sous le bras et je la conduisis. Je ne sais pas combien elle avait bu de whiskys, mais elle était vraiment très saoule. Lorsqu'elle était seule avec Epaminondas elle buvait sans arrêt. Dès qu'on fut à terre, elle voulut s'arrêter dans un café pour boire encore. Mais il n'y avait pas de café. Je le lui dis, et je la forçai à marcher. On remonta la rue transversale et on arriva sur le boulevard. Là, elle s'arrêta et voulut encore aller dans un café. Mais il n'y avait toujours pas de café. Alors elle dit qu'elle voulait s'asseoir sur un banc. Je ne le voulus pas parce que je craignais qu'une fois assise elle ne s'endormît. Elle résista. Elle fit le geste de s'asseoir et je la tirai si fort, et elle était tellement décidée à me résister que son chapeau tomba et que ses cheveux se dénouèrent complètement. Elle s'en aperçut à peine. Je ramassai le chapeau. Elle se remit à marcher, les cheveux dénoués. Les gens s'arrêtaient pour nous regarder passer. Elle ne s'en apercevait pas. Parfois elle était si lasse qu'elle

fermait les yeux. Je ne l'avais jamais vue dans un pareil
état. J'étais en nage. Mais j'avais beaucoup plus de
force que tout à l'heure et je réussissais à la traîner.
On mit peut-être une demi-heure pour atteindre le
milieu du boulevard. La pente devint plus douce. Il
etait quatre heures de l'après-midi. Le vent s'était levé
et retournait sur elle ses cheveux dénoués. Ils étaient
longs et ils lui recouvraient le haut du ventre et les
seins. Je la traînais si fort qu'on aurait pu croire que je
la traînais dans un commissariat, ou qu'elle avait perdu
la raison. Moi je la trouvais belle au-delà de ce que je
pourrais jamais dire. J'étais aussi saoul qu'elle, de la
regarder. Elle me répétait sans arrêt de la laisser
tranquille.

— Laisse-moi.

Elle ne criait pas. Elle me le demandait avec une
douceur constante, parfois mêlée d'une certaine surprise, parce que je m'obstinais à ne pas l'écouter.

— Il faut que tu marches, disais-je.

Je lui répétais qu'il le fallait sans lui dire pourquoi, le
savais-je moi-même ? non, qu'il le fallait absolument.
Sur le moment elle le croyait et, pendant quelques
minutes, elle avançait ses pieds. Puis son ivresse
reprenait le dessus et elle me redemandait une nouvelle
fois de la laisser tranquille, tout en essayant de freiner
ma marche. Alors je recommençais à la persuader qu'il
fallait absolument qu'elle avançât. Pas une seule fois je
ne désespérai d'arriver sur la place. Nous y arrivâmes.
Elle aussi, elle s'assit machinalement à la première
terrasse de café, celle où précisément une heure plus
tôt je m'étais arrêté. Elle renversa la tête sur son

333

fauteuil et resta ainsi, calme, les yeux fermés. Le garçon arriva. C'était le même que le matin. Il me reconnut et me dit bonjour. Il se planta devant nous et nous la regardâmes lui et moi. Il comprit, et me sourit gentiment.

— Une minute, dis-je.

Il s'éloigna. Je l'appelai doucement :

— Anna.

Elle ouvrit les yeux et je ramenai ses cheveux en arrière. Elle se laissa faire. Elle avait très chaud ; ses cheveux étaient collés sur son front.

— On va prendre une glace, dis-je.

Je rappelai le garçon qui, à quelques mètres de nous, ne cessait pas de nous lorgner avec curiosité. Je lui commandai deux glaces.

— Quel parfum ?

Cette question me fit rire. Il comprit encore.

— Vanille, dit-il. Ce sont les meilleures.

— Non, dit-elle, pas de glace.

Le garçon m'interrogea du regard.

— Deux glaces à la vanille, répétai-je.

Elle ne protesta pas. Elle regardait les passants. Il y en avait maintenant beaucoup. L'après-midi tirait vers sa fin. Mais les camions passaient toujours. Des cars aussi, à cette heure. Le garçon revint avec les glaces. Ce n'était pas une très bonne glace. Elle en prit une cuillerée, fit la grimace et la laissa. Puis elle me regarda manger la mienne avec une sorte de vague intérêt. Je la finis complètement. Il y eut un embouteillage sur le boulevard et la place fut remplie de camions et de cars arrêtés. Deux cars s'arrêtèrent devant le café, l'un plein de petites filles, l'autre, de petits garçons. Toutes les autos klaxonnèrent en même temps. Les petits garçons chantaient « Auprès de ma blonde » et les petites filles chantaient en même temps un chant anglais. Devant le car des petits garçons, il y en avait un autre, de vieilles Américaines qui regardaient, émues, le car des petits garçons. Le bruit était extraordinaire. Elle plissait les yeux, le supportait mal. Ne comprenait rien à ce qui se passait, et s'y résignait cependant un peu comme si je l'avais transportée du yacht, à cette terrasse, pendant qu'elle dormait. Son visage était toujours triste. Mais elle était moins saoule.

— Tu ne manges pas ta glace ?

— Elle n'est pas très bonne.

Elle fit une grimace en essayant de sourire.

— Il ne faut pas la laisser, dis-je, à cause du garçon.

Elle essaya encore puis, non, elle y renonça.

— Je ne peux pas.

Il passait pas mal de marins et de soldats de toutes nationalités. Ils marchaient deux par deux. Devant le café, ils ralentissaient le pas et regardaient cette femme aux cheveux dénoués, d'un air effaré et stupide.

— Tu vas boire un café, un bon café, dis-je.

— Pourquoi un café ?

— Un bon café, ça fait du bien.

A quelques mètres de nous se tenait le garçon, toujours planté face au port, mais qui ne cessait pas de nous regarder. Je lui commandai le café.

— Pourquoi ? dit-elle encore.

Le garçon apporta un café. Il n'était pas très bon, à

peine chaud. Elle le goûta et dit sur le ton de la plus grande détresse, prête à pleurer :

— Dans ce café, tout est mauvais. La glace ne valait rien.

Je lui pris la main et lui expliquai :

— C'est comme ça, dans toute la ville. Quand, dans un café, les glaces sont mauvaises, elles sont mauvaises dans toute la ville, dans tous les cafés de la ville. Tous les cafés se fournissent au même glacier.

— Et pour le café ?

— Pour le café, dis-je, c'est différent. Si tu veux, on peut commander un filtre.

— Oh non, dit-elle.

Elle alluma une cigarette. Mais son briquet ne marcha pas. Elle gémit longuement. Je lui pris la cigarette de la bouche et je la lui allumai. Elle ne s'impatientait jamais, d'habitude, de ce genre d'inconvénients, ne se plaignait jamais de rien. Elle fuma sa cigarette, les lèvres crispées par le dégoût.

— On aurait mieux fait de rester à bord, dit-elle, elle ajouta : C'est toujours comme ça quand on descend.

Je sentis ma figure chavirer dans un rire invincible. Elle ne le vit pas.

La rue filait, pleine, devant nous. Les autocars, les autos et les camions longeaient la terrasse, en files compactes, dans un bruit d'enfer.

— Je ne descendrai plus jamais, dit-elle.

— Il faudra bien, dis-je, au Dahomey, chez les Éoués d'Epaminondas.

Elle me sourit aussi gentiment qu'elle pouvait.

— Je suis sûr qu'on va réussir, dis-je, on va chasser le koudou et on va se marrer. Le tort des gens, c'est en général de ne pas assez se marrer. On va se déguiser, je mettrai un casque à double fond, des lunettes noires, des culottes de cheval et je te donnerai une petite gibecière qui sera très utile si jamais nous flanchons.

— Non, dit-elle.

— Je te parlerai, dis-je, le soir, sous la tente, pendant que le lion rugira. On emmènera Epaminondas ?

— Non.

— Je te parlerai, dis-je.

— Non, dit-elle, il n'y a plus de koudous.

— Le monde en est plein, dis-je, tu n'y connais rien.

— Ce n'est plus lui, dit-elle, que maintenant j'attends.

— On attend toujours, dis-je, quelque chose. Quand l'attente est trop longue, alors on change, on attend autre chose qui vient plus vite. Les koudous sont faits pour ça, pour les petites attentes. Il faut que tu t'y habitues.

Elle ne répondit pas. C'était difficile de parler, il fallait presque crier. A intervalles réguliers, celui des feux rouges, c'était un cataclysme de bruit qui s'abattait sur nous. Les maisons tremblaient, les conversations s'arrêtaient.

— Je voudrais bien qu'on parte, dis-je, mais tu ne pourras pas encore marcher. Il faut que tu boives un bon café.

— Non, dit-elle, pas de café.

J'appelai le garçon encore une fois. Et je lui expliquai à lui aussi qu'elle avait besoin d'un bon café.

— C'est elle, lui dis-je d'un air entendu, la femme du *Gibraltar*.

Il parut stupéfait. Il le crut d'emblée, n'en douta pas une seconde. Et comme si c'était là une explication d'une valeur suffisante, il me dit qu'il allait lui apporter un filtre. Ça demanderait une dizaine de minutes à peine. Je lui dis qu'on attendrait. Elle, elle n'était pas de cet avis.

— Je voudrais rentrer à bord, dit-elle.

Je fis comme si je n'avais pas entendu. Pendant les dix minutes, pendant qu'on attendait le café, elle supporta très mal le bruit de la place.

— Ce n'est pas la peine d'attendre, dit-elle, je suis sûre que ce café sera mauvais.

Elle aurait voulu que tout fût pire, que tout allât de pis en pis. Je crus qu'elle allait crier et je lui pris la main et je la lui serrai pour l'en empêcher. Le garçon remarqua combien elle était impatiente. Il revint vers nous et je lui redis que je comptais sur lui pour que le café fût bon. Il me dit qu'il le faisait lui-même, que l'eau chauffait, qu'il ne pouvait pas faire plus. Elle sourit au garçon quand même mais un peu comme si tout ce qui arrivait était seulement de ma faute et non de la sienne, et qu'elle voulait lui signifier qu'elle savait bien qu'il n'y était pour rien.

— Ça doit y être, dit-il, je vous le ramène.

Il disparut et revint presque en courant avec le filtre. Il fallut alors attendre que l'eau ait coulé. Je tapais sur le filtre pour la faire couler plus vite.

— Tu vas tout gâcher, dit-elle.

Je goûtai le café. Il était bon. Elle me le prit des mains et l'avala d'un trait. Il était très chaud, elle se brûla et gémit encore.

— Il était bon, dis-je.

— Je ne sais pas, je voudrais partir.

Je lui dis qu'elle devait se coiffer. Elle noua son écharpe autour de ses cheveux.

— Où veux-tu aller ?

Elle se dressa toute droite, les yeux pleins de larmes.

— Oh, je ne sais pas, je ne sais pas.

— On va aller au cinéma.

Je lui pris le bras. Elle ramassa son chapeau. Nous nous engageâmes dans une avenue qui donnait sur la plage, dans la direction opposée au port. Là il n'y avait pas de cinémas, c'était visible, c'était un quartier de banques et de bureaux. Elle ne le remarquait pas, ne regardait rien. Cette avenue était calme, elle aboutissait à un parc qu'on voyait au loin. Elle donnait envie de revenir dans l'autre boulevard. On marcha pendant dix minutes, puis je rebroussai chemin.

— Tu ne sais pas ce que tu veux, dit-elle.

— Je le sais. Un film. C'est ce qu'il faut de temps en temps.

Je n'aurais plus su dire si je ne venais pas seulement de commencer à l'aimer. Oui, j'aurais pu croire que cela commençait seulement. Je lui serrais le bras très fort, elle faisait de petites grimaces, mais un peu comme si elle devait accepter cette douleur que je lui faisais comme le bruit des camions, comme le reste, une fatalité. J'aurais voulu ne pas la connaître encore et j'essayais de l'imaginer marchant devant moi avec ce visage-là, ces yeux. Mais je n'y arrivais pas bien sûr. Pourtant je la trouvais plus belle et elle m'étonnait plus encore que le jour où je l'avais aperçue derrière les roseaux.

— Pourquoi le cinéma ? demanda-t-elle doucement.

— Pourquoi pas ?

— Tu sais à quel cinéma on va ?

— Bien sûr, dis-je, je le sais.

Elle se retourna et eut l'air de me suspecter de quelque mauvaise intention.

— Je voudrais te dire quelque chose, dis-je.

— Qu'est-ce que ça a à voir avec le cinéma ?

— Qui sait ?

Nous arrivâmes face au boulevard qui allait de la place au port. Nous retrouvâmes les longues files des camions de limaille et de charbon. Je m'arrêtai devant un passage clouté. C'était sans nécessité que nous traversions, et je crois qu'elle s'en rendit compte, mais elle ne m'en fit pas la remarque.

— Nous allons traverser, dis-je.

Oui, je crois qu'elle comprit, parce que de l'autre côté du boulevard il n'y avait manifestement aucun cinéma. Et elle n'était presque plus saoule. Un agent en blanc, monté dans une sorte de hunette surélevée, aussi blanche que lui, réglait la circulation des monstres de limaille avec des gestes pontificaux. Ceux-ci s'arrêtaient, au seul geste de sa main gantée, dans des crissements assourdissants de freins.

— Regarde l'agent, dis-je.

Elle le regarda et sourit. J'attendis une fois, puis

deux fois, le signal de l'agent. Chacun des passages, soit des piétons, soit des camions durait trois minutes. Il y avait beaucoup de monde.

— C'est long, dit-elle.

— Très long.

Le second signal cessa. Ce fut au tour des camions de passer. Un camion chargé de caisses démarra puissamment. Il n'y avait plus personne sur le passage clouté. L'agent fit un demi-tour sur lui-même et il écarta les bras comme un crucifié. Je la pris par les épaules et je l'entraînai en avant. Elle vit tout, le camion qui démarrait, le passage vidé des piétons. Elle se laissa faire. Pour la première fois, je n'eus plus du tout le sentiment de la traîner en avant. On s'élança. L'aile du camion frôla ma jambe. Une femme cria. Un peu avant d'arriver au refuge, juste après le cri de la femme, et dans les vociférations de l'agent, je lui dis que je l'aimais.

Elle s'immobilisa près du refuge. Je la tins très fort contre moi pour éviter qu'elle ne tombe contre les camions. Ce n'était pas grand-chose ce que je venais de lui dire. Des mots entre des milliers d'autres que j'aurais pu lui dire. Mais je crois que depuis qu'elle avait perdu le marin de Gibraltar, c'était la première fois qu'elle avait besoin de les entendre de quelqu'un. Elle se tenait près du refuge, immobile, un peu pâle.

— *Papers !* cria l'agent.

Tout en la retenant d'un bras contre moi, je sortis ma carte d'identité et je la tendis à l'agent. Il n'était pas très en colère. Il crut, à la voir ainsi prostrée, qu'elle avait eu très peur que je me fasse écraser. Elle le regarda en souriant, et tout comme si ç'avait été lui l'objet de ses pensées. L'agent le vit et lui sourit à son tour. Il me rendit ma carte d'identité et fit un demi-tour sur lui-même afin d'arrêter les camions et nous permettre de passer. On traversa.

— Je n'ai pas très envie d'aller au cinéma, dit-elle.

Elle rit. Je ris aussi. La rue tournait autour de nous comme un manège. J'avais le vertige de le lui avoir dit. On repartit en sens inverse et on retraversa le passage clouté, cette fois, au signal convenu. L'agent parut surpris mais lui sourit encore. On trouva un cinéma dans une petite rue perpendiculaire au boulevard. On rentra à bord un peu avant l'heure du dîner. Encore une fois, Laurent nous attendait pour repartir.

Le voyage dura dix jours.

Il fut calme et gai.

Je devins un homme sérieux. Cela commença après Tanger et cela dura. Elle aussi, elle devint sérieuse à son tour et cela commença pour elle aussi, après Tanger, et cela dura. Je ne veux pas dire que nous l'étions tout à fait lorsque nous arrivâmes à Cotonou, non, mais seulement que nous l'étions beaucoup plus qu'au départ. C'est long et difficile de devenir sérieux, tout le monde sait ça, et on ne peut pas le devenir en un jour ni même en dix jours, mais seulement commencer à le devenir.

La traversée fut donc calme et gaie.

Dès Casablanca j'achetai trois chemises et je recommençai à me laver et à être propre. Cela aussi fut un peu difficile bien sûr. Mais à Grand-Bassam j'étais redevenu presque tout à fait propre. Dormir me prit un peu plus de temps. Mais quand même je dormis chaque nuit, plus ou moins, mais chaque nuit. Petit à petit, chaque jour un peu plus, j'occupais la place exacte qui me revenait sur ce bateau. Et elle, chaque jour un peu plus, elle me laissa le loisir de l'occuper et elle comprit, chaque jour un peu plus, que c'était bien mieux pour elle et pour moi. Cette place, très vite, me fut très chère. S'habituer à une telle existence peut sans doute paraître facile, de loin, pourtant je crois que peu d'hommes auraient pu s'y habituer aussi bien que moi. Pour bien chercher, c'est comme pour le reste, il ne faut faire que ça, et sans remords d'aucune autre activité, sans douter jamais que la recherche d'un seul homme vaille qu'un autre homme y consacre sa vie. Autrement dit, il faut être convaincu qu'on n'a rien de mieux à faire. C'était, pour ma part, le cas. Je n'avais rien de mieux à faire. Je veux dire, qu'à le chercher. Et bien que ce soit là une activité fort délicate et difficile et qui peut prendre les apparences les plus contradictoires, par exemple celle de la totale oisiveté, et que je n'en connaisse pas encore, loin de là, tous les aspects et toutes les difficultés, je crois que je puis dire, sans trop me vanter, que je commençais déjà dès cette traversée à être une bonne graine de chercheur de marin de Gibraltar.

Nous nous arrêtâmes à Casablanca, à Mogador, à Dakar, à Freetown, à Edina et enfin à Grand-Bassam. Elle, elle ne descendit que deux fois, à Dakar et à

Freetown et je descendis, ces fois-là, avec elle. Mais je descendis aussi partout ailleurs, à Casablanca, à Mogador, à Edina et à Grand-Bassam, et ces fois-là avec Epaminondas. A descendre ainsi, avec elle et même aussi bien avec Epaminondas, je me mis vite à aimer une certaine géographie, l'humaine géographie. A voyager ainsi, pour rechercher quelqu'un, on prend un plaisir très différent de celui qu'on prend d'habitude à voyager tout court. Nous n'étions certes pas des touristes, nous ne pouvions pas en être, loin de là. Pour ceux qui cherchent un homme, les escales se valent toutes, elles sont beaucoup moins des sites naturels que des repaires d'hommes d'un certain genre. C'était lui sans doute, cette aiguille qui établissait entre le monde, disons, et nous un lien plus puissant que tous les autres. Nous allions, certes, à Cotonou pour le chercher, mais nous ne pouvions oublier que nous pouvions le trouver bien avant, à chaque escale. Quand par hasard nous regardions l'atlas en matière plastique, et cela tout en allant à Cotonou, c'est de lui, et de lui seul, qu'il nous paraissait peuplé dans son entier. Et quand nous parcourions les avenues de Dakar ou les ruelles de Freetown ou les docks de Grand-Bassam, nous le cherchions machinalement en chacun des hommes blancs de ces ports. La nature nous paraissait fade à côté. Je rentrais toujours très fatigué de ces escales. Pour me remonter, je buvais du whisky. J'en buvais de plus en plus. Elle aussi d'ailleurs, elle en buvait de plus en plus. Et nous en bûmes toujours plus à mesure que le voyage avança. On but le soir. Puis dans l'après-midi. Puis le matin. Chaque jour un peu plus tôt. Il y avait toujours du whisky à bord. Elle buvait depuis longtemps, elle bien sûr, depuis qu'elle le cherchait, mais durant ce voyage, elle le fit avec plus de plaisir, je crois, qu'avant. Très vite, je bus à son rythme et je cessai complètement, quand nous étions ensemble, de la retenir de trop boire. Sans doute était-ce que nous devenions sérieux. C'était surtout du whisky que nous buvions, et aussi du vin, du pernod. Mais le whisky était ce que, bien entendu, nous préférions. Avant d'être américain, cet alcool est en effet celui par excellence des longues recherches en mer.

Nous longeâmes la côte d'Afrique et nous l'eûmes toujours en vue après Tanger. Rocheuse et chaotique jusqu'au Sénégal, elle devint, à partir de là, plate et grise. Elle le resta jusqu'au bout. Le whisky aidant, parfois, nous lui trouvions de la diversité.

Et même une fois, à cause d'elle, je découvris un aspect comique à ma situation. A la voir sempiternellement défiler de la sorte, je trouvais tout à coup irrésistible d'être lié à ce bateau comme je l'étais et à ce point que je ne m'étonnais même plus de me faire trimbaler comme ça jusqu'en Afrique, quitte à me faire débarquer à la première occasion. Elle rit et elle me dit qu'il en était ainsi pour bien des gens, mais à leur insu bien entendu, parce que tout le monde ne disposait pas de la côte africaine pour s'en rendre compte, et que cette situation n'était pas aussi particulière que je le croyais.

Peu avant Cotonou, trois jours avant, nous essuyâmes une tempête assez forte. On ferma les hublots et les portes et personne n'eut le droit d'aller sur le pont.

Epaminondas eut le mal de mer et regretta de « s'être laissé faire ». Cela dura deux jours. Le bateau se levait comme un cachalot, puis il retombait inerte, dans des gouffres affreux. On aurait pu se demander chaque fois s'il remonterait. Bruno se le demanda souvent et Epaminondas quelquefois. Pour nous, ce fut différent. Son mouvement continuel et vain, il n'avançait pas et durait comme il pouvait, aurait pu nous faire trouver entre nos efforts et les siens une ressemblance. Mais le lendemain, comme lui, comme tous, nous les continuions. Et le lendemain la tempête dura encore, mais ce jour-là le soleil se leva. A travers les hublots du bar nous regardâmes la mer démontée sous le soleil. C'était très beau. Les hélices tournaient souvent hors de l'eau et tout le bateau criait de peur. Mais l'idée qu'il pouvait sombrer avant le rendez-vous d'Epaminondas, ce jour-là, nous amusa plutôt.

Le temps se leva donc le surlendemain, deux jours avant l'arrivée. Dès lors nous allâmes vite afin de rattraper le temps perdu, vers le marin de Gibraltar.

L'arrivée sur l'Afrique est toujours brutale, sans une île, sans une baie où la houle s'éteint doucement, sans ces archipels qui d'habitude annoncent les continents et dansent sur la mer.

Il fit très beau ce jour-là. Des bandes de marsouins vinrent à notre rencontre. Ils sautaient, argentés dans les eaux chaudes, et ils essayèrent bien des séductions pour que l'un de nous se sacrifie à leur fougueux appétit. Elle leur jeta du pain. Une légère houle balança l'Océan et nous arrivâmes dans le golfe de

346

Guinée, sur des fonds bathymétriques de cinq mille mètres, dans des horizons parfaits que rien ne troubla sauf, vers la fin de l'après-midi, une cheminée de cargo et plus tard encore, quelques voiles jaunes de cotonniers guinéens. Nous débarquâmes à Porto-Novo vers six heures du soir.

Les effusions de Louis et d'Epaminondas durèrent longtemps. Ils s'étaient bien connus il y avait deux ans, d'abord à Marseille, ensuite sur le bateau et ils étaient très amis. Installés au bar ils se racontèrent leur existence depuis qu'ils s'étaient quittés et ils nous oublièrent complètement pendant une demi-heure. Nous attendîmes très discrètement qu'ils en aient fini tout en buvant des whiskys. Après avoir fait bien des métiers, Louis s'adonnait maintenant à un commerce de bananes entre Cotonou et Abidjan avec un vieux cotre qu'il avait acheté à une société en faillite. Il raconta à Epaminondas qu'il employait tous ses bénéfices à rafistoler ce cotre et qu'il n'avait jamais un sou devant lui. C'est ainsi que nous apprîmes, et dès les premières minutes, que Louis avait besoin de 50 000 francs pour s'acheter un cotre neuf parce que, outre que celui-ci lui coûtait tout ce qu'il gagnait, il risquait à chacun de ses voyages en mer de passer au travers. Ce fut d'ailleurs à ce propos qu'il se souvint, en toute bonne foi, de la présence d'Anna. Je dis tout de suite que deux jours plus tard il lui demanda ces 50 000 francs pour s'acheter ce cotre neuf. Ce qu'elle fit bien sûr sans hésiter, et même avec un plaisir que n'altéra en rien, bien au contraire, le fait que Louis lui avait fait parvenir son message autant parce qu'il croyait avoir mis la main sur le marin de Gibraltar, que pour lui permettre de lui rendre, à domicile, ce petit service.

Petit, maigre, cuit par le soleil, Louis était frappant à la fois par sa vivacité et sa désinvolture. Il était marqué lui aussi, comme Epaminondas, comme tous les marins qui lui envoyaient des messages et qui le « reconnaissaient » un peu facilement sans doute, par une grâce très particulière. Sans doute, chez lui, à cause de son séjour sous le soleil d'Afrique, cette grâce avait-elle quelque chose d'intempérant. Je crois, et cela parce que moi-même le premier jour, j'en ai été tenté, faute d'habitude, que beaucoup auraient pu le croire fou. Mais non, il ne l'était pas. Louis ne fréquentait que des noirs. Les blancs de Porto-Novo ne voulaient pas entendre parler de lui. Il les fatiguait. Les blancs le disaient bavard, instable, bon à pas grand-chose et nuisible à leur réputation. Seuls les noirs aimaient Louis. Son extravagance ne les gênait en rien. Et la vie qu'il menait, précaire, au jour le jour, ne les inquiétait pas, au contraire.

Cette précarité nous fut très vite chère. Et cette extravagance ne fit pas reculer Anna. Après des années d'expérience, elle savait, non seulement que les indices les plus légers, les plus vagues, ceux qui auraient pu faire sourire des novices en la matière pouvaient quelquefois receler un commencement de vérité, mais aussi qu'on devait, quelquefois, faire confiance à tous, aux menteurs, aux imbéciles, et même aux fous. Tout le monde peut se tromper, dit-elle. Elle fit confiance à Louis jusqu'à aller, sur ses indications, dans les régions reculées de l'Afrique centrale, dans les vertes savanes de l'Ouellé.

Louis habitait un petit bungalow de deux pièces, assez délabré, qui donnait sur le port. C'était le seul blanc de cette partie-là du quartier indigène. Il vivait avec une jeune Peuhl depuis deux ans, dans une instabilité dont elle paraissait elle aussi très bien s'accommoder. Dès le soir de notre arrivée, Louis invita Anna à dîner avec Epaminondas. Je me joignis à eux et, prévenu sans doute par Epaminondas de mon rôle sur le bateau, mais un peu tard, Louis s'excusa, lorsque j'arrivai chez lui, de m'avoir oublié. Il me dit qu'il était très content que je sois venu et me traita très amicalement et avec naturel, comme un homme de plus qu'elle emmenait avec elle pour lui permettre d'attendre plus commodément le marin de Gibraltar et qui, en somme, l'aidait lui aussi à le rechercher. D'ailleurs la grande attention que je prêtai à l'histoire, qui ce soir-là nous fut racontée, le confirma tout à fait dans ses idées sur mon rôle auprès d'elle. Il y avait à ce dîner un quatrième convive qui était le meilleur ami de Louis, un instituteur noir de l'École de garçons de Cotonou que Louis nous présenta, et comme étant l'homme qui connaissait le mieux le marin de Gibraltar dans tout le Dahomey, et comme l'auteur, en langue française, d'un ouvrage de six cents pages édité par le service de Propagande du ministère des Colonies, qui relatait l'épopée d'une reine dahoméenne, Domicigui aïeule du roi Béhanzin. Il fut beaucoup question de Domicigui pendant le dîner. D'autant plus que, comme tous les rédacteurs du ministère des Colonies, j'avais eu entre les mains cet ouvrage si probant des bienfaits du colonialisme — du moment qu'il était écrit en français par un sujet noir. Louis nous dit longuement qu'il avait assisté à son élaboration, à sa correction. Il le jugeait magistral. Je félicitai chaleureusement l'auteur de l'avoir écrit. J'évitais bien entendu de lui avouer que je n'en avais pas lu le premier mot. Il se trouva donc que je fus pour Louis et son ami le seul homme blanc avec, nous dit-il, le marin de Gibraltar qui eût lu Domicigui et qui l'eût apprécié. Leur joie fut en conséquence redoublée. Et, toujours du fait de cette coïncidence, la raison de notre rencontre, et de notre séjour au Dahomey fut, si l'on veut, encore plus motivée à leurs yeux. C'était bien naturel. Et si le récit que nous fit l'ami de Louis de ses rencontres avec le marin de Gibraltar fut tout émaillé d'incidentes allusives au passé du Dahomey, cela n'eut pas l'air de gêner le moins du monde Anna. Pour moi, qui m'attendais pour ainsi dire à tout, comment cela m'eût-il gêné ?

Le dîner fut simple mais excellent. La jeune Peuhl de Louis nous servait à table avec une grande gentillesse. Mais elle ne participa à aucun moment à la conversation. Le passé du Dahomey, si glorieux fût-il, l'indifférait manifestement, quant à l'histoire du marin de Gibraltar, elle la connaissait sans doute suffisamment pour ne rien avoir à en apprendre de l'instituteur. Lorsque le dîner se termina, elle sortit sur le porche et chanta des mélopées pastorales des hauts plateaux de l'Atokara. Anna avait fait apporter suffisamment de bouteilles de vin italien pour que la soirée se prolongeât tard dans la nuit, et pour que personne ne s'étonnât vraiment du récit que nous fit l'ami de Louis.

Le voici. Il le fit vers deux heures du matin, à voix basse — la police est partout, nous dit-il — sur le ton de l'épopée et du mystère, passablement ivre, accompagné des accents héroïques et tristes des mélopées de l'Atakora.

Il y a à Abomey, capitale du Dahomey, ancien séjour des rois dits féroces de notre Dahomey dont, vous vous en souvenez certainement, le plus grand a été le dernier, hélas ! je veux dire Béhanzin, l'œil du monde dont il serait si urgent d'écrire enfin l'histoire et d'entreprendre la réhabilitation, il y a disais-je, à Abomey, un certain Monsieur blanc. Ce Monsieur blanc, d'après les indications de Louis, d'après l'histoire dont il me rebat les oreilles depuis deux ans, coïnciderait en personne, parfaitement autant qu'il est possible, avec un autre Monsieur blanc qui vous intéresse et à la recherche duquel vous consacrez, Madame, votre existence. Les autres blancs de la colonie le désignent en général par l'appellation crapule, ou encore marlou, ou encore maquereau — je ne savais pas si cette dernière appellation, nouvelle pour moi, était aussi injurieuse que les autres, mais Louis m'a dit qu'elle l'était encore davantage. Les blancs disent aussi de lui qu'il est la honte de la colonie, mais moi je ne vois pas pourquoi un seul de tous les blancs

351

de ce bordel, comme dit Louis, excusez-moi, en supporterait le poids. Ce Monsieur a ceci de particulier, qu'il est recherché par la police blanche de Porto-Novo et de Cotonou et de toutes les villes où il y en a — à l'exception d'Abomey où ce Monsieur blanc, je le répète, est domicilié et où, comme dit Louis, excusez-moi, la police a les foies — où il y en a, je veux dire, de la police blanche, la police noire n'étant pas habilitée, à cause de sa couleur, à rechercher les blancs criminels. Je vous le dis tout de suite, que ce Monsieur est recherché par la police blanche, parce qu'il me semble avoir compris à l'aide de ma petite intelligence pourtant si rabougrie, que c'est là une des caractéristiques les plus remarquables de cet autre Monsieur dont la recherche est pour vous, et depuis longtemps déjà, votre passe-temps favori. Je veux dire, excusez-moi, M. le marin de Gibraltar.

Les chefs d'inculpation reprochés à M. le marin de Gibraltar sont nombreux et variés. Crimes, oui, vols, contrebande et, excusez-moi, Madame, si j'ose m'exprimer ainsi, mais je vous dois toute la vérité, viols. J'ajoute immédiatement que ce dernier chef d'inculpation, ces viols, et c'est là une petite lacune des blancs de ne pas vouloir le comprendre, sont ici, dans notre Dahomey, des crimes très relatifs. Surtout quand il s'agit de M. le marin de Gibraltar dont le prestige est grand, très grand, auprès de nous, et auprès, en conséquence, de nos femmes et de nos filles qui traînent toutes, hélas, après elles, la nostalgie des temps anciens du Dahomey où l'amour se faisait comme on respire, à tous les âges, à toutes les heures du jour, dans toutes les positions, et sans justice de paix pour contrôler.

J'ai, pour ma part, je vous le dis tout de suite, eu le grand honneur d'aborder M. le marin de Gibraltar. Je suis, mais comment le sauriez-vous ? natif d'Abomey, mon épouse y séjourne la plupart du temps et je vais souvent jouir auprès d'elle de la félicité conjugale. Ces voyages sont compatibles avec ma fonction d'institu-teur qui n'est pas sans me laisser quelques loisirs. C'est ainsi que j'ai eu le grand plaisir et l'insigne honneur de rencontrer M. le marin de Gibraltar et d'avoir eu avec lui, quelquefois, des effusions amicales.

Nous autres, Dahoméens en général, n'appelons pas M. le marin de Gibraltar par cette appellation susdite. La raison en est que, à part Louis et moi que Louis a mis au courant, personne ne sait que c'est là sa vraie désignation, c'est-à-dire la vôtre, vous à qui il est plus cher que tous les honneurs terrestres et les colliers dorés comme on dit. Nous autres Dahoméens le connaissons sous l'humble désignation de Gégé. Je dis bien Gégé et non, excusez-moi, mais vous pourriez confondre, Glé-Glé, le célèbre père de Béhanzin, l'œil de requin.

La description de Gégé, pardon, de M. le marin de Gibraltar, me sera un peu difficile à faire. Étant, comme vous pouvez en juger, noir, j'ai une sorte d'incapacité raciale à distinguer les différences physio-nomiques des blancs. Je les confonds tous les uns avec les autres à ce point qu'un jour j'ai abordé M. notre Gouverneur général en lui disant : alors, comment ça va, mon vieux, le prenant, c'était au début de notre amitié, pour Louis ici présent. Ce qui a failli, je vous le dis à vous, me coûter cher. Mais il me semble que je pourrais quand même dire, sans le dire, tout en le disant, comme vous dites, que M. le marin de Gibraltar pourrait à la rigueur ressembler un petit peu à M. Epaminondas. La difficulté que j'éprouve à vous rendre compte de son visage se complique encore du fait que M. le marin de Gibraltar porte le casque colonial et les lunettes noires et que je ne l'ai jamais rencontré dans les rues d'Abomey que pourvu de ces appareils préservatifs indispensables à tout blanc dans notre colonie du Dahomey qui se situe, comme vous le savez, si près de l'équateur. Toutefois je peux vous dire que nos femmes, excusez-moi, Madame, si je mets à l'épreuve votre sentiment, nos femmes disent que ses yeux sont bleus. Certaines prétendent — j'ai été obligé de me renseigner à mon tour, pour pouvoir vous renseigner de même — qu'ils sont bleus comme le ciel azuré du matin, d'autres disent qu'ils sont bleus comme les lacs des plateaux de l'Atakora dans les vapeurs du crépuscule. Mais les lunettes noires n'étant pas, bien sûr, transparentes, je n'ai rien vu dans ses yeux qui puisse vous guider. A l'occasion de votre voyage ici, vous pourrez, si vous le voulez, juger de ces subtiles et poétiques différences. Pour ma part, j'ai pu juger que de part et d'autre de ses lunettes noires fort régulièrement faites, ses traits sont régulièrement disséminés sur son visage et que ses cheveux — à cause du casque, ce que je vous dis ici, est un peu, excusez-moi, arbitraire — doivent encore et toujours recouvrir complètement la surface de son crâne. Je n'en ai vu que l'extrême bordure, mais je peux vous dire que celle-ci est noire.

Les ressources de M. le marin de Gibraltar sont nombreuses et variées. Elles portent en général sur ce que les blancs appellent ici le trafic. Je crois que ce mot désigne une activité commerciale à la fois nouvelle, originale et, comme on dit, très personnelle. Ce trafic porte sur les objets de notre artisanat dahoméen et aussi sur l'or. Il n'est pas seul à le faire. On dit que M. le marin de Gibraltar a des hommes à lui dans toute l'Afrique, en particulier dans la Côte-d'Ivoire, dans la Nigeria, dans le Soudan oriental, mais aussi dans le Fouta-Djalon, à Labbé, et jusque dans le bassin de l'Ouellé chez les peuplades montboutous, vous savez bien, les espèces dites anthropophagiques.

Sur les activités de M. le marin de Gibraltar, bien que nos conversations aient toujours été brèves et qu'elles se soient bornées la plupart des fois à un échange de nouvelles, je sais par ouï-dire qu'il est porté sur les boissons alcooliques et en particulier sur celle dite whisky qui, d'après Louis, est ce qu'il y a de plus indiqué lorsqu'on a un passé lourd et des choses pesantes à la conscience. Il chasse aussi, et tous les animaux de la colonie et même, quand il n'a rien d'autre à se mettre sous la dent, des corbeaux dans les rues d'Abomey. Il vit comme nous autres, pauvres noirs, qu'il appelle ses frères et il partage sa demeure avec une douzaine de Peuhls qu'il appelle aussi ses frères et qu'il a, dit-on, dressés contre ses faux frères blancs de l'administration coloniale. J'ajoute un détail qui, personnellement, m'est très cher, c'est qu'il est très ferré sur l'histoire du Dahomey et qu'il tient notre grand Béhanzin dans la plus haute estime.

M. le marin de Gibraltar passe ici, dans notre Dahomey, pour ce que Louis appelle un dur et encore un rude lapin. Chez nos âmes simples, nos bergers des hauts plateaux, il passe pour davantage encore, pour un homme imprenable et protégé des dieux. On le compare au grand koudou qui file comme le vent, au soleil levant et l'imagination féconde de certains croit voir en lui une des réincarnations vengeresses de notre grand Béhanzin. Il aime ces comparaisons. Aussi, qu'est-ce qu'il distribue comme tabac à ces bergers des hauts plateaux. Mais je passe sur cet aspect que peut prendre pour nous M. le marin de Gibraltar. Votre mythologie, fort différente de la nôtre, fait que vous ne pouvez pas en saisir la portée. Ce que je vous dirai plutôt, c'est que M. le marin de Gibraltar a changé, comme on dit, de manière. Maintenant il est armé non seulement de ses mains, mais de mausers. Et chacun des hommes qui vit avec lui a également un mauser. Ce qui fait, si je ne m'abuse, que M. le marin de Gibraltar a dix mausers. Il les achète dans la Nigeria britannique où il a également des amis. Ses mausers sont à six balles et ils ont une grande capacité mortelle. M. le marin de Gibraltar qu'on ne voit jamais sans son mauser en bandoulière ne se cache nullement de ses activités et même, dans une certaine mesure, de son passé historique. Nous savons nous aussi qu'il a autrefois commis un crime à Paris, cette grande capitale. Il le dit avec grande simplicité, grande humilité et que si c'était à refaire il le referait et même qu'il regrette parfois que ce soit déjà fait et que ce ne soit pas à refaire. Cependant, est-ce par prudence ? il a toujours omis de raconter dans quelles circonstances il a commis ce crime et de dire qui en a été la victime. Et moi de mon côté j'ai toujours omis, vous le comprendrez aisément, d'interroger M. le marin de Gibraltar sur ce détail. Étant donné la vivacité de tempérament de M. le marin de Gibraltar, je n'aurais pas pu, sans risquer, comme dit Louis, de me faire trouer la peau, lui dire en face que je savais bien qu'il était le justicier du roi américain des billes d'automobile, M. Nelson Nelson. Mais je comptais le faire de loin, par correspondance je veux dire, et en m'explicitant tout à fait afin qu'il ait le loisir de juger de mes bonnes intentions lorsque hélas ! M. le marin de Gibraltar a été obligé de fuir du Dahomey.

C'est, croyez-moi, très tristement, que je vous annonce cette triste nouvelle. M. le marin de Gibraltar s'est en effet rendu subitement coupable de deux nouveaux crimes, ici même, au Dahomey, et nous ne le comptons plus parmi nous. Il a occis d'un seul coup de mauser, d'un seul, un agent de police d'Abomey qui, nouveau venu à la colonie, lui a demandé effrontément ses papiers dans une rue d'Abomey et il a également occis un colon blanc qui depuis quelque temps le concurrençait dans son commerce de l'or. Ces deux imprudences, il les a commises dans l'espace d'une seule journée. Comment expliquer une telle nervosité de la part de M. le marin de Gibraltar ? Il régnait dans ces journées dans notre ville d'Abomey une grande chaleur. Mais, indifférents à toute explication, les colons blancs ont été épouvantés par cette soudaine recrudescence d'activité de M. le marin de Gibraltar et ils ont fait une pétition auprès de M. le gouverneur général. Alors, M. le gouverneur général a délégué auprès de M. le marin de Gibraltar toutes les forces de police de la colonie. C'est votre humble serviteur qui a eu l'honneur de faire parvenir cette nouvelle, par personne interposée, à M. le marin de Gibraltar. Alors que toute la police réunie remontait de Porto-Novo à Cotonou, M. le marin de Gibraltar est descendu de Cotonou à Porto-Novo. La chose lui a été facile car il ne restait à Porto-Novo aucun policier blanc, ils étaient tous à Cotonou. M. le marin de Gibraltar a donc pu décamper en toute tranquillité vers une destination nouvelle.

Il a d'abord gagné la brousse, puis ensuite, à l'aide de ses amis, le Congo belge. Une fois arrivé au Congo belge — vous allez sans doute reconnaître ce trait si personnel — M. le marin de Gibraltar a fait courir le bruit qu'il avait été réduit à l'extrémité dernière, parce que les autorités belges n'avaient pas fait jouer l'extradition en sa faveur et qu'il avait obtenu de ses camarades anthropophages, les Montboutous, qu'ils le mangeassent à l'occasion de la fête annuelle de leur grande tribu. Cette ruse sommeillait de longue date dans le cerveau de M. le marin de Gibraltar et vous n'avez, Madame, aucune inquiétude à avoir. Lors d'une de nos dernières entrevues, en effet, M. le marin de Gibraltar m'avait lui-même annoncé que si besoin s'en faisait trop sentir un jour, il gagnerait le Congo belge par la côte et qu'une fois là, si on ne lui foutait

pas encore la paix, il en viendrait à cette solution
extrême, il voulait dire, de faire courir le bruit de sa
dévoration par les Montboutous. Il m'a dit : « Gégé ne
sera jamais pris par la police, jamais. » A ce propos, je
note à toutes fins utiles que M. le marin de Gibraltar
ne parle de lui qu'à la troisième personne. Il dit :
« Gégé a faim », ou bien : « Gégé se porte bien », ou
encore : « Gégé s'emmerde » etc. Au cours de cet
entretien susdit, le plus long que j'ai eu l'honneur
d'avoir avec M. le marin de Gibraltar, il m'a expliqué
que du moment que sa vie avait été ce qu'elle avait été,
c'est-à-dire ressemblante à celle qu'il aurait souhaité
avoir s'il était permis de pouvoir faire ce souhait, il
était assez satisfait de celle qu'il avait eue pour ne pas la
regretter et ne pas pouvoir envisager d'en avoir une
autre — par trop différente — il entendait par là sans
doute d'être emprisonné par exemple — cela lui était
donc égal de disparaître chez les Montboutous. C'était
même un genre de mort que, disait-il, chose curieuse,
il avait toujours souhaité. « Dommage, m'a-t-il dit,
que Gégé meure dans toute sa santé sans qu'il puisse
servir à rien et que toute cette santé pourrisse en
définitive dans le sol africain qui n'en a que faire.
Dommage, alors que ses camarades, les Montboutous
de l'Ouellé, seraient si contents de le becqueter en
toute amitié. Si Gégé était malade, ou vioch, ou vérolé,
d'accord pour le sol africain, mais tel qu'il est,
dommage de perdre un si bon morceau ! » Sur la
demeure de M. le marin de Gibraltar la police a trouvé
une pancarte en carton, laissée par lui avant de partir,
qui confirme ce que je viens de vous dire : « Ne vous

fatiguez pas. Ne cherchez pas Gégé. Gégé n'est plus.
Ne cherchez même pas son cadavre. Aucune trace de
cadavre de Gégé dans le sol africain pour la bonne
raison, comme tout le monde peut vous le dire à
Abomey, que Gégé a été mangé par ses camarades les
Montboutous de l'Ouellé et qu'il vous emmerde. Post-
scriptum : Gégé ne regrette rien, ni pour le flic ni pour
le colon. »

La population d'Abomey, questionnée, a bien
entendu confirmé les dires de son seigneur. La police,
impuissante, a regagné Porto-Novo.

Si j'ai cru utile de prévenir M. Epaminondas, c'est
que nous savons maintenant où trouver M. le marin de
Gibraltar. Il y a un mois de cela, il nous a écrit de
Léopoldville. La lettre m'était adressée — non pas que
je sois son meilleur ami, mais je suis le seul à lire la
langue française. Nous avons détruit la lettre bien
entendu, mais nous nous en souvenons parfaitement.
« Cher Béhanzin, me disait-il plaisamment, Gégé est à
Léopoldville. Il s'y occupe le mieux qu'il peut. C'est
grand, la ville, c'est une des merveilles de la merde
coloniale. Faut avoir tué père et mère pour y vivre. Il y
a quand même retrouvé des amis. Il joue aux cartes.
Enterrez ses mausers. A bientôt, votre Gégé. »

Au reçu de cette lettre, Louis s'est décidé à écrire à
M. le marin de Gibraltar par personne interposée. Les
choses pressaient. Vous étiez déjà en route pour Sète
où nous savions qu'Epaminondas vous faisait venir.
Alors, pris de court, comme on dit, nous nous sommes
enfin décidés, la distance aidant à lui parler de son
passé, de vous, Madame, et de votre passe-temps.

Nous lui avons demandé s'il n'était pas le justicier de M. Nelson Nelson, le roi des billes des automobiles américaines et au cas où il le serait, de nous le faire savoir. Nous lui avons dit aussi qu'une dame prénommée Anna, montée sur un bateau prénommé Le *Gibraltar,* le cherchait dans tous les sens de la Terre.

Ce mot était-il trop explicite ? trop direct ? Pressés par les événements, nous l'avons peut-être un peu hâtivement rédigé. Car nous avons reçu avant-hier une réponse un peu énervée de M. le marin de Gibraltar. La voici : « Si Gégé était l'assassin de Nelson Nelson, il ne le dirait évidemment pas, surtout par écrit. Il faut être fou ou imbécile pour croire qu'il pourrait le dire. Quant à la nommée Anna, vous pouvez toujours l'adresser à Gégé. On verra ce qu'on peut faire pour elle. Qu'elle demande Gégé à Léo, dans le premier bistro de la rive gauche du Congo. »

Je m'excuse, Madame, d'avoir été si long. Je ne vois plus rien à vous dire, sauf que je considère votre entreprise avec une grande sympathie.

Nous rentrâmes à bord assez tard. Le rire que nous avions été obligés de contenir, en écoutant cette version nouvelle de l'histoire du marin de Gibraltar, nous avait fatigués. Nous allâmes tous les trois au bar, comme il se devait, pour prendre un whisky et tirer la moralité de la soirée. Et Epaminondas faisait si triste mine que cela s'imposait.

— Je crois bien, dit-il, que cette fois, c'est pas la bonne.

Elle le rassura comme elle put.

— Il a pu changer, dit-elle. Pourquoi ne serait-ce pas la bonne ? Est-ce qu'il n'a pas le droit, lui aussi, de changer ?

Mais son fou rire fut tel, tout à coup, après le premier whisky, qu'il gagna même Epaminondas.

— Cette fois, dit-il, tu peux dire que je t'ai foutue dans un drôle de pétrin.

— Je finirai par croire, dis-je, qu'il existe, et comment.

Epaminondas prit son air épouvanté.

— Il veut dire, dit Anna, qu'avec tous ses mausers il faudra peut-être faire un peu plus attention qu'avec les autres.

— Quand les nerveux portent des fusils en bandoulière, ils risquent de s'en servir, comment dire ? un peu vite.

— Moi, dit Epaminondas, pour ce que j'ai à me reprocher... je risque rien.

— Je crois, dis-je, qu'il ne doit pas en être à ces nuances près.

Le cours des pensées d'Epaminondas changea.

— Alors ? tu y vas quand même sur la rive du Congo ?

— On peut changer, dit-elle, très suavement. Et même beaucoup changer.

Elle me regarda, distraite, tout à coup.

— S'il a changé à ce point, insista Epaminondas, tu crois que ça vaut le coup d'aller te faire trouer la peau sur la rive du Congo ?

— Les rives du Congo, dis-je, et surtout celles de l'Ouellé fourmillent de koudous.

— Si ce n'est que ça, dit Epaminondas, on pourrait peut-être aller les chasser ailleurs que dans ses plates-bandes ?

— Il a pu très bien changer, continua Anna. Changer complètement. Pourquoi ne lui serait-il pas permis à lui aussi de vieillir ? Rien, dans son histoire, ne s'oppose à ce que ce soit lui. Lui qui aurait changé.

— C'est vrai, dis-je, pourquoi les marins de Gibraltar ne vieilliraient-ils pas eux aussi, comme tout le monde ?

— Je n'y avais jamais pensé, dit Anna.

— On vieillit tous, abrégea Epaminondas. Mais s'il a vieilli à ce point, tu crois que ça vaut le coup d'aller le chercher sur la rive du Congo ?

— Je ne t'ai jamais vu aussi peu pressé, dit Anna en riant.

— J'en ai assez fait pour toi, dit Epaminondas, pour hésiter à me faire trouer la peau. Et puis s'il a tellement changé et que tu le reconnaisses pas, à quoi ça te sert d'aller le chercher ?

— Vieilli ou pas, dis-je, si c'est lui l'assassin du roi américain des billes d'automobile ?

— A quoi ça t'avance, s'énerva Epaminondas, s'il assassine maintenant tout le monde à tort et à travers ?

— Peut-on renoncer aussi légèrement, dit Anna timidement, au but de sa vie ?

— Légèrement, dit Epaminondas, ça me plaît assez.

— Et puis, dis-je, tant qu'elle ne le verra pas en chair et en os, elle ne peut pas croire tout le monde. Qui te dit qu'il a tant changé ?

— Ça l'avancera pas beaucoup, dit Epaminondas, s'il lui fait la peau dès qu'elle le reconnaîtra.

— Alors ? dit Anna, tout en sachant qu'il y a une petite chance que ce soit lui, tu crois que je peux l'abandonner, puis continuer à le chercher ailleurs ?

— Vous m'avez l'air bizarres, tous les deux, dit Epaminondas.

— Si on ne court pas cette chance-là, dis-je, autant l'abandonner tout de suite.

— Toi, alors, me dit Epaminondas, tu m'as l'air drôlement pressé, cette fois-ci. — Il ajouta après un temps : — C'est curieux, j'ai l'impression qu'il n'y a pas que lui qui vous attire sur les rives du Congo, doit y avoir autre chose.

— Les koudous, dis-je. Un tout petit peu.

— Te fous pas de ma gueule, dit Epaminondas, je sais bien que c'est pas les koudous.

— Quoi ? demanda Anna.

— Je ne sais pas, dit Epaminondas en nous regardant tour à tour. Ce que je sais, c'est qu'il n'y a pas que lui et les koudous. Et que vous savez très bien qu'on a une chance sur mille...

— C'est pas si mal, dit Anna, une chance sur mille.

— On en aurait une sur dix mille, dis-je, qu'il ne faudrait quand même pas la négliger. Les eaux du Congo refléteront nos images.

— Je ne sais pas si elles refléteront la mienne, déclara Epaminondas.

— Je t'adore, lui dit Anna.

— C'est possible, dit Epaminondas, mais au point

où il en est, tu auras du mal à lui faire abandonner ses mausers.

— Je n'ai aucune aversion pour ce genre d'instru ments, dit-elle.

— Et pour les anthropophages, tu n'en as pas non plus ?

— Ce sont de bons garçons, dis-je, on leur donnera des koudous. Puis, s'ils insistent trop, je te promets de passer sur le gril à ta place.

— C'est vrai, dit-il en se marrant, que pour ce que tu as à perdre...

— Je ne crois pas, dit-elle, qu'on en sera réduit à cette extrémité. Gégé plaidera notre cause, il doit être très persuasif.

Nous restâmes trois jours au Dahomey à cause d'une légère avarie provoquée par la tempête que nous avions essuyée en arrivant. Ces trois jours nous rapprochèrent beaucoup et de Louis et de son ami l'instituteur. Epaminondas et Bruno, accompagnés de Louis, firent une tentative de chasse au koudou dans la région du Tchabé. Epaminondas, qui n'avait pas l'habitude, ne tua rien, mais il rata suffisamment d'animaux diffé-rents, pour revenir enthousiasmé et, ses appréhensions ayant disparu comme par enchantement, souhaiter partir le plus vite possible dans le bassin de l'Ouellé. Bruno s'avéra bon tireur et il ramena un jeune cerf. Il revint, lui aussi, tout à fait changé, transfiguré même, et se félicita enfin de s'être laissé embarquer à Sète. Louis eut la délicatesse de ne rien ramener. Laurent profita de cette occasion qui dura deux jours pour passer deux nuits consécutives avec la petite Peuhl qui s'ennuyait beaucoup à Cotonou. Pour lui faciliter les choses, nous acceptâmes Anna et moi la proposition de l'instituteur, de faire une promenade en auto jusqu'à Abomey. Le lendemain nous poussâmes même jusqu'à Lagos dans la Nigeria britannique. Nous ne le regrettâmes pas. Au retour nous comptions un ami de plus. Les autres membres de l'équipage passèrent leur temps dans les bordels de Cotonou et de Porto-Novo. En somme, ce séjour fut apprécié de tous et on en parla longtemps.

La veille du départ, tout le monde étant revenu et de la chasse, et des bordels, et de Lagos, Anna décida de donner un dîner en l'honneur de nos deux amis. Cette soirée fut très gaie et mémorable à des titres divers. Ce n'est pas que le dîner fût excellent, non, mais il fut arrosé si largement de vin italien, que tout le monde en fut très content. Au fond, la perspective d'aller dans l'Ouellé nous enchantait tous. Et nous étions tous aussi gais que si nous avions réellement mis la main sur le marin de Gibraltar. Personne ne douta plus de notre réussite et à la fin du dîner, tout le monde, excepté peut-être Laurent, elle et moi, en était assuré. Bruno chanta en sicilien. Epaminondas parla de koudous. L'instituteur, du Dahomey et de son glorieux passé. Louis, de son nouveau cotre et de la prodigieuse et rapide fortune qu'il allait faire en transportant dix fois plus de bananes entre Abidjan et Cotonou. Laurent eut avec Anna une longue conversation dont je n'entendis pas le moindre mot. Les autres marins se racontèrent de plus en plus sincèrement, à mesure que le dîner avançait, leurs exploits respectifs dans les bordels de Porto-Novo. La petite Peuhl qui était assise à côté de moi me parla de voyages, de Cotonou et de la vie monotone qu'elle y menait. En somme tout le monde parla en même temps de ce qui l'intéressait, et se passa d'interlocuteur. Ce qui est une chose rare et très agréable. De temps à autre, et afin sans doute de recréer une unanimité qui risquait à tout moment de flancher, Louis et son ami l'instituteur — qui étaient beaucoup trop humbles pour considérer que cette soirée leur était consacrée — portaient des toasts soit à Béhanzin l'incompris, soit à Gégé, dit le marin de Gibraltar, qui fuyait dans l'Ouellé l'imbécile rigueur des hommes bien honnêtes. Tels sont les bons chercheurs des marins de Gibraltar. A la fin du dîner, beaucoup d'entre nous avaient l'esprit assez troublé par le vin italien pour confondre les mérites respectifs de ces deux héros, on finit donc pour plus de simplicité par ne plus les nommer et par porter des toasts au sort malheureux de l'innocence en général. Elle était assise en face de moi et si je souffris un peu de ne pas être près d'elle, j'avais déjà pris suffisamment l'habitude de ce genre d'inconvénient pour m'en accommoder et ne pas être, pour cela, moins gai que les autres.

Vers deux heures du matin, tout à coup, Louis se leva de table et il nous apprit qu'il était l'auteur de deux sketches, l'un sur le marin de Gibraltar, l'autre sur Béhanzin. Il ajouta qu'il ne voulait pas perdre une occasion si belle de célébrer les mérites de l'un ou l'autre de ces deux héros devant un public à la fois si nombreux et si compréhensif. Il nous demanda de

choisir celui des deux sketches que nous voulions qu'il
joue. Tout le monde choisit celui sur Béhanzin afin,
sans doute, de se changer les idées.

Il nous dit d'écarter les tables afin qu'il ait la place de
mimer ce qu'il appelait « le coup du traité de 1890 ».
On fit ce qu'il demandait et tout le monde s'assit en
désordre, suivant un large cercle. Elle se trouva encore
une fois assez loin de moi. Mais sans doute était-il
préférable qu'il en fût ainsi. Louis s'excusa et disparut
un petit moment sur le pont suivi de l'instituteur. Il
revint accoutré d'une façon curieuse et qui fit s'esclaf-
fer bruyamment les marins, coiffé d'un casque en
papier qui rappelait un casque de bain — coiffure,
nous dit-il, des rois d'Abomey — et enveloppé jusqu'aux pieds d'un pagne blanc — tenue habituelle,
nous apprit-il aussi, de ces mêmes grands rois. Il tenait
à la main une feuille de papier blanc qui devait lui tenir
lieu du traité de 1890. Il nous demanda de cesser de
rire. Ce fut long à obtenir mais il y arriva quand même,
aidé de Laurent, d'elle et de moi.

Le mime commençait par un long silence pendant
lequel Béhanzin regardait le traité qu'il venait en
principe de signer, cette chose affreuse qu'il venait de
commettre, qu'on venait de l'obliger à commettre sans
qu'il en ait compris, à temps, la portée. Après s'être
suffisamment atterré, sans avoir la force de prononcer
un seul mot, Béhanzin se mettait à parler.

— Un traité, commença-t-il, qu'est-ce que c'est que
ça, un traité ? qu'est-ce que c'est que ça ? D'abord, le
papier, qu'est-ce que c'est ? Et puis, signer, qu'est-ce
que c'est ? Ils m'ont foutu une plume dans les mains,

ils m'ont tenu la main. Signez, signez ! qu'ils m'ont dit. Quoi ? La reddition du Dahomey ? Laissez-moi me marrer ! Ils m'ont guidé la main pour m'égorger !

L'instituteur, très ému, nous expliquait le pourquoi des incertitudes de Béhanzin.

— Ne connaissant pas la valeur d'un traité, comment aurait-il pu en tenir compte ? C'est long et difficile de se mettre ces choses si relatives dans la tête.

— Nous, pays des grandes coutumes, continua Louis, nous ignorons celle-là. Papier, connaissons pas et signer, laissez-moi me marrer. On te brûle la cervelle si tu ne signes pas qu'ils m'ont dit. Et comment que je vais signer, et comment que je vous en fais des promesses, laissez-moi me marrer !

— Innocent comme l'enfant qui vient de naître, dit l'instituteur, Béhanzin signa son arrêt de mort.

Nous avions tous assez bu pour ne pas nous apitoyer sur le sort de Béhanzin. Louis nous fascinait. L'équipage se marrait librement mais cela importait peu à nos deux amis. Anna aussi riait, elle se cachait la figure dans un mouchoir pour ne pas trop le montrer. Il n'y avait que la petite Peuhl de Louis qui ne riait pas du tout. Elle avait dû, après avoir passé son enfance sur les hauts plateaux de l'Atakora, faire un petit séjour dans un bordel de Cotonou. Elle avait oublié Laurent et nous faisait de l'œil à Epaminondas et à moi avec une application touchante et un peu comme pour nous prouver qu'elle savait se conduire en société. Ça ne devait pas être la première fois qu'elle voyait mimer la tragédie de Béhanzin.

Au désespoir, Louis pleurait, s'arrachait les cheveux

— il se les arrachait effectivement — il se roulait par terre et ce faisant, pour plus de commodité, il tenait le traité de 1890 entre ses dents.

Anna le regardait, terrassée par le rire. Elle m'avait complètement oublié.

— Ils m'ont fait vendre mon peuple, clamait Louis, mon petit peuple d'Abomey, mes Peuhls, mes Haoussas, mes Éoués, mes Baibas. Signe, m'ont-ils dit, mais signe donc. J'ai signé. Qu'est-ce que c'est que ça, signer, je vous le demande. *To be or not to be,* papier ou pas papier, signer ou pas signer, quelle différence pour moi l'œil du monde. Quelle innocence était la mienne ! O Glé-Glé mon digne père, ta malédiction est sur moi ! Je ne suis plus cet Œil de Requin, l'œil du monde, le grand roi d'Abomey ! Je ne suis plus personne ! Je suis l'innocence du monde, qui souffre, qui souffre !

L'instituteur avait les larmes aux yeux. Louis ne lui laissait que peu de répit.

— Non, gueulait l'instituteur, non, tu n'es pas maudit. D'autres générations se lèveront et clameront ton innocence !

— En attendant, gueulait Louis, ils m'ont foutu un mauser dans le dos, et ils m'ont dit : signe ! Quelle différence entre péter et signer, je vous le demande ! Et c'est comme ça que je vendrai mes Baibas, mes Éoués, mes Haoussas ? Que d'un seul coup d'un seul, je donnerai toutes mes filles au bordel ? que j'asservirai tous mes fils à ces pâlots ? Et au nom de quoi ?

Nous étions tous partagés entre le fou rire et l'émotion. Mais en général, le fou rire l'emportait.

— Dire qu'on a fait cinq mille kilomètres pour voir

ça ! gueulait Epaminondas qui se tapait sur les cuisses de contentement.

La petite Peuhl lui laissait peu de répit. Elle devenait pressante. Elle nous faisait toujours de l'œil d'une écolière façon. « Comment t'appelles-tu ? lui demandai-je. — Mahaoussia, mamelle de brebis », dit-elle en prenant ses seins à pleines mains pour appuyer ses dires. Ce qui nous fit un peu chavirer, Epaminondas et moi. Anna le remarqua. « Qu'est-ce que tu fais ? demanda Epaminondas. — Moi, princesse, dit-elle, et aussi putain à Porto-Novo. »

Louis ne doutait plus. Il avait enfin compris la portée de ce qu'il venait de faire. En proie à une colère phénoménale, couché par terre, il crachait spasmodiquement sur le traité de 1890. Il se torchait le cul avec, tout en appelant ses sujets à la révolte.

— Venez, mes petits, montrer aux blancs que nos coutumes valent les leurs. Nous les traverserons de nos lances, nous les rôtirons, nous nous en régalerons ! Venez leur montrer que nos coutumes valent les leurs et comment !

Comme un affamé, il mordait dans un biceps imaginaire. La trahison était consommée. Le papier roulé en boule avait été jeté.

— Il va tomber malade, dit alors Anna.

L'équipage se marrait si fort que Louis était obligé de hurler pour être entendu.

— Patience, Béhanzin, gueulait l'instituteur.

— Le jour du grand massacre arrive, clamait Louis. Aux armes, mes fils ! Accourez, bataillons de l'Afrique noire, et chassez l'oppresseur ! Réveille-toi, sang de nos ancêtres ! Que notre sol soit nettoyé de tous ces militaires ! Rôtissez-nous ces généraux, ces colonels !

La petite Peuhl devenait très pressante.

— On a le temps de partir, dit-elle.

— Ça pourrait peut-être m'intéresser, dit Epaminondas.

— Après, dit-elle, histoire général Dodds, déportation Béhanzin. Longues souffrances. On a le temps.

Nous ne connaissions pas ce Dodds et elle nous expliqua que c'était un général français, héros de la conquête du Dahomey.

— Il joue comme ça souvent ? demandai-je.

— Presque tous les soirs. Pas de théâtre à Cotonou.

— Toujours le traité de 1890 ?

— Quelquefois, l'histoire de M. de Gibraltar.

Louis en était à l'appel aux armes de ses sujets. On ne pouvait plus l'arrêter. Son ami rythmait ses appels en battant des mains.

— Plus rien de cette abomination sur notre sol ! Mangez-en du colonel, et même du général ! Ça leur apprendra à rester chez eux !

— Patience, patience, gueulait l'instituteur.

Louis retomba soudain dans le désespoir. Il devait être fatigué.

— Ah, je suis dans les mains de ces pâlots aussi léger que les calebasses vides dont nos bergères se couvrent les seins !

— Non Béhanzin, tu pèses lourd à la conscience humaine !

Mais Louis était inconsolable.

— Hélas, criait-il toujours, l'innocence n'a pas de

voix pour se faire entendre ! Ceux qui ne la comprennent pas ne la comprendront jamais !

— Patience, patience, tout le monde comprendra. Ceux qui n'ont pas compris comprendront ! L'heure de M. le marin de Gibraltar arrivera !

A ces mots Louis lâcha son biceps imaginaire qu'il tenait en principe toujours et se dressa face à son ami avec la noblesse d'un archange. Il paraissait plus ivre encore que lorsqu'il avait commencé à jouer. Il était devenu beau. Anna pâlit un peu. Il eut l'air de chercher quoi dire puis, impuissant à trouver, il s'avança très lentement vers son ami, les deux mains en avant. Personne ne rit plus dans l'assistance.

— Elle n'est pas encore arrivée, l'heure de M. le marin de Gibraltar, hurla alors son ami en reculant d'un pas. Patience toujours, Béhanzin.

Louis s'immobilisa et tout à coup l'épouvante de son ami le fit se marrer très fort. Tout le monde se marra avec lui. Même l'ami. Louis renonça à l'appel du général Dodds.

— Ce sera pour une autre fois, déclara-t-il, épuisé.

— Il a dit une autre fois ? dit Epaminondas interloqué.

Mais personne ne releva. Tout le monde applaudit Louis très chaleureusement. On recommença à boire. Trois marins continuèrent le drame de Béhanzin en se marrant. Louis et son ami, à leur tour, se marrèrent de les voir. La petite Peuhl se rapprocha de moi. Epaminondas, tout à Béhanzin, n'y vit plus aucun inconvénient. Louis non plus, il n'avait jamais dû en voir beaucoup. Anna, de loin, nous regardait en souriant.

Le rêve de la petite Peuhl était très simple, c'était de rencontrer précisément un officier de marine qui l'aurait emmenée à Paris, cette « grande métropole ». Pourquoi ? Pour y faire une « carrière », disait-elle. Elle ne put, malgré mes efforts, préciser laquelle. J'essayais de la lui déconseiller quand même. Tout en lui parlant je regardais Anna. Elle était fatiguée d'avoir ri, mais elle me souriait toujours. Elle était très belle. Le plus discrètement que je le pus, et aussi pour la calmer un peu, je donnai à la petite Peuhl tout l'argent que j'avais sur moi. Mais elle fut si éblouie par ce geste qu'elle me demanda aussitôt de rester sur le bateau. Je lui dis que ce n'était pas possible, qu'il n'y avait de place sur ce bateau que pour une seule femme. Je la lui montrai. Elles se regardèrent. Je lui décrivis l'existence que nous menions, je lui dis qu'elle était pénible, difficile et qu'elle était tout entière consacrée à la recherche du marin de Gibraltar, que cette soirée était tout à fait exceptionnelle et contraire à toutes nos habitudes. Elle était sûre que nous allions retrouver le marin de Gibraltar dans le bassin de l'Ouellé. Elle l'avait vu une fois, lorsqu'il était descendu sur Cotonou. Comme toutes les femmes noires du Dahomey elle rêvait de lui et pour lui seulement elle aurait renoncé à sa carrière dans la grande métropole. On disait les femmes de l'Ouellé très belles et si civilisées que même au cas, très improbable d'ailleurs, où nous ne le retrouverions pas, jamais plus le Dahomey ne reverrait Gégé. Je la laissai s'attrister sur cette perspective et j'allai vers Anna. Les marins riaient toujours entre eux. Ils évoquaient tour à tour les épisodes les plus comiques de leurs chasses respectives au marin de Gibraltar. Je crus quand je m'approchai d'elle que je n'en pouvais plus d'être sérieux. Elle le vit. Et ce fut elle qui s'inquiéta. Ses yeux s'agrandirent et devinrent clairs. J'y reconnus une certaine peur, bien particulière, que j'étais seul à pouvoir partager avec elle, qui était en somme la seule chose au monde que je pouvais totalement partager avec elle, notre seul bien. Je l'enlaçai et je la pris sur mes genoux. Je lui dis de ne pas avoir peur. Elle se rassura.

— Ça commence bien, dit-elle, la chasse au koudou.

— Ce n'est rien encore, dis-je.

— Ce n'est rien encore ? dit-elle en riant.

Laurent était assis à côté de nous. Mais aucune présence ne nous gênait jamais, surtout celle de Laurent. Elle ajouta très enfantinement :

— Ah, tu es vraiment un grand chasseur de koudous.

Elle se tourna vers Laurent.

— Tu ne trouves pas ?

— Je trouve aussi, dit Laurent en nous regardant tour à tour. Je trouve aussi que la chasse aux koudous peut rendre de grands services lorsqu'on la pratique avec, comment dire ? suffisamment de feu.

On rit beaucoup tous les trois.

— C'est vrai, dit-elle. Je finirai par croire tout à fait que la sagesse consiste à n'embarquer que de grands joueurs de poker et de grands chasseurs de koudous.

— Et les grands ivrognes, dis-je, qu'est-ce que tu en fais ?

— Les grands ivrognes, dit-elle — elle se renversa

sur sa chaise et se mit à rire —, devraient être eux aussi d'une incomparable sécurité.

— Je voudrais être, déclamai-je alors, l'ivrognissime des mers du Sud.

— Pourquoi ?

Elle riait beaucoup.

— Pourquoi en effet ? dis-je.

— Je ne sais pas, dit-elle, comment le saurais-je ?

— En effet, dis-je. Pourquoi riez-vous ?

— Pourquoi me demander pourquoi ?

Elle se tourna vers Laurent. Il y a entre elle et Laurent une très grande amitié.

— A part le mien, dit-elle, est-ce qu'il t'est arrivé de voir de grands amours.

— A terre, dit Laurent au bout d'un moment, il m'est arrivé d'en voir quelques-uns. C'est une chose assez triste à voir.

— Tu parles, dit-elle, de ces amours sur lesquels, jamais, aucune menace ne pèse ? que rien, apparemment, n'empêche de durer toujours ?

— Installés sur l'éternité, dit Laurent, c'est ça.

— L'éternité, c'est beaucoup, dis-je.

— Est-ce qu'on ne dit pas, dit-elle, que rien ne vous en donne davantage le sentiment qu'un grand amour ? Que rien, en somme, n'y ressemble plus ?

— Les petits amours au jour le jour, dis-je, ont d'autres avantages.

— Ceux-là, dit Laurent, en riant, ne sont pas tristes à voir.

— Ils ne sauraient que faire, ceux-là, de l'éternité, dis-je, la vie leur suffit.

— Dites-moi, dit-elle, quel est le signe annonciateur de la fin d'un grand amour ?

— Que rien, apparemment, ne l'empêche de durer toujours, dis-je, non ?

— Et ceux, dit Laurent en riant, ceux que tout empêche de durer toujours ?

— Ah ! ceux-là, dis-je, comment savoir encore ?

— Je n'aurais jamais cru, dit Anna, que la chasse au koudou était aussi gaie.

J'étais assez saoul moi aussi et je l'embrassais beaucoup. Les marins étaient habitués à nos façons. Et Louis et son ami étaient eux aussi trop saouls et trop heureux pour s'offusquer de quoi que ce soit. Et d'ailleurs tout le monde pouvait comprendre, non ? qu'il fallait bien que quelqu'un l'embrasse, en attendant le marin de Gibraltar ? N'étais-je pas là pour ça ? Il n'y eut je crois que la petite Peuhl qui prit ombrage de ces façons. Elle voulut s'en aller. Anna me demanda de la raccompagner. Je la raccompagnai donc jusqu'à la case de Louis. Quand je revins la fête durait encore. Les marins se marraient toujours. C'était à qui ferait les suppositions les plus insensées sur les endroits du monde où pouvait se trouver le marin de Gibraltar. Laurent s'était mêlé à la conversation et riait lui aussi beaucoup. Elle, elle m'attendait. Nous prîmes part à la conversation. Elle dura encore un long moment. Puis, sur la proposition de Bruno qui décidément reprenait goût à l'existence, tous décidèrent de faire une nouvelle descente dans les bordels de la ville. Ils s'en allèrent. Il n'y eut qu'elle et moi qui restâmes à bord.

Nous arrivâmes à Léopoldville trois jours apres avoir
quitté Cotonou. C'était l'époque la plus chaude de
l'année. Un brouillard bas et gris recouvrait la ville
Plusieurs fois par jour un orage le crevait et le dissipait,
pour une demi-heure. Après quoi il se reformait
encore. Les gens respiraient mal. Toujours, le nuage
gris se reformait et toujours les orages le crevaient. Des
trombes d'eau tiède s'écroulaient sur la ville. On
respirait. Et le nuage gris se reformait. Et on attendait
de nouveau l'orage. La ville est riche. Ses avenues sont
larges. Elle compte des immeubles de trente étages,
des banques, beaucoup de police. Il y a pas mal de
diamants dans le sous-sol de la colonie. Des milliers de
noirs le creusent, l'émiettent, le passent au crible,
enterrés dans des galeries souterraines profondes afin
que la veuve de feu Nelson Nelson puisse en orner ses
doigts. L'Afrique cerne la ville de très près. Celle-ci
brille dans sa nuit noire avec l'éclat implacable de
l'acier. Mais on la tient en respect. Sans quoi, c'en
serait très vite fait, elle se refermerait sur la ville et
enserrerait de lianes ses gratte-ciel. Mais lorsqu'on
arriva, Léopoldville régnait encore sur elle, pour la
plus grande tranquillité de Mme Nelson Nelson.

On ancra le yacht. On prospecta, comme convenu,
les cafés le long du Congo — Anna, Epaminondas et
moi. On but beaucoup de bière sous les ventilateurs
tout en écoutant les conversations des consommateurs.
On délaissa un peu le whisky afin de les entendre avec
toute l'attention nécessaire. Epaminondas ne nous
quitta pas. Nos conversations, lorsque nous en avions,
ne portaient que sur la chasse au koudou. Quand

378

même nous doutions suffisamment de la véritable identité de Gégé pour ne parler que de koudous.

Cela dura trois jours. On but vraiment beaucoup de bière en trois jours. Heureusement que les koudous nous offraient des ressources inespérées. Epaminondas, qui s'était de nouveau inquiété en arrivant, se rassura suffisamment pour s'impatienter une nouvelle fois de les chasser un jour.

Et au bout de trois jours, après le dîner, alors qu'Epaminondas désespérait tout à fait et de les chasser et de sortir vivant de cette chaleur, nous entendîmes une conversation singulière.

C'était dans un bar élégant des environs de la ville. Nous y étions déjà venus deux fois à cause du barman, un grand barman sur le retour, désabusé, et qui, dans les moments creux, nous parlait de l'Afrique. Nous y étions depuis une demi-heure lorsque deux hommes entrèrent. Ils étaient habillés de blanc, guêtrés, et ils portaient un fusil en bandoulière. L'un était grand. L'autre, petit. Ils avaient très chaud et ils étaient crottés jusqu'aux genoux. Le soleil du Congo les avait fortement basanés. Ils venaient de loin et ils étaient bien contents d'être arrivés. Ce n'étaient pas des habitués de ce bar. Ils commandèrent deux whiskys.

— Qu'est-ce qu'on a pris, commença le premier.

— Tu l'as dit, dit le second.

— Ces messieurs viennent de loin ? demanda poliment le barman.

— De l'Ouellé, dit le premier.

— Tiens, dit tout bas Epaminondas.

— Qu'est-ce qu'on a pris, dit le second. Remettez-nous ça.

— On dirait que la chaleur est arrivée plus tôt, cette année, dit le barman très poliment.

— Putain, dit le premier. Nos pneus, ils ont à moitié fondu. T'as été à la hauteur, Henri. — Il s'adressa au barman. — C'est lui le chauffeur, un champion.

— Enchanté, dit le barman en bâillant.

— Tu exagères, Legrand, dit Henri.

— Non, dit Legrand, un champion.

— Et la chasse, bonne ? demanda le barman.

— Un petit lynx, dit Legrand. Puis une antilope. Mais on n'a pas beaucoup chassé.

— Oui, dit Henri, on a toujours tiré de la piste, alors forcément, comme on soulevait des nuages de poussière, le gibier, il est pas con...

— Forcément, dit le barman.

— Quatre cents kilomètres de piste, dit Legrand. Henri, t'as été à la hauteur. Le plus dur, voyez, c'est la patience. Quarante à l'heure pendant quatre cents kilomètres, c'est une épreuve de patience.

— Qu'est-ce qui n'en est pas une ? demanda alors Anna que cette conversation commençait à intéresser.

— Quoi ? dit Henri qui se mit à la lorgner.

— Une épreuve de patience, dit Anna.

— Madame est désabusée ? demanda Legrand d'un ton galant.

— Ah pour ça non ! s'esclaffa Epaminondas qui en était quand même à son troisième whisky.

— Un oubli, expliqua Henri, on s'enlise dans le

380

bunco et puis après, ben après faut attendre les copains...

— C'est terrible quand on y pense, dit Anna.

— Qu'est-ce qui est terrible ? demanda Legrand, soupçonneux.

— L'idée que vous pourriez ne pas être là, dit Anna, en train de boire vos whiskys.

Legrand commença à la regarder d'un mauvais œil. Mais Henri lui fit signe de ne pas s'énerver. Anna souriait très gentiment.

— Vous êtes Parisienne, dit-il, les Parisiennes, elles ont de la repartie, on les reconnaît tout de suite.

— En attendant, dit Epaminondas qui commençait à s'énerver lui aussi, c'est vrai que la vie c'est une épreuve de patience.

— Tu trouves ? demandai-je à Anna.

— On le dit, dit-elle, tout bas.

— Quand je pissais, dit Henri, ça faisait un nuage de poussière. La même chose, dit-il au barman.

— Moi, dit le barman, depuis huit ans que je suis ici, j'aimerais bien une fois pisser dans le verglas.

— A qui le dites-vous, dit Henri. Un bon verglas incassable, rien de tel. Quarante-trois degrés à Touatana. On en est loin du verglas.

— Moi, dit Legrand, j'ai toujours préféré la chaleur au froid. Pourtant, ici, qu'est-ce qu'on déguste, eh bien, je préfère encore ça.

— Comme c'est curieux, dit le barman.

— Ben moi non, dit Henri, non et non, je le croyais autrefois, mais je le crois plus.

— Qu'est-ce que je donnerais, Bon Dieu, pour pisser dans le verglas, dit le barman.

— On dit ça, dit Epaminondas, puis c'est comme pour le reste, ça n'a rien d'extraordinaire, quand on y est...

— Tu me diras ce que tu voudras, dit Henri, l'époque glaciaire, ça devait quand même pas être marrant...

— Il n'y avait personne pour en juger, dit le barman en bâillant, alors...

— Vous êtes sûr qu'il y avait personne ? demanda Epaminondas intéressé.

— Il devait au moins y avoir des animaux, dit Anna.

— Et les animaux, c'est personne ? demanda Henri.

— Je ne crois pas, dis-je, il me semble qu'il n'y en avait pas.

— Ce n'est pas possible, dit Anna, ou alors de très petits animaux, ajouta-t-elle très enfantinement.

— Je ne crois pas, dis-je.

— Toi, est-ce que tu l'as vue, la mer de Glace ? demanda Henri à Legrand.

— Et comment, dit Legrand. En 36. C'était le bon temps. Le plus curieux, c'est que ça fait des vagues, comme si ça s'était glacé d'un seul coup d'un seul.

— Tu es sûr qu'il y avait rien ? me demanda Anna, même pas des koudous ?

— Eh bien, dit Henri, à l'époque glaciaire, toute la terre était comme la mer de Glace.

— Sous la glace, dit Anna, il devait y avoir de tout petits animaux qui attendaient que ça fonde.

— Je le voudrais bien, dis-je. Puis, après tout, qui sait ? Peut-être qu'il y avait déjà de tout.

— C'est impossible, qu'il y ait rien eu, dit énergiquement Epaminondas, parce que, alors, comment expliquer qu'il y en ait eu par la suite, des tas et des tas ?

— C'est marrant, dit le barman, quand le thermomètre atteint quarante à l'ombre, on parle souvent de l'époque glaciaire.

— C'est vrai, dit Anna, comment expliquer tout ce qu'il y a maintenant ?

Elle me souriait.

— Tais-toi, dis-je, tout bas. Tu t'acharnes toujours comme ça ?

— Si tu ne l'as pas encore remarqué, qu'est-ce qu'il te faut... dit Epaminondas en rigolant.

— C'est difficile à supporter, dit Anna, tu ne trouves pas ?

— Tout le monde le supporte, dis-je. Et bien plus encore. Tu ne peux pas t'imaginer ce qu'en ce moment je supporte...

— Si c'est comme ça que vous faites le boulot, dit Epaminondas indigné.

— Ça va pas, dis ? demanda Henri à Legrand.

Legrand avait les yeux à demi fermés et l'air extatique.

— Attends, dit Legrand.

— Ça a pas l'air d'aller, dit le barman.

— Alors ? demanda Henri d'un ton inquiet, tu accouches ?

— Attends, attends, dit le pote.

— S'il doit tomber raide, dit Anna, vous feriez mieux de lui enlever son verre.

— Saumuriens ! gueula Legrand, c'était un mot que je cherchais.

— Ça le prend souvent ? demanda Anna.

— A l'époque glaciaire, il y avait des saumuriens, dit Legrand, ravi.

— Il est comme ça, expliqua Henri à tout le monde, il a l'air comme ça, bien gentil, simple et tout, mais c'est un intellectuel. C'est pas un con.

— Tu vois, dit Legrand, c'est sauce, saumure, qui m'a fait trouver.

— Si vous le saviez, qu'il est comme ça, dit Anna à Henri, vous auriez pu nous prévenir.

— Je ne peux pas supporter, expliqua Legrand, de ne pas me rappeler d'un mot. A l'époque glaciaire, déclama-t-il, la terre était peuplée de saumuriens.

— Tu vois bien, me dit Anna, qu'il y avait quelque chose.

— Des sauriens, je crois, dis-je.

— Il me semblait, dit le barman. C'est saumure qui trompe. Pour ma part, d'ailleurs je n'y vois aucun inconvénient.

— Sauriens, si vous voulez, dit Legrand un peu déconfit.

— Alors ? dit Anna, il y en avait ou non ?

— Je ne sais plus, lui dis-je tout bas.

— Les sauriens, je suis sûr que c'était avant, affirma tout à coup Epaminondas.

— On n'est pas obligé de vous croire, dit Legrand avec dignité. Tu le savais, toi ? demanda-t-il à Henri.

— C'est-à-dire, dit Henri, que s'il y avait que de la glace, je me demande ce qu'ils pouvaient bien croûter, les sauriens…

— C'est grand, les sauriens ? me demanda Anna.

— Très très grand, dis-je, ça ressemble aux crocodiles.

— Pour la nourriture, dit Legrand, on se fait à tout, c'est connu. Quand il y a que de la glace, on mange de la glace, voilà.

— Si les sauriens étaient aussi grands que ça, dit Anna, je veux bien croire qu'il n'y en avait pas, mais je crois qu'il y avait quand même de tout petits animaux.

— Pour ce que ça nous avance, dit le barman. Moi ce que j'aimerais, c'est pisser une petite fois dans le verglas.

Tout petits, dit Anna, aussi petits qu'on voudra, mais il devait y en avoir. Des petits insectes. Ça mange quoi ? rien et ça respire à peine, alors ça peut rester longtemps sous la glace…

— T'as fini de l'exciter comme ça avec tes petits animaux ? lui dit Epaminondas.

— S'il n'y avait, dis-je, qu'avec les petits animaux…

— Ah ah ! s'esclaffa Epaminondas.

— D'abord, dit Henri, comment le sait-on qu'il y avait rien ?

— On le sait, dis-je. Tu y tiens tellement, demandai-je à Anna, à tes petits animaux ?

— Ça ne m'empêchera pas de dormir, dit-elle.

— Qu'est-ce qui t'empêche de dormir ? demandai-je.

— Si vous continuez comme ça, dit Epaminondas, moi je me taille.

— Ça ne m'empêchera pas de dormir, reprit Anna, mais c'est quand même difficile à supporter.

— Tout le monde le supporte parfaitement, dis-je. Personne ne peut l'expliquer. Absolument personne. Calme-toi.

— Quand la glace a fondu, dit Henri, ça devait être une belle gadoue.

— Pour ça, dit le barman, mais comme il y avait personne pour en juger.

— Et même s'il y avait eu quelqu'un, dit Anna.

— Formidable quand on y pense, dit Henri d'un air de circonstance. Remettez ça, André.

— Fine ? On boit sec, dans l'Ouellé, à ce que je vois d'après ces messieurs. C'est vrai que ça devait être une belle gadoue. Je suis d'accord.

— Alors, dit Anna, les océans se sont remplis et les petits animaux qui étaient sous la glace sont sortis.

— Heureusement qu'on n'y pense pas tout le temps, dit le pote, à ces choses-là, que c'est comme pour le reste, qu'on les oublie.

— Heureusement, dit Anna.

— Ah heureusement, s'esclaffa Epaminondas, très bruyamment.

— Ah ça oui, dit le barman, heureusement.

— Tu parles, continua Epaminondas, on a assez de soucis comme ça.

A ce moment-là entra un nouveau client. Il avait peut-être trente ans, il était très bien fringué.

— Voilà Jojo, dit le barman, on va se marrer.

386

— Bonjour, dit Jojo.

— Bonjour, dit tout le monde.

Jojo alla s'asseoir à côté d'Henri et lorgna Anna tout aussitôt, d'un œil connaisseur.

— Mais alors, les sauriens, me demanda Anna, quand sont-ils arrivés ?

— Il y a des sauriens d'arrivés ? demanda Jojo.

— Oui, dis-je, depuis deux jours.

— Trois, dit Epaminondas.

— Laisse courir, dit le barman.

— Qu'est-ce que c'est que ça, les sauriens ? demanda Jojo.

— Des hommes comme les autres, dis-je. Mais ils ont tellement d'appétit, qu'ils dévorent tout sur leur passage.

Personne ne réagit. Chacun écoutait sans comprendre. Il faisait trop chaud pour comprendre.

— Je crois que c'est encore foutu pour ce soir, me dit Anna tout bas.

— On leur fera un dessin, la prochaine fois, dit Epaminondas.

— Qu'est-ce qu'ils foutent ici ces sauriens ? demanda enfin Jojo.

— Ça suffit, dit Henri.

— Je te le dirai, dit le barman, t'excite pas.

— Ils ne foutent absolument rien, dit Anna en riant, même que c'est une honte...

— Ils étaient très grands, très laids, dit le barman, ils chassaient tout, aussi bien dans les mers que sur la terre...

— On ne l'envoie pas dire, dit Epaminondas en se tordant.

— Jamais entendu parler de ça, dit Jojo.

— Ben merde, gueula Epaminondas, vous êtes bien le seul.

— Et les oiseaux, alors ? demanda Henri.

— Oui, dit Anna, je crois que c'est encore foutu pour ce soir.

— Les oiseaux, dis-je, c'est comme l'amour, ça a toujours existé. Toutes les espèces disparaissent, mais pas les oiseaux. Comme l'amour.

— On a compris, dit Epaminondas. Quand t'as des ailes, expliqua-t-il, tu échappes aux tremblements de terre.

— Formidable, dit Henri. Remettez ça, dit-il au barman.

— Paraît qu'on disparaîtra nous aussi, dit Henri. Monsieur prendra quelque chose avec nous, me dit-il, et Madame ? Cinq, André, c'est bien André que vous vous appelez ? Oui ? Oui, de la fine.

— Faut espérer que non, dit Epaminondas, qu'on disparaîtra pas.

— Mais, ces sauriens, il y en a encore ? demanda Jojo.

— Qui sait ? dis-je.

— Qu'est-ce qu'on se marre, dit Epaminondas.

— On est venu ici pour rigoler un peu, dit Henri, explicatif, l'Ouellé, c'est très joli, mais c'est pas marrant...

— Ah oui ? demanda Epaminondas, en attendant une explication qui ne vint d'ailleurs pas.

— Pour le moment, dit André, on ne peut pas dire, vous avez l'air de vous en payer une bonne tranche.

— Voilà que ça le reprend, dit Anna en désignant Legrand.

— C'est vrai que tu fais une drôle de gueule, dit Henri. Tu cherches un mot ?

— Non, dit Legrand. Je réfléchis, figure-toi.

— C'est pas trop tôt, dis-je tout bas.

— Il y a des sauriens d'arrivés à Léo ? demanda Jojo.

Personne ne lui répondit.

— Cette conversation m'intéresse, dit Legrand avec malice, je ne m'ennuie pas, au contraire.

— Alors, où en est-on ? demanda Epaminondas.

— Quaternaire, dit le barman.

— Il me semblait qu'on était encore plus près, dit Legrand, toujours avec malice et en regardant Anna.

— Moi aussi, dit Anna.

— Et alors ? demanda Jojo.

— Rien, dit le barman, l'homme-à-son-tour-disparaîtra.

— Ce que j'aime les cons, moi, dit Epaminondas qui était ébloui par Jojo.

— C'est des bombardiers, les sauriens ? demanda Jojo.

— Laisse courir, dit Legrand tout en regardant Anna, illuminé.

— Mais ces sauriens, ils sont arrivés ou ils vont arriver ? insista Jojo.

— Ils pourraient ne pas tarder à arriver, dis-je.

— Ça recommence, dit Henri au barman, moi j'en ai un peu marre.

— L'homme, c'est pas un saurien, dit tout à coup Legrand, faut pas confondre, il est malin, l'homme. Quand ça ne va plus quelque part, il s'en va replanter sa tente ailleurs. C'est pas un saurien, lui...

— Et les sauriens, demande Jojo, ils replantent rien ?

— Rien, dit André, t'as compris ?

— Ça recommence complètement, dit Henri, excédé.

— Faut bien parler de quelque chose, hein ? dit Legrand à Anna. Vaut mieux ça que de dire du mal de son voisin.

— Pourquoi on disparaîtra forcément, dit Jojo, puisqu'on replante tout ce qu'on mange ?

— Parce que la terre, c'est comme le reste, comme la patience, ça s'use, dit le barman. Il a fallu trente millions d'années, j'ai vu ça dans le journal l'autre jour, pour que l'homme dispose de soixante-quinze centimètres de terre végétale, alors, à la fin, on a beau replanter tout ce qu'on mange, la terre, elle en a marre.

— Merde, c'est pas lourd, dit Jojo.

— C'est comme ça, dit le barman.

— Je comprends, dit Jojo. Si les sauriens ils ne replantent rien, c'est que c'est des cons.

— Voilà, dit le barman. T'as pigé.

— Au train où on va, dit Henri, soixante-quinze centimètres... on se demande comment on est là...

— T'as vu les Allemands, tous les mômes qu'ils font ? dit le pote.

— C'est leur droit, dit Henri.

— On devrait, dit Anna, prévenir les gens de ces choses-là.

— Remettez ça, dit Henri, la dernière.

— Pourquoi la dernière, dit Legrand, c'est pas tous les jours qu'on est à Léo.

— C'est vrai, dit tristement Henri, qu'est-ce qu'on se marre.

— Faut pas être triste, dit Anna à Epaminondas, c'est pas dit qu'on disparaîtra.

— Je suis pas triste, dit Epaminondas, c'est le contraire, Jojo, il me plaît.

— Vous êtes étrangement jolie, dit Legrand à Anna.

— Pourquoi étrangement ?

— Façon de parler. J'aurais pas cru.

— Avec leur bombe atomique, on sera liquidés bien avant, dit Henri qui manifestement n'était pas dans le coup.

— Avant quoi ? demanda Jojo.

— Avant que la terre, elle en ait marre, lui souffla Epaminondas.

— Six cents, qu'ils en ont, dit Henri, de quoi nous faire sauter dix fois.

— C'est curieux, dit le barman, même en partant de l'époque glaciaire, on en revient toujours aux bombes atomiques. C'est comme qui dirait, une loi.

— Si je viens ici, dit Jojo, c'est à cause d'André. Il est intelligent.

— Alors, ça vous plaît par ici ? demanda Legrand à Anna.

— Pas mal, dit Anna.

— Comme si, continua Henri, il y avait pas assez de catastrophes naturelles sans aller chercher les bombes atomiques.

— On se fout de moi, dit Jojo. Le saurien, c'est le nouvel avion à réaction.

— Merde et merde, gueula Henri, avec vos sauriens.

— Ce que j'aime les cons ! s'esclaffa Epaminondas.

— Vous n'avez qu'à me le dire une fois pour toutes, dit Jojo tristement, ce que c'est qu'un saurien, et je vous poserai plus de question.

— C'est un genre de crocodile, dit André, t'as compris ?

— Non, mais tu te fous de ma gueule, non ? dit Jojo indigné. C'est atomique, les crocodiles maintenant ?

— C'est atomique, parfaitement, gueula Henri, t'as compris ? T'as compris ou bien t'as pas compris ? Si on peut plus causer tranquillement...

— L'homme, c'est un malin, chantonnait Legrand, ravi, c'est pas un saurien. Pourquoi tu lui parles comme ça, dis, Henri ? Les sauriens, dit-il à l'adresse de Jojo, c'est des animaux purement et simplement, mettez-vous-le dans la tête une fois pour toutes. C'est vrai que ça fait au moins cinq fois qu'on vous le dit.

— Si vous commencez comme ça, dit André, vous n'avez pas fini. C'est pas un homme, c'est un engrenage. Un cauchemar.

— Des animaux comment ? demanda Jojo.

— Des crocodiles, gueula Henri, des cro-co-di-les ! des rampants, si tu préfères. — Avec ses mains, il imita la marche d'un crocodile sur le bar. — Maintenant, plus la peine d'insister, compris ?

— Attention aux mots nouveaux, dit André. Les mots nouveaux, ça travaille Jojo. Faut qu'il sache tout. Un jour un client a eu l'imprudence de l'entretenir de l'élevage dans le Charolais, tu te souviens, Jojo ? eh bien, ça a duré jusqu'à deux heures du matin. Le client a cassé une demi-douzaine de verres parce qu'il n'en pouvait plus. Remarque, Jojo, je ne t'en veux pas. Suffit de savoir te prendre, t'es pas comme tout le monde. T'es pour ainsi dire un obsédé. Mais t'as droit pour autant à ta place au soleil, t'en fais pas.

— Et comment, dit Anna.

— Tout m'intéresse, dit Jojo, c'est pourquoi je suis comme ça. Mais moi j'intéresse personne.

— Mais non, dit Legrand distraitement, faut pas dire ça.

— T'as quand même un drôle d'air, Jojo, dit André.

— Je suis sur la digestion, dit Jojo, c'est pour ça.

— Moi je suis sur l'appétit, dit André. Pas eu le temps de dîner.

— Toi, t'es toujours romanesque, dit Jojo.

— Il n'y a pas que lui, dis-je.

— Tu parles, dit Epaminondas.

— Remarque, dit Henri, ça a un bon côté l'énergie atomique. Dans vingt ans, tout marchera à l'énergie atomique.

— Ça, je le croirai quand je le verrai, dit André.

— Pour les avions, ça y est déjà, dit Henri.

— Je m'en doutais, dit Jojo, que c'en était quand même, des avions à réaction.

— Mais non, dit Anna, c'étaient des crocodiles. Mais de très gros, et qui broutaient tout ce qu'ils savaient. Il y en a plus depuis...

Elle se tourna vers Legrand.

— Trois cent mille ans, dit Legrand en se marrant.

— Les crocodiles, dit Jojo, c'est pas des rampants, j'en suis sûr comme je respire. Puis qu'est-ce que ça a à voir ?

— A voir avec quoi ?

— Avec les bombardiers ?

— Merde alors, gueula Henri, c'est fini, oui ou non ?

— Je vous avais prévenus, dit André. Faut le prendre comme une curiosité.

— Ça n'a rien à voir avec les bombardiers, dit Anna, conciliante.

— Et avec ce que vous disiez lorsque je suis rentré ?

— Ça a tout à voir, dit Anna.

— Tout, en effet, dis-je.

— Pour ça, dit Epaminondas qui pleurait de rire.

— Je sais peut-être peu de chose, gueula Jojo à son tour, mais ce que je sais, je le sais. Pourquoi en parler puisqu'il y en a plus ?

— Merde et merde et merde, gueula Henri.

— Qu'est-ce qu'on se marre, dit Epaminondas. Moi je reste à Léo.

— Pour parler de quelque chose, dit Anna. On en parlait comme ça, comme d'autre chose, faut bien parler de quelque chose, non ? demanda-t-elle à Legrand.

— Faut bien, acquiesça Legrand.

— Ce n'est pas une raison parce qu'il n'y en a plus, dis-je, qu'il ne faut pas en parler, non ?

— Sa maladie, dit André, consiste à trouver un rapport entre tout et tout, pas vrai, Jojo ? Le saurien, c'est un crocodile, Jojo. Et l'avion, c'est un avion.

— Je comprends rien, dit Jojo.

— A quoi ? demanda Anna.

— A rien.

— Parle pas si fort, dit Epaminondas, et dis-moi ce que tu comprends pas.

— Je dirai rien, dit Jojo.

— C'est pas une cervelle, gueula Henri, qu'il a dans le crâne, c'est une bouillie pour les chats.

— Jamais vu ça, dit Epaminondas, c'est vrai que c'en est même une curiosité.

— André, une fine Napoléon de première, dit Jojo dignement.

— Pour ce qui est des marques, dit André, il les connaît.

— On était là bien tranquilles à bavarder, dit Henri, et maintenant voilà que tout le monde est autour de ce Monsieur, à s'occuper de lui faire comprendre ce qu'il y a pas à comprendre.

— C'est vrai, dis-je.

— T'en fais pas, dit André à Jojo. Faut toujours prendre les choses du bon côté.

— Si on changeait de crémerie ? demanda Legrand à Anna sur le ton confidentiel.

— On n'est pas pressés, dit Epaminondas. Jojo, il me plaît.

— C'est vrai, qu'on n'est pas pressés, dit Anna.

— On a toute la vie devant soi, dis-je.

— *I am* saurien, dit Jojo, ça veut dire quelque chose en anglais.

— Ah ah ! s'esclaffa Epaminondas, *I am very* saurien !

— Vous venez de... demanda Legrand.

— Cotonou, dit Anna, en se tordant.

— Et vous ? me demanda Legrand.

— Cotonou, dis-je, en me tordant aussi.

Legrand prit un air totalement incompréhensif. Puis il se reprit :

— C'est quand même marrant, la vie, dit-il, et on vous parlait justement des sauriens et de tout le bordel.

— C'est vrai, dis-je, et même de l'époque glaciaire on a parlé.

— Je comprends rien, dit Jojo.

— Dans un sens, dit André, il a pas tort. Moi-même je m'y perds.

— Les sauriens, demanda Jojo, ils sont à Cotonou ? Qu'est-ce que ça a à voir avec Cotonou ?

— Ça a à voir, dit Legrand, faut savoir de quoi on parle, hein ?

— Exactement, dis-je.

— Si c'est des crocodiles, qu'est-ce que ça a à voir, demanda Jojo.

— Ça a à voir ce que ça a à voir, gueula Henri. Est-ce que je pose des questions moi ?

Il se tourna vers moi et très poli :

— Et toutes mes excuses pour tout à l'heure quand je doutais de vos dires.

De quoi que vous avez douté ? demanda Jojo.

— De ce que disait Monsieur sur l'époque glaciaire, dit Legrand excédé. Comme je ne savais pas qui était Monsieur, j'ai douté de ce qu'il disait. Maintenant si tu veux savoir ce que fait ma petite sœur...

— Je sais ce que je dis, dit Jojo. Vous ne connaissez pas plus ce Monsieur que tout à l'heure et on n'est pas plus avancés que tout à l'heure sur vos sauriens.

— On le fout dehors ? gueula Henri.

— Oh non, dit Epaminondas, ça non.

— Calme-toi, dit Legrand à Henri. Vous avez tout à fait raison, dit-il à Jojo. Personne ne sait ce que vous dites, mais vous avez tout à fait raison.

— Si je vous emmerde, faut le dire, dit Jojo, vexé.

— Te fâche pas, dit Henri. Remettez ça, André. Ce qu'on t'en dit, dit-il à Jojo, c'est pour toi, c'est un service qu'on te rend. T'es imbuvable, faut que tu changes.

— Oh non, dit Anna, il ne faudrait pas qu'il change.

— Celui qui me fera changer, dit Jojo dignement, il est pas encore né.

— C'est pas la peine de t'en vanter, dit Henri.

— Alors, dit Epaminondas, *I am* saurien dans mon genre.

— Alors, dit Legrand à Anna, vous en pincez pour les sauriens ?

— Dites pas ce mot, dit le barman, il me sort par les narines à la fin.

— C'est pas dit, dit Anna, pas n'importe lesquels.

— *I am not very* rassaurien, dit Epaminondas.

— Qui c'est, ce Jojo? demanda très gentiment Anna.

— Mon meilleur client, dit André, hein, Jojo? Et riche comme Crésus? hein?

— Les cafés ils sont à tout le monde, dit Jojo. Si je veux je reste là jusqu'à la fermeture.

— Dans ce cas, dit Legrand, on ne sera pas nombreux.

— Pourquoi? dit Anna, on n'est pas pressés.

— J'aime beaucoup les gens qui arrivent quand on ne les attend pas, dis-je.

— Parle pas trop vite, dit Epaminondas, *I am not very* rassaurien.

— S'il partait, dit Henri, on serait rudement emmerdés.

— C'est bien simple, on pourrait pas le supporter, dit Legrand, on courrait après lui pour le rattraper. C'est drôle qu'il le comprenne pas.

— Que je comprenne quoi? dit Jojo.

— Qu'entre vous et nous, dis-je, c'est à la vie et à la mort.

— Vous vous foutez de ma gueule, dit Jojo, mais je m'en fous, je m'en fous, comme des sauriens.

— Ouf, fit André.

— Faut de tout pour faire un monde, gueula Henri, il n'y a rien de plus vrai. Deux demis, dit-il à André. De la fine, il y en a marre.

— Trois, dit Epaminondas.

— Quatre, dit Jojo.

— Sept? demandai-je à Anna.

— Sept, dit-elle.

— Je veux bien vous les donner, dit André, mais après toutes les fines que vous vous êtes envoyées derrière la cravate, ça va faire un mélange carbonique maison. A mon avis, et il y a vingt-sept ans que je suis barman, vous devriez continuer avec les fines.

— Vous êtes un vrai père pour nous, dit Anna.

— A moins, dit André, que vous vouliez étudier les effets du mélange carbonique sur les sauriens, je ne vous donne pas de bière.

— Il y en a pas beaucoup, dit Henri, des barmen comme ça, à la hauteur.

— Quand même, dit le pote, un bon demi bien frais...

— Je comprends pas, André, dit Jojo, le mélange carbonique, qu'est-ce que ça fait ?

— Ça explose, dis-je.

— Comme si vous avaliez de la dynamite, dit Anna.

— Jamais entendu parler de ça, dit Jojo. On se fout de ma gueule ici.

— *I am not very* rassaurien, dit Epaminondas.

— Ça n'explose pas dans tous les cas, dit Anna, mais seulement une fois sur mille.

— Alors, demande André, fine ?

— Fine, mais à l'eau, dit Henri.

— Pour tout le monde ?

— Pour tout le monde.

— C'est pas tous les soirs, dit André, qu'on a des clients aussi compréhensifs.

— Moi non, dit Jojo, je veux de la bière.

— T'auras de la fine comme tout le monde, dit André.

— Je suis pas à tes ordres, dit Jojo, je te dis que c'est de la bière que je veux et pas de la fine.

— T'auras quand même de la fine, dit André, et même si tu veux, je te la paye.

— Autrement dit, fit Jojo, tu m'empêches de boire de la bière?

— Oui, dit André, pour ton bien.

— Pour la dernière fois, dit Jojo, André, donne-moi un demi.

— Vous voulez exploser, demande Anna, c'est ça que vous voulez, Jojo?

— Pas besoin d'un demi pour exploser, dit Jojo.

— Puisque nous, dit Henri, on prend des fines, tu peux bien en prendre une, non. A l'eau, ça désaltère aussi bien qu'un demi.

— C'est pas la question, dit Jojo. Moi, c'est de la bière que je veux.

— Je t'adore, dit André, mais t'auras pas de bière.

— Je m'en souviendrai, André, dit Jojo.

— J'aimerais bien savoir, dit Henri, ce qu'un type pareil fait de lui dans la vie.

— Si je vous gêne, dit Jojo, faut le dire.

— C'est pas ça, dit Henri, mais on se demande quel boulot tu peux faire.

— Je fais ce que je fais, dit Jojo.

— Il y a pas de mal à ça, dit l'homme, chacun fait ce qu'il peut.

— Si vous le prenez comme ça, dit Jojo, je retourne d'où je viens. Au revoir.

— Au revoir, dit Anna.

M. Jojo sortit.

— D'où vient-il ? demandai-je.

— D'Indochine, dit André, ou de quelque part par là dans le Pacifique. Il y a dix ans que je le connais, il a pas bougé d'un poil.

— Alors, dit Legrand, Anna, c'est vous ?

— C'est moi. Et vous qui c'est ?

— Rien, dit Legrand.

— Je m'en doutais, dit Anna tout bas.

Le barman et Henri observaient un silence discret

— Et eux ? demanda Legrand en nous montrant

— Eux, c'est eux, dit Anna.

— Comprends pas, dit Legrand.

— J'ai beaucoup d'amis, expliqua Anna.

Legrand se rembrunit.

— Ils viennent aussi ? demanda-t-il.

— Bien sûr, dit Anna.

— Je crois que j'ai pas très bien pigé, dit Legrand

— Quelle importance, dit Epaminondas. Si on essayait de tout comprendre...

— On n'aurait pas assez de sa vie, dis-je.

— C'est loin ? demanda Anna.

— Deux jours d'auto, dit Legrand très rembruni.

— Le monde est quand même petit, dit Epaminondas.

— Vous ne pouvez pas partir seule ? demanda innocemment Legrand.

— On fait ce qu'on peut, dit Anna. Je ne peux pas.

— On te gênera pas, dit Epaminondas, on gêne jamais personne.

— Jamais, dis-je, vous pouvez vous renseigner.

— Moi, dit Legrand en haussant les épaules, ce que j'en dis...

Il nous quitta, toujours rembruni et nous donna rendez-vous pour le lendemain matin. Nous rentrâmes à bord. Epaminondas était de nouveau un petit peu inquiet.

— De deux choses l'une, dit-il, ou c'est lui, ou c'est pas lui.

— Tu es fatigué, dit Anna, tu devrais aller te coucher.

— Si c'est lui, c'est lui, continua Epaminondas.

— Et encore, dis-je, tu sais bien ce que c'est...

— Mais si c'est pas lui, continua imperturbablement Epaminondas, alors, pourquoi c'est qu'ils te disent de t'amener ?

Epaminondas se leva tôt pour acheter deux mausers et une carabine. C'était malgré tout nécessaire, nous dit-il, pour la traversée du bassin de l'Ouellé et, on ne savait jamais, pour le cas où nous verrions un koudou.

Nous avions rendez-vous avec Legrand dans le bar où nous l'avions rencontré la veille, à l'heure de l'apéritif. Epaminondas tint beaucoup à ce que nous nous y rendions avec nos mausers et notre carabine en bandoulière. Il était de nouveau de très bonne humeur. Mais lorsque Legrand nous vit entrer, il ne sourit pas du tout, bien au contraire.

— Qu'est-ce que c'est que ça ? demanda-t-il.

Cette plaisanterie le fit s'assombrir beaucoup.

— Des mausers et une carabine, lui expliqua gentiment Epaminondas.

Legrand était un homme sérieux. Il nous demanda aussitôt, poliment d'ailleurs, de lui déférer nos identités respectives et celle de notre bateau.

— On fait sérieusement les choses ou on ne les fait pas, nous dit-il.

Nous étions tout à fait d'accord. Il avait des principes, nous dit-il, et de l'expérience ; il nous fit entendre que ce n'était pas la première fois qu'il accomplissait une mission aussi délicate. Nous voulûmes bien le croire. Son dévouement à Gégé était excessif, et sa circonspection désespérante. Il n'était d'ailleurs pas sans timidité. Nous n'apprîmes rien de lui durant le temps que dura le voyage, sauf qu'il connaissait Gégé depuis deux ans, qu'il venait lui aussi d'Abomey et que depuis qu'ils se connaissaient, Gégé et lui travaillaient ensemble. Anna lui importait peu et il n'en fut jamais et d'aucune façon, curieux. Il usa à son égard, comme au nôtre d'ailleurs, d'une réserve qui se serait voulue très, comment dire, militaire, et dont il croyait qu'il allait du sérieux de sa mission de ne pas se départir. Nous devions lui faire confiance, nous prévint-il avant de partir. Nous lui fîmes confiance, et jusqu'au bout. Il nous conduisit où il voulut, d'ailleurs fort bien. La seule difficulté que nous rencontrâmes vint d'Epaminondas et elle fut vite aplanie. Epaminondas avait pour les humeurs messianiques, quelque justifiées qu'elles soient, une insurmontable aversion. Et de plus, Legrand l'inquiéta un peu, le premier jour du moins. Mais le lendemain, le koudou aidant, il l'oublia. Ce ne fut d'ailleurs pas le moindre intérêt du voyage que de voir Epaminondas le surveiller pendant toute une soirée avec la vigilance d'un petit koudou. Ah, nous n'aimâmes jamais Epaminondas autant que durant ces journées-là !

Nous partîmes le lendemain matin vers huit heures. Anna prit son auto. Legrand, heureusement, prit aussi la sienne, une jeep, et il nous devança. Lui seul savait où nous allions, et où nous devions coucher le soir.

Nous traversâmes ce jour-là les grandes étendues plates et humides du Haut-Congo. Les routes étaient belles. Les autos marchaient bien. Le temps en Afrique, à ces latitudes-là, ne pose pas de problèmes. Il faisait bien entendu une chaleur extraordinaire mais, était-ce parce que le but que nous poursuivions nous tenait suffisamment à cœur ? personne ne s'en plaignit. Il pleut toute l'année — avec, paraît-il, des différences suivant les équinoxes — dans le bassin du Congo. Il plut donc aussi ce jour-là. La forêt fut interminable. Elle n'est cependant jamais monotone et au contraire, toujours différente, à ceux qui veulent bien la regarder. Les klaxons des autos y résonnent comme dans une cathédrale. Toujours, des nuages très bas la recouvrent. Ils se vident en elle à peu près toutes les heures, c'est une habitude à prendre, jusque dans sa profondeur, jusque dans la profondeur de la terre. Des tonnes d'eau. Nous arrêtions les voitures. Le bruit de la pluie était tel qu'il aurait pu nous faire peur. Elle la regardait tomber, étonnée. C'était étrange de la voir là, ses yeux prenaient alternativement la couleur vert sombre de la forêt et la transparence de la pluie. Elle avait chaud, elle aussi, son front était tout le temps couvert de sueur, et elle l'essuyait du revers de son bras, dans un geste machinal, distrait, qui m'entrait dans le cœur. Le bruit de la pluie nous empêchait de parler. Alors je la regardais regarder la pluie et s'essuyer le front du revers de son bras. Si ce n'avait été que ça. Mais les battements de ses paupières, eux-mêmes, m'entraient dans le cœur. Et une fois, à force de la regarder, je crus soudain voir d'elle autre chose encore que je ne pourrais nommer et que peut-être je n'aurais pas dû voir, et je poussai un cri. Epaminondas sursauta et m'engueula. Il s'avéra très vite que lui aussi supportait mal le climat tropical. Elle, elle devint un peu pâle, mais elle ne me demanda pas ce qui m'arrivait. De temps à autre le Congo apparaissait. Parfois calme. Parfois non. Il courait dans la forêt comme un fou, au prix d'une courbe immense que la route ne suivait pas toujours. Le bruit de ses rapides s'entendait à dix kilomètres et il aurait couvert à lui seul le barrissement réuni de cent mille éléphants. Les visites en étaient de loin en loin organisées, mais Legrand ne nous laissa pas le loisir d'en profiter. Nous traversâmes peu de villages. Ils étaient en général minuscules, engloutis dans la profondeur de la forêt. Seuls les koudous et les éléphants — mais les plus grands du monde — s'en accommodent et savent s'y reconnaître. Ils meurent de vieillesse sur son sol inviolable et elle les mange, comme elle se mange elle-même dans un recommencement perpétuel, depuis le commencement du monde. D'étranges couleurs la traversent. Des courants de couleur, des veines, des fleuves de couleur. Elle devient quelquefois rouge comme le crime. D'autres fois, grise, et d'autres fois encore, elle se décolore complètement jusqu'à l'insipidité. Nous respirions mal. Les orages constants chargeaient l'air de lourdes vapeurs huileuses. Ce n'était pas, que voulez-vous, un air pour les hommes, mais pour les éléphants et les koudous. Personne cependant ne s'en plaignit. Nous ne vîmes aucune fleur qui nous rappelât celles que nous connaissions. Sans doute n'étaient-elles visibles, elles aussi, que des koudous.

Dans l'après-midi, sans que Legrand ait jugé utile de nous faire déjeuner, nous arrivâmes dans une ville au nom curieux de Coquilhatville dont Epaminondas attendait beaucoup, mais qui n'avait rien de bien curieux. On quitta le Congo à cette hauteur, mais on le retrouva vers six heures du soir, dans une autre ville, beaucoup plus petite qui s'appelle, si je me souviens bien, Dodo. Là, on quitta définitivement le Congo et on piqua droit vers le nord pour rejoindre au plus vite la vallée de l'Ouellé. La route changea. D'abord elle devint moins bonne, puis mauvaise, puis elle ne fut plus empierrée et nous dûmes faire très attention de ne pas nous embourber dans les fondrières argileuses. Vers huit heures du soir, la plaine cessa et on commença à monter doucement dans les savanes élevées de l'Ouellé. Il fit plus frais. On s'arrêta dans un poste où il y avait quelques bungalows de blancs et un petit hôtel, tenu également par un blanc que connaissait Legrand. Epaminondas remarqua, non sans inquiétude, qu'ils se ressemblaient et que nous étions attendus. On se doucha longuement. On avait très faim malgré la chaleur, même Epaminondas. Le bungalow aurait pu paraître triste. Il était sale, ses murs étaient nus et pour toute lumière il n'y avait qu'une lampe à acétylène. Mais, il y avait du whisky hollandais, nous dit on. Anna en demanda aussitôt. On dîna. Epaminondas mangea avec son mauser en bandoulière. Il ne le déposa sur une chaise à côté de lui qu'après trois whiskys hollandais. Legrand refusa de toucher au whisky. Nous en bûmes quand même, à son nez et à sa barbe. C'était un homme méfiant. Je ne vois pas encore très bien de quoi il nous suspectait. Mais il nous suspectait constamment et jusque dans l'appétit dont nous fîmes preuve ce soir-là. Pourtant, il fallut bien se parler un peu. Et de quoi pouvions-nous lui parler ?

Vous chassez le koudou ? lui demanda Anna.

– Jamais vu un seul koudou, dit-il, peux pas vous en parler.

– C'est dommage, dit Anna. J'aurais bien entendu ce soir de belles histoires sur les koudous.

— Je croyais que c'étaient les sauriens, dit Legrand, qui vous intéressaient.

— Non, dit Anna, c'est vous que les sauriens intéressent, moi c'est les koudous.

— Il y avait, dis-je, il y a encore, en Somalie, un petit koudou. C'est le plus petit de l'Afrique. Il habite les pentes du grand massif du Kilimandjaro. Il est rapide comme le vent, il a sur la nuque une petite crinière qui rappelle celle des poulains. Il est excessivement méfiant et timide. Il est intelligent. Il a compris une fois pour toutes qu'il était un gibier rare et difficile.

— Est-ce qu'il a toujours été un gibier rare et difficile ?

— Pas toujours, dis-je. Une fois, il y en a eu un qui a vu un chasseur monté sur une auto. Il a trouvé le chasseur sympathique et son auto, curieuse. Il s'est amené et il a léché gentiment, en guise de salutation, les pneus de cette auto. Il a trouvé que c'était bon, le pneu. Mais le chasseur s'est dit, voilà un koudou qui se moque de moi. Les chasseurs aiment le gibier rare et difficile. Il le lui a fait comprendre à cet effronté de koudou. Maintenant il est loin, sur les pentes vierges du Kilimandjaro.

Legrand me regarda d'un air méfiant.

— C'est bien de koudous, que vous parlez ?

Anna le rassura.

— C'est notre gibier préféré, expliqua-t-elle.

— Puis, dit Epaminondas, préféré ou pas, de quoi d'autre pourrait-on vous parler ?

— Et nous sommes dans son pays, non ? dis-je.

Nous avions soif et nous alternions le whisky et la bière. Ce qui nous fit rapidement un certain effet. Legrand nous regardait boire d'un air vexé.

— Et Gégé, demanda Epaminondas, il en a tué des koudous ?

Pour la première fois, Legrand eut un rire suggestif.

— Oh ! lui, dit-il.

Il ne termina pas sa phrase. Nous nous marrâmes tous d'un air entendu. Ce qui dérouta une nouvelle fois Legrand.

— Le chasseur de koudous, dis-je, est un être à part. Il a beaucoup de patience. Il prend son temps.

— Faut l'espérer. dit Epaminondas en se marrant.

— On peut perdre le sommeil à chasser le koudou, dis-je, et même quelquefois le manger. Ça arrive. Question de tempérament. Il y en a qui peuvent. Il y en a qui ne peuvent pas.

Legrand me lorgna d'un air totalement incompréhensif. Au contraire d'Epaminondas, quand il ne comprenait pas, son visage s'affaissait et devenait disgracieux.

— Vaudrait mieux sourire, lui dit Anna. Je suis sûre qu'on vous le pardonnera. D'ailleurs, nous ne le dirons à personne.

Elle était si jolie que je crus qu'il allait enfin fléchir, la regarder avec bienveillance. Mais non.

— Ne me fait pas sourire qui veut, dit-il.

— D'accord, dit Epaminondas.

Anna mit les pieds sur la table, comme elle faisait souvent sur le bateau lorsque nous bavardions seuls dans le bar. Ses chevilles sont aussi fines que celles des koudous.

— Tu as des chevilles de koudou, lui dis-je.

— Demain, dit-elle, nous en verrons peut-être un, qui sait ? J'ai très envie d'en voir un comme vous dites, petit, avec une crinière hirsute, des cornes annelées, en flammes, au-dessus de son petit front têtu.

— Si on avait le droit de s'arrêter une heure, dit Epaminondas, quand il flotte pas, qui sait ? on en verrait peut-être un ?

Il regarda Legrand avec agressivité. Mais Legrand ne réagit pas. Il m'écoutait, toujours aussi éberlué.

— Raconte-moi, allez, dit Anna, comment sont-ils

devenus un gibier rare et difficile après avoir léché les pneus des chasseurs ?

Je commençai à lui caresser ses chevilles de koudou. Cela gêna visiblement Legrand qui détourna les yeux mais qui n'en continua pas moins à écouter. Il devait beaucoup s'ennuyer dans l'existence.

— Ce n'est pas, dis-je, que les chasseurs lui voulaient du mal. Non. Mais ils étaient venus chercher un gibier rare et difficile, alors ils ont été vexés. De plus, ils avaient des carabines toutes prêtes, huilées et chargées et ils voulaient s'en servir. Ils s'en servirent. Le koudou ne mourut pas tout de suite. Il pleura longtemps. Voir pleurer un koudou est une chose que personne ne devrait voir. Allongé sur le bord de la route, la gueule en sang, le koudou pleura de tristesse d'avoir à mourir. Il pleura les pentes herbeuses du Kilimandjaro, les traversées à gué de l'Ouellé, les aurores silencieuses dans les clairières des savanes. Le chasseur l'acheva. Il le chargea sur son porte-bagages et s'en retourna vers sa tente. Il ne raconta son aventure à personne. Il ne s'agissait que d'un seul koudou, et le monde en fourmille, mais l'innocence d'un seul koudou, qui pourra jamais la racheter ? Le lendemain, le chasseur trouva que le matin était amer. Il n'eut pas le courage de se lever et resta enfermé dans sa tente jusqu'à midi.

— Ah ah ! s'esclaffa Legrand, pour une histoire de con...

— Ça se voit tout de suite, lui dit Anna, vous, vous ne vous levez jamais à midi. Après ?

— Les koudous sont devenus très difficiles à chasser, ils le sont encore.

— Et le chasseur ? demanda Epaminondas.

— On dit qu'il ne s'est relevé que pour quitter l'Afrique et qu'il n'y est jamais revenu...

— Ce n'était pas un chasseur, dit Anna. Oh, que j'aimerais demain tuer un koudou.

— Et moi, dit Epaminondas, qu'est-ce que je donnerais...

— Lorsqu'on en tue un comme on doit le tuer, après des jours et des jours d'attente, des semaines, alors, au contraire, on est très heureux. On le charge sur le toit de la voiture, les cornes en avant, et en arrivant, on klaxonne d'une façon spéciale pour l'annoncer. La vie est belle, tout à coup. On regarde longuement le koudou à la lueur des lampes à acétylène, ce dans la recherche de quoi on s'est totalement oublié.

— Vous vient-il, à le regarder, le désir d'autres koudous ? demanda Anna.

— Et comment, dit Epaminondas.

— Ah, pour toujours, dis-je, il vous en reste le désir. Mais il est si rare qu'on en tue plusieurs à la file qu'on a le temps, en attendant les autres, de s'exaspérer de désir.

— Mais, dit-elle, on peut s'occuper autrement ?

— Bien sûr, dis-je, on peut revenir à ses occupations habituelles, mais on n'est plus le même homme. On a changé pour toujours.

Elle souriait, un peu ivre, de whiskys et du désir de tuer des koudous. Je lui caressai les chevilles avec de plus en plus de nervosité. Il faisait une accablante chaleur. De temps à autre, elle fermait à moitié les yeux. Nous étions très fatigués. Legrand s'endormit et ronfla doucement. Epaminondas devint songeur. Anna considéra Legrand et sourit.

— C'est une plaie de dévouement, dit-elle. Gégé n'est certainement pas quelqu'un de très difficile. — Elle ajouta : — Dans votre roman américain, dites-moi, parlerez-vous des koudous ? Comme M. Hemingway en a déjà parlé, est-ce qu'on ne trouvera pas ça de mauvais goût ?

— Sans M. Hemingway, dis-je, nous n'en parlerions pas, alors, est-ce qu'il vaudrait mieux mentir et dire que nous parlions d'autre chose ?

— Non, dit-elle, il vaut mieux dire la vérité, tant pis.

Elle se pencha sur la table et posa la tête sur ses bras repliés. Ses cheveux se dénouèrent et ses peignes tombèrent à terre.

— Qu'est-ce que vous direz d'autre ? demanda-t-elle doucement, dans votre roman américain.

— Nos nombreux voyages, dis-je. Ça sera un roman très maritime, forcément.

— Vous direz la couleur de la mer ?

— Bien sur.

— Et quoi encore ?

— La torpeur des nuits africaines. Le clair de lune. Le tam-tam montboutou dans la savane.

— Et quoi encore ?

— Qui sait ? Peut-être un festin anthropophagique.

412

Mais la couleur de la mer à toutes les heures du jour, ça, assurément.

— Ah, j'aimerais bien que les gens prennent ça pour un récit de voyages.

— Ils le prendront, puisque nous voyageons.

— Tous ?

— Peut-être pas tous. Une dizaine, peut-être pas.

— Et ceux-là, qu'est-ce qu'ils croiront ?

— Ce qu'ils voudront, tout ce qu'ils voudront. Mais vraiment, tout ce qu'ils voudront.

Elle se tut. La tête toujours sur ses bras.

— Parle-moi encore un peu, dit-elle tout bas.

— Lorsqu'on dort, dis-je, et qu'on le sait là, étendu devant la tente, alors, on croit qu'au-delà de ce koudou, ce serait trop, qu'on n'en aura jamais d'autre, que celui-là sera le seul. C'est un peu ça, le bonheur.

— Ah, dit-elle doucement, que ce serait terrible si les koudous n'existaient pas.

Je criai encore, je crois, son nom, comme je l'avais déjà fait le matin. Epaminondas sursauta encore. Legrand se réveilla. Il me demanda ce qui se passait. Je le rassurai. Rien, dis-je. Nous allâmes nous coucher. Faute de place Epaminondas partagea la chambre de Legrand. J'entendis ce dernier, à travers la cloison, lui demander si nous nous foutions de sa gueule et s'il croyait que cette comédie allait durer encore longtemps.

— Qui sait ? Elle finira peut-être demain, répondit très judicieusement Epaminondas. Ce qui secoua Legrand d'un gros rire, car il avait compris.

On partit le lendemain à quatre heures, comme de vrais chasseurs. Legrand avait un horaire rigoureux et s'y tenait. On roula dans la nuit pendant un peu plus d'une heure, les routes étaient mauvaises et ce fut assez pénible. Puis le soleil se leva sur les savanes de l'Ouellé. C'est un très beau pays. Il y a des vallées, des sources, un ciel plus clair. Parfois la forêt s'y reforme mais beaucoup plus clairsemée que dans le bassin du Congo. Il est tout entier recouvert d'un chaume haut et épais. C'est le vrai pays des koudous. De loin en loin, des rochers noirs affleurent du sol, ils ont des formes étranges qui rappelèrent souvent à Epaminondas celles de notre animal préféré. Il faisait bien plus frais que la veille. L'Ouellé est un plateau élevé, de cinq cents à mille mètres, qui monte doucement vers le Kilimandjaro. Il y fait toujours du vent. Il y eut encore quelques orages mais légers. Les routes devinrent de plus en plus mauvaises et nous eûmes un peu de mal à suivre la jeep de Legrand.

On arriva vers midi dans un petit village. Là il n'y avait plus aucun bungalow de blanc. Legrand nous dit que là s'arrêtaient les chemins carrossables, que nous n'étions pas loin du but à trois heures de marche environ. Nous avions été si dociles qu'il paraissait rassuré sur notre compte. Et nous, de notre côté nous nous étions un peu habitués à ses façons. Epaminondas lui-même trouva finalement que nous aurions pu tomber plus mal.

Nous nous arrêtâmes assez longtemps dans ce village. Legrand nous dit de descendre de l'auto et de l'attendre sur la place. Il avait, nous dit-il, quelques

414

renseignements à prendre avant le départ. Il disparut et nous laissa seuls. Tout le village était dehors, alerté par notre arrivée. Nous allâmes nous asseoir sur la place. Notre docilité envers Legrand était telle que nous n'en bougeâmes pas de toute l'heure que dura son absence. Le village était rond comme un cirque, tout entier groupé autour de la place également ronde. Les cases étaient en bunco, toutes pareilles, devant chacune il y avait une même petite véranda à piliers recouverte de roseaux. Tous les habitants vinrent nous voir, sans aucune exception, et les hommes qui ne semblaient pas très actifs, et les femmes qui lorsque nous étions arrivés étaient en train de tisser sous leur véranda. Ils regardèrent Anna de très près et nous aussi qui étions avec elle. C'étaient les premiers Montboutous. Ils étaient plus grands que les hommes que nous avions vus jusque-là dans la vallée du Congo, et plus beaux. La plupart, métissés de Berbères, étaient moins noirs. Beaucoup avaient les joues et le front cisaillés de tatouages profonds. Ils avaient en général des visages très doux. Les femmes étaient nues jusqu'à la ceinture. Des petits enfants vinrent les téter comme des chevreaux, pendant qu'elles nous regardaient. Epaminondas remarqua qu'aucun de tous ces gens n'avait l'air particulierement porté sur l'anthropophagie. Il réclama néanmoins un petit peu de whisky hollandais qu'Anna avait emporté et nous en bûmes nous aussi et suffisamment pour être d'accord avec lui. Nous nous laissâmes regarder tout le temps qu'on voulut. Chose curieuse, nos sourires nombreux n'en déridèrent aucun. Ils commenterent longuement nos personnes —

415

physiques forcément — à voix très haute et comme s'ils avaient été à de grandes distances les uns des autres. Leurs voix auraient pu être effrayantes si elles n'avaient pas contrasté avec la douceur de leurs visages et si nous n'avions pas été d'humeur à ne nous effrayer que de très peu de chose au monde.

Legrand revint enfin, suivi de deux hommes habillés de culottes européennes qui fumaient des cigares dans d'énormes fume-cigarette. Il n'était pas du tout satisfait des renseignements qu'il venait de prendre. Il nous dit que la police avait fait une descente la veille dans ce village-ci. Qu'il y avait beaucoup de chances pour que ce soit notre venue qui l'ait alertée et qu'il fallait s'attendre non seulement qu'elle revienne dans la journée, mais qu'elle pousse cette fois plus loin, jusqu'au village où nous devions rejoindre Gégé. Il n'était pas arrivé à savoir si ce dernier avait été prévenu. S'il l'avait été il nous serait évidemment très difficile de savoir où il s'était enfui, très difficile de le trouver.

— Très difficile ? demanda Anna.

— Peut-être même impossible, dit Legrand.

— Oh non, dit Anna.

— Plutôt que de se laisser piquer, dit Legrand.

— Je suis riche, dit Anna.

— Il vaut cher, dit Legrand.

— Mais, je suis très riche, dit Anna.

— Tellement que ça ? dit Legrand ragaillardi.

— Oui, dit Anna. Une honte.

— Alors, dit Legrand, si ce n'est pas trop tard, on pourra peut-être s'arranger...

Il eut l'air de se souvenir tout à coup de quelque chose.

— Mais, dit-il, dans le cas où ce ne serait pas lui...

— Il l'est déjà suffisamment comme ça, dit Anna.

— Comprends pas, dit Legrand au bout d'un moment.

— Je veux dire, dit Anna, que même dans ce cas...

Legrand décida que le mieux était de gagner le village, qui était à trois heures de marche, où la veille encore se cachait Gégé. Là seulement, à défaut de Gégé, nous pourrions savoir dans quelle direction continuer nos recherches. Il paraissait plein d'initiative et heureux d'en avoir, surtout depuis la proposition d'Anna et pour la première fois depuis Léopoldville il consentit à prendre avec nous un peu de whisky hollandais.

Nous nous mîmes en route aussitôt afin de ne pas perdre la moindre chance de joindre Gégé. Il pouvait partir d'une minute à l'autre et il fallait nous presser. Les deux Montboutous avec lesquels Legrand avait tenu un long conciliabule nous accompagnaient, Legrand ne se souvenant pas très bien du chemin.

Dès la sortie du village, nous nous engageâmes dans des sentiers de terre battue, très étroits, et dans lesquels on ne pouvait marcher qu'en file indienne. Anna marcha devant moi, précédée de Legrand et des deux Montboutous. Epaminondas, derrière moi, fermait la marche. Il faisait chaud, mais il y avait toujours ce vent de savane et il était très supportable de marcher. De temps en temps, Anna se retournait vers

moi, me souriait, et nous nous regardions sans parler.
De quoi, dès lors, aurions-nous pu nous parler ? Je la
trouvai plus pâle que d'habitude, mais nous avions si
peu dormi qu'elle devait être fatiguée. Au bout d'une
demi-heure de marche, Legrand nous distribua des
sandwiches et des biscuits qu'il avait emportés de
l'hôtel où nous avions passé la nuit. Ce qui nous toucha
beaucoup. Mais nous n'avions plus, même Epaminondas, le moindre appétit. Il ne se passa rien pendant
cette longue marche. Sinon que de temps en temps,
Epaminondas poussait des exclamations curieuses —
qui rappelaient déjà celles des Montboutous — parce
qu'il croyait avoir vu un koudou. Qu'il crut en voir
suffisamment pour retarder notre horaire d'une demi-
heure. Et que de temps à autre encore les deux
Montboutous conversaient entre eux, et, d'une voix si
haute, si inhabituelle que cela, chaque fois, nous faisait
sursauter. Le terrain était ondulé et parfois assez
fortement. Quand il se creusait trop le vent cessait et il
devenait pénible de marcher. Mais en général on
retrouvait toujours assez vite le plateau et le vent chaud
qui hululait dans toute la savane.

Au bout de deux heures de marche, le sentier monta
fort et redescendit dans une vallée profonde et fraîche
de fromagers et d'acajous. Legrand se retourna et
annonça à Anna que nous n'étions plus bien loin. On
remonta l'autre versant de la vallée et on retrouva
encore une fois la savane, très clairsemée et tapissée de
ce chaume épais qui arrivait à poitrine d'homme, à
travers lequel le vent chantait. D'autres sentiers cou-
paient le nôtre à tout moment, aussi étroits et battus,

ils couraient comme le sang dans tout le bassin de l'Ouellé. Vers trois heures, il fit un court orage. Nous dûmes nous abriter sous un arbre pendant le temps qu'il dura. On en profita pour fumer des cigarettes et boire un peu de whisky hollandais. Mais personne n'eut envie de parler, même pas Legrand. Ce fut pendant ce répit qu'Epaminondas tira un oiseau qui lui aussi était venu s'abriter dans l'arbre. Il le rata. Legrand se fâcha. Nous étions si près, nous dit-il, que c'était là le plus sûr moyen de faire fuir le marin de Gibraltar. Néanmoins, avant de reprendre notre marche, il tira lui-même deux coups de mauser en l'air. Mais, nous dit-il, ça c'était le signal. La savane résonna longuement et l'air était si pur après la pluie, qu'il cria comme un cristal. Une demi-heure après, montre en main, Legrand tira un nouveau coup de mauser, mais un seul, toujours en l'air. Puis il nous dit de nous arrêter et de ne faire aucun bruit. Une minute se passa, dans le plus grand silence. Puis un tam-tam sourd et triste s'éleva de la savane. Legrand nous annonça que nous n'étions plus qu'à une demi-heure du but. Dès lors je ne regardai plus Anna. Et elle ne se retourna plus vers moi. Epaminondas lui-même ne vit plus aucun koudou.

Une demi-heure après, comme prévu, après un brusque tournant du sentier, un petit village apparut, bas et sombre, perdu dans le chaume comme une termitière. Je devançai Anna et je suivis Legrand, mais à une certaine distance. Ce fut lui qui pénétra le premier sur la place du village. Il s'arrêta. Je le rejoignis. Il n'y avait sur cette place aucun homme blanc.

Le village ressemblait à celui que nous venions de quitter, mais paraissait plus petit et sa place centrale était rectangulaire au lieu d'être ronde. Toujours les mêmes cases de bunco et les vérandas recouvertes de roseaux. Tout était calme. Anna et Epaminondas arrivèrent à leur tour. Des femmes tissaient sous les vérandas. Des enfants nus, couleur de cuivre chaud, jouaient. Un forgeron travaillait un outil, il envoyait dans le soleil des gerbes d'étincelles bleues. Des hommes, accroupis, triaient du mil. Le forgeron nous regarda arriver, puis, il continua son travail. Les femmes continuèrent à tisser avec application, et les hommes, à trier le mil. Seuls les enfants vinrent vers nous avec des cris d'oiseaux. Personne d'autre ne se dérangea. Legrand fit une drôle de grimace. Il était clair que non seulement nous étions attendus, mais que nous étions très indésirables. Legrand se gratta la tête longuement et nous dit que tout cela lui paraissait anormal. Il nous désigna une véranda vide et nous dit de nous y asseoir. En arrivant, les deux Montboutous étaient allés tout droit vers une case qui était sur la droite de la place, à quelque dix mètres de nous, et Legrand les rejoignit. Sur la véranda de la case, assise sur une natte, nous nous en aperçûmes quand Legrand nous quitta, il y avait une femme, une femme qui, elle, nous regardait. Les deux Montboutous lui parlaient mais elle n'écoutait rien de ce qu'ils lui disaient. Contrairement aux autres, celle-ci ne faisait rien. Elle regardait Anna. Elle était belle. Nous eûmes l'impres·

sion que Legrand la connaissait, il la salua, écarta les deux Montboutous et à son tour, lui parla. Ça devait être une très jeune femme. Elle ne devait pas être de ce village, son pagne était différent de celui des autres, de forme et de couleur, il était d'une belle qualité, gris, parsemé d'oiseaux rouges et elle le portait attaché à l'épaule et non drapé autour de la taille. L'un de ses seins seulement était nu. Il était d'une extrême beauté. Elle ne paraissait pas très grande, mais plus grande que la plupart des autres femmes montboutous que nous avions vues jusque-là. La peau de ses bras et de ses épaules avait encore la même couleur cuivrée que celle des enfants. Des enfants aussi elle avait encore les joues, pleines et lisses. Non, elle n'habitait pas ce village-ci, elle devait venir de plus loin, d'une ville. Sa bouche large et rebondie était en effet fardée de rouge.

Il flottait dans ce village une étrange odeur.

Legrand lui parla pendant trois minutes. Puis il attendit. Elle attendit elle aussi puis elle lui répondit quelque chose de très bref, tout en ne cessant pas de regarder Anna. Ses dents illuminèrent sa noirceur d'un éclat sauvage.

Sous la véranda de sa case, pendus aux piliers, il y avait deux masques de danseurs, ils étaient blancs et noirs, en bois peint, surmontés de cornes en flamme et annelées. Anna aussi la regardait beaucoup. Legrand recommença à lui parler. Mais elle ne répondit plus. Legrand réfléchit, se gratta encore la tête et se tourna vers nous.

— Elle ne veut pas dire où il est, dit-il.

Anna se leva et alla vers la case. Nous la suivîmes.

Epaminondas et moi n'en pouvions plus, à vrai dire, d'attendre de le faire. De près, sa beauté restait aussi parfaite. Anna s'approcha d'elle et lui sourit, elle était très émue. La femme la regarda, les yeux agrandis par une curiosité extraordinairement douloureuse et elle ne répondit pas à son sourire.

L'étrange odeur qui flottait dans l'air s'accentua et une légère fumée, âcre, s'éleva derrière nous. Mais personne n'y prit garde encore, sauf moi. Et encore, à peine.

Anna, debout devant la femme, la regardait. La femme aussi, mais elle, sans toujours pouvoir lui sourire. Anna sortit un paquet de cigarettes de la poche de son short et le lui tendit. Elle le fit dans un geste humble et elle lui sourit, comme je ne l'avais jamais vue sourire encore, pour elle seule, dans l'oubli de ce qu'elle était venue lui demander. La femme sursauta à la vue du paquet de cigarettes. Elle baissa les yeux, prit une cigarette et la porta à sa bouche. Sa main était une fleur aux pétales bleus. Elle tremblait. Je me penchai et je lui allumai sa cigarette. Mais sa main tremblait si fort qu'elle la lâcha. Epaminondas la lui ramassa. Elle la reprit machinalement, la porta à sa bouche et aspira une longue bouffée. C'était une femme qui aimait fumer et qui trouvait à fumer de la force et de la patience. Son regard, pour la première fois, quitta Anna et nous scruta Epaminondas et moi, toujours avec la même douloureuse curiosité. Elle chercha à comprendre, ne comprit pas, et s'y résigna.

— Dites-lui, dit Anna, à voix très basse, dites-lui qu'il y a beaucoup de chances d'erreur.

Legrand traduisit avec difficulté. La femme écouta, impassible. Elle ne répondit pas.

Une grosse volute de fumée arriva sur nous, portée par le vent du soir. Mais personne encore n'avait le loisir de la remarquer. Sauf moi. Et encore. Toujours à peine. Elle était pourtant étrangement âcre et puante.

— Beaucoup, beaucoup, dit Anna, de chances d'erreur.

Legrand traduisit, toujours avec difficulté. Il s'énerva un peu. La femme eut une seconde l'air de vouloir répondre, mais elle se tut encore.

— Dites-lui, dit Anna, que moi, il y a trois ans que je le cherche.

Legrand traduisit encore. La femme regarda longuement Anna, réfléchit encore, plus longtemps que tout à l'heure, puis baissa les yeux et ne répondit pas.

— Les autres, dit alors Legrand, en se retournant vers la place, parleront peut-être.

Anna se releva.

— Non, dit Anna, je ne veux parler à personne d'autre qu'à elle.

Elle attendit encore longuement avant de parler. Elle était redevenue calme. La femme avait fini sa cigarette et elle lui en offrit une autre. Ce fut à ce moment-là que brusquement l'odeur de fumée devint si forte qu'on fut obligé de le remarquer. Anna se tourna et devint d'une pâleur extraordinaire. Elle regarda au loin, d'où ça venait. Ça venait de derrière la place, ce n'était pas loin. Anna esquissa un mouvement de fuite, mais dans l'autre sens, du côté où nous étions arrivés. Puis elle s'arrêta, sans forces. Legrand, manifestement, ne comprit rien à ce qui nous arrivait. Je m'élançai, suivi d'Epaminondas. Sur une très petite place, ronde, deux hommes rôtissaient un koudou. Ils tournaient une branche qui passait entre ses pattes ligotées. Sa tête, intacte encore, balayait le sol de ses naseaux, mais son long cou qui avait porté sa liberté dans les forêts les plus reculées de la terre était déjà flétri par les morsures du feu. C'étaient ses sabots qui, en brûlant, avaient répandu dans tout le village cette odeur qui nous avait alarmés. Ses cornes avaient été détachées. Elles gisaient à terre comme des épées tombées des mains du guerrier. Je revins vers Anna.

— Un koudou, dis-je, un grand koudou.

La femme elle aussi avait suivi notre manège, sans le comprendre. Et Legrand, qui n'avait de l'imagination humaine qu'une très petite idée, ne comprit pas davantage. Anna se remit assez vite. Elle s'adossa à un pilier de la véranda pendant une minute, puis elle se retourna vers la femme. A ce moment-là, la femme parla. Elle avait une voix douce et gutturale.

— C'est pour vous, traduisit Legrand, qu'il a tué ce koudou, hier matin.

Elle se tut encore. Anna s'assit à côté d'elle sur la natte. La femme se rassura un peu.

— Je ne veux plus lui demander où il se trouve, dit lentement Anna. Ce n'est pas la peine. Dites-lui qu'il a sur lui une cicatrice très, comment dire ? particulière, qu'on ne peut pas la voir comme ça, de l'extérieur, que seules des femmes, comme elle..., comme moi ont pu voir. Dites-lui que pour nous deux, il est très facilement reconnaissable, grâce à cette cicatrice.

424

Legrand traduisit comme il put, succinctement à ce qui nous parut. La femme réfléchit et répondit.

— Elle demande comment est cette cicatrice, dit Legrand.

Anna sourit quand même.

— Elle doit comprendre, dit-elle, que je ne le lui dise pas.

Legrand traduisit encore. La femme plissa légèrement ses yeux en guise de sourire. Elle dit qu'elle comprenait. Puis elle dit quelque chose d'assez long.

— Elle dit, traduisit Legrand, que des cicatrices, tous les hommes en ont.

— Bien sûr, dit Anna, mais celle-ci fait partie de son histoire. Plus, beaucoup plus que les cicatrices en général.

Il traduisit. Elle réfléchit encore. Nos chances diminuaient toujours. Manifestement, elle ne comprenait pas. C'est foutu, dit Epaminondas. Il trépignait d'impatience. Il ne pensait plus qu'aux koudous et il aurait voulu repartir assez rapidement pour essayer d'en avoir un avant la nuit. Legrand lui aussi s'énervait. Quand il traduisait maintenant il avait des intonations vulgaires. Seuls Anna et moi supportions bien cette épreuve de patience. Oui, nos chances diminuaient toujours quand tout à coup la femme dit quelque chose d'encore assez long, et sur un ton plus ferme que tout à l'heure.

— Elle dit, traduisit Legrand, que des cicatrices comme celle-là, il y en a sur tous les hommes forts et courageux.

Il ajouta, en tapant du pied :

— Comme si c'était là la question. Elle va vous mener en bateau jusqu'à ce soir.

— J'ai l'habitude, dit Anna.

La femme dit encore quelque chose, de plus long encore. L'énervement de Legrand ne lui faisait aucun effet.

— Elle dit, dit Legrand, que des hommes forts et courageux il y en a partout ailleurs qu'ici.

— Où, demanda Anna, où se trouve cette cicatrice ?

Je retenais ma respiration. Anna s'était rapprochée de la femme et elle lui parlait à elle et non plus à Legrand. Je la voyais aussi mal qu'à Sète lorsqu'elle s'était retournée sur moi sous le porche de la station-service. La femme ne mentait pas. Elle omettait de dire les choses mais son expression n'était pas celle de la dissimulation.

— Où ? demanda encore Anna.

Elle n'aurait pas eu je crois la force d'en dire davantage. La femme s'était visiblement décidée à céder. Elle ne répondit pas. Elle regarda Anna avec des yeux de condamnée à mort, puis elle éleva son doigt, bleu comme le destin. Je fermai les yeux. Lorsque je les rouvris, le doigt bleu s'était arrêté sous son oreille gauche, sur le cou. Elle cria. Legrand traduisit aussitôt.

— Un coup de couteau, il avait vingt ans.

Anna n'écouta pas. Elle s'était de nouveau adossée au pilier, le visage décomposé par la peur. Elle alluma une cigarette.

— Ce n'est pas ça, dit-elle.

Legrand ne traduisit pas. Il était très déçu.

426

— Ce n'est pas ça, dit Anna à la femme.

Elle fit non de la main. Ses yeux étaient pleins de larmes. La femme aussi le vit. Elle lui prit la main et se mit à rire. Anna rit à son tour. Je m'éloignai.

— Elle ment, dit Legrand.

— Oh non, dit Anna.

Je m'en allai vers le koudou. Epaminondas me suivit. Maintenant la tête du koudou était dans les flammes. Les hommes avaient déplacé le feu et déjà ils détachaient de ses flancs de longues tranches dorées. Je sentis la main d'Epaminondas sur mon épaule. Je le regardai. Il riait. J'essayai de rire, je n'y arrivais pas encore. Le koudou, croyais-je, m'étreignait le cœur. Anna arriva avec la femme qui maintenant riait tout le temps comme une enfant. Anna s'approcha de moi et regarda le koudou. La femme dit quelque chose à Legrand.

— Elle dit, traduisit Legrand, que vous devriez en manger un peu.

Elle détacha elle-même trois morceaux du flanc ruisselant du koudou et nous les tendit. Alors seulement je levai les yeux sur Anna.

— C'est bon, dit-elle, le koudou.

Elle avait de nouveau le visage que je lui connaissais. Les flammes du brasier dansaient dans ses yeux.

— C'est la meilleure chose du monde, dis-je.

Seule la femme, je crois, comprit que nous nous aimions.

On insista pour que nous couchions au village. Il était trop tard pour repartir. On accepta. En attendant la nuit, Epaminondas nous proposa de faire une promenade. Les deux guides nous accompagnèrent. Legrand dit qu'il était exténué, admira notre vaillance, mais ne vint pas avec nous. Une fois sortis du village, nous nous arrêtâmes pour boire un peu de whisky hollandais. C'est alors qu'elle fut prise d'un long fou rire. Les deux Montboutous, de la voir rire, rirent à leur tour, et Epaminondas et moi-même.

— Dans ton roman américain, dit-elle, une fois qu'elle fut un peu calmée, il faudra que tu dises que nous avons mangé ce koudou...

— Celui-là ou un autre, dis-je. Quelle existence effroyable aurait été la nôtre si...

— Qui alors aurait jamais su ? dit-elle.

Epaminondas crut voir bouger le chaume non loin de nous. Il se dressa, le fusil prêt.

— Tais-toi, dit-il à Anna, tu vas faire fuir le koudou avec tes histoires.

Nous repartîmes le lendemain matin. Legrand resta au village pour y attendre Gégé. Il donna à Anna une adresse à Léopoldville où elle pouvait remettre l'argent de sa mise à prix. On se quitta en excellents termes. Anna embrassa la femme.

On resta à Léopoldville un peu plus longtemps qu'on n'aurait voulu. Pendant notre absence, en effet, le yacht brûla. Une imprudence de Bruno qui, pendant qu'on faisait le plein de mazout, jeta un mégot allumé trop près de la citerne. Lorsque nous arrivâmes, le *Gibraltar* fumait encore. Le feu n'épargna que le bar et le pont supérieur.

428

Anna n'était pas d'humeur à s'en affecter, après notre retour de chez les Montboutous.

— Un de moins, dit-elle, de trente-six mètres, dans le monde.

Et elle me dit avec gentillesse :

— Voilà qui allégera votre roman américain.

La chose importante, c'est qu'à cette occasion, Bruno lui aussi devint sérieux. Il fut d'une bonne humeur parfaite à partir de ce moment-là. On nous raconta que lorsque les pompiers étaient arrivés, il avait eu un tel fou rire, lui aussi, qu'on aurait pu croire qu'il était devenu fou. Mais Laurent avait expliqué aux gens — comme il avait pu — que les incendies provoquaient parfois, sur certains sujets, de ces réactions inattendues.

On réfléchit toute une soirée pour savoir si on devait repartir en paquebot, comme tout le monde, ou racheter un autre bateau. On décida, afin de ne pas se séparer, et pour s'occuper un peu, de racheter un autre bateau. On ne trouva à Léopoldville qu'un vieux yacht, plus petit que le *Gibraltar* et bien moins confortable. Mais on était tous d'humeur changeante et cela ne gêna personne. Surtout pas elle. A vrai dire, elle en avait un peu assez de ce *Gibraltar,* ex-*Anna,* ex-*Cyprıs.*

On fit installer un poste récepteur sur le yacht et on quitta Léopoldville. Deux jours après on reçut un message de La Havane. Alors, on partit pour les Caraïbes.

Laurent nous quitta à Porto-Rico. Epaminondas, un

peu plus loin, à Port-au-Prince. Bruno, lui, resta plus longtemps. En attendant qu'ils reviennent on retrouva d'autres amis.

La mer fut très belle vers les Caraïbes. Mais je ne peux pas encore en parler.

DU MÊME AUTEUR

Aux Éditions Gallimard

LA VIE TRANQUILLE.

UN BARRAGE CONTRE LE PACIFIQUE.

LES PETITS CHEVAUX DE TARQUINIA.

DES JOURNÉES ENTIÈRES DANS LES ARBRES.

LE SQUARE.

DIX HEURES ET DEMIE DU SOIR EN ÉTÉ.

L'APRÈS-MIDI DE MONSIEUR ANDESMAS.

LE RAVISSEMENT DE LOL V. STEIN.

LE VICE-CONSUL.

L'AMANTE ANGLAISE.

ABAHN SABANA DAVID.

L'AMOUR.

Théâtre :

LES VIADUCS DE LA SEINE-ET-OISE.
THÉÂTRE I : Les eaux et forêts — Le square — La musica.

LES PARLEUSES *avec Xavière Gauthier*.
LES LIEUX DE M. DURAS *avec Michelle Porte*.
L'AMANT.

Aux Éditions de l'Étoile

LES YEUX VERTS.

Aux Éditions Albin Michel

OUTSIDE.

Aux Éditions du Mercure de France

LE NAVIRE NIGHT.

COLLECTION FOLIO

Dernières parutions

Impression Bussière à Saint-Amand (Cher),
le 24 septembre 1985.
Dépôt légal : septembre 1985.
1er dépôt légal dans la collection : juin 1977.
Numéro d'imprimeur : 2478.
ISBN 2-07-036943-9./Imprimé en France.

36630